L’inconnu du Colorado

Dangereuse séduction

MICHELLE CELMER

L'inconnu du Colorado

éditions Harlequin

Titre original : OUT OF SIGHT

Traduction française de FLORENCE BERTRAND

HARLEQUIN®
est une marque déposée par le Groupe Harlequin

BLACK ROSE®
est une marque déposée par Harlequin S.A.

Photos de couverture
Ombre & paysage : © ANTONY NAGELMANN / GETTY IMAGES
Paysage : © ROYALTY FREE / MASTERFILE
Mère & fils : © R. SIDMAN-MOORE / MASTERFILE

83/85, boulevard Vincent-Auriol 75646 PARIS CEDEX 13.
Service Lectrices — Tél. : 01 45 82 47 47

ISBN 978-2-2808-3513-8 — ISSN 1950-2753

Prologue

New York, quatre ans plus tôt

— C'est l'heure de partir, Gantz. Tu as rendez-vous au tribunal.

L'agent spécial Will Bishop tira le prisonnier par la manche, le forçant à se lever.

— Ils ne vont pas me laisser témoigner, gémit Gantz. Je serai mort avant d'arriver.

La sueur qui coulait abondamment sur son visage bouffi avait imprégné le col de son complet italien de soie. Un complet qui coûtait sans doute trois fois ce que Will gagnait en un mois.

— Tu vas me faire pleurer, lança Ryan Thomas en ouvrant la porte, laissant entrer une bouffée d'air chaud et humide en même temps que les rayons du soleil matinal.

Il fit signe aux hommes qui montaient la garde autour du parking.

La partenaire habituelle de Will était en congé de maternité, c'est pourquoi il travaillait en collaboration avec Ryan sur cette affaire. La présence de son ami avait rendu plus tolérables les longues heures passées à surveiller Gantz dans ce petit motel minable. Et à présent Will était soulagé que tout soit terminé. Sa femme se plaignait de ses absences. Ce qui n'était guère étonnant, d'ailleurs. Elle se plaignait toujours de quelque chose.

— La voie est libre, annonça Ryan.

— Allons-y.

— Je vous dis qu'ils ne vont jamais tolérer une chose pareille. Et il ne s'agit pas que de moi. Vous êtes des hommes morts !

Ryan tint la porte ouverte.

— Il y a cinq agents sur ce parking. Si quelqu'un t'attendait, on le saurait.

— Pourquoi t'inquiéter, Gantz ? renchérit Will, incapable de masquer le dégoût qui perçait dans sa voix. D'ici une semaine, tu auras un nouveau visage et une nouvelle identité.

Lou Gantz, un tueur à gages responsable de la mort d'une trentaine d'hommes au moins — dont beaucoup avaient justement été sur le point de témoigner au tribunal — allait être libéré en échange de son témoignage contre la famille Sardoni, l'organisation criminelle la plus meurtrière de New York. Jusque-là, aucun membre de la famille n'avait pu être jugé. Soit les témoins se rétractaient, soit on les retrouvait assassinés, soit ils disparaissaient sans laisser de traces.

Cette fois, ce serait différent, songea Will. Les plus proches collaborateurs des Sardoni seraient sur le banc des accusés, et le FBI avait pris toutes les précautions possibles pour garder secret le lieu où se trouvait Gantz.

Cette fois, les Sardoni seraient condamnés.

— Dépêche-toi, ordonna Will en poussant l'homme à l'extérieur.

— Puisque je vous dis que nous sommes tous morts, insista ce dernier avec une note de panique dans la voix.

Ryan ouvrit la portière de la berline et poussa Gantz à l'arrière, puis se tourna vers Will.

— Avertis-les que nous sommes en route.

Will plongea la main dans la poche de sa veste, mais elle était vide.

Il étouffa un juron.

— Une seconde, Ryan. J'ai laissé mon téléphone dans la chambre.

— Comment est-ce que tu te débrouilles, mon vieux ?

Will haussa les épaules. Il oubliait toujours ce fichu téléphone.

— Ça doit venir de ton subconscient, reprit Ryan. Je crois que tu l'oublies pour ne pas avoir à parler à ta femme.

— Hhhmm ! C'est possible, acquiesça Will en riant.

Son épouse — la deuxième — l'appelait constamment. Elle préparait un rôti pour dîner — cela lui convenait-il ou préférait-il du poulet ? A propos, rentrerait-il pour l'heure du dîner ? Ou alors elle avait vu une robe qui lui plaisait dans un magasin, était-il d'accord pour qu'elle l'achète ? A propos, le mécanicien lui avait dit que la réparation de la voiture coûterait cinquante dollars de plus que prévu, devait-elle accepter ?

Elle ne pouvait pas prendre de décision sans le consulter. Parfois, il se demandait s'il n'aurait pas dû rester célibataire. Naturellement, s'il divorçait de nouveau, il paierait une pension alimentaire à deux ex-femmes. Sans compter les frais d'avocat. Il valait donc mieux rester marié — et malheureux.

Ryan, en revanche, connaissait un de ces mariages parfaits qui faisaient pâlir d'envie le plus endurci des hommes. Sa femme était superbe et lui apportait tout son soutien, et il avait trois beaux enfants. Il devait travailler encore cinq ans, puis il prendrait sa retraite.

Will avait toujours rêvé d'une vie semblable à celle de son collègue, mais, bizarrement, il finissait toujours par s'associer à des femmes dépendantes et geignardes. Il n'avait pas encore fêté le premier anniversaire de ce second mariage qu'il avait l'impression de traîner un lourd boulet derrière lui.

— Dépêche-toi, on va être en retard, fit Ryan en se glissant sur le siège du conducteur.

D'un pas vif, Will regagna la chambre et aperçut aussitôt son téléphone, posé sur la table près de la fenêtre. Comme il tendait la main vers l'appareil, il entendit la voiture démarrer. Au même moment, il y eut un éclair aveuglant, suivi d'une déflagration assourdissante. La fenêtre vola en éclats et il fut projeté contre le lit.

Trop tard, Will leva le bras pour se protéger, et hurla en sentant des fragments de verre se ficher dans sa joue gauche. L'espace d'une seconde, il demeura immobile, paralysé sur place, fixant les lambeaux calcinés des rideaux qui pendaient mollement à la fenêtre. Une épaisse fumée noire montait du parking.

Et soudain la réalité le frappa en pleine poitrine.

La voiture avait été piégée.

Et Ryan était à l'intérieur.

La fumée âcre, suffocante, envahit la pièce, et Will se mit à tousser. Etourdi, les oreilles bourdonnantes, il se laissa tomber sur le sol, où l'air était moins vicié, et tenta de s'orienter. Il entendait vaguement des cris et une forte agitation à l'extérieur. Il se mit à ramper lentement en direction du mince trait de lumière filtrant sous la porte, et se releva tant bien que mal en prenant appui sur l'encadrement.

Il franchit le seuil en titubant et se tourna vers la voiture. Sous le choc, il s'effondra.

Devant lui, il n'y avait que des flammes.

Las Vegas, une semaine plus tard

La main de Crystal tremblait tandis qu'elle rassemblait son courage pour composer le numéro qu'elle avait mémorisé. Si Vince l'avait surprise avec ce numéro sur elle, il l'aurait tuée sans hésiter.

Une fois de plus, elle se reprocha amèrement de ne pas avoir réalisé plus tôt quel genre d'homme il était. Elle s'était laissé séduire par sa belle voiture et son portefeuille bien garni. Par son pouvoir.

Bien sûr, elle s'était souvent doutée que cet argent et ce pouvoir n'avaient pas été obtenus par des moyens strictement légaux. Mais ce n'était pas la première fois qu'elle sortait avec un homme qui préférait être discret à propos de ses affaires. Après tout, elle vivait à Las Vegas. Ce genre de choses faisait partie du charme, de l'aventure.

Elle toucha machinalement les diamants qui brillaient à ses oreilles. Elle possédait une valise pleine de bijoux, un placard plein de vêtements de luxe. E tout cela pour quoi ? Quand elle avait commencé à comprendre qui était vraiment Vince, il était trop tard. Elle était trop liée à lui. Il la possédait.

Ses soupçons avaient été éveillés pour de bon quand elle l'avait entendu parler de la livraison d'un paquet et d'un certain Gantz. Peu après, elle avait trouvé un sac plein d'argent dans son bureau — plus d'argent qu'elle n'en avait vu de toute sa vie — et ses pires craintes avaient été confirmées.

Vince était un tueur.

Et non seulement Gantz avait été assassiné, mais un agent du FBI avait péri en même temps que lui.

Un père de famille.

Crystal avait vu la femme de l'agent en larmes à la télévision, trois jeunes enfants se cramponnant à elle. A cet instant, quelque chose s'était brisé en elle. Pour la première fois de sa vie, elle avait décidé de faire son devoir. Même si cela signifiait qu'ils essaieraient de l'éliminer, elle aussi. Tout comme ils avaient éliminé Gantz. Elle devait prendre ce risque. Sinon, elle ne pourrait jamais plus se respecter. Même si la plupart des gens que Vince tuait étaient des criminels, c'étaient aussi des êtres humains. Ils avaient des femmes et des enfants qui les aimaient.

Elle devait mettre un terme à ces atrocités.

Avant de changer d'avis, elle décrocha le combiné et glissa deux pièces dans la fente de l'appareil téléphonique. Les doigts tremblants, elle composa le numéro. Quatre sonneries retentirent puis une voix bourrue s'éleva à l'autre bout du fil.

— FBI, j'écoute.

Elle porta une main crispée à son corsage orné de paillettes. Elle avait l'impression que son cœur allait exploser. Il fallait qu'elle le fasse. C'était son devoir.

— Je voudrais signaler un assassinat.

1

New York, quatre ans plus tard

Will lança un classeur brun sur le bureau de Dale Robbins.

— Je crois que je l'ai retrouvée.

Le directeur-adjoint posa son stylo et leva les yeux vers Will, maîtrisant mal l'irritation qu'il éprouvait.

— Qui ?

— Crystal.

— Bon sang ! Ne me dites pas que vous parlez encore de Gantz.

Robbins parcourut rapidement le contenu du dossier et repoussa celui-ci vers Will.

— C'est une histoire qui remonte à quatre ans. Vous savez aussi bien que moi que Crystal est sûrement morte à l'heure qu'il est. Laissez tomber, voulez-vous ?

Will aurait bien voulu en être capable, mais retrouver Crystal était devenu une obsession chez lui. Elle était la seule à pouvoir témoigner contre le meurtrier de Ryan. Le temps que le FBI découvre l'auteur de la fuite — celui qui avait donné l'adresse de l'hôtel où ils surveillaient Gantz —, il flottait déjà dans l'East River.

Will était résolu à faire condamner Vince Collucci, dût-il en payer le prix fort. Il le devait à la famille de Ryan.

— Ecoutez-moi. Cette fois, je crois vraiment tenir une piste.

Son supérieur se cala dans son fauteuil et croisa les bras d'u air sceptique.

— Vous avez deux minutes.

— Vous vous souvenez de la fille qu'on a surveillée après Crystal ? Stephanie Fair ?

— La danseuse de Las Vegas ?

— Oui. A cause de ses liens avec la famille Sardoni, elle est toujours sur la liste de suspects. L'autre jour, elle a reçu un appel du Colorado.

Robbins haussa les épaules avec indifférence.

— Pour autant que nous le sachions, reprit Will, elle n'a pas de famille ni d'amis là-bas. J'ai fait des recherches. L'appel émanait d'un centre de thérapie pour divorcés situé non loin de Denver. Un endroit qui s'appelle Haut les Cœurs.

— Et alors ? Elle a peut-être une amie là-bas.

— C'est peu probable, si on considère le genre de personnes qu'elle fréquente. Ce centre est plutôt haut de gamme. J'ai creusé un peu et découvert quelque chose d'intéressant. Il a été fondé il y a trois ans, quelques mois après que Crystal a disparu avec l'argent de Vince. La directrice est une sorte de recluse qui n'apparaît presque jamais en public, et j'ai fait vérifier son identité.

Robbins se redressa légèrement.

— Je vous écoute.

— C'est un faux nom. Malheureusement, je n'ai pas pu en découvrir davantage.

— Que voulez-vous au juste ?

— Je veux y aller. Monter une opération clandestine.

Robbins secoua la tête.

— Je sais que vous tenez à résoudre cette affaire, Will, mais le directeur n'acceptera jamais votre proposition sans des éléments plus convaincants. Si nous pouvions être sûrs de son identité…

— Monsieur, je sais que c'est elle.

— Il me faut une preuve.

Will prit une profonde inspiration, s'efforçant de dominer sa frustration.

— J'ai fait tout ce que j'ai pu. Je suis dans une impasse.

— Même si vous la retrouvez, vous ne pouvez pas la forcer à témoigner. Si elle ne voulait pas le faire il y a quatre ans, je doute qu'elle y soit prête à présent.

— Si elle est accusée de complicité, et qu'elle risque de passer le reste de sa vie en prison, elle le fera. Elle a disparu en emportant l'argent du crime.

— Nous *pensons* qu'elle a pris l'argent, corrigea Robbins. Nous n'en sommes pas tout à fait certains.

— Pour quelle autre raison Vince aurait-il été si déterminé à la retrouver ?

— Admettons que ce soit le cas. De toute manière, l'accuser de complicité serait tiré par les cheveux. D'ailleurs, comment allez-vous la reconnaître ? Les photos obtenues d'après les caméras de surveillance sont de très mauvaise qualité. Sans parler du fait qu'elle a sans doute pris soin de changer son apparence.

— Elle a un signe distinctif — une tache de vin en forme de cœur en haut de la cuisse. C'est une information qui est censée venir de Vince lui-même. Si je trouve la tache, je trouve la fille.

— Je ne vais pas vous demander comment vous comptez vous y prendre pour y parvenir, ironisa son supérieur.

— J'espère que je n'en aurai pas besoin.

Will posa les deux mains à plat sur le bureau. Il se sentait à bout. Pour la première fois depuis quatre ans, il avait la certitude qu'il touchait au but. Il pouvait résoudre cette affaire.

Il le devait.

Peut-être alors pourrait-il enfin fermer les yeux sans revoir le corps calciné de Ryan effondré sur le volant. Et regarder la femme de ce dernier et ses enfants en face, sans penser qu'il avait failli à ses devoirs envers eux.

— Laissez-moi essayer.

Robbins secoua de nouveau la tête.

— Je suis désolé, Will, mais je ne peux pas donner mon feu vert à une opération de cette importance sans preuve.

Will avait su en entrant dans le bureau de son supérieur qu'il avait peu de chances de succès. A la vérité, il s'était attendu à cette réponse, et, comme tout bon agent, il avait un plan de secours.

— En ce cas, je souhaiterais obtenir un congé de quatre semaines.

— Pour… ?

— Mon dernier divorce a été éprouvant, comme vous le savez. Une thérapie d'un mois dans un centre spécialisé tel que Haut les Cœurs me ferait sans doute le plus grand bien. La prochaine session commence dans deux semaines.

Robbins se mit à rire.

— Je ne nie pas que vous ayez besoin d'une aide psychologique, Bishop, mais je vous imagine mal dans un endroit pareil. D'ailleurs, ce genre de séjour doit coûter une fortune.

— J'ai quelques économies. Je veux le faire. Je *dois* le faire. Pour la famille de Ryan. Ils ont besoin que cette affaire soit close.

— C'est eux qui en ont besoin, ou c'est vous ?

Ils connaissaient l'un et l'autre la réponse à cette question.

Robbins se laissa aller en arrière sur son fauteuil, poussant un long soupir.

— Ecoutez, si vous tenez à prendre un congé, je ne peux pas vous en empêcher. Mais si vous vous attirez des ennuis, je ne serai pas là pour vous sortir d'affaire. Vous serez seul. C'est compris ?

— C'est compris. Mais…

— Mais quoi ?

— Le centre a un système assez rigoureux de vérification des identités. Il ne faudrait pas qu'ils sachent que je travaille pour le FBI.

Robbins soupira de nouveau.

— Ce sera tout ?

— Oui.

Robbins le dévisagea un instant. Will était prêt à démissionner plutôt que de se voir refuser le droit d'éclaircir cette affaire, et il était presque sûr que son supérieur en était conscient. Malgré son attitude parfois agressive et l'obsession dont il faisait preuve concernant Collucci, Will était un excellent agent — un des meilleurs à New York. Le bureau ne voudrait pas le perdre.

— Bon, dit-il enfin. Je vous donne quatre semaines. Cette conversation n'a jamais eu lieu.

— Le divorce affecte non seulement le couple lui-même, mais aussi tous les membres d'une famille. C'est une sorte de mort. Il touche l'identité personnelle, la sécurité financière, le mode de vie. Ici, à Haut les Cœurs, nous nous sommes donné pour mission de guider les familles dans cette période difficile, parfois dévastatrice…

Debout dans le bureau de sa directrice, Abi Sullivan

observait la scène à travers la glace sans tain qui donnait sur la salle d'accueil. Eve, la psychologue, faisait son discours d'ouverture aux nouveaux résidents — quarante personnes au total, dont la moitié étaient des enfants. En tant que directrice des Activités Jeunesse, Abi aurait tôt fait de les connaître tous par leur nom. Elle étudia leurs visages, s'efforçant de les mémoriser. Certains semblaient tristes, maussades ou en colère, tandis que d'autres avaient tout simplement l'air désemparé.

Un garçon en particulier, Eric Stillson, retint son attention. Il devait avoir seize ou dix-sept ans, et se tenait au fond de la pièce, à l'écart du groupe. Contrairement aux autres, il donnait l'impression de s'ennuyer, d'être indifférent, comme s'il n'éprouvait rien du tout — signe qu'il était sans doute torturé à l'intérieur. Elle était bien placée pour le savoir. Le regarder était comme se regarder telle qu'elle avait été, une éternité plus tôt.

Elle savait sans même avoir à lui parler qu'il serait sa mission spéciale pendant cette session. Il y en avait toujours une.

Elle se tourna vers la directrice.

— Sa mère l'a déposé et puis elle est partie ?

— Ce n'est même pas sa mère qui l'a déposé. C'était un de leurs domestiques. Un homme à la mine plutôt patibulaire.

Maureen Kelly, fondatrice du centre, était assise derrière son immense bureau en acajou, une pile de dossiers posée devant elle.

— Autant pour le concept de thérapie familiale, n'est-ce pas ?

— Et je suppose que ses parents s'attendent à ce qu'il soit guéri en sortant d'ici ?

Maureen lui adressa un sourire sans joie.

— Comme tous les autres.

Abi s'approcha de la baie vitrée que Maureen avait laissée entrouverte.

Au loin, des montagnes au sommet enneigé se découpaient sur un ciel d'un bleu immaculé, et à leur pied, le lac Cillito scintillait sous le soleil matinal. De part et d'autre du vaste bâtiment, de jolis chalets ponctuaient le paysage. Ceux du côté ouest étaient occupés par le personnel du centre, tandis que ceux du côté est étaient destinés aux résidents.

Elle inspira l'air pur de la montagne, et une sensation de paix l'envahit. Même quand elle passait une journée affreuse, il lui suffisait de regarder autour d'elle pour se souvenir de la chance qu'elle avait.

Jamais elle ne saurait si c'était le hasard ou la destinée qui avait provoqué sa rencontre avec Maureen. Mais ce qu'elle savait, c'était qu'à trente ans, elle n'avait jamais été aussi heureuse qu'à présent. Elle avait trouvé sa voie — se servant des épouvantables expériences de sa propre enfance et des connaissances qu'elle avait acquises pour aider les autres. Et elle avait trouvé en Maureen une âme sœur.

Pour la première fois de sa vie, elle ne vivait pas dans la peur constante d'une catastrophe.

Dans la pièce voisine, Eve terminait son discours, et Abi se prépara à faire la connaissance des enfants. Pour les quatre semaines à venir, leurs journées seraient remplies d'activités de toutes sortes, allant de l'équitation à la randonnée en passant par la natation et les travaux manuels, et, bien sûr, les séances de thérapie individuelle et familiale.

— Il est temps que j'y aille, dit-elle à Maureen.

— Si tu venais dîner chez moi jeudi soir ? suggéra celle-ci. J'aimerais te parler de quelques idées que j'ai eues pour la prochaine session.

Contrairement aux autres membres du personnel, Maureen

ne prenait pas ses repas avec les résidents dans la salle à manger. En fait, il était rare qu'elle se montre en public. Elle passait le plus clair de son temps dans son bureau ou ses appartements privés.

— Tu veux que je trouve une baby-sitter pour Adam ?

— Non, amène-le. Il pourra regarder la télévision. Vers 18 heures ?

— Parfait. A jeudi.

Abi gagna le bureau voisin, où la secrétaire de Maureen, Susie, s'occupait des affaires courantes.

— Je suis désolée, monsieur Bishop, mais ça ne va pas être possible, disait-elle à l'homme qui se tenait debout en face d'elle.

Il la dominait de toute sa hauteur. Agé de trente-cinq ans environ, il devait mesurer au moins un mètre quatre-vingts. Son T-shirt et son short kaki laissaient entrevoir une silhouette mince et toute en muscles. Et il était séduisant. Son visage était mince et décidé, avec des pommettes saillantes, et des yeux profonds, intenses. C'était le genre d'homme que l'âge rend plus beau. Puis il se tourna, et Abi dut se faire violence pour retenir un cri. Le côté gauche de son visage était marqué par de profondes cicatrices.

Ses yeux la détaillèrent rapidement, des pieds à la tête. Son regard était si délibéré, si… calculé qu'elle ne sut si elle devait se sentir flattée ou insultée.

— Madame Kelly ? demanda-t-il d'une voix grave.

Une sonnette d'alarme retentit aussitôt dans le cerveau d'Abi. La protection de Maureen faisait partie de son travail, et elle prenait cet aspect de sa tâche au sérieux. Sans Maureen, où serait-elle à présent ?

— Je suis Abigale Sullivan, directrice des Activités Jeunesse. Monsieur Bishop, si je ne me trompe ?

— Will, corrigea-t-il en lui tendant la main.

Sa poignée de main était ferme et assurée, et son sourire chaleureux, sympathique. Si son apparence le tourmentait, il n'en donnait pas l'impression. D'ailleurs, curieusement, ses cicatrices ne l'empêchaient pas d'être séduisant. Elle se surprit à se redresser légèrement, et à passer une main dans ses cheveux raides, d'un châtain ordinaire.

Que lui arrivait-il ? songea-t-elle, consternée. Il y avait bien longtemps qu'elle ne pensait plus à user de son physique pour impressionner un homme. Depuis qu'elle avait eu Adam, cela ne lui était pas même venu à l'esprit. Elle n'en avait eu ni le temps, ni le désir, ni l'occasion. Au contraire, elle s'efforçait de se rendre aussi invisible que possible. Depuis sa première rencontre avec un garçon sur la banquette arrière d'une vieille Ford, elle avait eu assez d'expériences avec les hommes pour que ça lui suffise jusqu'à la fin de ses jours.

Tout ce qui lui importait à présent était d'être une bonne mère pour son fils.

Mais quelque chose dans le regard direct de cet homme l'intriguait et la troublait en même temps.

— Puis-je vous aider ? demanda-t-elle, nouant les mains dans son dos pour ne pas paraître nerveuse.

— Il voulait voir Maureen, expliqua Susie, une lueur méfiante dans les yeux.

Celle-ci se montrait toujours soupçonneuse envers les gens qui demandaient à voir Maureen, comme s'ils avaient pu savoir qui elle était vraiment. La plupart des employés ne connaissaient pas sa véritable identité. Seuls ceux qui étaient jugés dignes de confiance partageaient le secret.

Abi avait été l'assistante de Maureen dès le début et savait combien il était crucial que le secret de son amie ne soit jamais découvert.

— Y a-t-il un problème ? Puis-je vous aider ? répéta-t-elle.

— Non, pas de problème, dit-il. Je voulais seulement remercier personnellement Mme Kelly d'avoir accepté que je m'inscrive à la dernière minute. Mes activités professionnelles ne me laissent que très peu de temps.

— Comme vous le disait Susie, Maureen ne reçoit pas de visiteurs, mais vous pouvez être sûr que je lui transmettrai votre message.

Il lui adressa un autre sourire chaleureux.

— Je vous en serai reconnaissant.

— Susie, Adam et moi dînerons avec Maureen jeudi soir. Vous pourrez le dire au cuisinier, s'il vous plaît ?

— Bien sûr, Abi.

Susie lança à M. Bishop un dernier regard réticent, puis décrocha le téléphone et composa le numéro des cuisines.

— Ce fut un plaisir de vous rencontrer, monsieur Bishop, déclara Abi avant de se diriger vers la porte. Si vous avez besoin de quoi que ce soit, n'hésitez pas à vous adresser à n'importe quel membre du personnel.

— Appelez-moi Will, dit-il en lui emboîtant le pas. Vous disiez que vous êtes la directrice des Activités Jeunesse ?

— C'est exact. Avez-vous des enfants ?

— Malheureusement, non. Ou heureusement, si on voit les choses sous un autre angle. Mes deux divorces ont été acrimonieux. Il aurait été tragique d'y mêler des enfants.

Eh bien, il avait une conscience — ou, tout au moins, c'était ce dont il voulait la persuader, songea Abi. D'ailleurs, elle n'avait aucune raison de penser qu'il cherchait à la tromper, mais on se débarrasse difficilement de ses vieilles habitudes. Elle recommençait tout juste à être capable de faire confiance aux gens, de ne pas soupçonner tout le monde d'avoir des arrière-pensées.

Ils débouchèrent dans la salle commune. Le bâtiment principal et les chalets étaient entièrement construits en bois, et le mobilier en pin ajoutait encore au caractère rustique du cadre. Dans cet ancien ranch, l'atmosphère était bien plus détendue que dans un hôtel haut de gamme traditionnel. Rien n'était prétentieux, et, pour Abi, la simplicité de l'endroit faisait tout son charme.

La réunion s'était achevée et certains des résidents bavardaient en petits groupes tandis que d'autres s'étaient éloignés pour explorer le parc. L'activité d'orientation des enfants devait débuter dans une dizaine de minutes, et le programme proprement dit commencerait le soir même, à la tombée de la nuit, quand tout le monde se retrouverait autour d'un feu de joie sur la plage.

— Eh bien, dit-elle en se tournant vers Will Bishop, excusez-moi. J'ai beaucoup de travail qui m'attend.

Il sourit et lui serra la main fermement, la gardant une fraction de seconde de plus qu'il n'était nécessaire.

— Je suis ravi d'avoir fait votre connaissance, dit-il. Je suis sûr que nous aurons l'occasion de nous revoir.

Il y avait quelque chose chez lui qui la mettait mal à l'aise, comprit Abi en se rendant au centre d'activités des enfants. Non qu'il ait été froid ou désagréable. Peut-être au contraire avait-il été trop amical.

Ou peut-être était-ce parce que son cœur s'était mis à battre plus vite quand il lui avait souri.

Même s'il la trouvait séduisante — ce qu'elle avait peine à croire —, un centre de thérapie pour divorcés n'était pas exactement l'endroit approprié pour nouer des relations avec les hommes. Il y avait des règles strictes interdisant les liaisons entre le personnel et les résidents. De la même manière, on décourageait fermement ces derniers de nouer des relations intimes entre eux. Certes, cela arrivait parfois, mais…

Abi ouvrit la porte, et sentit soudain une sorte de frisson lui parcourir l'échine. Elle se retourna.

Will Bishop était exactement à l'endroit où elle l'avait laissé, les mains négligemment enfoncées dans les poches de son short, adossé au mur.

Il la regardait.

Will vit Abi jeter un coup d'œil dans sa direction, lui lancer un regard bizarre et disparaître à l'intérieur.

Elle avait un physique des plus ordinaires — ses longs cheveux raides encadraient un visage totalement dénué de maquillage. Elle portait un short et un T-shirt trop grands pour elle, comme si elle tenait à dissimuler ses formes. Elle n'était pas laide. Seulement... quelconque. Et incroyablement timide. Mais il y avait quelque chose dans ses yeux — quelque chose de remarquable. Ils étaient marron et un peu grands, ce qui au début leur avait donné l'air innocent. Jusqu'au moment où il les avait bien regardés, et avait réalisé qu'un monde de sagesse et d'expérience y était tapi.

Un monde de méfiance aussi.

Mais si elle dînait avec la propriétaire de l'établissement, cela voulait dire qu'elles étaient amies. Obtenir son amitié — si difficile cette tâche soit-elle — était peut-être le seul moyen de parvenir à rencontrer la si mystérieuse Maureen Kelly.

Et il ferait tout pour arriver à ses fins, songea Will. Même si cela signifiait qu'il devait tromper une jeune femme qui, à en juger par la douleur enfouie au fond de ses yeux, avait déjà été trompée auparavant.

2

Assise seule à une table dans la salle à manger, Abi grignotait, songeuse. Elle avait eu l'intention de dîner dans son chalet avec Adam, mais s'était ravisée afin de pouvoir observer Eric.

Comme elle s'y attendait, il n'avait pas desserré les lèvres pendant l'activité d'orientation, pas plus qu'il n'avait fait le moindre effort pour faire la connaissance des autres jeunes. A présent, il était assis tout seul au fond de la salle.

« Le pauvre enfant », songea Abi, le cœur serré. Malgré son envie de l'aborder et de le réconforter, il fallait qu'elle soit prudente. Il suffirait d'un faux pas pour qu'il se braque définitivement.

D'après ce qu'elle avait lu dans son dossier, il était fils unique, et avait eu la malchance d'avoir pour parents des gens qui s'intéressaient plus à leur standing et à leur carrière qu'à l'éducation de leur enfant. Il avait passé le plus clair de sa vie en pension ou en colonie de vacances. C'était à se demander pourquoi il était maintenant l'objet d'une lutte farouche pour sa garde.

Il semblait si renfermé, si peu capable de faire confiance, qu'elle craignait qu'il ne soit trop tard pour sauver le peu d'estime de soi qu'il avait peut-être encore. Quatre semaines ne suffiraient pas à réparer des années de négligence et de tristesse, mais elle ferait de son mieux, et les autres membres du personnel aussi.

— Je peux me joindre à vous ?

Brusquement arrachée à ses réflexions, Abi leva les yeux. Will Bishop était debout à côté de sa table. Avant qu'elle ait eu le temps d'ouvrir la bouche pour répondre, il posa son assiette et prit place en face d'elle. Même si elle avait eu l'intention de refuser, il ne lui en donna pas la possibilité. Elle ne put s'empêcher de se demander pourquoi, parmi tous les gens qui se trouvaient là, c'était avec elle qu'il avait décidé de s'asseoir.

Plusieurs fois pendant la journée, pendant qu'elle s'occupait des enfants, elle avait eu l'étrange sensation d'être observée et s'était aperçue qu'il était à proximité. Il était absorbé dans une activité quelconque, et n'avait pas semblé remarquer sa présence. Elle l'avait observé pendant quelques instants. A plusieurs reprises, il avait levé la tête et l'avait surprise à le regarder, et elle s'était hâtée de détourner les yeux. Elle ne savait pas pourquoi il la troublait ainsi. Elle savait seulement qu'à chaque fois qu'il était là, elle ne pouvait s'empêcher de le dévisager.

Une pensée dérangeante s'imposa soudain à son esprit. Peut-être s'était-il assis là parce qu'il s'imaginait qu'elle s'intéressait à lui ?

— Bonne journée ? demanda-t-il en posant sa serviette sur ses genoux.

— La première semaine est toujours un peu frénétique, répondit-elle, les yeux rivés à son assiette.

Pourquoi se sentait-elle si nerveuse ? Il y avait eu un temps où sa vie entière consistait à manipuler les hommes. A présent, le seul fait d'être assise en face de l'un d'eux la mettait mal à l'aise.

Peut-être avait-elle perdu l'habitude ? Pourtant, ces trois dernières années, elle ne s'était jamais sentie troublée en présence des résidents de sexe masculin.

— Votre séjour se passe bien jusqu'ici ? demanda-t-elle sans lever les yeux.

— C'est mon visage ?

Stupéfaite par sa question, elle leva la tête.

— Votre visage ?

— Mes cicatrices. C'est à cause d'elles que vous ne voulez pas me regarder ?

Le ton de sa voix était désinvolte, comme s'il parlait du temps qu'il faisait, mais une lueur sombre brillait dans son regard.

— Non, bien sûr que non.

— Il y a des gens que cela met mal à l'aise. Quand ils me regardent, ils ne voient que les cicatrices.

Il passa une main bronzée sur sa joue.

— Je suppose qu'ils ne savent pas comment réagir. S'ils regardent trop longtemps, ils me dévisagent ; s'ils détournent les yeux, ils évitent de me regarder.

— Comment est-ce arrivé ? se surprit-elle à demander.

Un sourire souleva le côté gauche de sa bouche.

— L'approche directe. C'est différent.

Abi ne savait pas s'il était sérieux ou sarcastique. Cela ne lui ressemblait pas d'être si directe — plus maintenant — et une sonnette d'alarme retentit dans son cerveau.

— Excusez-moi. Si je suis indiscrète…

— Pas du tout, dit-il. C'était un accident de voiture. J'ai eu de la chance de m'en tirer.

— Je suis vraiment désolée.

— Ne soyez pas désolée. Ce n'est pas votre faute.

Elle baissa les yeux sur son assiette. Comment parvenait-elle toujours à dire ce qu'il ne fallait pas ? Cet homme allait penser qu'elle était complètement sotte — s'il ne le pensait pas déjà. Mais cela vaudrait peut-être mieux.

Cependant, Will Bishop était un résident. Elle ne pouvait pas être impolie.

Il se tut une minute.

— Si ma présence vous met mal à l'aise, je peux changer de table.

— Non ! Je ne suis pas mal à l'aise, mentit-elle de crainte de le blesser.

Curieusement, elle était partagée entre l'envie qu'il s'en aille et celle qu'il reste. Le signal d'alarme se fit plus net dans son cerveau. Elle ne voulait pas avoir envie qu'il reste ; c'était trop dangereux. Jusque-là, elle avait plutôt bien réussi à neutraliser ses émotions concernant le sexe opposé. Ce qui autrefois avait été une sorte de drogue n'était plus désormais qu'un souvenir désagréable. Si jamais elle retournait à ses anciennes habitudes, aurait-elle la force de retrouver le droit chemin ?

Et sinon, qu'adviendrait-il de son fils ?

— Si vous en êtes sûre !

— J'en suis sûre, affirma-t-elle, se forçant à sourire.

Deux jeunes filles bavardes — des adolescentes nommées Cindy et Leanne qu'elle avait rencontrées lors de la séance de ce matin — les rejoignirent une minute plus tard, leur épargnant le besoin de parler. Pourtant, malgré ses efforts pour se concentrer sur son repas, Abi ne put s'empêcher de regarder Will à la dérobée.

Qu'y avait-il de si fascinant chez lui ? Il était direct au point d'être brutal. Peut-être lui rappelait-elle la personne qu'elle avait été autrefois. Elle lisait aussi une souffrance profonde dans ses yeux, un sentiment qu'elle pouvait comprendre. Instinctivement, elle éprouvait le désir de le guérir, de faire disparaître sa douleur.

Elle songea soudain à Eric et le chercha des yeux dans la salle. Il avait achevé son repas et se dirigeait vers la porte.

— C'est un snob, disait Cindy à sa sœur. Je ne l'aime pas.

Leanne, la plus jeune et la plus réservée des deux, arborait un air rêveur.

— Je trouve qu'il est mignon.

A présent, c'était une conversation à laquelle Abi pouvait participer.

— Qui ?

Les joues de Leanne prirent une adorable teinte rose. Elle était petite et mince, avec de longs cheveux châtains qu'elle replaçait constamment derrière ses oreilles, et semblait dotée d'une nature douce et tranquille.

— Eric, lança Cindy d'un ton dédaigneux.

Les jeunes filles étaient toutes les deux jolies, mais cette dernière avait un visage plus typé, de longs cheveux noirs et brillants, des yeux violets, pétillants, et une personnalité non moins pétillante. Elle était aussi convaincue que le monde entier était contre elle, et, à en juger par son dossier, elle avait déjà eu des ennuis.

Comme beaucoup d'adolescents en rupture avec leurs parents, elle tentait d'attirer leur attention — en séchant les cours, en expérimentant les drogues et l'alcool, en fréquentant des jeunes plus ou moins recommandables.

Abi avait déjà averti le personnel de garder l'œil sur elle. Le centre avait beau être situé à plus de vingt kilomètres de la ville la plus proche, les jeunes comme Cindy avaient le chic pour trouver les ennuis là où les adultes pensaient qu'ils n'existaient pas.

— C'est vrai qu'il est mignon, opina Abi en se tournant vers Leanne. Il ressemble un peu à Brad Pitt, n'est-ce pas ?

Leanne se mordit la lèvre et hocha la tête, les joues écarlates.

— Il se croit supérieur à tout le monde, siffla Cindy.

— Pourquoi dis-tu cela ? lui demanda Abi.

— Il ne veut parler à personne ! C'est un vrai snob.

— As-tu essayé de lui adresser la parole ?

Cindy haussa les épaules.

— Pourquoi le ferais-je ?

« Si elle savait ce qu'avait vécu Eric, elle ne serait pas si prompte à le juger », songea Abi. Ou peut-être que cela n'aurait fait aucune différence, au contraire. De toute façon, ces informations étaient confidentielles, et Abi n'avait pas le droit de les divulguer. Si Eric voulait se confier, il le ferait tout seul, le moment venu. Elle ne pouvait que guider les adolescentes, et les encourager à garder l'esprit ouvert. Surtout Cindy.

— Peut-être devrais-tu essayer de faire sa connaissance ? dit-elle. Il ne faut pas toujours se fier aux apparences.

— Je crois qu'il est triste, intervint doucement Leanne. Et qu'il ne veut pas que les autres le sachent.

Cindy secoua la tête et leva les yeux au ciel.

— Tu es tellement naïve !

Il était évident que Cindy était en colère et qu'elle passait une bonne partie de sa frustration sur sa sœur. Leanne, en retour, semblait se recroqueviller sur elle-même.

Abi jeta un coup d'œil à Will et vit qu'il réprimait un sourire. Aux yeux d'un célibataire sans enfant, cette conversation féminine devait être plutôt amusante.

Abi termina son poulet, posa sa serviette et se leva.

— Je vous verrai demain, les filles. De bonne heure !

Will se leva à son tour.

— Je vous raccompagne.

— Oh, ce… c'est inutile, protesta-t-elle, soudain décontenancée. Mon chalet est tout près.

Will haussa les épaules.

— Pas de problème. J'ai envie de prendre l'air.

La situation était délicate. Si elle refusait, il risquait d'être offensé. D'ailleurs, quel mal y avait-il à accepter ? Il ne s'agissait que de faire quelques pas ensemble. Peut-être cherchait-il tout bonnement un visage amical parmi des inconnus, et avait-il trouvé le sien.

Abi hocha la tête et ils sortirent ensemble de la salle à manger tandis qu'elle luttait contre un étrange sentiment d'appréhension.

Tout comme elle venait de le dire à Cindy, l'expérience lui avait appris à ne pas se fier aux apparences.

Les mains enfoncées dans ses poches, Will emboîta le pas à Abi, réglant son allure sur la sienne alors qu'ils se dirigeaient vers les chalets des employés. Le soleil avait déjà commencé à se coucher et il y avait une fraîcheur dans l'air qui la faisait frissonner dans son T-shirt. La nuit serait froide. Une bonne nuit pour dormir.

Son chalet avait été le logement du contremaître autrefois, quand le centre était encore un ranch, et il avait été construit un peu à l'écart des autres, à quelques centaines de mètres à l'intérieur de la forêt, sous des pins énormes aux allures de sentinelles. Abi trouvait rassurante la présence de ces arbres et appréciait le fait d'être loin de tous, au calme. Ce chalet était un foyer idéal pour Adam et elle.

Comment pourrait-elle jamais rembourser sa dette envers Maureen, qui lui avait offert un refuge quand elle n'avait nulle part où aller, et qui l'avait aidée à transformer sa vie quand elle ne savait plus quoi faire ?

— Ce garçon dont elles parlaient, commença Will, Eric. Il n'a pas eu une vie facile, c'est ça ?

A la seule mention de son nom, Abi éprouva un pincement au cœur.

— Je ne peux pas vous donner de détails, mais oui. Ça n'a pas été facile.

— Vous savez vous y prendre avec eux… les enfants, je veux dire.

— C'est mon travail.

— Non. Vous vous intéressez vraiment à eux. C'est plus qu'un travail.

Pour une raison bizarre, ces paroles firent chaud au cœur d'Abi. Elle s'intéressait aux enfants, c'était vrai. Trop, parfois. Au point qu'il lui était difficile de les voir partir quand leur séjour se terminait. Mais cela en valait la peine si ces enfants repartaient un peu moins en colère, un peu moins blessés, un peu moins désorientés que lorsqu'ils étaient arrivés.

Et il y avait toujours de nouveaux enfants sur qui se concentrer, de nouvelles activités à organiser. Et puis elle avait son fils à élever.

— Qu'est-ce que vous faites dans la vie, Will ?

— Je suis analyste pour le gouvernement. Au ministère de l'Intérieur.

Sa réponse était aussi proche de la vérité que possible, à moins d'annoncer franchement qu'il faisait partie du FBI, songea Will. Il avait participé à suffisamment d'opérations clandestines pour savoir qu'il fallait coller le plus possible à la vérité.

Moins on racontait de mensonges, moins on risquait de commettre une erreur.

— Ça a l'air passionnant, dit-elle.

— Ça ne l'est pas. A dire vrai, c'est surtout de la paperasse et de l'administration.

— D'où êtes-vous ?

Une conversation banale, songea-t-il. Parfait. C'était le premier pas vers l'amitié, ce qui était précisément ce qu'il espérait obtenir d'Abi.

— J'ai vécu à New York ces quinze dernières années, mais j'ai grandi ici et là. Mon père était dans l'armée.

Il arracha une feuille à un arbuste malingre et se mit à la déchiqueter lentement.

— Et vous ?

— Je suis née au Nouveau-Mexique, mais ma mère déménageait souvent aussi. Cet endroit est le premier véritable foyer que j'aie connu.

Will avait envie de l'interroger sur Maureen, mais repoussa cette pensée. Il était trop tôt. Il ne pouvait prendre le risque d'éveiller ses soupçons. Il devait d'abord obtenir sa confiance, et il commençait à se douter que la tâche serait peut-être malaisée.

Abi marchait à son côté, tête baissée, comme si elle avait peur de le regarder dans les yeux, maintenant cinquante bons centimètres d'espace entre eux. Tout son langage corporel semblait l'avertir de rester à distance. Ce qu'il s'efforçait de faire.

— C'était difficile pour vous de déménager constamment ?

— Je suppose que oui, répondit-elle. Parfois, nous ne restions pas assez longtemps pour que je puisse me faire des amis. D'autres fois, ma mère rencontrait quelqu'un et on s'attardait un peu. Elle s'est mariée une fois ou deux, mais ça n'a jamais duré.

— Mes parents étaient mariés depuis quarante-trois ans quand mon père est mort — mais ce n'était pas un couple heureux pour autant.

Les mots « père » et « mari » n'avaient guère eu de sens pour son père, songea Will. Il avait été un tyran toute sa vie. Will n'avait jamais compris pourquoi sa mère l'avait supporté pendant tout ce temps. Mais elle l'avait fait, obéissant à ses ordres et faisant de son mieux pour le rendre heureux, alors qu'il était loin d'être facile à vivre.

— Il y a tant de mariages malheureux, dit Abi d'une voix étrangement triste.

Sans doute songeait-elle à son travail. Elle devait souvent être confrontée à des situations douloureuses, ici, se dit Will.

Quant à lui, après deux divorces épouvantables, il était bien résolu à ne jamais se remarier. Sa deuxième femme, déjà terriblement dépendante avant l'explosion, avait été franchement insupportable après. Elle avait pleuré pendant toute une semaine quand on avait retiré les bandages de Will. Il suffisait qu'elle le regarde pour fondre en larmes. Il ne pouvait plus sortir de la maison sans qu'elle le soumette à un interrogatoire serré, et s'il n'était pas de retour à la seconde prévue, elle devenait hystérique.

Une semaine avant la fin de son congé, elle lui avait dit qu'elle ne pouvait plus supporter la situation et lui avait donné un ultimatum — quitter son emploi ou faire ses bagages. Fait ironique, en un an de vie commune, ce fut la seule fois où elle prit une décision.

Il avait fait ses bagages.

Son mariage avec sa première femme — qu'il appelait avec affection « la pleureuse » — s'était terminé de la même façon. Elle lui reprochait constamment d'être trop autoritaire, ou trop distant, ou tout simplement de ne pas l'aimer assez. Et puis elle avait voulu un bébé. Le nœud du problème était qu'elle voulait des enfants et qu'il ne s'y sentait pas prêt.

Les pleurs et récriminations incessants n'avaient abouti qu'à l'éloigner d'elle davantage. Puis était venu l'ultimatum.

Lui faire un bébé ou faire ses bagages.

Il avait fait ses bagages.

Sa philosophie était simple. Certaines personnes n'étaient pas faites pour le mariage. C'était une question de chance, ou de malchance, et il n'avait jamais été particulièrement chanceux en ce qui concernait sa vie privée.

Ils croisèrent un groupe d'enfants qui revenaient du bord du lac. A la vue de Will, ils écarquillèrent les yeux et le dévisagèrent, bouche bée. Il en avait l'habitude. Cela l'amusait parfois de voir à quel point les enfants montraient honnêtement leurs émotions. Et, parfois, cela l'irritait. Ou même lui faisait un peu mal.

Les enfants échangèrent quelques murmures entre eux, puis s'éloignèrent en gloussant vers les chalets des résidents, situés à l'autre bout du centre.

— Il va falloir que je dise quelque chose à ces enfants au sujet de leurs manières, dit Abi d'un ton sec et mordant qui le surprit. Ce genre de conduite est tout à fait inacceptable.

Will eut un geste indifférent.

— Ça arrive tout le temps. C'est normal que les enfants soient curieux ou effrayés face à des choses ou des gens qui leur semblent différents. C'est la nature humaine.

Pour la première fois depuis qu'ils avaient commencé à marcher, elle leva les yeux vers lui.

— On ne peut rien faire ? Pour les cicatrices, je veux dire.

— On a envisagé une greffe de la peau, mais les spécialistes ne pouvaient pas garantir le résultat. Il était question d'infection, de complications possibles. Je pourrais perdre un œil et finir par avoir plus de lésions nerveuses. J'ai décidé que je préférais rester comme ça plutôt que de prendre le risque. Je suppose que ça donne du caractère à mon visage.

Elle lui sourit — un sourire sincère, ouvert. Même dans la pénombre, ses yeux étaient magnifiques. Il les avait crus d'un marron ordinaire tout d'abord, mais, de plus près, c'était un mélange de noisette, de vert et de doré.

— C'est une bonne façon de voir les choses. Il y a beaucoup de gens qui ne sont pas aussi bien dans leur peau que vous.

Elle désigna les bois derrière les chalets.

— J'habite par là.

Ils empruntèrent un sentier étroit qui menait à un grand chalet niché au milieu des arbres. La véranda courait sur toute la façade, et une balancelle était suspendue à l'avant-toit. La température baissa à mesure qu'ils s'avançaient dans la forêt, et l'air s'emplit de l'odeur de la mousse et des sapins.

Will se surprit à ralentir l'allure, à retarder l'instant de l'inévitable séparation. Abi marchait un peu plus près de lui à présent. S'il se penchait légèrement sur la droite, il lui frôlerait le bras. Pour une étrange raison, il mourait d'envie de la toucher.

— Nous y sommes.

— C'est joli.

Will avait grandi en ville, mais il avait toujours rêvé de vivre dans un endroit tel que celui-ci. Un lieu serein, paisible, loin du rythme frénétique de la cité.

Un jour peut-être. Quand il prendrait sa retraite.

— Je suis tombée amoureuse de cet endroit à l'instant où je l'ai vu, dit-elle.

Elle leva les yeux vers lui et son visage se ferma brusquement.

— Mes cicatrices vous dérangent, n'est-ce pas ?

— Non, c'est juste que…

Elle se mordit la lèvre, et baissa la tête, regardant le sol.

— Je ne sais pas vraiment.

— Vous savez, dit-il alors qu'ils s'approchaient de la véranda, quand un enfant a peur de mon visage, quand il ne sait pas comment réagir, j'ai une idée pour le mettre à l'aise.

— Vraiment ?

— Donnez-moi votre main.

Elle lui décocha un regard méfiant.

— Je ne vais pas vous faire mal, je vous le promets.

Elle la lui tendit à regret. Ses doigts étaient longs et gracieux, ses ongles courts et propres, taillés avec soin. Il la prit entre les siennes et elle se raidit.

— Je ne mords pas.

Il porta la main d'Abi à son visage, la posant à plat sur sa joue gauche. Elle écarquilla les yeux, puis cilla, surprise. Il saisit son poignet pour l'empêcher de se dégager.

— Tout va bien, dit-il. Vous pouvez toucher.

Très doucement, comme si elle craignait de se brûler, elle effleura son visage du bout des doigts.

— Vous voyez, ce n'est que de la peau.

— Ça ne vous fait pas mal ?

— Le tissu nerveux est endommagé, et je ne sens pas grand-chose. Le froid et le chaud, surtout. Et la pression.

Il lui adressa ce sourire légèrement en coin qui était devenu son signe distinctif après l'accident.

— Le côté gauche de ma bouche ne coopère pas toujours non plus. Mais j'ai moins de surface à raser, ce qui est un point positif.

Elle lui sourit timidement.

— La peau est… presque douce.

Il lâcha son poignet, s'attendant à ce qu'elle retire sa main, mais elle n'en fit rien. Au contraire, elle remonta plus haut, fit courir son pouce sur la profonde cicatrice qui coupait son sourcil en deux.

Une petite ride apparut sur son front.

— C'est tout près de votre œil.

— Oui. C'est un miracle que je ne l'aie pas perdu.

Il la regarda tandis qu'elle explorait gentiment son visage. Elle était bronzée, et il distinguait de minuscules rides au coin de ses yeux, ce qui signifiait qu'elle était sans doute plus âgée qu'il ne l'avait cru au premier abord. Elle avait les pommettes hautes, une bouche large et bien dessinée. Avec un soupçon de rouge, ses lèvres auraient pu être qualifiées de sensuelles — surtout quand elle souriait. Elle n'était ni petite ni grande. Ni grosse, ni maigre.

Pris individuellement, ses traits étaient quelconques, mais, curieusement, il y avait chez elle quelque chose de presque… sexy. Ce qui était étonnant, car elle lui était d'abord apparue comme une des femmes les moins sexy qu'il ait rencontrées.

Leurs yeux se soudèrent, elle entrouvrit légèrement les lèvres, et quelque chose changea dans l'atmosphère. Will n'aurait su dire quoi au juste. Il ne savait qu'une chose : il mourait d'envie de la toucher, de promener les doigts sur son visage, de caresser du pouce la douceur de sa lèvre.

Il mourait d'envie de l'embrasser.

Les yeux d'Abi s'assombrirent, et ses paupières s'abaissèrent, comme si elles étaient trop lourdes pour les garder ouvertes. Son regard tomba sur la bouche de Will. Il se surprit à se demander quel goût auraient ses lèvres, si le baiser serait lent et tendre ou brûlant et passionné.

Lent et tendre, décida-t-il. Elle n'était pas du genre brûlant et passionné.

Inconsciemment, il baissa la tête, et elle dut lire dans

ses pensées car le charme fut aussitôt rompu. Son regard se ferma de nouveau et elle fit un pas en arrière.

— Il… il faut que je rentre, murmura-t-elle en grimpant les marches à reculons.

Elle avait étréci les yeux, et semblait terrifiée.

Will comprit qu'il devait la laisser partir. Il était allé trop loin, trop vite. Au moins, songea-t-il, elle le regardait à présent. Comme s'il était le diable incarné.

Peut-être devait-il essayer de limiter les dégâts.

— Je suis désolé si je vous ai mise mal à l'aise.

— Je ne suis pas mal à l'aise.

Elle mentait, mais il jugea préférable de ne pas insister et réprima son désir de lui serrer la main. Le langage corporel de la jeune femme lui intimait l'ordre de ne pas s'approcher.

Il remit les mains dans ses poches.

— Merci de m'avoir tenu compagnie. Je suis sûr que nous aurons l'occasion de nous revoir.

— Au revoir.

Il se tourna et reprit le sentier qui menait au bâtiment principal, mais ne put s'empêcher de se retourner une fois pour regarder par-dessus son épaule.

Elle avait déjà disparu.

Abi referma la porte et s'affaissa contre le battant, une main tremblante posé sur son cœur qui battait à tout rompre. Will avait été sur le point de l'embrasser. Il avait même un peu baissé la tête.

Elle aurait dû reconnaître les signes ; elle avait vu des hommes faire ce geste des milliers de fois. Mais elle ne se souvenait pas d'avoir jamais eu les jambes flageolantes, d'avoir jamais été aussi excitée et étourdie par la perspective d'un geste intime de la part d'un homme. Pas même la première fois dans le lit du pick-up de Bob Reily — évidemment, il lui avait fait boire tant de whisky avant qu'elle ne se souvenait pas de grand-chose.

Elle avait eu maintes expériences sexuelles dans sa vie, mais jamais elle n'avait touché un homme aussi tendrement qu'elle avait touché Will, jamais elle n'avait ressenti une intimité aussi profonde que lorsqu'elle promenait la main sur sa joue. Le sexe n'avait été qu'un moyen d'obtenir ce qu'elle voulait, une arme pour plier les hommes à ses désirs.

Sa mère lui avait dit et répété d'utiliser les atouts que la nature lui avait donnés, et Tara Sullivan était bien placée pour savoir de quoi elle parlait. Elle avait passé sa vie à aller du lit d'un homme à un autre, et Abi avait appris qu'elle tenait de sa mère.

Elle n'avait jamais soupçonné qu'il fût possible d'éprouver une telle émotion. Une telle sensation d'excitation et de désir qui semblait venir du plus profond de son être.

Mais elle s'était aussi sentie vulnérable.

Et cela l'avait terrifiée.

Quatre ans s'étaient écoulés depuis la dernière fois qu'elle avait eu un homme dans son lit. Quatre ans passés à reprogrammer son cerveau, à rejeter l'idée du sexe sous quelque forme que ce soit. Et, en l'espace de cinq minutes, elle avait tout gâché. La femme qu'elle avait été, celle qu'elle croyait depuis longtemps morte et enterrée, rôdait encore en elle, quelque part.

Et si jamais elle prenait le dessus, Abi était perdue.

Mais elle n'avait plus besoin d'un homme dans sa vie, se répéta-t-elle fermement. Elle s'était prouvé à elle-même, par sa détermination et ses efforts, qu'elle était une survivante.

Personne ne pouvait changer cela.

Brittney, la baby-sitter d'Adam, apparut sur le seuil de sa chambre et s'avança vers elle.

— Je pensais bien t'avoir entendue entrer. Adam a pris son bain et il joue dans sa chambre. Si tu veux…

Elle s'arrêta net à la vue du visage d'Abi.

— Bon sang, Abi ! Qu'y a-t-il ? On dirait que tu as vu un fantôme.

Un fantôme. Elle n'aurait pu mieux dire.

— Tu sais, Britt, je crois bien que c'est le cas.

3

Abi inspira l'air pur, savourant la sensation d'effort qui tendait les muscles de ses mollets tandis qu'elle accompagnait un groupe d'enfants — les plus de dix ans — sur le sentier qui courait au pied de la montagne.

Tout autour d'elle, la forêt bruissait de vie, fourmillait d'odeurs. Quatre ans plus tôt, elle n'aurait jamais apprécié la beauté simple du paysage. Elle aurait pensé que c'était un endroit sale, primitif, ennuyeux à mourir.

A présent, c'était là qu'elle puisait son réconfort.

Les changements qu'elle avait apportés à sa vie la stupéfiaient encore. S'adapter n'avait pas été facile, mais elle ne voulait à aucun prix redevenir la jeune femme désorientée, perdue, qu'elle avait été autrefois. A l'époque, elle avait cru avoir le monde à ses pieds, mais ç'avait été une illusion.

— Va lui parler, murmura Leanne à sa sœur.

— Je t'ai dit que c'était un snob, rétorqua Cindy en lui donnant une bourrade. S'il te plaît tant que ça, va lui parler toi-même.

Abi observa l'échange depuis l'arrière du groupe, où elle surveillait les plus jeunes. Il était évident que la sœur aînée dominait sa cadette. Sans doute, comme Abi à seize ans, se considérait-elle comme une experte concernant les garçons. Jolie comme elle l'était, elle devait faire l'objet des attentions du sexe opposé et n'avait sans doute nul besoin de les rechercher.

Malgré son apparente assurance et la désinvolture nonchalante qu'elle affichait, Cindy avait certainement souffert plus que sa sœur du divorce de leurs parents. Elle savait mieux le cacher, c'était tout. C'était souvent le cas. En revanche, on lisait en Leanne comme dans un livre ouvert.

Par certains côtés, Abi pouvait s'identifier à Cindy, mais Leanne l'intriguait. Elle espérait que l'adolescente trouverait le courage d'adresser la parole à Eric. Depuis son arrivée, celui-ci n'avait encore parlé à personne. Pour sa part, Abi attendait patiemment son heure, jugeant que le moment n'était pas encore venu de l'aborder.

Elle jeta un coup d'œil par-dessus son épaule et vit qu'il était encore là, traînant des pieds à l'arrière, les yeux résolument rivés au sol. Il disposait de son propre chalet, ce qui inquiétait Abi. Certes, il avait dix-sept ans et il était parfaitement capable de se débrouiller, mais il était seul, et c'était précisément ce qui tourmentait Abi. Son isolement. Elle avait l'impression qu'il menait déjà une existence solitaire. Ce séjour ne ferait-il qu'aggraver les choses ?

Elle sentit qu'on tirait sur son T-shirt, et se retourna pour voir Noah, le benjamin du groupe, à côté d'elle.

— Abi, je suis fatigué et j'ai mal aux pieds. Je veux rentrer.

Abi sourit et lui ébouriffa les cheveux. Bien que gentil, Noah était en train d'acquérir une réputation de râleur.

— Nous allons faire une pause bientôt. Tu peux attendre un peu ?

— D'accord, soupira-t-il, avant de s'éloigner, visiblement dépité.

D'après ce qu'avait appris Abi, le père de Noah avait

remplacé sa femme et son enfant par une maîtresse plus jeune, qu'il s'était empressé de mettre enceinte. La mère de Noah, submergée de chagrin et de rancune, était à peine capable de s'occuper de ce dernier. Autrement dit, le petit garçon avait perdu son père mais aussi l'attention de sa mère. Financièrement, il ne manquait de rien, mais comme Abi l'avait découvert, l'argent ne faisait pas nécessairement le bonheur. Il ne guérissait pas les cœurs brisés. Il n'effaçait pas les erreurs passées. A vrai dire, il causait peut-être plus de soucis qu'il n'en valait la peine.

— Vous avez de la place pour un autre participant ?

Abi tressaillit au son de cette voix familière, et se retourna. Will Bishop grimpait rapidement le sentier derrière eux. Il portait un short kaki et un débardeur sombre qui soulignait les muscles de ses épaules et de ses bras.

Le cœur d'Abi fit un léger bond dans sa poitrine.

Que faisait-il ici ? Certes, le sentier était populaire, mais elle ne pouvait s'empêcher de se demander s'il les avait suivis.

Cette pensée l'excita et l'inquiéta en même temps.

Elle était encore embarrassée par sa conduite de la veille, quand il l'avait raccompagnée à son chalet, et elle avait décidé qu'il serait préférable de garder ses distances avec lui pendant le reste de son séjour. Elle avait répété son discours pour le lui dire à l'heure du déjeuner, mais il s'était contenté de lui dire bonjour en passant, alors qu'il se dirigeait vers une autre table. Par la suite, quand elle l'avait regardé — ce qu'elle s'était surprise à faire un nombre irritant de fois —, il était plongé dans une conversation avec un autre résident ou membre du personnel et n'avait pas semblé lui accorder la moindre attention.

Peut-être son imagination lui avait-elle joué des tours ? Peut-être n'avait-il jamais eu l'intention de l'embrasser ?

Il était bien possible que son intuition féminine soit plus rouillée qu'elle ne l'avait soupçonné.

Il était donc fort probable qu'il ne l'avait pas suivie, mais qu'il était parti en promenade et qu'il était tombé sur son groupe par hasard. Tant mieux. Elle n'avait jamais eu de client qui s'intéresse à elle, mais elle savait que ce genre de choses arrivait parfois, et cette idée la mettait mal à l'aise. Le fait qu'elle soit curieusement fascinée par Will Bishop ne faisait que renforcer son trouble.

— Nous faisons une randonnée-nature, expliqua-t-elle comme il la rejoignait.

Il était grand, athlétique, et sa démarche était souple et fluide. Abi avait du mal à détacher son regard de lui. Il aurait pu être qualifié de gracieux s'il n'avait été si masculin. Jamais elle n'avait rencontré d'homme qui paraissait si bien dans sa peau, et si sûr de lui sans pour autant faire preuve de la moindre arrogance.

— Vous ne devriez pas être en train d'assister à une séance de thérapie de groupe ?

Will haussa les épaules et fit une grimace.

— La thérapie, ce n'est pas vraiment ma tasse de thé.

Intéressant comme attitude, pour quelqu'un qui avait choisi de venir dans un centre qui se spécialisait précisément dans ce genre de traitement, songea Abi.

— Peut-être que cela ne me regarde pas, mais si vous ne voulez pas de thérapie, que faites-vous ici ?

Il réfléchit un instant.

— Je ne sais pas au juste, avoua-t-il. J'avais besoin de temps pour réfléchir, pour faire des changements dans ma vie. Cet endroit semblait idéal — c'était l'occasion de me retrouver avec des gens qui savent ce que j'éprouve.

Elle devait reconnaître qu'il était honnête.

— Vous devriez y songer, dit-elle. A la thérapie. C'est sans doute différent de ce que vous imaginez.

— J'y songerai.

Ils atteignirent la clairière où le groupe devait faire sa première pause. Des souches d'arbres faisaient office de sièges.

— Quinze minutes de repos, tout le monde, déclara Abi. Je voudrais que vous sortiez vos journaux et que vous écriviez au moins une page.

— De quoi est-ce que nous devons parler ? demanda une petite fille.

— De tout ce que vous voulez. Ça pourrait être une page sur quelque chose que vous avez vu dans les bois et qui vous a intéressé ou sur ce que vous éprouvez. Exactement ce que vous avez envie d'écrire.

Ce qu'ils écrivaient n'avait pas vraiment d'importance. Le journal était seulement un exercice qui leur permettait de se détendre, une préparation à la séance de thérapie de groupe qui aurait lieu plus tard dans l'après-midi.

Les enfants laissèrent tomber leurs sacs à dos et Abi se tourna vers Will.

— Vous n'êtes pas obligé de nous attendre.

— J'ai tout mon temps, assura-t-il en s'asseyant sur un tronc renversé sur le sol.

Bon.

Qu'elle désire sa compagnie ou non, il semblait qu'elle n'avait guère le choix. Et elle n'allait pas causer de scène ou risquer de le mettre dans l'embarras devant les enfants.

D'ailleurs, quel mal y avait-il à bavarder un peu ?

— Il ne se mêle pas aux autres ? demanda Will.

Elle suivit la direction de son regard et vit Eric, debout, adossé à un tronc d'arbre, à l'écart du groupe. Il n'avait pas sorti son journal. Il battait les broussailles avec un bâton, avec le même air d'ennui que d'habitude.

Abi décida de ne pas insister. Le forcer ne ferait qu'aggraver la situation.

Elle s'assit sur le tronc à côté de Will.

— Je ne sais pas encore comment l'approcher. Je sens qu'il doit y avoir un moyen, mais je ne l'ai pas encore trouvé.

Will se laissa aller en arrière, étirant ses jambes devant lui. Elles étaient longues et musclées, et Abi se surprit à les regarder. Que lui arrivait-il ? Jamais auparavant elle n'avait trouvé les jambes d'un homme particulièrement attirantes.

— Il vous cause des problèmes ? demanda Will.

Abi se faisait d'ordinaire une règle de ne pas parler d'un résident à un autre, mais elle lui fut reconnaissante de ce sujet neutre. D'ailleurs, un point de vue masculin pourrait s'avérer utile dans ces circonstances.

— A vrai dire, c'est le contraire. Ses parents s'inquiètent parce qu'il est devenu excessivement introverti. Ils l'ont envoyé ici pour le faire sortir de sa coquille.

— Envoyé ici ? Je croyais qu'il s'agissait d'un centre de thérapie familiale.

— Ça l'est, normalement.

— Laissez-moi deviner. Ses parents n'ont pas le temps.

— Quelque chose comme ça.

Il secoua la tête.

— Dommage.

— Abi !

Noah surgit devant eux, se balançant d'un pied sur l'autre, la main cramponnée à son short.

— J'ai envie de faire pipi !

— Voilà l'avantage d'être un garçon, plaisanta Abi en

désignant la forêt dense qui les entourait. Tu peux choisir entre deux cents arbres au moins.

Il jeta un coup d'œil inquiet autour de lui.

— Je ne veux pas y aller tout seul.

— Tu veux que je vienne avec toi ?

D'inquiète, l'expression de Noah devint horrifiée.

— Beurk ! Vous êtes une fille !

— Veux-tu que M. Bishop t'accompagne ?

Il enveloppa Will d'un regard perçant et secoua la tête.

— Je ne le connais pas.

— Hhmm.

Abi regarda autour d'elle, se demandant comment régler le problème, puis trouva l'inspiration qu'elle cherchait.

— Et si un des garçons allait avec toi ? Ça irait ?

Noah réfléchit une minute, puis hocha la tête.

— Eric, par exemple ?

— Oui, d'accord.

Parfait. C'était précisément l'ouverture dont elle avait besoin.

— Eric, appela-t-elle, tu peux venir ici une minute ?

L'air totalement indifférent, Eric jeta son bâton par terre, enfonça les mains dans ses poches et vint tranquillement vers eux. Bien qu'âgé de dix-sept ans seulement, il mesurait près d'un mètre quatre-vingts. Ses cheveux blonds étaient un peu longs et il les repoussait d'un geste de la tête quand ils lui tombaient dans les yeux.

— Oui ?

Il faisait de son mieux pour ne pas paraître seul et perdu, songea-t-elle, le cœur serré.

— Noah a envie d'aller faire pipi, mais il ne veut pas que ce soit moi ou M. Bishop qui l'accompagne. Pourrais-tu l'emmener ?

Il haussa les épaules.

— Sûr. Viens, petit.

Il se dirigea vers les bois et Noah le suivit en bavardant. Abi les regarda s'éloigner, satisfaite. Peut-être que le petit garçon parviendrait à faire parler Eric un peu.

— Beau travail, dit Will.

Abi se tourna vers lui et sourit.

— Comme je le disais, il fallait attendre que l'occasion se présente. Il suffit d'être patiente.

— Vous comprenez les enfants.

— J'adore mon travail. Mais si vous m'aviez dit il y a quatre ans que je ferais ce genre de choses, j'aurais pensé que vous étiez fou.

— Pourquoi ?

— Disons que je ne m'intéressais pas aux enfants à cette époque-là.

— Beaucoup de choses peuvent changer en l'espace de quatre ans, dit-il, une lueur sombre dans le regard.

— C'est à la même époque que c'est arrivé ?

Il se tourna vers elle.

— Quoi ?

— L'accident.

— Oui. C'était il y a quatre ans.

Quatre ans le mois suivant, pour être précis, songea Will. Le jour anniversaire de la mort de Ryan. Curieusement, c'était comme si la vie de Will était en suspens depuis, comme s'il prenait son mal en patience, jusqu'au jour où Vince comparaîtrait enfin devant la justice. Il était si près du but maintenant qu'il sentait la balance pencher en sa faveur. Il allait réussir.

Et il obtiendrait justice, coûte que coûte.

— Comment avez-vous trouvé cet emploi ?

— C'était le destin.

Elle le regarda, et, malgré le fait qu'elle souriait, Will

aperçut de la méfiance dans ses yeux. Elle lui cachait quelque chose, et il aurait parié que ce quelque chose concernait sa directrice.

Après avoir parlé à plusieurs membres du personnel, il était parvenu à la conclusion que beaucoup d'entre eux semblaient ne rien savoir ou presque de celle-ci, et ceux qui étaient mieux informés n'étaient apparemment guère enclins à parler.

Ces approches préliminaires avaient achevé de le persuader qu'Abi était sa seule chance de pouvoir rencontrer Maureen. Cependant, il devait procéder avec précaution.

Il y avait quelque chose chez elle, quelque chose dans ses yeux qu'il reconnaissait pour l'avoir éprouvé lui-même, et il était presque certain que l'attirance était mutuelle. En même temps, il était conscient du malaise que ses attentions éveillaient en elle, comme si elle ne savait pas très bien quoi penser de lui. Ce qui était compréhensible, puisqu'il ne savait pas non plus très bien quoi penser d'elle...

Pourquoi cette femme d'apparence ordinaire, plutôt timide, le fascinait-elle autant ? Ses deux premières épouses avaient certes été dépendantes, mais l'une et l'autre étaient physiquement superbes.

Aujourd'hui, Abi avait noué ses cheveux en queue-de-cheval. Elle ne portait pas de maquillage. Ses vêtements étaient un peu trop grands, comme si elle avait honte de son corps et qu'elle essayait de le cacher. Pourtant, pour autant qu'il pût en juger, elle n'était pas grosse. A vrai dire, elle avait une carrure si délicate qu'il était étonné de voir qu'elle avait des jambes musclées. Sans doute avait-elle fait beaucoup de randonnée ?

Ses opérations clandestines lui avaient appris à s'immiscer subtilement — et parfois moins subtilement — dans n'importe quelle situation. Il savait exactement jusqu'où il pouvait aller, et à quel moment faire marche arrière. Il obtiendrait ce qu'il voulait, il n'en doutait pas. Il avait attendu trop longtemps, travaillé trop dur pour laisser cette occasion lui filer entre les doigts. D'ailleurs, rien ne pressait. Il avait presque quatre semaines pour arriver à ses fins. Tout le temps nécessaire pour gagner la confiance d'Abi.

— Je suppose que je devrais y aller, dit-il en se levant, hissant son sac à dos sur ses épaules. J'aimerais couvrir quelques kilomètres avant d'aller jouer au golf.

Il baissa les yeux sur elle et, l'espace d'une seconde, crut lire de la déception dans son regard.

— Il y a une feuille dans le bureau de Susie où on peut s'inscrire pour des séances de thérapie individuelle ou de groupe, dit-elle. Vous devriez y songer.

— Je le ferai, dit-il sans en avoir la moindre intention.

Il n'avait pas besoin d'un psy pour savoir qu'il n'était pas fait pour le mariage. Il avait compris cela tout seul.

— A ce soir, peut-être.

Elle lui adressa un sourire vague, comme pour signifier que cela lui était indifférent.

— A bientôt.

Il la reverrait.

Elle pouvait compter là-dessus.

4

— Madame Sullivan ?

Abi leva les yeux du classeur posé sur son bureau pour fixer le jeune homme qui se tenait sur le seuil.

Le T-shirt rouge qu'il avait drapé sur son épaule arborait le logo du centre, ce qui signifiait qu'il s'agissait sans doute de son nouvel employé.

D'après son dossier, il avait à peine vingt ans, et elle n'avait pas l'habitude de s'extasier sur des hommes qui avaient dix ans de moins qu'elle. Pourtant, elle ne put s'empêcher d'être impressionnée. Il avait des cheveux d'un noir de jais, et des yeux sombres. Il était grand, musclé partout où il le fallait. Encore un qui devait laisser des cœurs brisés dans son sillage.

— Vous devez être Tom.

— Tom Sterling.

Il laissa tomber son sac de voyage et s'avança vers elle, la main tendue, lui décochant un sourire de star.

Aucun doute. Ce type allait faire des ravages parmi le personnel féminin. Mais à en juger par ses références, il en valait la peine.

Abi se leva et lui serra la main. Sa poignée de main était ferme, pleine d'assurance.

— Bienvenue au centre. Je vous remercie d'être venu si vite.

— C'est moi qui devrais vous remercier. Ma bourse d'études ne couvre pas mes frais de logement et de nourriture, et quand mon dernier poste a été supprimé, je me suis trouvé dans l'embarras.

— J'étais justement en train de lire votre dossier. Vos références sont excellentes. Comme je vous l'ai expliqué au téléphone, vous travaillerez pour l'essentiel avec les jeunes enfants.

— Bien.

Elle ouvrit le classeur et en tira une copie du Guide du Personnel.

— Cela couvrira tout ce dont nous n'avons pas déjà parlé au téléphone. Si vous avez des questions, venez me voir ou demandez à n'importe quel autre membre du personnel.

A vrai dire, elle était sûre que les employées se bousculeraient pour y répondre.

— Allez voir Susie à la réception. Elle vous donnera les informations dont vous avez besoin, ajouta-t-elle. Vous avez le reste de la journée pour vous familiariser avec les lieux. Je vous attendrai demain matin à 8 heures au centre d'activités des enfants.

— Merci, madame Sullivan.

— Abi, corrigea-t-elle. A demain.

Il lui adressa un autre sourire dévastateur, puis prit son sac et sortit. Abi décrocha le téléphone et composa le numéro de Susie.

— Susie, je viens de t'envoyer Tom. Peux-tu demander à un des animateurs de lui faire visiter son chalet et de l'aider à s'installer ?

— Bien sûr, Abi. Qu'est-ce que tu penses de lui ? Mignon, non ?

— Il ne va pas passer inaperçu, j'en suis sûre.

— Si j'avais dix ans de moins…

Susie poussa un soupir nostalgique et raccrocha.

Abi savait exactement ce qu'elle voulait dire. Voir un jeune homme comme Tom, qui avait toute sa vie devant lui, donnait l'impression d'être vieille.

Elle ne pouvait s'empêcher de penser qu'elle avait gâché les meilleures années de sa propre vie. Si seulement elle avait pu remonter le temps, sachant ce qu'elle savait à présent, elle aurait agi différemment !

Mais à quoi bon ressasser le passé ? Il y avait certaines choses qu'on ne pouvait changer.

Abi vérifia les noms sur la liste affichée dans le bureau et secoua la tête.

— Zut.

Susie leva les yeux de son écran d'ordinateur.

— Quelque chose ne va pas ?

— J'imagine que Will Bishop n'est pas venu aujourd'hui ?

— Le type à la cicatrice ? Non, je ne l'ai pas vu. Pourquoi ?

— J'espérais qu'il allait s'inscrire pour la thérapie, mais je ne vois pas son nom.

— Peut-être qu'il n'a pas eu le temps.

— Peut-être.

Elle l'avait vu se diriger vers le parcours de golf avec un groupe d'hommes cet après-midi, puis elle l'avait croisé alors qu'il allait au lac, une serviette sur l'épaule. Elle avait vraiment espéré qu'il prendrait le temps de s'arrêter au bureau, mais au moins il semblait se faire des amis. Peut-être un des autres hommes le persuaderait-il de se joindre au groupe ?

Elle avait l'impression qu'au fond de lui il savait qu'il avait besoin d'aide. Sinon, pourquoi serait-il venu ici ? Il ne lui fallait sans doute un peu d'encouragement pour franchir le pas.

— Où est Adam ? s'enquit Susie.

— Il fait un pique-nique avec les petits au bord du lac. Il y a un petit garçon de quatre ans et Adam s'est trouvé un nouveau meilleur ami. Il est toujours content quand les sessions familiales recommencent. Peux-tu me rendre un service, Susie ? Dis-moi si Will Bishop s'inscrit, veux-tu ?

— Bien sûr, Abi.

Abi quitta le bureau et se dirigea vers la salle à manger principale. On était mardi, ce qui signifiait que c'était le soir du buffet italien, et la cuisine était toujours délicieuse. Abi disposait d'une cuisine équipée au chalet, mais elle trouvait en général plus facile de dîner avec ses collègues et les résidents.

Néanmoins, elle faisait en sorte de préparer à dîner deux ou trois fois par semaine pour Adam et elle — de sorte qu'ils passent une soirée en famille tous les deux, après quoi elle jouait avec lui aux cartes ou à un jeu quelconque. Et puis il se couchait et Abi lui lisait des histoires jusqu'à ce qu'il s'endorme.

Parfois elle le regardait dormir, mémorisant les moindres détails de son visage adoré. Elever un enfant seule n'était pas sans difficultés, mais elle ne pouvait imaginer sa vie sans Adam.

Elle remplit une assiette de spaghettis aux fruits de mer et prit une tartine de pain à l'ail, puis parcourut la salle des yeux, essayant de se convaincre qu'elle ne cherchait pas Will et ignorant le léger pincement de déception qu'elle éprouva en voyant qu'il n'était pas là. Il avait parlé de la possibilité de la revoir au dîner, mais cela ne signifiait pas qu'il avait l'intention de s'asseoir avec elle.

D'ailleurs, elle ne voulait pas qu'il s'assoie avec elle.

Enfin, peut-être un peu, mais elle savait qu'il serait préférable qu'il n'en fasse rien. Il avait éveillé en elle des sentiments qu'elle avait enterrés depuis longtemps. Surtout, et cela l'effrayait davantage, il avait provoqué en elle des sentiments neufs, inconnus.

Elle se dirigea vers une table vide au fond de la salle, posa son assiette et commença à manger.

Même s'il avait été là, elle n'était pas sûre qu'elle aurait eu le courage d'aller s'asseoir à côté de lui. L'Abi d'autrefois, celle qu'elle avait été avant de donner naissance à Adam, serait entrée dans la salle avec assurance, et n'aurait pas hésité à s'inviter à la table de l'homme de son choix. Evidemment, elle n'aurait jamais choisi un homme comme Will. Elle avait été attirée par le pouvoir et l'argent. Les hommes n'étaient qu'un moyen d'arriver à ses fins.

En fin de compte, elle n'avait récolté que des ennuis, et elle se rendait compte à présent qu'il valait mieux qu'elle reste seule. Aucun homme ne valait la peine d'affronter les épreuves qu'elle avait traversées.

Si elle le pensait vraiment, se morigéna-t-elle, pourquoi se surprenait-elle à guetter la porte d'entrée ? Pourquoi son cœur battait-il plus vite à la pensée que Will allait peut-être arriver ? Et quand elle se souvenait de la manière dont il l'avait regardée ?

Elle ne pouvait s'empêcher de se demander comment il la voyait. Depuis sa grossesse, elle n'était plus aussi mince qu'avant. Loin de regretter sa silhouette de rêve, elle s'était sentie libérée. Elle avait abandonné la torture quotidienne qu'elle s'était imposée jusque-là, les exercices et le régime draconien. Jamais elle ne s'était sentie mieux dans sa peau qu'à présent. Elle avait l'impression d'avoir repris le contrôle de sa vie.

Elle avala une bouchée de pâtes, s'efforçant de se concentrer sur son repas plutôt que sur la porte. Dès qu'elle aurait fini de dîner, elle irait chercher Adam, et rentrerait au chalet de bonne heure. Ce projet lui parut bon jusqu'au moment où elle leva la tête et vit Will qui franchissait le seuil de la salle à manger. Elle se figea, paralysée sur place, incapable de détourner les yeux.

Il s'était arrêté à l'entrée et promenait son regard sur la salle. Ce n'était pas elle qu'il cherchait, se dit-elle fermement. Seulement une place où s'asseoir. Puis ses yeux s'arrêtèrent sur elle, en même temps qu'un sourire naissait sur ses lèvres. Le cœur d'Abi bondit dans sa poitrine, et un frisson lui parcourut la nuque. Il y avait un charme enfantin dans ce sourire, en dépit du charme indéniablement masculin qui émanait de lui.

Il soutint son regard pendant quelques secondes, puis se dirigea vers le buffet pour se servir. Elle se força à baisser les yeux et à se concentrer sur son assiette. Le fait qu'il l'avait regardée ne signifiait pas qu'il la cherchait, se dit-elle. Ni qu'il voulait s'asseoir à côté d'elle. D'ailleurs, elle ne voulait pas lui donner l'impression de l'y encourager. Il l'avait déjà trop souvent surprise à le regarder.

Elle prit une nouvelle bouchée de pâtes, mais elle eut du mal à l'avaler tant sa gorge était nouée par l'anxiété — par un sentiment de nervosité et d'excitation qui ne semblait pas vouloir se dissiper.

— Ce siège est libre ?

Abi tressaillit et leva la tête. Debout devant la table, Will désignait la place à côté d'elle. Ainsi, il voulait bien s'asseoir avec elle, songea-t-elle, le cœur battant à tout rompre. Quant à savoir si c'était une bonne idée…

Elle ne voulait pas se montrer impolie. Ce n'était pas la faute de Will si elle avait cette fascination étrange à son égard.

— Hhmm… oui, répondit-elle, l'invitant d'un geste à s'asseoir.

Il tira la chaise et s'assit, si tranquille et si détendu que sa propre nervosité parut soudain ridicule à Abi. Elle remarqua que les cheveux de Will étaient encore humides. Il sentait bon le shampooing.

— Comment s'est passé le reste de la randonnée cet après-midi ?

— Bien, dit-elle, s'efforçant de garder les yeux sur son assiette.

— On dirait qu'Eric s'est fait un nouvel ami.

Abi suivit le regard de Will et aperçut Eric à l'autre bout de la salle avec Noah. Ce dernier lui racontait quelque chose, et ses lèvres remuaient avec animation. Il n'avait pas quitté Eric d'une semelle pendant la seconde moitié de la randonnée, et l'avait suivi comme un toutou durant tout le reste de l'après-midi. Curieusement, Eric ne semblait pas s'en irriter, et écoutait patiemment Noah jacasser à côté de lui.

Comme elle s'en était doutée, c'était un enfant qui avait bon cœur au fond.

— Je viens d'aller au bureau, dit-elle à Will. Je n'ai pas vu votre nom sur la feuille de thérapie.

Il lui décocha son irrésistible sourire en coin.

— On me surveille, je vois ?

— C'est mon travail, répondit-elle, sans se laisser amadouer par cet assaut de charme.

— J'ai dit que j'allais y réfléchir.

— Et ?

Il haussa les épaules.

— Et je suis toujours en train de réfléchir.

— Maman !

Abi leva la tête. Adam fonçait vers elle, courant aussi vite que le lui permettaient ses petites jambes, suivi de Renée, une des animatrices. Comme toujours, son cœur se gonfla d'amour et de fierté à la vue du sourire heureux de son enfant. Elle n'avait vraiment découvert l'amour que lorsqu'elle était devenue mère. Le jour où elle avait senti son bébé remuer pour la première fois en elle. Quand il était né et qu'elle avait baissé les yeux sur son adorable visage, compté les doigts de ses mains et de ses pieds, elle avait éprouvé un sentiment de plénitude absolue, comme si elle avait découvert sa raison d'exister.

Lui seul comptait dans sa vie, à présent.

Adam se jeta dans ses bras et elle le hissa sur ses genoux, ébouriffant ses cheveux sombres.

— Tu as fait un bon pique-nique, mon chéri ?

— Je t'ai apporté un cadeau, s'écria-t-il tout excité. Montre-lui, Renée.

— D'accord, fit Renée en riant, avant de tendre à Abi la dernière œuvre d'Adam — plusieurs bâtonnets de sucette collés ensemble pour créer une forme abstraite couverte de paillettes bleu et or.

Certaines se détachèrent et tombèrent dans l'assiette d'Abi.

Renée fit une moue.

— Désolée. Il avait tellement hâte de te le montrer.

— Ça ne fait rien, assura Abi.

— Il te plaît, maman ?

— Il est magnifique, mon chéri, dit-elle en le serrant contre elle. Merci.

— Veux-tu que je ramène Adam au centre en attendant que tu aies terminé de dîner ? proposa Renée.

— Non, merci. J'ai presque fini.

— Bon. A demain, Adam, lança-t-elle avant de se tourner pour partir.

— Vous êtes qui ? demanda soudain Adam.

Il s'adressait à Will qui, à en juger par son air stupéfait, ne savait pas qu'elle avait un enfant. L'expérience avait appris à Abi qu'il suffisait de présenter les hommes qui s'intéressaient à elle à son fils pour les décourager. Ils fuyaient comme la peste.

En un sens, elle était déçue — mais aussi soulagée.

— Adam, je te présente M. Bishop. Will, voici Adam, mon fils.

Will se reprit, adressa à Adam un sourire qui paraissait sincère, et lui tendit la main.

— Content de faire ta connaissance, Adam.

Adam lui serra la main, puis se pencha légèrement vers lui, le dévisageant d'un regard perçant.

— Vous avez une drôle de tête.

— Adam ! C'est impoli, intervint Abi, gênée.

— Ça ne fait rien, affirma Will. Il a raison. C'est une drôle de tête.

— Vous avez l'air d'un méchant.

Will se mit à rire.

— Un méchant ?

— Tu sais, maman ? Comme dans les bandes dessinées.

Il étrécit les yeux.

— Vous n'êtes pas un méchant, j'espère ?

Will rit de nouveau.

— Non. Je suis un des gentils, je t'assure.

Rassuré, Adam se tourna vers Abi.

— Je peux manger un cookie ?

— Un seul, dit-elle alors qu'il se levait déjà pour se hâter vers le buffet.

Elle se tourna vers Will.

— Je suis désolée. Les enfants de trois ans peuvent être d'une franchise un peu brutale.

— Ce n'est rien. Je ne savais pas que vous aviez un fils.

— Vous ne me l'avez pas demandé.

Ses lèvres esquissèrent un sourire.

— C'est vrai.

— Si vous voulez partir, je ne serai pas vexée.

Il la regarda, visiblement perplexe.

— Partir ?

— Si vous préférez vous asseoir à une autre table.

— Pourquoi le ferais-je ?

— C'est une réaction naturelle quand les hommes apprennent que j'ai un fils. Ils disparaissent comme s'ils avaient le diable à leurs trousses.

— Je pense que vous allez vous rendre compte que je ne suis pas comme la plupart des hommes.

Elle s'en doutait déjà. A vrai dire, il était différent de tous les hommes qu'elle avait connus. Et elle ne savait pas si c'était une bonne ou une mauvaise chose.

— La vérité, c'est que vous m'attirez, Abi, dit-il tout à coup. Que vous ayez un fils ne change rien à cela.

Et voilà le problème, songea-t-elle. Parce qu'il l'attirait aussi. Il aurait mieux valu pour eux deux qu'il s'en aille dès qu'il avait vu Adam.

Elle promena un regard nerveux autour d'elle, espérant que nul ne prêtait attention à leur conversation. Mais personne ne semblait les regarder.

— Will, je ne pense pas que ce soit une bonne idée.

Il prit une bouchée de pâtes et se tamponna les lèvres avec sa serviette.

— De quoi parlez-vous, au juste ?

— De ceci. De nous. C'est contre les règles du centre qu'un membre du personnel ait des… relations avec un résident.

— Des relations ?

— Vous savez ce que je veux dire.

Il lui décocha un sourire presque timide.

— Oui, Abi. Ecoutez, vous me plaisez, mais je ne suis pas venu ici chercher une relation. Bien au contraire.

Abi ne pouvait s'empêcher d'être flattée que Will la trouve séduisante. Elle s'en doutait, mais cela lui faisait plaisir qu'il le confirme à haute voix. Il y avait longtemps qu'un homme ne l'avait pas regardée de cette manière.

Malgré les efforts qu'elle déployait pour se rendre invisible, Will avait vu en elle quelque chose qui dépassait la simple beauté physique. Quelque chose dont elle ignorait l'existence — et qui n'existait sans doute pas quatre ans plus tôt. Elle avait tellement changé !

Le fait qu'il se méfie autant de ses propres sentiments envers elle qu'elle se méfiait des siens la rassurait aussi.

— J'apprécie votre honnêteté, dit-elle.

— Et l'amitié ? Est-ce aussi contre les règles ?

Elle n'y avait jamais vraiment réfléchi. Il lui était arrivé de nouer des liens étroits avec certains des enfants. Elle avait aussi eu quelques amitiés plutôt superficielles avec des résidents adultes, surtout des femmes. Ce n'était pas un sentiment qu'elle évitait, ni qu'elle recherchait.

Peut-être était-ce une possibilité.

Le seul problème était que rien dans ses relations avec Will n'était superficiel.

— J'ai toujours pensé que j'étais plutôt sociable, mais

si vous préférez ne pas être amie avec moi, si je vous ai offensée sans m'en rendre compte…

— Non, ce n'est pas cela. C'est seulement que…

Elle noua ses mains sur la table.

— J'ai eu des expériences désagréables avec les hommes par le passé. Disons que je suis devenue cynique.

Will posa sa main sur les siennes, et elle eut l'impression de recevoir une décharge électrique dans les bras. Elle dut se faire violence pour ne pas se dégager. Comment un simple contact pouvait-elle la troubler à ce point ? Son cœur battait plus vite, elle sentait le sang affluer dans ses veines, la chaleur monter sur son cou et son visage. Aucun homme ne l'avait jamais affectée aussi profondément par un geste aussi innocent.

— A vrai dire, murmura-t-il, j'ai moi aussi eu des expériences plutôt épouvantables avec les femmes par le passé. Peut-être que cela nous ferait du bien à tous les deux.

A la pensée qu'il était vulnérable lui aussi, Abi éprouva une légère bouffée de soulagement. Il avait raison, en un sens. Peut-être que ce serait une bonne chose. Il y avait si longtemps qu'elle n'avait pas fait confiance à un homme. Une amitié avec Will lui ferait du bien. Peut-être pourrait-elle définitivement chasser quelques-uns de ses démons, et retrouver la paix. Et peut-être que cela ferait du bien à Adam aussi. Cela lui apprendrait que Will était un homme normal, malgré son visage défiguré par les cicatrices.

En apparence, tout au moins. Pour Abi, il était différent de tous les hommes qu'elle avait connus jusque-là.

— Qu'en dites-vous ? demanda Will. Pouvons-nous être amis ?

Son sourire était si charmeur, son attitude si amicale, son regard si plein d'espoir qu'elle ne pouvait guère refuser.

— Oui, dit-elle. Je suppose que nous pourrions être amis.

Will sourit, se sentant à peine coupable. Il ne lui avait pas menti, ne l'avait pas induite en erreur. Il voulait réellement être son ami. Seulement, il ne lui avait pas révélé pourquoi.

Elle avait eu raison sur un point.

Dans des circonstances normales, s'il avait découvert qu'une femme avec qui il sortait avait un enfant, il aurait aussitôt mis son numéro de téléphone à la poubelle. Ce n'était pas qu'il n'aimait pas les enfants. Après la mort de Ryan, il avait essayé de passer du temps avec les enfants de celui-ci, de compenser au moins un peu l'absence de leur père. Ils en étaient venus à le considérer comme un oncle, jusqu'à ce que leur mère se remarie. Ensuite, il avait espacé ses visites, par égard pour le nouveau mari, un homme sympathique qui devait forger des liens avec les enfants. Il avait été étonné de constater à quel point ils lui avaient manqué.

Mais puisqu'il n'avait pas la moindre intention de se remarier, il préférait avoir avec les femmes des relations aussi simples que possible. C'était difficile quand il y avait des enfants. S'ils s'attachaient à lui, ils risquaient de souffrir une fois que la relation aurait pris fin.

Malheureusement, cette fois-ci, c'était inévitable. D'ailleurs, il n'avait pas l'intention de développer sa relation avec Abi au-delà du stade de l'amitié. Il n'avait pas de temps à consacrer à une liaison, alors que tant de choses étaient en jeu. Et puis, hormis quelques relations de travail avec des collègues féminines, il n'avait jamais été vraiment ami avec une femme. Peut-être était-ce une conséquence du fait d'avoir été élevé par un homme qui considérait le sexe féminin comme inférieur.

Le père de Will, sergent dans l'armée, n'avait pas eu le moindre respect pour son épouse — ni pour aucune femme, d'ailleurs. Il avait géré la maisonnée comme une caserne. Et même s'il n'avait jamais levé la main sur sa femme — il réservait ce traitement à son fils —, ses paroles avaient fait autant de mal que des coups. Ses vexations et ses insultes avaient un effet plus durable et plus profond qu'une gifle.

Bien que Will ait honte de l'admettre, et malgré ses efforts pour être différent, il était néanmoins conscient d'avoir hérité de certains des défauts paternels, et d'avoir parfois eu des attitudes similaires à celles de son père dans ses propres mariages. Il n'avait aucune patience pour les caprices du sexe opposé.

Il ne doutait pas d'avoir été un mari épouvantable, et il savait qu'il ferait un père encore pire.

— Eh bien, il est temps que je ramène Adam à la maison.

Abi se leva et posa sa serviette sur la table.

— A plus tard.

Il remarqua qu'elle avait à peine touché à son plat, lequel d'ailleurs n'avait plus l'air très appétissant, maintenant qu'il était recouvert de paillettes argentées.

Il avait eu l'intention de lui proposer de la raccompagner chez elle, et peut-être même de s'inviter pour un verre, mais il ne voulait pas aller trop loin et éveiller ses soupçons. Il devait procéder lentement.

Il leva les yeux vers elle et sourit.

— Je vous verrai demain ?

— Sans doute.

Il la suivit des yeux tandis qu'elle traversait la salle pour aller chercher Adam, s'arrêtant brièvement au passage pour bavarder avec quelques résidents. Puis elle lui lança un regard et un vague sourire avant de disparaître. Elle paraissait si méfiante, parfois, comme une petite souris effrayée. A d'autres moments, elle était incroyablement directe.

Elle le déroutait.

Il avait l'impression que cette jeune femme était beaucoup plus complexe qu'elle n'en avait l'air. Et comme toujours quand il était confronté à un mystère, il avait une envie irrésistible de l'éclaircir.

5

— Eric, peux-tu venir me donner un coup de main ? demanda Abi, debout à côté du tas de bois, près du bâtiment réservé à l'entretien.

Eric s'approcha tranquillement, quittant l'endroit où il se tenait seul, et où il regardait les autres jeunes disputer un match de volley. Depuis qu'il l'avait aidée avec Noah deux jours plus tôt, elle lui avait demandé de menus services ici et là, et, petit à petit, il commençait à lui parler. Pour l'instant, ce n'étaient que quelques mots, mais c'était un début. Elle regrettait seulement qu'il ne fasse pas de même avec les autres enfants. S'il pouvait comprendre qu'ils avaient les mêmes problèmes que lui, et qu'il était normal d'en parler, il accepterait peut-être mieux son séjour ici.

— De quoi avez-vous besoin ? demanda-t-il.

— Il faudrait porter du bois sur la plage pour le feu de camp vendredi soir. Peux-tu m'aider ?

Il haussa les épaules, ce qu'elle prit comme sa façon à lui de dire oui, et ils se mirent à empiler du bois ensemble.

Abi perçut un mouvement sur sa gauche et vit Leanne qui passait à proximité. Une douce brise d'été soulevait ses cheveux châtains alors qu'elle contemplait le ciel, les arbres, et le lac scintillant sous le soleil de l'après-midi. Son regard allait partout sauf là où Abi savait qu'elle voulait désespérément le poser — sur Eric.

Leanne n'était jamais très loin d'Eric, et elle avait l'air triste de ceux qui souffrent du mal d'amour.

Elle s'arrêta et se baissa pour refaire les nœuds de ses tennis qui, pour autant qu'Abi pût en juger, étaient parfaitement bien serrés. La pauvre adolescente mourait d'envie d'être remarquée.

Apparemment, Leanne n'avait pas encore trouvé le courage d'adresser la parole à Eric. Abi ne pouvait qu'espérer qu'il se montre agréable si elle parvenait à le faire.

Elle se tourna vers lui, et faillit laisser échapper la bûche qu'elle portait en voyant qu'il observait Leanne à la dérobée.

Intéressant.

Peut-être qu'ils n'avaient besoin que d'un petit coup de pouce, un soupçon d'encouragement. Mais comment faire ? Comment procéder sans qu'ils sentent que toute l'affaire était préméditée ? Elle promena un regard autour d'elle, cherchant une raison de les laisser seuls, et ne tarda pas à la trouver. Will Bishop s'avançait en direction du bâtiment principal, les mains négligemment enfoncées dans les poches, bronzé, en forme et beau à croquer.

Il n'aurait pu choisir meilleur moment.

— Will ! s'écria-t-elle avec un sourire. Je parie que vous vouliez me voir pour discuter de ce dont nous avons parlé l'autre jour.

Il arqua des sourcils interrogateurs.

— L'autre jour ?

— Vous savez, au dîner.

Elle écarquilla les yeux, espérant qu'il comprendrait le message.

— J'ai quelques minutes à vous consacrer si vous voulez, ajouta-t-elle.

— Ah. Ça. Oui, bien sûr, répondit-il, toujours perplexe, mais entrant dans son jeu. Maintenant serait parfait, en effet.

Abi se tourna vers Eric.

— Excuse-moi, Eric. Il faut que je parle avec M. Bishop pendant quelques minutes.

Eric haussa les épaules avec indifférence, continuant à lancer des bûches dans la charrette.

Abi jeta un coup d'œil en direction de Leanne qui, encore accroupie à quelques mètres de là, semblait avoir découvert quelque chose de fascinant dans l'herbe.

— Leanne, tu peux venir, s'il te plaît ?

Leanne bondit sur ses pieds et se tourna vers Abi. Elle vit qu'Eric la regardait et baissa aussitôt les yeux, puis elle s'approcha lentement.

— Oui, Abi ?

— Peux-tu aider Eric à charger le bois dans la charrette et à l'emporter sur la plage ?

— D'accord, dit-elle doucement, les yeux toujours baissés, et le visage écarlate.

— Deux charretées devraient suffire, fit Abi, avant de se raviser, songeant qu'il leur fallait un peu plus de temps pour faire connaissance. A la réflexion, disons quatre. Et n'oubliez pas la séance de thérapie de groupe, à 15 heures précises.

Elle s'éloigna du bâtiment, Will à son côté.

— Je suppose que vous n'avez pas vraiment besoin de me parler, lui dit-il.

— Non.

— Vous n'êtes pas en train de jouer les entremetteuses, par hasard ?

— C'est un mot un peu trompeur, répondit-elle. Je ne faisais que…

— Mettre votre nez dans leurs affaires ?

Elle lui décocha un regard agacé.

— Non. Ni l'un ni l'autre ne voulaient prendre l'initiative.

Il hocha la tête.

— Donc, vous l'avez fait à leur place.

— En un sens.

Il la regarda en souriant.

— C'est bien ce que je disais.

Elle sourit à son tour.

— Si vous voulez.

— En ce cas, je pense qu'il vaut mieux essayer de donner l'impression que nous discutons vraiment.

Ils se remirent à marcher lentement.

— Qu'est-ce qui se passe avec ces deux-là ? demanda-t-il en désignant Eric et Leanne de la tête.

— Il est introverti et elle est affreusement timide. J'ai pensé qu'ils pourraient se comprendre. Parfois, quand un enfant a un ami à qui parler, il ou elle est plus enclin à s'exprimer durant la thérapie de groupe.

— Vous croyez vraiment à cette histoire de thérapie, n'est-ce pas ?

— Bien sûr. C'est un élément essentiel du séjour.

— Hhmm… Thérapie et détente ?

Il seçoua la tête.

— Je ne sais pas. Les deux concepts ne me semblent pas aller très bien ensemble. Pour moi, le mot « détente » évoque plutôt des vacances. Comment peut-on être détendu quand on a un psy qui vous analyse la tête ?

— Vous ne devriez pas juger avant d'avoir essayé.

Il glissa les mains dans les poches de son short et son coude effleura le bras d'Abi. Le geste était complètement innocent, mais elle se rendit brusquement compte qu'ils étaient très proches l'un de l'autre et s'éloigna sans en avoir l'air.

Que penseraient ses collègues en la voyant se conduire si familièrement avec un résident ? se demanda-t-elle avant de se raisonner. Effleurer le coude de quelqu'un n'était pas à proprement parler un signe d'intimité. Peut-être se faisait-elle trop d'idées.

— Et les activités ? demanda Will. Que sont-elles censées apporter aux enfants ?

— L'idée est de leur donner des souvenirs heureux, positifs, qui peuvent être associés à une période éprouvante par ailleurs.

— C'est logique, admit-il. Mais ce n'est pas grave qu'ils s'absentent de l'école ?

— La plupart de nos sessions familiales ont lieu l'été, pendant les grandes vacances. Pendant l'année, nous organisons des séjours plus courts, qui coïncident avec les vacances scolaires. Il y a aussi des sessions réservées aux adultes.

— Que faites-vous quand il n'y a pas d'enfants ?

— Oh, il y a toujours des choses à faire, répondit Abi. Je prépare des activités nouvelles, parfois j'aide des collègues. Je m'occupe.

— Mais vous vivez ici toute l'année.

— Oui. C'est mon chez-moi.

A vrai dire, c'était son refuge, loin du monde cruel où elle ne voulait jamais retourner, et auquel elle ne voulait pas exposer son fils.

— Vous n'avez jamais envie de mener une vie normale ?

Normale ? Elle ne savait même pas ce que le mot signifiait.

— Donnez-moi une définition du mot « normal », répondit-elle avec un sourire. La manière dont j'ai été élevée était loin d'être « normale » aux yeux de la plupart des gens. Pour moi, c'est la vie que je mène qui est normale à présent.

— Vous ne vous en lassez pas ?

— De quoi ?

— De côtoyer des gens qui souffrent. De les écouter parler des mêmes problèmes chaque fois. J'ai l'impression que ça pourrait devenir… déprimant.

— Ça l'est parfois. Mais j'ai la conviction de faire le bien ici. C'est important pour moi.

— Vous devez être très occupée. Je ne vous ai guère vue ces deux derniers jours.

C'était peut-être l'imagination d'Abi qui lui jouait des tours, mais elle crut distinguer une nuance de déception dans sa voix.

— La première semaine est toujours un peu frénétique. Un de nos animateurs a dû partir lundi à cause d'une urgence familiale et son remplaçant est arrivé aujourd'hui seulement. Cela devrait alléger ma tâche.

— Je vous ai cherchée au dîner hier soir. J'espérais que nous pourrions manger ensemble. Quand j'ai vu que vous n'étiez pas là, je me suis demandé si vous m'évitiez.

Cette fois, sa déception était évidente.

— Adam et moi avons dîné au chalet. J'essaie de faire la cuisine au moins deux fois par semaine pour nous deux. C'est une soirée spéciale pour nous.

— Je suppose que vous n'avez guère de temps à lui consacrer.

— Autant que toute mère qui travaille. Et, en tant que directrice des Activités Jeunesse, j'ai tout le loisir d'aller le voir à n'importe quel moment de la journée.

— Il est mignon. Il vous ressemble beaucoup.

Abi se demanda si c'était un compliment ou si elle lisait

trop entre les lignes, si elle s'imaginait des choses qui n'existaient pas vraiment.

Ils ralentirent à l'approche du bâtiment principal.

— J'imagine qu'il ne voit pas son père ?

— Il est mort.

— Je suis désolé.

— Ce n'est rien. De toute façon, il n'aurait pas fait un bon parent. C'est mieux ainsi.

— Que penserait-il du fait que vous élevez son fils dans cet environnement ?

Elle fronça les sourcils.

— Que voulez-vous dire par là ?

— Ça ne me paraît pas très… stable. Pour avoir des amis, par exemple.

— Il a des amis. Il rencontre sans cesse de nouveaux enfants.

— Mais ils partent au bout d'une semaine ou d'un mois. Ça ne peut pas être bon pour lui. Et que fait-il quand il n'y a pas d'enfants au centre ? Il ne s'ennuie pas ?

Abi le dévisagea, irritée. Elle n'appréciait guère que Will se permette de mettre en doute son jugement en tant que parent. L'éducation d'Adam ne le regardait pas. D'ailleurs, son fils et elle étaient parfaitement heureux.

— Je n'ai pas à justifier mes décisions, dit-elle d'un ton sec.

Elle avait raison, songea Will. Sans compter que la manière dont elle élevait son enfant n'était pas son problème. Dans quelques semaines, il serait parti, et il ne les reverrait jamais ni l'un ni l'autre.

Mais, pour une raison étrange, cela le tourmentait, et il ne put se résoudre à se taire. Il savait qu'il la mettait en colère, mais le souvenir de son père s'imposait à lui, impossible à chasser.

— Ça ne me semble pas juste pour lui. Pendant toute mon enfance, j'ai été ballotté d'un camp militaire à l'autre. Dès que je réussissais à me faire des amis, nous étions transférés ailleurs. Ce n'est pas une bonne manière de…

— Quand vous aurez des enfants à votre tour, vous aurez le droit de me faire la leçon, coupa-t-elle en regardant sa montre. Il faut que je retourne à mon travail. Merci pour votre aide avec Eric et Leanne.

— Abi…

— Au revoir.

Il la suivit des yeux, secouant la tête.

Comment avait-il pu être aussi stupide ?

Il avait fait d'excellents progrès, et voilà qu'il était revenu à la case départ. Tout ce qui comptait était de trouver l'assassin de Ryan, et il s'était laissé emporter par sa fichue fierté.

A quoi s'attendait-il donc ? Espérait-il qu'elle se dise d'accord avec lui et qu'elle admette qu'elle était une mauvaise mère ? Qu'elle le remercie de l'avoir éclairée sur ses erreurs ?

Elle avait raison. Cela ne le regardait pas.

Peut-être le souvenir de sa propre enfance était-il le vrai problème. Ses parents et lui déménageaient sans cesse, et il se sentait toujours à l'écart. Peut-être en avait-il souffert plus durablement qu'il n'avait voulu l'admettre ? En grandissant, il avait essayé de compenser, il avait joué les clowns en classe pour obtenir l'attention qu'il désirait tant…

Il était sûr qu'Adam trouverait sa propre solution. Et, un jour, Abi finirait par quitter le centre. Elle ne pouvait pas rester toute sa vie dans un endroit pareil. Elle rencontrerait un homme et se marierait.

Il n'était pas homme à s'excuser. Il avait toujours eu du mal à reconnaître ses torts — un autre défaut hérité de son père. Mais s'il devait rentrer dans les bonnes grâces d'Abi dans l'espoir de rencontrer Maureen, il allait devoir lui présenter des excuses.

De toute façon, il les lui devait.

— Tu ne sais pas ? Comment cela ?

Vince Collucci faisait les cent pas devant la fenêtre de son luxueux appartement. Les lumières du casino, situé de l'autre côté de la rue, se reflétaient sur les vitres, dessinant un kaléidoscope de couleur sur son visage.

Il sentait un début de migraine lui marteler les tempes et ferma les stores d'un coup sec.

— Tu as la photo. Soit c'est elle, soit ce n'est pas elle, dit-il dans l'appareil.

— C'est le problème. Je ne sais pas à quoi elle ressemble.

Vince grinça des dents.

— Tu es de la famille, Mikey, et je t'aime comme mon frère, mais ma patience est à bout.

— Mais, Vince, puisque je te dis que je ne peux pas la voir. Elle ne sort jamais de son appartement.

— En ce cas, présente-toi dans son bureau.

— L'endroit est aussi surveillé que Fort Knox. Il y a des caméras de sécurité partout. Je ne peux pas approcher, Vince. Personne ne peut.

— Et Bishop ?

— Je ne crois pas qu'il l'ait vue non plus. Il fréquente une femme qui travaille ici. Je crois qu'il se sert d'elle pour arriver jusqu'à Crystal.

Si cette femme était bel et bien Crystal, songea Vince. Il attendait depuis quatre ans le moment où il retrouverait cette satanée bonne femme. Il lui ferait payer cher son vol, et le fait qu'elle l'avait dénoncé aux fédéraux.

— Bishop n'est pas un imbécile. S'il pense que cette femme peut le mener à Crystal, c'est sûrement le cas. Colle-lui aux basques et tu trouveras le moyen de la voir. Rappelle-moi dès que tu auras du nouveau.

— Promis, Vince.

— Mais ne la tue pas, compris ? J'attends ce moment depuis trop longtemps.

— Je sais, Vince, je sais.

— Quelque chose te tracasse, Abi ?

Abi leva les yeux sur Maureen, qui venait de servir le café. Une fois de plus, elle s'était laissé emporter par ses pensées. Pendant tout le dîner, elle n'avait cessé d'être distraite. Cela ne lui ressemblait pas de manquer de concentration à ce point.

Mais elle savait exactement ce qui la tourmentait. Depuis sa conversation avec Will cet après-midi, elle ne pouvait détacher ses pensées de son fils.

Elle jeta un coup d'œil vers lui. Il était allongé sur le sol, les yeux rivés au grand écran de Maureen, absorbé par un dessin animé. Il semblait heureux. Cela risquait-il de changer ? Et si le jour venait où ils devraient s'en aller, où irait-elle ? Que ferait-elle ?

Ce ne serait pas la première fois qu'elle devrait se débrouiller seule. Elle avait toujours réussi à garder la tête hors de l'eau. Mais à présent, c'était différent. A présent, elle avait la responsabilité d'un autre être humain, d'une vie.

La possibilité de commettre une erreur la terrifiait.

— Abi ? insista Maureen d'une voix inquiète.

Elle se tourna vers son amie, se forçant à sourire.

— Non, tout va bien. Je suis seulement un peu fatiguée. Tu sais comment sont les premières semaines.

Maureen se laissa glisser dans le fauteuil en face d'Abi, et replia ses jambes sous elle.

— Comment les choses se passent-elles ? Tu as fait des progrès avec Eric ?

Abi prit une gorgée de café, se réchauffant les doigts sur la tasse brûlante.

— C'est lent, mais je crois qu'il commence à s'ouvrir un peu. Leanne Sanders semble avoir un petit béguin pour lui, et je les ai fait travailler ensemble cet après-midi.

Maureen leva un sourcil, amusée.

— Tu joues les entremetteuses, Abi ?

— Pas exactement, répondit-elle, songeant que Will avait dit la même chose. Je me suis seulement dit qu'avoir un ami les aiderait à s'ouvrir tous les deux.

— Leanne ? C'est elle qui est ici avec son père et sa sœur ?

— Oui.

— D'après ce que je comprends, la mère est partie avec un autre homme.

— J'avais entendu dire quelque chose dans ce genre.

En dépit des règles strictes de confidentialité, des bruits finissaient toujours par circuler.

— Maureen ? murmura soudain Abi. Penses-tu que tu seras toujours ici dans dix ans ?

— Je ne sais pas. Il peut se passer beaucoup de choses en dix ans.

Abi se surprenait à poser les questions que Will lui avait posées, et pourtant, quand il lui avait parlé, elle avait pris ses paroles comme un jugement, une critique de sa carrière, de ses décisions. Mais il y avait tant de choses qu'il ignorait, qu'il ne pouvait pas comprendre.

— As-tu des doutes parfois ? Est-ce que tu te demandes si tu as eu raison de te cacher ?

— Bien sûr que oui. Tout le monde se pose des questions de temps en temps. Parfois, j'en ai assez de vivre en recluse. Et puis je réfléchis à ce que serait ma vie si mon identité était révélée.

Maureen secoua la tête. Elle était à peine plus âgée qu'Abi, mais il y avait parfois une lueur dans ses yeux qui la vieillissait de dix ans. Abi ne pouvait imaginer les épreuves qu'elle avait traversées. Les siennes n'étaient rien à côté.

— Je ne suis pas encore prête à affronter cette épreuve-là, reprit Maureen.

— Mais tu le feras un jour ?

— Je ne peux pas rester cachée indéfiniment. En attendant, j'essaie de faire un peu de bien ici.

Elle se pencha vers Abi et lui prit la main.

— Tu es sûre que ça va ?

— C'est juste que… on m'a dit quelque chose aujourd'hui qui m'a fait réfléchir. J'ai fait tant d'erreurs…

— Nous faisons tous des erreurs, Abi.

— Depuis quelque temps, j'ai l'impression que ma vie est en suspens. Avant, j'avais des projets. Je savais exactement ce que j'allais faire et comment j'allais le faire, mais maintenant… c'est comme si j'étais perdue.

— Les choses ne se déroulent pas toujours de la manière dont on l'avait prévu.

— Que dois-je faire ? Attendre de voir ce qui se passe ?

Maureen lui pressa la main.

— Tu es ma meilleure conseillère et, surtout, tu es mon amie. Je ne sais pas comment je ferais pour gérer ce centre sans toi, et tu me manquerais terriblement si tu partais. Mais si tu penses qu'il est temps pour toi d'aller de l'avant, je comprends.

Abi était parfois stupéfaite par l'intuition dont Maureen faisait preuve. Elle avait l'impression que son amie la comprenait mieux qu'elle ne se comprenait elle-même.

— Tu as tellement fait pour moi. Tu m'as sauvé la vie.

— Il arrive toujours un moment où nous devons faire face à notre passé.

Peut-être le nœud du problème était-il là. Peut-être ses doutes, ses indécisions venaient-ils du fait qu'elle savait, tout comme Maureen, que la vérité finirait par éclater un jour. Un jour, il lui faudrait faire face à ses actions et réparer ses fautes.

— Mais quand ? demanda-t-elle. Quand sait-on qu'il est temps ?

— Je ne peux pas te le dire, répondit gentiment Maureen. Personne ne le peut. Quand tu seras prête, tu le sauras.

6

Abi venait de terminer de préparer un plat de spaghettis — le mets favori d'Adam — quand on frappa un coup sonore à la porte d'entrée. Elle se dirigea vers la porte et découvrit Will à travers la moustiquaire. Elle ne lui avait pas parlé depuis la veille et l'avait évité toute la journée.

— Puis-je vous parler ?

Elle ne lui ouvrit pas la porte.

— Pas maintenant.

— Je sais que vous êtes fâchée contre moi…

— Ce n'est pas cela, dit-elle, mentant à demi. Nous étions sur le point de dîner.

— Cela ne prendra qu'une minute, je vous le promets.

Abi jeta un regard en arrière pour s'assurer qu'Adam était toujours dans sa chambre et sortit sous la véranda, les bras croisés sur son T-shirt rouge.

— Bon. Je vous écoute.

— Je suis venu vous dire que je suis désolé pour la manière dont je me suis comporté hier. Je n'avais pas le droit de vous juger ni de mettre en question votre façon d'élever votre fils. Cela ne me regarde pas et j'avais tort. Je n'ai aucune excuse hormis que je suis parfois dominateur et obstiné.

— J'avais remarqué, en effet.

Il enfonça les mains dans ses poches, l'air fermé et coupable, mais il soutint son regard.

— C'est un défaut dont j'essaie de me débarrasser. J'espère que vous accepterez mes excuses et que vous ne renoncerez pas à notre amitié.

Elle n'avait certainement pas besoin d'un homme dominateur et obstiné dans sa vie. Et elle n'avait pas besoin d'amis à ce point-là. Le problème, c'était que Will avait vraiment l'air désolé et qu'il s'était donné la peine de s'excuser, ce qui signifiait qu'il essayait sans doute sincèrement de changer. Elle était bien placée pour savoir combien il était difficile de reconnaître ses propres défauts. Elle en avait autant que les autres.

Quel genre de personne serait-elle si elle refusait ses excuses ? Elle n'aurait sans doute pas dû être si sévère. Si elle désirait vraiment qu'ils deviennent amis, elle devait simplement lui dire ce qu'elle pensait s'il se conduisait d'une manière qui la peinait ou l'offensait. Sinon, comment diable apprendrait-il à changer d'attitude ?

— J'accepte vos excuses, répondit-elle enfin. Et je vous présente les miennes aussi. J'aurais dû vous dire que j'étais en colère. Je suis toujours en train de conseiller aux gens de parler de leurs problèmes, et pourtant j'ai une terrible tendance à tout garder pour moi. C'est quelque chose que j'aimerais changer.

Will hocha la tête.

— J'apprécierais que vous me disiez franchement quand quelque chose ne va pas. J'ai du mal à m'excuser, alors, moins je ferai d'erreurs, mieux ça vaudra.

Il sourit et elle ne put s'empêcher de lui rendre son sourire.

— Je pense que c'est un trait de caractère très masculin,

observa-t-elle. Je ne crois pas avoir connu un seul homme qui aime s'excuser.

— Je suis heureux que nous soyons toujours amis.

Il lui prit la main et la pressa dans sa paume chaude et légèrement calleuse, et un frisson parcourut le bras d'Abi. Puis leurs regards se rencontrèrent et se soudèrent. Il y avait tant de sincérité dans ses yeux qu'Abi se sentit submergée par l'émotion.

A vrai dire, elle avait passé une journée épouvantable, torturée par la pensée que leur amitié s'était terminée avant même d'avoir eu une chance de s'épanouir. Il était indéniable qu'elle s'était attachée à Will, et que leur relation lui tenait à cœur.

Même si elle ne savait pas pourquoi.

Il regarda par-dessus son épaule en direction du sentier, rompant le charme. Puis il lâcha la main d'Abi et remit la sienne dans la poche de son short.

— Eh bien, je vous laisse retourner à votre dîner avant qu'il ne refroidisse.

Les paroles jaillirent de la bouche d'Abi avant même qu'elle ait eu le temps de réfléchir.

— Voudriez-vous rester dîner avec nous ?

— Vous êtes sûre ? Je sais que ce soir est celui que vous réservez à Adam. Je ne voudrais pas m'imposer.

Will aurait dû sauter sur l'occasion qu'elle lui offrait. Plus il se rapprocherait d'elle, plus il aurait de chances de rencontrer Maureen. Mais il ne pouvait s'empêcher de se sentir coupable, comme s'il trompait Abi.

Certes, il était sincère quand il prétendait vouloir être son ami. Et il s'était vraiment senti coupable de la manière dont il l'avait traitée la veille. Il ne s'excusait pas seulement par obligation. Il était sincèrement désolé. Et il n'avait pas menti non plus en affirmant qu'il souhaitait corriger ses défauts.

Après tout, son séjour à Haut les Cœurs lui avait coûté une petite fortune. Autant essayer d'en avoir pour son argent, et de devenir une personne meilleure.

L'espace d'une seconde, Abi parut hésiter, puis elle sourit.

— Oui, j'en suis sûre. Adam serait content de vous voir. Il parle beaucoup de vous.

— Vraiment ?

Elle lui ouvrit la porte et il pénétra dans le chalet. L'intérieur était similaire au décor du bâtiment principal, mais agrémenté de touches personnelles. L'ensemble était chaleureux, intime, confortable. Et spacieux. Au moins trois fois plus grand que son propre chalet.

Abi lui emboîta le pas, laissant la porte se refermer en grinçant.

— Il m'a posé une foule de questions sur votre visage, et sur ce que vous faites dans la vie, expliqua-t-elle avec un sourire. Il n'est pas tout à fait convaincu que vous ne soyez pas un super-héros.

— J'aimerais bien que ma vie soit aussi excitante.

— Adam ! appela-t-elle. C'est l'heure de dîner. Nous avons un invité.

Adam sortit en courant de sa chambre et s'arrêta net à la vue de Will.

— Bonjour, monsieur Bishop.

Will se baissa pour être à sa hauteur.

— Bonsoir, Adam.

— Tu manges avec nous ?

— Oui.

— Cool !

Il semblait si excité, si content, qu'un autre pincement de remords transperça Will. Il n'avait rien fait de mal, se dit-il. Abi et lui allaient être amis. C'était tout.

— Tu peux m'appeler Will.

Adam leva les yeux vers sa mère.

— C'est vrai ?

— Si Will n'a rien contre, répondit Abi. Maintenant, si tu mettais une autre assiette sur la table ?

Adam trottina vers la cuisine, tandis que Will se redressait.

— Puis-je faire quelque chose ?

— Vous pouvez ouvrir le vin, dit-elle par-dessus son épaule en regagnant la cuisine. Il est sur la table.

Il trouva le tire-bouchon à côté de la bouteille et se mit en devoir de déboucher celle-ci.

Munie de deux gants de cuisine, Abi sortit une grosse cocotte du four et la déposa sur la table.

— Vous buvez du vin ou préférez-vous une bière ? J'ai les deux.

— Je suis plutôt amateur de bière normalement, mais j'aime le vin de temps en temps.

— Moi aussi, dit-elle en mettant un second verre sur la table.

Il les servit pendant qu'Adam revenait à pas lents, une assiette, une fourchette et un couteau empilés de façon précaire dans ses bras.

— Attends, je vais t'aider, offrit Will.

Adam lui lança un regard indigné.

— Je ne suis pas un bébé. J'ai l'habitude de mettre la table.

— Pardon, se hâta de dire Will, s'excusant d'un geste. Je ne connais pas beaucoup d'enfants de trois ans qui mettent le couvert.

— J'ai trois ans et demi, l'informa Adam.

Will sourit.

— J'imagine que six mois de plus font une grande différence.

Adam déposa bruyamment l'assiette sur la table, dangereusement près du bord, et Will réprima une grimace. Les couverts tombèrent à côté de l'assiette en tintant.

— Tu vois ? Je sais le faire.

— Oui, je vois.

— C'est très bien, mon chéri, complimenta Abi en lui ébouriffant les cheveux. Maintenant, va te laver les mains.

Will la regarda, soudain frappé par sa beauté. Quand elle était avec son fils, une sorte de halo d'amour et de bonheur semblait envelopper son visage. Jamais il n'avait vu un tel amour, connu un tel bonheur. Adam avait de la chance d'avoir une mère comme Abi.

Peut-être s'était-il trompé. Peut-être Adam pouvait-il vivre heureux au centre. Il semblait équilibré, épanoui. Qu'importait, après tout, que leur mode de vie soit hors norme ?

Adam disparut dans la salle de bains et Abi déplaça légèrement l'assiette, alignant les couverts à côté.

— Il est très indépendant, expliqua-t-elle. Il est si fier de m'aider que cela vaut bien quelques assiettes ébréchées.

— Il a l'air adorable.

— Il l'est. Oh, bien sûr, il a ses défauts, comme nous tous. Il peut être têtu et exigeant. Quand quelque chose ne lui plaît pas, il ne se gêne pas pour le dire.

Adam réapparut, agitant les mains en l'air.

— Tout propre.

— Tu as mis du savon ?

— Oui !

Il se hissa sur la chaise où était installé son réhausseur et tapa sur la table à côté de lui.

— Mets-toi à côté de moi, Will.

— Exigeant, hein ? fit Will tandis qu'Abi souriait.

— Un tout petit peu.

Will s'assit à côté d'Adam, en face d'Abi. Elle prit place en même temps que lui, et leurs pieds se heurtèrent sous la table. Ils s'excusèrent à l'unisson, puis elle eut un petit rire nerveux et se mordit la lèvre.

— Il y a un certain temps que nous n'avons pas eu d'invité. Je veux dire, mes collègues viennent régulièrement, mais pas…

— Pas d'hommes que vous ne connaissez pas ?

— C'est cela, admit-elle.

— C'est un peu inhabituel pour moi aussi, avoua-t-il.

Il était rare qu'il partage un repas avec une femme hormis au restaurant. Il aimait rester en terrain neutre. Si le dîner se passait bien, ils terminaient la soirée chez elle ou peut-être à l'hôtel. Il n'amenait pas les femmes chez lui. Il ne leur donnait pas son numéro de téléphone fixe non plus, seulement celui de son téléphone portable.

Il préférait garder le contrôle, au cas où une retraite s'imposerait.

Si Will s'était imaginé qu'Abi et lui auraient l'occasion de discuter pendant le repas, il se trompait. Adam monopolisa la conversation, parlant tour à tour de ses nouveaux amis, des travaux de dessin qu'il avait faits cet après-midi-là, du pique-nique sur la plage, et de l'énorme écran de télévision de Maureen.

Il semblait connaître tout le monde et Abi le gronda une ou deux fois pour avoir répété des choses qu'il avait entendues — des choses qui n'avaient certainement pas été destinées à ses oreilles d'enfant. L'espace d'une seconde, Will se demanda s'il pourrait lui apprendre quelque chose sur Maureen, mais éprouva aussitôt une bouffée de remords à cette pensée. Il n'allait tout de même pas exploiter un enfant de trois ans ! Enfin. Pas encore. Mais si Adam mentionnait quelque chose par hasard…

Après dîner, Will aida à débarrasser, puis tous les trois s'assirent sur le grand tapis douillet du salon pour jouer aux Sept Familles. Il s'était toujours imaginé que passer du temps avec une femme et son enfant serait mortellement ennuyeux. Au contraire, il se surprenait à prendre plaisir à la partie. Il s'amusait, même s'il soupçonnait Adam de tricher.

A 21 heures, Abi informa Adam qu'il était l'heure qu'il aille se coucher et Will en fut presque déçu.

— Une seule histoire ce soir, ajouta-t-elle, puisque nous avons un invité.

— Je voudrais que ce soit Will qui me la lise.

Abi fronça les sourcils.

— Adam, je ne crois pas que…

— S'il te plaît ! supplia Adam en se tournant vers Will. Tu veux bien ?

— Oui, bien sûr, je vais te lire une histoire, répondit-il.

Adam se mit à faire des bonds de joie.

— Youpii !

Abi lui donna une petite tape affectueuse sur les fesses.

— Va te brosser les dents et te mettre en pyjama, espèce de petit singe.

Quand il fut sorti de la pièce, elle se tourna vers Will.

— Je suis désolée qu'il vous ait mis dans l'embarras. Vous n'êtes pas obligé de lui lire une histoire si vous n'en avez pas envie.

— Cela ne m'ennuie pas, affirma-t-il, surpris de se rendre compte qu'il disait la vérité.

Et ce n'était pas seulement parce qu'il pensait pouvoir en tirer profit. Il n'était même pas sûr de savoir pourquoi la perspective de lire une histoire à Adam lui plaisait.

Cela semblait simplement une conclusion appropriée à la soirée.

— Il cherche l'attention des hommes depuis quelque temps. Il commence à demander pourquoi il n'a pas de papa, dit-elle en rassemblant les cartes. C'est déroutant pour lui.

— Je comprends.

Ils se levèrent et remirent sur le canapé les coussins dont ils s'étaient servis.

— Si vous préférez que je ne lui lise pas d'histoire, je n'en serai pas blessé, dit-il.

Abi ne savait que penser. Adam était à un âge délicat. Certes, elle ne croyait pas que Will eût une mauvaise influence, mais, depuis leur rencontre l'autre soir, Adam semblait curieusement fasciné par lui. Il lui avait posé à son sujet des dizaines de questions auxquelles Abi n'avait pas su répondre.

Des questions qu'elle se posait elle-même.

Elle ne voulait pas qu'Adam s'attache trop à Will. Pas plus qu'elle ne voulait s'attacher à lui. Le repas qu'ils avaient partagé avait été détendu, et elle avait joué aux Sept Familles cent fois avec Adam par le passé, mais il y avait eu quelque chose d'étrangement intime à passer la soirée à trois... peut-être parce que c'était une première fois pour elle.

Le père d'Adam avait disparu de sa vie bien avant la naissance de ce dernier, et Abi n'avait jamais connu son propre père. Les hommes que sa mère avait ramenés à la maison n'étaient pas du genre à partager un repas en famille, même si sa mère avait su cuisiner autre chose qu'un plat surgelé.

Mais si la présence de Will faisait plaisir à Adam, quel mal y avait-il à ce qu'il lui lise une petite histoire ? Elle expliquerait clairement à son fils le lendemain que Will n'était qu'un ami. Et que, comme tous les autres résidents, il s'en irait, et qu'ils ne le reverraient sans doute jamais.

— Je pense qu'il serait très content que vous lui lisiez une histoire, dit-elle à Will.

— Vous en êtes sûre ?

Elle sourit.

— Oui.

— Je suis prêt ! appela Adam du seuil de sa chambre.

Il portait son pyjama de super-héros à manches courtes. Depuis qu'il avait fait la connaissance de Will, il refusait d'en porter un autre que celui-là.

Un nouveau doute traversa Abi, qu'elle se hâta de refouler. Cette fois, elle devrait suivre son instinct et espérer qu'elle ne commettait pas d'erreur.

— Veux-tu que j'aille te border ? offrit-elle.

— Non. Will pourra le faire.

Elle mit les mains sur les hanches et le regarda d'un air sévère.

— Ai-je au moins droit à un bisou ?

Il trottina jusqu'à elle et lui donna un baiser rapide — si rapide que ses lèvres effleurèrent à peine les joues d'Abi — puis saisit Will par la main et l'entraîna vers sa chambre.

— Viens !

Pendant que Will lisait une histoire à Adam, Abi se chargea de la vaisselle. Au bout d'un moment, elle s'interrompit et alla jeter un coup d'œil dans le couloir, en direction de la chambre d'Adam. Elle ne pouvait pas les voir, mais elle entendait le timbre grave de la voix de Will. Soudain, il adopta un ton exagérément aigu, et elle devina qu'il changeait de voix pour les différents personnages.

Adam glousse de joie et Abi sourit. Puis son cœur se serra, et un flot d'émotion l'envahit, amenant des larmes au coin de ses yeux.

Elle se sentait… flouée.

La vie l'avait privée d'un père et d'une vie « normale »,

d'une famille conventionnelle. Peut-être était-ce sa punition pour ses actions. Mais son fils était innocent. Etait-il lui aussi destiné à être puni ?

Elle ravala le nœud qui lui était monté à la gorge, essuya ses yeux et rangea la vaisselle. Elle remettait la dernière assiette dans le placard quand Will réapparut sur le seuil de la cuisine.

— C'était une longue histoire, dit-elle.

— Trois histoires et demie, corrigea-t-il avec un sourire. Il s'est endormi comme une masse au milieu de la quatrième.

— Quatre livres ? Soit vous êtes vraiment gentil, soit vous êtes extrêmement naïf.

— Naïf, je crois.

Il désigna la bouteille de vin sur le plan de travail.

— Un autre verre ?

Elle jeta un coup d'œil rapide à l'horloge et se demanda brièvement ce que penseraient ses collègues s'ils savaient qu'elle accueillait un résident dans son chalet après 21 h 30. Et puis elle se dit brusquement qu'elle se moquait de ce qu'on pouvait penser. Will et elle ne faisaient rien de mal, après tout.

— Avec plaisir.

Will partagea le restant de la bouteille entre leurs deux verres, puis lui en tendit un. Abi but une longue gorgée, savourant la chaleur de l'alcool. C'était la première fois de sa vie qu'elle buvait plus de deux verres de vin, et elle se sentait envahie par une agréable langueur.

— Allons nous asseoir sur le canapé.

— Bonne idée, acquiesça Will.

Elle replia ses jambes sous elle, et Will s'assit à son côté, ses longues jambes bronzées étendues devant lui. Elle se demanda distraitement quel effet cela lui ferait de le toucher, de promener une main sur sa cuisse, sous son short…

Que lui arrivait-il ? songea-t-elle soudain, consternée par la direction de ses rêveries. Pourquoi diable avait-elle pensé à cela ? Par le passé, elle ne s'était intéressée qu'aux hommes susceptibles de lui être utiles. Elle n'avait rien à gagner avec Will. Aucune raison de le séduire. D'ailleurs, il y avait si longtemps qu'elle n'avait pas touché un homme, qu'elle n'en avait pas éprouvé le désir, qu'elle se demandait si elle se souviendrait comment faire. Pourtant, ses doigts brûlaient d'envie d'essayer, et elle serra les poings pour s'en empêcher.

Will but une gorgée de vin, et elle observa le mouvement de sa pomme d'Adam tandis qu'il avalait. Son visage était mince, et elle distinguait un soupçon de barbe naissante sur son menton et ses joues. Sa bouche était large et souriante.

Le regard d'Abi se posa sur l'arête de son nez, puis sur ses yeux qui n'étaient ni tout à fait verts, ni tout à fait marron.

Des yeux qui la fixaient en retour.

Elle se rendit compte avec un choc qu'il venait de la surprendre à l'observer et se hâta de baisser la tête.

— La manière dont vous me regardez parfois…, commença Will. Qu'y a-t-il de si fascinant dans mon visage ?

Elle se sentit rougir.

— Je suis désolée.

— Ne vous excusez pas. Je ne disais pas ça pour vous taquiner. Je suis vraiment curieux.

Elle leva les yeux et comprit qu'il était sérieux.

— C'est à cause des cicatrices ?

Ce n'était pas cela du tout.

— A dire vrai, je ne les remarque même plus.

Il haussa un sourcil sceptique.

— Comment pouvez-vous ne plus les remarquer ?

— Elles font juste partie de votre visage, je suppose, comme votre nez ou votre menton.

Il tourna son corps vers elle, son genou effleurant la jambe nue d'Abi, et soudain ils se retrouvèrent tout près l'un de l'autre. Plus près qu'elle ne l'avait été d'un homme depuis très longtemps.

— Eh bien, qu'y a-t-il ? Pourquoi me dévisagez-vous ainsi ?

— Comment ?

— Comme si vous vouliez comprendre qui je suis.

Peut-être était-ce le cas. Peut-être essayait-elle de comprendre ce qui l'attirait tant chez lui, ce qui lui donnait envie de le regarder. Encore et encore.

Elle prit une autre gorgée de vin. Une chaleur douce se répandit en elle, jusqu'à l'extrémité de ses membres, et elle se sentit légèrement étourdie.

— Je trouve votre visage très... intéressant.

Il sourit.

— Pas séduisant, pas incroyablement beau ? Seulement... intéressant ?

— Vous n'avez pas besoin de moi pour vous dire que vous êtes séduisant.

— Non ?

Elle aurait dû être gênée, mais le vin lui donnait de l'audace. Elle le regarda droit dans les yeux.

— Vous savez que vous l'êtes.

Leurs regards se soudèrent.

— Si vous me le disiez quand même ?

Autrefois, elle avait été maîtresse en l'art de la séduction, des préliminaires verbaux. Savoir qu'elle pouvait si facilement reprendre ce rôle, qu'il suffisait de quelques verres de vin pour avoir raison de ses défenses, l'effrayait et l'excitait à la fois. Cette sensation de pouvoir sexuel lui avait manqué. Elle lui avait manqué presque autant qu'elle l'effrayait. Elle réprimait ses besoins, ses désirs depuis si longtemps qu'y céder à présent lui donnait un étrange sentiment de… liberté.

Il leva la main, effleurant sa joue du bout des doigts. Elle eut l'impression de recevoir un choc électrique, mais elle ne se déroba pas. Elle voulait qu'il la touche. Ils étaient proches, aussi proches que le soir où il l'avait raccompagnée, quand il avait mis sa main sur son visage et qu'elle avait tant eu envie de l'embrasser. Comme maintenant.

— Tu es très belle, dit-il en lui caressant la joue, le menton, puis la lèvre inférieure.

Abi se sentait faible, tremblante de désir.

Mais elle n'était pas belle. Pas physiquement, de toute façon. Elle ne l'était plus. Il y avait eu un temps où tous les hommes se retournaient sur son passage. Mais son âme avait été noire et laide. Et c'était l'âme qui était importante.

La beauté intérieure.

Peut-être était-ce ce qu'il voyait.

Il observa son visage.

— Tu es si déroutante, Abi.

Lui aussi l'était, songea-t-elle, plus troublée que jamais. Un signal d'alarme résonnait dans son cerveau, l'avertissant qu'elle était sur le point de faire une erreur. Will était un résident, deux fois divorcé, qui avait sans doute désespérément besoin de la thérapie à laquelle il se refusait à participer. Et pourtant elle mourait d'envie de l'embrasser.

Non seulement elle en avait envie, mais elle n'avait jamais désiré un homme autant qu'elle désirait Will en cet instant. Peut-être parce qu'elle ne s'était jamais autorisée à le faire.

Le moment était mal choisi pour rompre cette tradition.

— Je ne comprends pas comment une femme aussi douce et aussi modeste que toi peut être aussi sexy. C'est comme si tu étais deux personnes différentes.

C'était exactement cela, et l'ancienne Abi, celle qu'elle avait enterrée quatre ans plus tôt, brûlait de remonter à la surface. Mais, curieusement, les choses étaient différentes à présent. Elle ne voulait rien de lui, n'avait aucune arrière-pensée. C'était de l'attraction sexuelle à l'état pur, même si ce qu'elle éprouvait en ce moment n'avait rien de pur. A vrai dire, elle se sentait terriblement coquine.

Il inclina la tête d'un côté, et elle sut qu'il allait l'embrasser. Elle *voulait* qu'il l'embrasse.

Will promena les doigts sur la joue d'Abi, puis les enfouit dans ses cheveux.

— Si tu ne me dis pas d'arrêter, je vais t'embrasser.

Elle ne put forcer ses lèvres à prononcer le mot.

Au contraire, elle se pencha en avant, allant à sa rencontre, jusqu'à ce que leurs lèvres se touchent. Le baiser fut tendre tout d'abord, à peine un frôlement, puis Will frotta sa bouche contre la sienne en un geste sensuel, l'invitant à s'ouvrir à lui. Il avait un goût de vin, de passion et de quelque chose d'indéniablement excitant. Un goût d'aventure, de risque et de danger.

Leurs langues se mêlèrent, allant et venant sur un rythme hypnotisant. Sans même s'en rendre compte, Abi effleura les contours du visage de Will, avant de s'enhardir, caressant la peau tendue de sa joue blessée, et celle, plus rugueuse, de l'autre. Du bout des doigts, elle explora son front, son menton, ses tempes. Will posa une main sur sa nuque, et enfouit l'autre dans ses cheveux, l'attirant plus près.

Abi mit les mains sur les épaules de Will, et sentit la chaleur de son corps sous sa mince chemise de coton. Soudain, un baiser ne suffisait plus. Elle voulait le toucher, elle voulait qu'il la touche. Elle brûlait de sentir sa peau nue, ses muscles tendus. Elle se pressa contre lui, s'abandonnant…

— Maman !

A travers un brouillard de désir, elle entendit la voix ensommeillée, effrayée de son fils. La pensée qu'Adam pourrait les voir lui fit l'effet d'une gifle.

Will dut avoir exactement la même réaction, car il se dégagea à la même seconde qu'elle.

— Maman ! appela Adam de nouveau.

Abi comprit soudain qu'il devait encore être dans son lit. Au moins, il ne les avait pas vus, et elle n'aurait pas à s'expliquer. Sinon, ç'aurait été une catastrophe. Il aurait été perturbé, et, bavard comme il était, il aurait pu raconter à un de ses collègues ce qu'il avait vu.

Abi se leva, les jambes chancelantes, vaguement étourdie.

— Il faut que…

Will acquiesça, l'air coupable.

— Vas-y.

— Donne-moi une minute. Ensuite, nous devrons parler.

7

Will inspira profondément l'air frais et sec de la nuit, s'efforçant de calmer les battements précipités de son cœur. Il n'était pas venu ici dans l'intention d'embrasser Abi, mais à présent qu'il l'avait fait, il désirait davantage. Quand il avait imaginé leur baiser, il avait pensé qu'elle serait timide, peut-être légèrement embarrassée. Au lieu de quoi elle avait fondu contre lui, leurs corps s'épousant naturellement, comme s'ils avaient été faits l'un pour l'autre.

Il ferma les yeux, se laissant apaiser par le silence nocturne.

Il ne voulait pas éprouver ce genre de sentiments pour Abi. Etant donné la nature de sa mission au centre, les choses pouvaient se compliquer s'il laissait cette relation se développer. Depuis quatre ans, il travaillait dans le seul but d'amener l'assassin de Ryan devant ses juges. Il ne pouvait se laisser détourner de son objectif.

Son propre bonheur, son propre épanouissement n'étaient pas une de ses priorités pour l'instant.

Ou plutôt ils n'auraient pas dû l'être.

Il entendit grincer les gonds de la porte derrière lui. Abi sortit et le rejoignit sous la véranda.

— Te voilà. J'ai pensé que tu en avais eu assez d'attendre et que tu étais parti.

Ils savaient l'un et l'autre que ce n'aurait pas été la raison de son départ. Mais il n'était pas homme à se dérober quand il était confronté à un dilemme.

— Adam a fait un cauchemar, dit-elle.

— Comment va-t-il ?

— Bien. Cela lui arrive de temps en temps. Je suis restée un moment avec lui et il s'est rendormi.

Il se tourna vers elle, distinguant à peine ses traits dans la lueur blafarde qui perçait à travers la moustiquaire.

— Je voulais te dire…

— C'était ma faute, coupa-t-elle, prenant Will au dépourvu.

Il ne s'était pas attendu à ce qu'elle se reproche un incident dont il était clairement responsable.

— Ce n'était pas ta faute.

— Si. Je n'ai pas eu une attitude très claire ce soir. Entre le repas, les cartes et le vin… j'ai passé une très bonne soirée. Je suppose que je me suis laissé emporter par le moment.

— Je suppose que moi aussi, admit-il.

Il n'avait pas passé une aussi bonne soirée depuis… à vrai dire, il ne se souvenait pas même d'avoir jamais été aussi heureux. Il n'avait jamais connu d'expérience semblable à celle qu'il venait de vivre avec Abi.

Au cours des quatre années écoulées, c'était comme si sa vie avait perdu son éclat, comme s'il avait perdu toute passion pour autre chose que la justice.

Avec Abi, il venait de reprendre goût à la vie.

— Je ne sais pas pourquoi je t'ai embrassée, murmura-t-il. Enfin, si, je sais pourquoi. C'est juste que… je te demande pardon si…

Il se passa une main dans les cheveux.

— Je ne sais pas ce que j'essaie de te dire, avoua-t-il avec un soupir. Je devrais m'excuser, mais la vérité c'est que je recommencerais sûrement si tu me laissais faire.

Abi souriait.

— Tu penses que je suis un idiot, n'est-ce pas ?

Elle secoua la tête.

— Non. C'est seulement que tu donnes toujours l'impression d'être si maître de toi. C'est drôle de te voir troublé.

— Je suis content de voir que cela t'amuse.

— Tu sais qu'une relation autre que l'amitié serait une mauvaise idée, reprit Abi. Pour nous deux.

— Parce que c'est contre les règles ?

— Parce que j'ai un fils de trois ans. Je ne peux pas me permettre le luxe d'avoir une aventure sans lendemain. Et même si je pouvais, ce n'est pas mon genre.

— Je n'ai que des aventures sans lendemain, admit-il. C'est le genre d'homme que je suis.

Elle s'adossa à la balustrade et croisa les bras.

— Pourquoi, à ton avis ?

— Tu veux être mon psy ?

Abi sourit.

— Je ne suis pas une experte. Je suis simplement curieuse.

— Je sais exactement pourquoi. Je suis incapable d'avoir des relations à long terme. J'étais un mari épouvantable. Après mon deuxième divorce, j'ai compris que je n'étais pas fait pour le mariage.

— En ce cas, pourquoi es-tu venu ici ?

Bonne question. A laquelle il ne pouvait répondre sans mentir, et il ne voulait pas mentir à Abi. Il choisit de rester évasif.

— Quand je le saurai, je te le dirai, promit-il.

— Très bien.

Elle jeta un coup d'œil à l'intérieur du chalet, puis revint.

— Il est tard. Je commence de bonne heure demain.

— Je te verrai au petit déjeuner ?

— La plupart du temps, je ne déjeune pas dans la salle à manger. Je fais une randonnée d'une heure à la place.

— J'aime la randonnée. Je pourrais peut-être t'accompagner ?

Elle réfléchit un instant, puis un sourire naquit sur ses lèvres.

— A une condition. Il faut que tu assistes à la séance de thérapie de groupe d'abord.

Il cilla.

— C'est du chantage.

— Oui, acquiesça-t-elle. Mais si tu veux vraiment faire une randonnée avec moi, tu n'as pas le choix.

— Je pourrais venir ici demain matin et te suivre.

— Tu pourrais, mais tu ne le feras pas.

Elle avait raison, évidemment. S'il faisait une chose pareille, elle serait en colère, et il ne voulait pas la fâcher. Il ne pouvait se permettre d'oublier qu'il avait besoin d'elle pour arriver à Maureen.

— Bon. Pas de randonnée. Pouvons-nous au moins déjeuner ensemble ?

— Ce serait bien, dit-elle en se dirigeant vers la porte. Mais pense à la thérapie. Tu changeras peut-être d'avis.

— J'en doute.

Elle sourit.

— A demain.

Elle entra dans le chalet, refermant la porte derrière elle. Quand il entendit le verrou se fermer, il se retourna et s'engagea sur le sentier. La nuit était si noire qu'il ne distinguait que de vagues ombres, et il eut soudain l'étrange impression d'être observé. Il avait déjà eu cette sensation plus tôt dans la semaine, quand il était sur la plage. Il avait cru alors que c'était Abi qui le regardait, mais quand il s'était retourné, il ne l'avait vue nulle part.

Son imagination devait lui jouer des tours. Pour quelle raison aurait-on pu vouloir l'observer ? Personne ne connaissait sa véritable identité.

Du moins, il l'espérait.

Will entra dans son chalet au moment précis où son téléphone portable se mettait à sonner. Il ferma la porte à clé, puis tira l'appareil de sa poche.

— Bishop.

— Ici Robbins. Vous pouvez parler ?

Will était épuisé. La dernière chose qu'il avait envie de faire était de donner à son supérieur un compte rendu de ses progrès — ou plutôt de son manque de progrès. D'autant plus qu'officiellement, son enquête n'avait pas été approuvée par le FBI. En théorie, il n'était donc pas obligé de dire quoi que ce soit. D'un autre côté, c'était grâce à Robbins qu'il avait eu une couverture.

Il se laissa tomber sur le canapé et mit les pieds sur la table du salon.

— Oui.

— Nous avons peut-être un problème.

Super. Comme s'il n'en avait pas déjà suffisamment !

— Quel genre de problème ?

— Il y a eu des informations intéressantes sur les lignes de Sardoni. Le Colorado a été mentionné par trois fois au cours des deux dernières semaines.

Will se redressa, ses pieds retombant sur le sol avec un bruit sourd. Sardoni était-il au courant de sa présence ici ?

Bon sang.

— Pourquoi est-ce que je n'ai pas été informé plus tôt ? grogna-t-il.

— Parce que je viens seulement de l'apprendre. Personne ne sait que vous êtes là-bas. Il n'y avait aucune raison d'attirer mon attention là-dessus.

Son ton était grave.

— Je pense que Sardoni a des soupçons.

Will étouffa un juron.

— Comment pourraient-ils savoir que je suis ici ?

— Si vous pensez que je l'ai dit à quiconque, détrompez-vous. Votre désir de retrouver Vince est bien connu. Tout ce qui me vient à l'esprit, c'est que vous étiez sans doute sous surveillance.

En fin de compte, c'était plutôt une bonne nouvelle.

— S'ils avaient éliminé Crystal, réfléchit Will, ils ne seraient pas en train de la chercher. Cela signifie qu'elle est vivante.

— Cela pourrait aussi vouloir dire qu'ils ont quelqu'un qui vous suit. Vous n'avez rien remarqué de suspect ?

— Personne.

Si quelqu'un l'espionnait, il était discret, et parfaitement intégré au groupe.

— Personne n'est arrivé après vous ?

— Pas que je s… Une minute ! Un nouvel employé est arrivé deux ou trois jours après le début de la session. Tom Quelque chose.

Ce dernier semblait plutôt jeune, mais il n'était pas impossible qu'il soit lié à une organisation criminelle.

— Vous connaissez son nom de famille ?

— Non, mais je peux l'apprendre.

— Et les autres résidents ? Vous pouvez me donner une liste ?

Il y en avait au moins quarante. La moitié d'entre eux étaient des enfants, qu'il pouvait éliminer d'office. Il devait pouvoir trouver le nom des autres sur les feuilles d'inscription aux séances de thérapie.

— Je vous en donnerai une demain.

— Nous procéderons à quelques vérifications. En attendant, vous avez une arme ?

— Bien sûr.

Enfermée à clé dans sa valise, avec sa plaque, afin d'éviter que la femme de ménage ne la trouve par hasard.

— Gardez-la sur vous.

— Ça risque de paraître un brin suspect, non ? ironisa Will.

— J'imagine que vous n'avez pas encore réussi à voir la propriétaire ?

— Pas encore. Je me suis rapproché d'une des conseillères. C'est une amie de Maureen. J'espère qu'elle va pouvoir m'amener à elle.

— Cette conseillère ne pourrait pas être la femme que nous cherchons ?

Will songea à Abi, s'efforçant de l'imaginer avec un salaud tel que Vince.

— Non, il ne peut pas s'agir d'elle. Elle a un fils de trois ans et demi. Vous avez vu les photos. Crystal n'était pas enceinte.

— Vous voulez me donner son nom au cas où ?

En tant qu'agent, Will aurait dû considérer cette requête comme une démarche logique. En tant qu'ami, il aurait eu l'impression de trahir Abi. Il avait voulu qu'elle lui fasse confiance — ne devait-il pas lui rendre la pareille ?

Mais ce n'était pas seulement une question de confiance dans ce cas. C'était une question de vie ou de mort.

De celle d'Abi, peut-être.

Bon sang. Si on le surveillait, Abi risquait d'être prise à tort pour la personne qui l'intéressait, et de se trouver en danger. Si quelqu'un apprenait que son identité avait été vérifiée par le FBI, le risque n'en serait que plus grand.

Il pouvait essayer de cesser de la voir, mais si quelqu'un le surveillait, le mal était déjà fait. Soit il lui révélait la vérité maintenant, ce qui gâcherait certainement ses chances de voir Maureen, soit il ne devait pas la laisser hors de sa vue.

Mais comment diable ferait-il ? Elle faisait chaque matin une randonnée dans les bois. Ce serait l'occasion rêvée pour l'enlever. Celui ou celle que Vince avait envoyé ne serait pas chargé de tuer Crystal, Will le savait. Vince voudrait s'acquitter de cette tâche lui-même, après avoir forcé Crystal à lui dire ce qu'elle avait fait de l'argent. Et quand il s'apercevrait qu'il avait fait erreur sur la personne, il tuerait Abi quand même.

Une vague de nausée envahit Will.

Il fronça les sourcils, réfléchissant à toute allure. Certes, il pouvait suivre Abi dans les bois sans qu'elle le sache, mais il devrait rester assez loin pour qu'elle ne se doute de rien, trop loin pour déjouer une éventuelle tentative d'enlèvement. Et si elle le voyait, si elle découvrait qu'il l'avait suivie, elle serait furieuse. Il ne pourrait jamais l'amener à le présenter à Maureen.

Bon sang. La situation se compliquait.

La seule manière de la protéger était de marcher avec elle, conclut-il. Et la seule manière d'y parvenir était — horreur et damnation — d'assister aux séances de thérapie.

Où diable avait-il mis les pieds ?

— Ce serait une perte de temps de vérifier son nom, affirma-t-il à Robbins. Ce n'est pas elle.

— Je vais être franc avec vous, Will. Quand vous m'avez parlé de cette histoire, j'ai cru que c'était une impasse. Maintenant, j'ai assez d'éléments pour en parler au directeur. Et peut-être envoyer un autre agent.

— Il est impossible de faire cela sans avertir la propriétaire du centre de ma présence, et c'est exactement ce que nous ne pouvons pas faire, protesta Will. Je suis sûr qu'elle disparaîtrait de nouveau.

— En ce cas, je vais contacter le bureau de Denver et les mettre au courant.

— Non !

— Bishop, je vous en prie…

— A la minute où des agents fédéraux viendront fouiner par ici, Maureen s'en ira. Il faut que je me charge de cette opération tout seul.

Il y eut un bref silence à l'autre bout de la ligne.

— Je vous donne une semaine, dit enfin le directeur adjoint.

Jamais il n'arriverait à voir Maureen si vite. C'était complètement impossible.

— Je ne suis là que depuis une semaine ! Il m'en faut au moins deux de plus.

Il y eut un nouveau silence.

— Transmettez-moi ces noms et je les ferai vérifier d'ici lundi ou mardi. S'il n'y a pas de problème, vous aurez vos deux semaines. Si quelqu'un a l'air suspect, je vous sors de là.

— Ce n'est pas à vous d'en décider. Je suis ici sans autorisation, vous vous souvenez ?

— Will, je refuse d'être responsable de la perte d'un

autre de mes meilleurs agents. Si j'étais vous, je trouverais un moyen de voir la propriétaire, et vite.

Apparemment, Will n'était pas le seul à se sentir coupable de la mort de Ryan. Il comprenait maintenant pourquoi Robbins lui avait accordé tout ce temps pour enquêter sur une affaire qui semblait au point mort depuis quatre ans.

Il voulait arrêter Vince autant que lui.

— Rappelez-moi demain avec la liste. Et… Will ?

— Oui ?

— Soyez prudent.

— Bon. Une séance de thérapie.

Abi tressaillit et se détourna du match de volley-ball qu'elle regardait. Debout derrière elle, Will portait son short habituel et un T-shirt du même vert rouillé que ses yeux.

Il était plus séduisant que jamais.

— Pardon ?

— J'ai réfléchi et je me suis dit qu'une séance de thérapie ne me ferait pas de mal. Et je pourrai marcher avec toi.

Abi sourit. Elle avait espéré qu'il changerait d'avis, même s'il le faisait à regret. Mais une seule séance de thérapie ne servait à rien. Elle n'allait pas le laisser s'en tirer à si bon compte.

— Une seule séance ne suffit pas. Cinq jours. Du lundi au vendredi.

Il en resta bouche bée d'indignation.

— Cinq jours ?

— Et tu pourras faire autant de randonnées avec moi que tu le désires.

— Deux jours, offrit-il.

— Non.

Il croisa les bras, et les manches de son T-shirt se resserrèrent sur ses biceps. Ils n'étaient pas énormes, mais bien définis. A vrai dire, pour autant qu'elle puisse en juger, tous ses muscles étaient bien définis.

— Trois.

Il était têtu.

— Ce n'est pas négociable, Will. Soit tu fais cinq jours, soit tu ne viens pas avec moi.

Il réfléchit une minute, puis marmonna un juron.

— Bon. J'accepte.

— Tu ne le regretteras pas.

— A demain matin, alors ?

— Pourquoi ?

— Pour la randonnée.

— Premièrement, je ne fais pas de marche le week-end, et deuxièmement, il faut que tu fasses les cinq séances de thérapie d'abord.

Il lui décocha un nouveau regard indigné.

— Tu ne me fais pas confiance ?

« Certainement pas », songea-t-elle. Il était si opposé à l'idée d'aller en thérapie qu'il chercherait sûrement un moyen de s'y soustraire.

— Il y a une séance chaque matin à 10 heures sauf le dimanche. Je m'attends à voir ton nom sur la liste à partir de lundi. Et je vais vérifier que tu y vas chaque jour, alors ne joue pas au plus malin.

— Abi, cria David, un des animateurs. On a un blessé !

Abi regarda par-dessus son épaule et vit qu'un des enfants était assis sur le sable et se massait la tête. Apparemment, quelqu'un allait avoir besoin de glaçons et de paroles réconfortantes.

— Le devoir m'appelle, dit-elle en s'éloignant. Je te verrai au déjeuner ?

— Oui, grogna-t-il, encore fâché.

— Oh, ne sois pas si maussade. Ça va peut-être te plaire.

— J'irai, lança-t-il, mais je suis sûr que ça ne va pas me plaire.

— Abi, tu as une minute ?

Abi leva les yeux de son écran d'ordinateur, ayant terminé une carte pour la chasse au trésor qu'elle organisait la semaine suivante. Brittney se tenait sur le seuil, l'air soucieux. Ce qui était normal chez elle.

C'était une jeune fille très gentille et qui s'occupait très bien des enfants. Sans son aide, Abi aurait été perdue. Mais c'était aussi une nature inquiète. Elle avait le chic pour faire un drame d'une situation ordinaire.

Abi était plutôt débordée — et elle n'avait certainement pas les dix ou quinze minutes qu'il faudrait à Brittney pour lui expliquer ce qu'elle avait sur le cœur. Néanmoins, elle ferma son ordinateur et se renfonça dans son fauteuil.

— Que se passe-t-il ? demanda-t-elle, réprimant non sans peine l'envie d'ajouter « cette fois ».

— C'est Tom, le nouvel animateur.

— Oui ?

— Je sais que ce n'est pas à moi de t'en parler, mais…

Allait-elle en venir au fait ?

— Je crois qu'il ne fait pas l'affaire, admit enfin Brittney.

— Comment cela ?

— Pour commencer, il est paresseux. Si je n'étais pas constamment sur son dos, il passerait son temps à bavarder avec les résidents.

— C'est curieux. Chaque fois que je le vois, il semble occupé.

— Voilà le problème. Il fait ça quand tu ne le vois pas. L'autre jour, je l'ai laissé tout seul avec un groupe d'enfants pour aller chercher des fournitures. Quand je suis revenu, les enfants faisaient le cirque et il ne leur prêtait aucune attention. Je l'ai appelé, mais il m'a ignorée. J'ai dû l'appeler au moins dix fois. Il était avec une fille.

— Quelle fille ?

— Une des résidentes. Cette Cindy, expliqua Brittney d'une voix indignée. Elle rôde constamment autour de lui, et elle le détourne de son travail. C'est complètement inapproprié.

« Et voilà la source du problème », songea Abi. Britt était jalouse. La jeune fille n'était pas laide, mais elle avait une légère tendance à l'embonpoint et un peu d'acné. Si Abi avait dû choisir un terme pour la décrire, ç'aurait été… morne. Cindy, en revanche, possédait le genre de beauté exotique qui attirait naturellement le sexe opposé.

Peut-être Britt avait-elle un petit béguin pour Tom. Peut-être était-elle vexée que ce ne soit pas réciproque.

— Britt, tu sais que nous vérifions consciencieusement les références de tous les nouveaux employés. Tom en a d'excellentes. Nous avons eu de la chance de le recruter.

Britt haussa les épaules.

— Je ne sais pas quoi te dire, Abi. Il ne fait pas l'affaire.

Et il était évident qu'elle n'allait pas en démordre.

— Ecoute, je vais lui parler. Dans une semaine, si les choses ne se sont pas améliorées, nous aviserons.

Britt ne parut guère contente, mais elle acquiesça, puis tourna les talons et s'en alla.

La pauvre.

Abi avait de la peine pour elle, mais elle ne pouvait tout de même pas congédier un employé parce qu'il avait blessé l'amour-propre d'une autre. Elle se promit mentalement de parler à Tom d'une manière qui ne risquerait pas d'embarrasser Britt davantage.

Il y avait des jours où elle avait l'impression de jouer les arbitres, songea-t-elle non sans lassitude. Il n'était pas rare que les animateurs se fâchent entre eux. Parfois, la vie au centre était digne d'un feuilleton télévisé. Elle avait même vu des femmes se crêper le chignon une fois ou deux.

Mais elle était sûre que tout finirait par s'arranger. Comme d'habitude.

8

Accroupi derrière un arbre à quelques centaines de mètres du sentier, Will reprit son souffle en regardant Abi amorcer la descente qui la mènerait hors de la forêt. Il donna une tape sur un moustique qui lui piquait le cou, et essuya la sueur qui dégoulinait sur son visage.

Répéter cet exercice pendant toute une semaine allait être plus difficile qu'il l'avait prévu. Abi ne se contentait pas de flâner. Elle marchait vite, d'un pas sûr et déterminé. Et Will, qui se croyait en parfaite condition physique, avait du mal à suivre son rythme. Quant à le faire sans bruit et hors sentier, c'était un autre problème…

La forêt était un labyrinthe compliqué, plein d'embûches et de broussailles impénétrables. Il avait trébuché une bonne dizaine de fois, était tombé à deux reprises, et, par trois fois, il avait cru perdre la trace d'Abi. Sans son T-shirt rouge vif, il aurait été impossible de la repérer.

Bientôt, quand elle serait assez proche du bâtiment principal pour ne plus courir de risque, il pourrait cesser de la suivre et retourner à son chalet prendre une douche. Il entendait déjà les sons de la civilisation, le bruit des gens qui sortaient du réfectoire pour vaquer à diverses occupations.

A travers les arbres, il apercevait par moments le toit du bâtiment d'entretien.

Il se préparait à bouger quand un bruit s'éleva derrière lui — un bruit de brindilles écrasées. Il s'arrêta et dressa l'oreille, mais le silence était déjà revenu. Sans doute un animal, songea-t-il. De temps à autre pendant la randonnée, il avait cru entendre des craquements et frôlements suspects, sans jamais rien voir. Son imagination avait dû recommencer à lui jouer des tours.

Il se mit à descendre la pente lentement, et, soudain, il entendit le son de nouveau. Un bruit de pas, indéniable cette fois. Il pivota, et, à travers l'épais feuillage, discerna un mouvement. Un mouvement trop prononcé pour être celui d'un animal.

Quelqu'un était là.

Le cœur battant, il voulut faire demi-tour, mais perdit prise et dérapa sur le sol humide et boueux, jonché de feuilles pourrissantes. Il étouffa un juron et se hâta de se relever, mais il était trop tard. L'inconnu avait disparu. Will se retourna, cherchant Abi des yeux, mais elle avait disparu elle aussi.

Bon sang !

Pendant tout le week-end, il avait surveillé Abi de loin — restant suffisamment près pour la voir, mais pas trop pour ne pas éveiller ses soupçons. Il n'avait rien vu de suspect.

Mais à présent il n'y avait aucun doute. Quelqu'un le suivait — ou suivait Abi.

Robbins était censé appeler ce soir pour lui donner les informations concernant la liste de noms que Will lui avait fournis. Il n'avait plus qu'à espérer qu'il ait trouvé quelque chose de sorte qu'il puisse éliminer discrètement le mystérieux espion.

Avant qu'il ne soit trop tard.

*
* *

Deux heures et demie plus tard, Will était assis dans le cercle d'hommes et de femmes — huit personnes au total — ridicule. Il détestait ce truc, mais il n'avait pas le choix.

— Nous accueillons un nouveau membre parmi nous aujourd'hui, annonça Eva, la thérapeute, en souriant à Will. Voulez-vous vous présenter ?

Oh, flûte !

— Je m'appelle Will Bishop.

— Bonjour, Will, répondit le groupe à l'unisson.

Il faillit s'étrangler de rire. C'était exactement comme à la télévision.

— Parlez-nous un peu de vous.

— Par exemple ? demanda-t-il, priant silencieusement pour qu'un miracle se produise et qu'il puisse sortir de cet enfer.

— Dites-nous d'où vous venez, ce que vous faites dans la vie.

— J'habite à New York et je travaille dans l'administration.

Eva l'encouragea du regard.

— Et… ?

Will haussa les épaules.

— C'est à peu près tout.

— Divorcé ? Ou sur le point de l'être ?

— Divorcé, confirma-t-il. Deux fois.

Cette fois, il y eut un « oh » collectif autour de lui.

— Je viens de divorcer de ma cinquième femme, intervint Larry, un de ses compagnons.

Will avait joué au golf avec lui quelques jours plus tôt et

l'avait trouvé plutôt sympathique. Mais comment diable un homme sain d'esprit avait-il pu se marier cinq fois ?

— Vous ne devriez pas dire « cinquième potiche » ? demanda une des femmes d'un ton amer.

Elle semblait âgée d'une trentaine d'années, mais son visage était las, tendu. Elle était petite, blonde et en colère. Vraiment en colère.

— Claire, fit Eva d'un ton patient, vous souvenez-vous de ce que nous avons dit ? Nous sommes là pour nous entraider, et non pour nous juger.

— Son mari l'a quittée pour une femme plus jeune, expliqua Larry à Will avant de se tourner vers Claire. Est-ce ma faute si j'aime les jeunes femmes ?

— Ce ne sont pas des femmes, rétorqua-t-elle. Ce sont des gamines.

— Pourquoi, à votre avis, avez-vous une préférence pour les femmes plus jeunes que vous ? demanda Eva à Larry.

Ce dernier haussa les épaules.

— Il me faut une raison ?

— C'est une crise de la quarantaine classique, déclara Jade, une jeune femme que Will avait vue sur la plage.

Elle était mince et élancée, et portait de longues tuniques amples et de couleurs vives. Elle avait l'air calme et serein, soit parce qu'elle était en paix avec le monde, soit parce qu'elle prenait de fortes doses de tranquillisants.

— C'est votre façon de vous cramponner à votre jeunesse, ajouta-t-elle tranquillement. Mais la vérité est que vous vous sentez de plus en plus vieux.

— Ces femmes qui volent les maris des autres ne sont que des vampires. Elles en ont après leur argent, assena Claire, la voix tremblante de colère.

— Oh, je vous en prie, s'indigna une autre femme, assez jeune pour être un des vampires dont parlait Claire. Vous êtes seulement amère parce que vous n'avez pas pu garder votre mari.

— Vous pensez que Jade et Claire sont injustes ? demanda Eva.

La séance se poursuivit ainsi, pendant une heure et quart. Will se contenta d'écouter sans rien dire. Il devait admettre que c'était intéressant, mais il ne se sentait pas en mesure de participer à la conversation. Il avait l'impression de ne pas avoir grand-chose en commun avec ces gens. Il savait exactement où était son problème : il était un mauvais mari, et il comptait résoudre la question en ne se remariant pas.

C'était aussi simple que cela.

Mais rester dans le groupe était un moyen de protéger Abi.

Si les circonstances avaient été différentes, il serait peut-être sorti quelques fois avec Abi, et puis il l'aurait laissée tomber — dès qu'il aurait appris qu'elle avait un fils. Il n'aurait certainement pas donné à leur relation la moindre chance de se développer.

A présent, il voulait découvrir qui elle était vraiment, pourquoi il éprouvait ce désir de se rapprocher d'elle, pourquoi il l'avait embrassée alors que sa conscience l'avait averti qu'il avait tort, pourquoi il ne pouvait s'empêcher de rêver de l'embrasser de nouveau.

Après la séance, Will se dirigea vers le réfectoire. En franchissant le seuil, il promena son regard sur la pièce et trouva exactement ce qu'il cherchait : Abi mangeait seule, assise à une table au fond de la salle.

Quand son fils n'était pas là, elle s'asseyait toujours seule, et il se demanda pourquoi. Elle devait avoir des amies parmi le personnel. Pourquoi se tenait-elle à l'écart ?

Elle dut sentir qu'elle était observée car elle leva les yeux, rencontrant son regard. Cette fois, il n'eut pas droit à une expression méfiante. Au contraire, elle lui adressa un sourire timide qui le frappa en plein cœur.

Elle était jolie, très jolie.

Le jour viendrait-il où elle ne semblerait plus redouter sa présence ?

Certes, elle avait semblé apprécier sa compagnie le vendredi précédent, mais c'était peut-être un effet de l'alcool plutôt qu'un signe indiquant que leur relation se développait. Que lui était-il arrivé dans le passé pour qu'elle soit si méfiante, si réservée ? Qui lui avait fait du mal ?

En tout cas, Adam ne semblait pas avoir hérité de sa timidité. Pendant tout le week-end, l'enfant l'avait suivi partout, parlant à cent à l'heure. Avant d'avoir fréquenté la famille de Ryan, Will ne s'était jamais considéré comme le genre de personne qui aimait les enfants. Maintenant… c'était différent. Certes, il n'allait pas se précipiter pour en avoir. Mais Adam était un enfant agréable, et sa présence avait facilité la tâche de Will qui tenait à rester proche d'Abi.

Il remplit son assiette, se dirigea vers la table de la jeune femme, et tira une chaise sans lui demander s'il pouvait se joindre à elle.

— Alors ? s'enquit-elle avant même qu'il ne soit assis. Comment cela s'est-il passé ?

— Quoi ? demanda-t-il, sachant pertinemment à quoi elle faisait allusion.

Elle lui décocha un regard impatient.

— La thérapie, voyons.

— Ah, ça, fit-il d'un ton désinvolte, laissant tomber sa serviette sur ses genoux. C'était… intéressant.

Elle parut satisfaite.

— C'est un début, j'imagine.

Abi avait vérifié la liste ce matin et, après avoir vu son nom, avait jeté un coup d'œil dans la salle pour s'assurer qu'il était bien là. Il n'avait pas donné l'impression de participer beaucoup, mais c'était normal. Il lui faudrait peut-être quelques séances pour se faire à l'idée de s'ouvrir aux autres membres du groupe.

— Je sais que je ne suis pas censé parler de ce qui s'est passé pendant la séance, dit-il, mais il faut que je dise qu'il y a des femmes qui sont vraiment en colère dans ce centre.

— C'est malheureusement le cas, acquiesça-t-elle. La colère est…

— … la deuxième étape du processus de deuil, récita Will à sa place. J'ai vu l'affiche.

Il prit une bouchée de salade, et Abi l'observa, songeuse. Elle se souvenait de la manière dont elle avait caressé son visage lorsqu'ils s'étaient embrassés. Du contraste entre ses deux joues. La surface inégale, presque veloutée, de la cicatrice, et le contact rugueux de sa barbe naissante de l'autre côté. Il y avait si longtemps qu'elle n'avait pas touché un homme de cette façon — qu'elle n'avait pas touché un homme tout court. Elle s'était sentie excitée, presque enivrée. Presque fiévreuse.

Comme dans les rêves qu'elle avait faits la veille. Des rêves confus et hachés, mais si réels dans leur passion qu'elle s'était éveillée nerveuse et fébrile. Même sa randonnée matinale n'avait pu apaiser sa nervosité.

— Tu recommences, dit Will en lui souriant.

Elle se rendit compte qu'elle s'était laissée aller à rêver, les yeux fixés sur lui. Que lui arrivait-il, enfin ? Pourquoi ne pouvait-elle s'empêcher de le dévisager ?

La rougeur lui monta aux joues, et elle se détourna, gênée.

— Désolée. Je ne sais pas pourquoi je fais ça.

— Si c'était quelqu'un d'autre que toi, ça m'ennuierait peut-être.

Il prit une nouvelle bouchée de salade, et mâcha lentement, sans la quitter du regard. Elle dut se faire violence pour ne pas le fixer en retour. Elle mordit dans son sandwich, mais le pain lui sembla soudain sec et fade.

— Puis-je te poser une question ? demanda-t-il.

Elle hocha la tête, les yeux rivés à son assiette.

— Bien sûr.

— Pourquoi t'assois-tu toujours seule ?

Ce n'était pas le cas d'ordinaire. Elle l'avait fait au début de la session parce qu'elle voulait garder l'œil sur Eric sans être distraite par des conversations autour d'elle. Quant aux deux derniers jours, c'était différent. Elle avait honte de se l'avouer — et elle se serait fait couper la gorge plutôt que de l'avouer à Will — mais elle était restée seule dans l'espoir qu'il viendrait la rejoindre. Ce qu'il avait fait. Ils avaient déjeuné ensemble le samedi et le dimanche.

— Cela me permet d'observer certains des enfants, dit-elle, optant pour une demi-vérité.

Elle n'aimait pas mentir. Plus maintenant. C'était une habitude qu'elle avait abandonnée il y avait bien longtemps. Mais elle avait sa fierté.

— Tu préférerais que je change de table ?

— Bien sûr que non, répondit-elle. J'apprécie ta compagnie.

— Moi aussi. Et, Abi… tu peux me regarder. Ça ne m'ennuie pas.

Elle leva les yeux vers lui et vit qu'il lui adressait ce sourire en coin qui lui allait si bien. Il était adorable, et il le savait, même au point d'être un peu arrogant, mais elle ne put s'empêcher de lui sourire en retour.

Ils mangèrent en silence pendant quelques minutes, puis Will reprit la parole.

— On dirait que tes efforts d'entremetteuse n'ont pas abouti ?

Elle suivit son regard jusqu'à la table où Eric mangeait seul, à l'autre extrémité de la salle, loin de l'endroit où Leanne dînait avec son père.

— Je pensais vraiment qu'ils pourraient bien s'entendre, dit-elle. Je suppose que je me trompais.

Will avala une gorgée d'eau gazeuse et se cala sur sa chaise.

— Peut-être que ça vaut mieux, puisque les résidents ne sont pas censés avoir des relations entre eux.

— Ils ne sont que des enfants. Ils peuvent être amis.

— Il a quoi ? Seize ans ? Dix-sept ? A son âge, je ne pensais qu'à une chose.

— Leanne, elle, n'a que quinze ans. Elle est trop jeune pour… ce que tu suggères.

— Ne me dis pas que tu as oublié comment tu étais à leur âge.

C'était quelque chose qu'elle n'oublierait jamais, même si elle aurait donné cher pour effacer de sa mémoire cette partie de sa vie. Mais ce qu'elle avait été à cet âge n'avait rien à voir avec l'expérience de la plupart des adolescents. Will aurait été consterné si elle lui avait dit quel âge elle avait la première fois qu'elle s'était laissé entraîner par un garçon sur la banquette arrière d'une voiture.

Les parents de Leanne étaient en train de divorcer, mais l'adolescente avait eu une enfance normale jusque-là. Deux parents et une sœur aînée pour lui montrer l'exemple.

Ç'avait été si différent pour Abi.

— Je ne crois pas qu'il y ait à s'inquiéter pour Leanne, dit-elle. Ce n'est pas son genre.

Will haussa les épaules.

— Tu es mieux placée que moi pour en juger.

C'était vrai. Elle travaillait avec des enfants tout le temps. Elle les connaissait certainement mieux que lui et elle n'aimait guère qu'il mette en doute son jugement. Ce qu'il semblait avoir tendance à faire un peu trop souvent.

Elle se posait suffisamment de questions comme cela. Peut-être était-ce pour cette raison que les siennes l'agaçaient.

— Tu es fâchée, dit-il. Je le vois à la manière dont ta mâchoire s'est crispée. Tu fais cela quand tu es peinée.

Elle se rendit compte qu'il avait raison. Sa mâchoire était si crispée qu'elle avait mal à la tête. Elle prit une profonde inspiration et se força à détendre les muscles de son visage.

— Je ne voulais pas te critiquer. C'est juste que j'ai l'habitude de jouer l'avocat du diable. Dans mon travail, parfois, il est difficile de ne pas voir que le côté négatif des choses. Je suis désolé.

C'était curieux comme ces trois petits mots suffisaient à l'adoucir, songea Abi. Peut-être parce qu'elle les avait si rarement entendus dans sa vie. Ou parce qu'elle savait qu'ils ne venaient pas facilement à Will. Quand il disait qu'il était désolé, elle savait qu'il était sincère.

— Je te pardonne, dit-elle, partagée entre le plaisir et l'agacement. D'ailleurs, c'est du comportement de Cindy qu'il faut s'inquiéter, et non de celui de Leanne.

— Ah bon ?

Abi ouvrit la bouche pour répondre, puis se ravisa brusquement.

— Je ne devrais pas parler de cela. Je suis désolée.

— Pas de problème, dit-il. Je comprends.

Elle jeta un coup d'œil à sa montre. Les moins de cinq ans allaient terminer leur activité de travail manuel dans moins de dix minutes et elle avait promis à Adam de passer le voir.

— Il faut que je parte.

— Tu vas dîner au réfectoire ce soir ?

— Sans doute.

Il lui décocha son adorable sourire et elle aurait juré entendre son cœur s'emballer.

— A ce soir.

Elle se leva et se dirigea vers la porte, sentant le regard de Will sur son dos. Une petite voix tout au fond d'elle lui disait que Will s'était immiscé trop facilement dans son cœur. Et malgré ses défauts, qu'il avait admis, il était trop… parfait. Même quand il faisait un faux pas, il semblait toujours parvenir à ce que les choses tournent en sa faveur. Elle n'arrivait pas à savoir s'il était brillamment intelligent ou naturellement irrésistible.

Et elle n'arrivait pas à se défaire de l'impression qu'elle commettait une erreur.

9

L'appel que Will attendait arriva le mercredi matin, après la séance de thérapie de groupe.

— J'ai vérifié les noms, annonça Robbins.

— Vous aviez dit lundi ou mardi, aboya Will.

Il était furieux, et inquiet. Il suivait Abi lors de ses randonnées matinales depuis trois jours, et il était évident que quelqu'un les surveillait.

Quant à savoir si c'était Abi qui était suivie, ou lui, il n'en était pas sûr. L'espion était clairement résolu à se tenir caché, et restait suffisamment loin pour avoir le temps de fuir si Will le repérait.

— Il m'a fallu plus longtemps parce que les recherches étaient compliquées, expliqua Robbins.

— Et ?

— Et rien du tout. Personne n'est suspect. J'ai trouvé quelques tentatives de fraude fiscale et une indiscrétion concernant une prostituée mineure, mais personne qui soit lié aux Sardoni.

Will réfléchit, partagé entre le soulagement et la frustration. Quelqu'un les suivait bel et bien. Si ce n'était pas un membre du clan des Sardoni, qui était-ce ? Et que voulait-il ?

— Vous êtes absolument sûr de ce que vous dites ? insista-t-il.

— A moins que vous n'ayez oublié quelqu'un, Will. Un membre du personnel, peut-être ?

— J'ai vérifié. Hormis ce nouvel employé, Tom, tous sont au centre depuis plus d'un an.

— Will, vous devriez être soulagé. J'ignore de qui parlaient les Sardoni, mais ce n'était pas de vous.

S'il avouait à Robbins ce qui se passait — à savoir qu'on le suivait et qu'il était peut-être en danger —, il était probable que ce dernier insisterait pour envoyer un autre agent sur place ou qu'il contacterait le bureau de Denver. La couverture de Will serait alors fichue.

Il ne pouvait prendre un tel risque.

— Je le suis, affirma-t-il. Je voulais juste en avoir le cœur net.

— Comment les choses se passent-elles ? demanda Robbins. Vous faites des progrès concernant cette rencontre avec la propriétaire ?

— J'y travaille.

— Et vous… euh… vous voyez un psy ? C'est ce genre de choses qu'on fait dans ce centre, non ?

— De la thérapie de groupe, corrigea Will sèchement. Et, oui, je vais aux séances.

— Parfait. Si quelqu'un en a besoin, c'est bien vous.

Will ne prit pas de gants pour dire à son supérieur où il pouvait ranger son opinion, et Robbins fit quelque chose qu'il ne faisait pas très souvent.

Il éclata de rire.

— Vous savez où je suis en cas de besoin, conclut-il avant de raccrocher.

*
* *

— Maman, est-ce que je pourrai inviter Megan à mon anniversaire ?

— Mon chou, ton anniversaire est dans deux mois, répondit doucement Abi. Megan ne sera plus là.

Adam fit une moue.

— Megan a dit qu'elle avait eu une fête d'anniversaire avec un clown et un poney et plein d'autres enfants. Moi aussi, je veux un anniversaire comme elle.

Il avait encore du mal à comprendre le concept de temps et le fait que les enfants ne restaient pas plus d'un mois. La plupart ne restaient qu'une semaine ou deux. Et, malheureusement, son anniversaire tombait pendant un mois où il n'y avait qu'une session réservée aux adultes.

Il n'y aurait aucun enfant à inviter, seulement des collègues d'Abi.

Elle ne pouvait s'empêcher de penser à ce qu'avait dit Will, au fait que cet environnement n'était peut-être pas assez stable, et qu'Adam avait besoin d'amis qui ne soient pas seulement temporaires.

Ç'avait été plus facile quand il était plus jeune et qu'il ne se faisait pas d'amis. A présent qu'il grandissait, il commençait à se rendre compte de ce qui lui manquait…

Que se passerait-il quand il commencerait l'école maternelle ? L'école la plus proche était à près de vingt kilomètres du centre. Comment pourrait-elle l'emmener et revenir à temps pour commencer son travail à l'heure ? Comment pourrait-il aller jouer avec ses camarades d'école ?

Elle secoua la tête, repoussant temporairement ses préoccupations. Elle n'avait pas le temps de penser à cela pour l'instant. Ils trouveraient une solution le moment venu. Tout ce qu'elle faisait, tous les sacrifices qu'elle avait faits étaient pour Adam.

Au point qu'elle ne faisait plus jamais rien pour elle.

Compte tenu de son état d'esprit ces derniers temps, des doutes constants qui l'assaillaient, elle commençait à se demander si c'était une bonne chose, après tout.

— Nous verrons, mon chéri.

Il hocha la tête, s'éloigna tristement, et alla se rasseoir devant la télévision de Maureen.

« Nous verrons » était en train de devenir sa réponse standard chaque fois qu'il demandait quelque chose qu'elle ne pouvait lui donner, comme un petit frère ou une petite sœur ou un chiot noir aux pattes blanches.

Il finirait par comprendre que « Nous verrons » signifiait en réalité « Non ».

— Qu'y a-t-il ? s'enquit Maureen en posant deux tasses de café sur la table.

Abi haussa les épaules.

— Il veut une fête d'anniversaire avec d'autres enfants et il ne comprend pas qu'il n'y en aura pas à cette époque-là. Cela me brise le cœur d'avoir à lui dire non. J'ai l'impression de le traumatiser.

Maureen s'assit en face d'elle.

— Abi, priver un enfant d'une fête d'anniversaire ne va pas le traumatiser. Les fêtes gigantesques que ma mère organisait pour moi ne compensaient ni les disputes ni la négligence.

Abi soupira.

— C'était tellement plus simple quand il était petit. Quand il ne posait pas tant de questions.

— Elever des enfants n'est pas censé être facile.

— Je sais. C'est juste que j'ai l'impression depuis quelque temps d'avoir perdu le contrôle de ma vie.

Elle but une gorgée de café fumant, reposa sa tasse et leva les yeux vers son amie.

— Nous avons dîné et pris le dessert, parlé du travail et

de mes piètres talents de mère, dit-elle lentement. Allons-nous parler de la véritable raison pour laquelle tu m'as invitée ce soir ?

Maureen sourit.

— Comment sais-tu qu'il y en a une ?

— Je te connais depuis suffisamment longtemps pour savoir que quelque chose te tracasse.

Maureen but une gorgée de café et demeura silencieuse un instant, comme pour peser avec soin les paroles qu'elle allait prononcer.

— Ça doit être sérieux, observa Abi, devinant ce que Maureen était sur le point de lui dire.

— Tu sais que je te fais entièrement confiance, Abi, et que je ne prête pas attention aux ragots…

— Il s'agit de Will Bishop, c'est ça ?

Maureen parut décontenancée, comme si elle ne s'attendait pas à tant d'honnêteté.

— Tu passes beaucoup de temps en sa compagnie, observa-t-elle. Je n'ai pas besoin de te dire qu'un centre tel que celui-ci n'est pas un endroit approprié pour trouver un compagnon.

— Ai-je jamais eu une liaison avec un résident ?

— Je ne t'accuse de rien.

— Il est sympathique et il semble bien m'aimer. J'ai pu me servir de cela pour l'aider, répondit Abi, expliquant comment elle avait persuadé Will d'assister aux séances de thérapie.

— Abi, soupira Maureen, n'oublie pas que je suis ton amie en plus d'être ton employeur. Je veux simplement te recommander d'être prudente. Cet homme n'est pas venu ici par hasard. Je ne voudrais pas que tu te retrouves dans une situation où tu vas souffrir. Si tu veux avoir une relation avec un homme, je te conseille d'en choisir un qui ait le moins de problèmes possible.

Toutes deux avaient fait leur part d'erreurs concernant leur choix de partenaires par le passé.

— Je sais.

Maureen hésita.

— Abi, en tant que directrice, il faut que je te demande de faire preuve de discrétion, quoi qu'il arrive.

— Sinon ?

— Ce n'est pas une menace. Mais je ne peux pas laisser les autres membres du personnel penser que ta conduite est inacceptable.

— Je comprends.

Maureen se montrait généreuse, songea Abi. A sa place, n'importe quel autre employé aurait sans doute reçu un avertissement et été menacé de renvoi s'il ou elle persistait dans son attitude.

— Tu es sûre que tu sais ce que tu fais ? demanda Maureen.

Elle n'était sûre de rien.

Lors de la dernière session, s'il y avait eu une question à ce sujet, Abi n'aurait pas hésité à mettre fin au comportement qui ennuyait Maureen.

Mais lors de la dernière session, elle ne connaissait pas encore Will Bishop.

Puisque Abi et Adam étaient chez Maureen, Will pouvait interrompre ses activités de garde du corps pendant quelques heures.

Il tua le temps dans la salle de jeux, d'où il pouvait garder un œil sur l'appartement de Maureen, situé au premier étage. Après avoir bu un verre avec Larry, il disputa quelques parties de billard américain, puis sortit sur la terrasse, au bord de la piscine — sachant qu'Abi devrait passer par là pour rentrer chez elle —, et s'étendit sur une chaise longue, une bière à la main, tandis que le soleil descendait à l'horizon.

Il ne croyait peut-être pas à toutes ces histoires de thérapie en arrivant ici, mais force lui était d'admettre qu'il se sentait plus détendu qu'il ne l'avait été pendant des années. Il appréciait cette période loin du travail, loin des opérations. Il avait pourtant toujours adoré son travail d'agent, mais, ces derniers temps, il avait eu l'impression que son seul but était de mettre Collucci derrière les barreaux.

Il y avait des mois que Robbins tentait de le persuader de prendre une ou deux semaines de vacances. Peut-être avait-il simplement besoin de récupérer un peu pour retrouver sa passion pour son travail. Sans doute alors se sentirait-il de nouveau lui-même.

Du coin de l'œil, Will vit s'ouvrir la porte du bâtiment principal, et Abi sortit, Adam endormi dans ses bras. Il se demandait comment s'approcher d'elle sans qu'elle se rende compte qu'il l'attendait quand il comprit qu'elle se dirigeait droit vers lui.

Il leva les yeux et sourit.

— Bonsoir.

— Bonsoir.

Elle ne dit rien d'autre, mais resta debout devant lui, l'air gêné. Il se redressa et posa sa bière.

— Que se passe-t-il ?

Elle regarda en direction de son chalet, puis ses yeux se posèrent de nouveau sur lui.

— Pourrais-tu me raccompagner ?

Et lui qui cherchait précisément un prétexte pour le faire ! Elle lui évitait cette peine.

— Bien sûr.

— Il faut que j'aille mettre Adam au lit, dit-elle en le changeant de côté. Il pèse une tonne.

— Je vais le porter, proposa-t-il sans réfléchir.

Abi parut méfiante.

— Tu es sûr ? Il est plus lourd qu'il n'y paraît.

Il tendit les bras.

— Pas de problème.

Abi haussa les épaules et lui passa l'enfant, et Will ne put retenir un grognement.

— Je t'avais dit qu'il était lourd.

Will cala le petit corps contre sa poitrine, et les paupières d'Adam s'entrouvrirent. Il regarda Will d'un air ensommeillé, puis noua les bras autour de son cou, posa la tête contre son épaule et se rendormit.

Will et Abi se dirigèrent vers les chalets des employés. Quelque chose n'allait pas, songea Will, troublé par le silence persistant d'Abi. Quand ils atteignirent le sentier qui menait à sa véranda, il n'y tint plus et se tourna vers elle.

— Tu vas me dire ce qu'il y a ?

— Mettons-le au lit d'abord.

Ils gravirent les marches ensemble et elle ouvrit la porte, s'effaçant pour le laisser entrer.

— Emmène-le directement dans sa chambre, s'il te plaît.

Abi retira les couvertures et Will déposa l'enfant, qui se roula aussitôt en boule. Elle le recouvrit du drap, et ils sortirent de la pièce sans bruit.

— Veux-tu une bière ? demanda-t-elle.

— Vais-je en avoir besoin ?

Un sourire se dessina sur les lèvres d'Abi, et il sentit qu'elle se détendait un peu.

— Ça ne nous fera pas de mal.

Elle lui fit signe de prendre place sur le canapé pendant qu'elle allait chercher les boissons. Après lui avoir tendu une canette, elle s'assit en face de lui.

— J'ai parlé avec Maureen ce soir.

— De quoi ?

— De toi.

« Ah », se dit Will. Il but une gorgée de bière et posa la canette sur la table.

— Je suppose qu'il y a des rumeurs qui circulent. Sur le fait que nous passons beaucoup de temps ensemble. Je ne peux pas dire que je suis surprise.

— Tu as des ennuis ? s'enquit-il avec sollicitude.

Il était fermement convaincu qu'elle avait besoin de quelqu'un pour veiller sur elle, mais il ne voulait pas la faire renvoyer.

— Pas exactement, murmura Abi. Disons... que Maureen s'inquiète pour moi. Et de l'impression que tout cela donne aux autres employés.

— Je pensais que nous avions décidé que nous allions seulement être amis.

— Les autres gens ne voient pas nécessairement les choses sous cet angle.

— Ce n'est pas notre faute.

— Non, et ce n'est pas juste, mais c'est ainsi. N'importe quel employé autre que moi aurait reçu un avertissement. Maureen ne me fera pas cela parce que nous sommes proches, mais j'ai l'impression de profiter de notre amitié et je me sens coupable.

— Que veux-tu dire au juste ?

Elle marqua une pause, but une autre gorgée de bière,

et il s'attendit au pire, certain qu'elle allait dire qu'ils ne pouvaient pas même être amis.

Il n'était pas sûr de pouvoir l'accepter. Et pas seulement parce qu'elle avait besoin de sa protection, mais à cause de ce qu'il éprouvait pour elle. Il appréciait vraiment les moments qu'il passait avec elle, et avec Adam.

Elle avait raison de dire que ce n'était pas juste. Pourquoi devaient-ils s'inquiéter de ce que pensaient les autres, des conclusions qu'ils risquaient de tirer ?

— J'allais te dire que nous ne devrions pas nous revoir. Même en tant qu'amis.

Elle se tut, se mordit la lèvre.

— Mais ?

Il espérait qu'il y avait un « mais ». Que ce n'était pas seulement un adieu.

— Depuis qu'Adam est né, ma vie entière tourne autour de lui, dit-elle. Toutes les décisions que j'ai prises ont été pensées par souci de son bien-être, qu'elles soient bonnes pour moi ou non. Maintenant, j'ai l'impression d'être constamment assaillie par le doute.

— C'est certainement ma faute.

— Non, dit-elle fermement. Tu m'as ouvert les yeux, c'est tout. Tu m'as forcée à regarder autour de moi, à prendre conscience de ce qu'est ma vie. Ces temps-ci, j'ai eu l'impression de… de disparaître, de ne plus exister. Ma seule identité est celle de mère.

Elle marqua une légère pause.

— J'ai peur de finir par lui en vouloir. Ce n'est juste ni pour lui, ni pour moi. J'ai passé le plus clair de ma vie d'adulte à être égoïste, et ces dernières années à ignorer totalement mes désirs. Il faut que je trouve un juste milieu.

Elle se rapprocha de lui et leurs genoux se frôlèrent. Elle prit sa main dans la sienne.

— Ce n'est peut-être pas très intelligent, et c'est sans doute égoïste, mais je n'ai pas envie de cesser de te voir, Will. Je veux que nous soyons amis.

Il n'avait pas réalisé avant cet instant qu'il retenait son souffle. Il soupira lentement, presque étourdi tant il était soulagé.

— Si c'est ce que tu veux aussi, ajouta-t-elle, l'air légèrement incertain.

— Oui, assura-t-il.

Elle sourit. Il tendit la main vers elle et écarta une mèche qui lui tombait sur la joue, la replaçant derrière son oreille. Comment avait-il pu penser qu'elle était quelconque ? Il y avait une beauté chez elle, un rayonnement qui venaient de l'intérieur.

Et la pensée qu'on puisse lui faire du mal lui transperça l'estomac comme un coup de poignard. Se jurant de les protéger, son fils et elle, il noua ses doigts aux siens.

— Nous devrions essayer d'être plus discrets, dit-elle. Peut-être pourrions-nous passer moins de temps ensemble devant les autres.

— Si nous devons nous éviter quand il y a d'autres gens autour de nous, laisse-moi venir marcher avec toi demain matin, suggéra-t-il.

De cette façon, il serait avec elle et il pourrait veiller à ce qu'il ne lui arrive rien. C'était une situation idéale.

— Nous avions un accord.

— Je continuerai à assister aux séances de thérapie, c'est promis.

Ce n'était pas si terrible après tout, et continuer n'était pas un si grand sacrifice. Peut-être même apprendrait-il quelque chose ?

— Je veux passer du temps avec toi.

— Je ne sais pas.

— Je sais que tu as du mal à faire confiance, Abi, mais donne-moi une chance. Je ne te décevrai pas.

Elle réfléchit un instant, puis sourit.

— Retrouve-moi demain matin à 6 h 30 au début du sentier, derrière le bâtiment principal.

10

Will jeta un coup d'œil à l'horloge placée au-dessus de la porte de la salle de thérapie. Dans un quart d'heure, il pourrait recommencer à veiller sur Abi. Elle ne risquait sans doute rien au milieu de tous les enfants, mais le fait de ne pouvoir garder l'œil sur elle le mettait mal à l'aise.

La séance de thérapie du samedi n'était pas censée faire partie du marché, mais Abi avait accepté de le laisser venir avec elle jeudi et vendredi en dépit de leur précédent accord, et semblait tenir à ce qu'il y assiste.

Compte tenu des sacrifices qu'elle faisait pour lui — tels que mettre en danger son amitié avec Maureen en continuant à le voir —, il avait le sentiment d'avoir une dette envers elle. Il n'aimait guère l'idée de devoir quoi que ce soit à quelqu'un — à vrai dire, c'était quelque chose qu'il évitait — mais, avec Abi, cela ne l'ennuyait pas vraiment. Ce n'était pas une corvée, mais plutôt… Le fait était qu'il ne savait pas quoi penser de ce qu'il éprouvait envers elle. Il ne s'agissait pas de sexe — non qu'il ne pense pas à l'attirer dans son lit.

Constamment.

Mais il ne s'agissait pas simplement de désir. C'était un sentiment différent de celui qu'il avait éprouvé envers ses épouses. Plus intense. Quelque chose de facile et de compliqué, de paisible et excitant à la fois. Il était…

— Will ? fit Eva. Vous êtes dans la lune ?

Il tressaillit, et se rendit compte que tous les regards étaient posés sur lui.

— Pardon.

Elle se tourna vers Larry.

— Expliquez-nous ce que vous avez en commun avec ces femmes plus jeunes.

Encore cette question d'âge ? La conversation semblait toujours revenir là-dessus.

— On ne s'ennuie pas au lit, répondit Larry d'un ton vantard.

Claire lui décocha un regard assassin.

— Vous êtes dégoûtant.

— Non, Claire, intervint Eva. Larry a en partie raison. Les femmes qu'il épouse sont sexuellement compatibles avec lui, ce qui est très important dans une nouvelle relation. La nouveauté et l'excitation d'apprendre à se connaître. Mais cela ne dure qu'un temps. Cela ne veut pas dire qu'on ne peut pas continuer à avoir une vie sexuelle satisfaisante, mais, au bout d'un certain temps, l'excitation initiale est remplacée par autre chose. De quoi s'agit-il, à votre avis ?

Will jeta un coup d'œil autour de lui, mais personne ne semblait savoir à quoi elle faisait allusion.

— L'amitié et le respect, dit enfin Eva. Avez-vous jamais considéré vos épouses comme des amies, Larry ?

Ce dernier haussa les épaules.

— Je ne sais pas. Je suppose que je n'y ai jamais pensé.

L'amitié et le respect.

Will songea à ce que la thérapeute venait de dire et se rendit compte que lui non plus n'avait jamais pensé à cela.

Et bizarrement un déclic soudain se fit dans son cerveau, comme s'il venait d'appuyer sur un interrupteur.

Avait-il été ami avec ses épouses ? Les avait-il respectées ?

Il changea de position sur sa chaise, mal à l'aise.

Eva se tourna vers lui.

— Vous paraissez troublé, Will. Voudriez-vous dire quelque chose ?

— Non, c'est juste que…

Il secoua la tête.

— Non, rien.

— Dites-nous à quoi vous pensiez.

— Ce n'est rien.

— En ce cas, dites-moi quelle est votre définition du mariage.

— Ma définition ?

— Décrivez-nous la relation que vous avez eue avec vos épouses.

Il haussa les épaules.

— Je ne sais pas. On s'est rencontrés, on est sortis ensemble quelque temps, et puis on s'est mariés.

— Et ensuite ?

Il haussa de nouveau les épaules.

— Que voulez-vous dire ? Ensuite, on a été mariés.

— Qu'est-ce qui se passe à ce moment-là ? On reste heureux ?

Il se mit à rire.

— Pas exactement. Pendant deux ou trois mois, tout va bien. Le sexe est excitant et on est content d'avoir quelqu'un à retrouver le soir. Un repas sur la table. Et puis elles commencent à se plaindre sans arrêt et… pof. On ne peut plus sortir boire une bière sans avoir droit à des reproches et des récriminations à n'en plus finir. On commence à faire des heures supplémentaires juste pour ne pas avoir à rentrer à la maison. On éteint son téléphone parce qu'elles vous appellent quinze fois par jour et qu'on en a assez d'entendre leurs jérémiades. Assez d'entendre qu'on est fermé sur le plan émotionnel ou qu'on ne les aime pas suffisamment. Et quand on en a vraiment assez, on s'en va.

Il se tut et regarda autour de lui. Tous le fixaient en silence, l'air sidéré.

— Eh bien, soupira Larry. C'est sévère.

— Vous pensez ne pas être fermé sur le plan émotionnel ? demanda Eva.

Il réfléchit une seconde et comprit qu'il l'était sans doute.

— Si.

— D'où cela vient-il, à votre avis ? reprit la jeune femme.

C'était son père. Will avait beau s'efforcer d'être différent de lui, il en revenait toujours au même point.

— Je ressemble à mon père, j'imagine.

— Vos parents étaient divorcés ?

— Non, ils ont été mariés pendant trente-cinq ans. Mais je ne crois pas qu'ils aient jamais été heureux.

— C'est une observation intéressante, fit Eva. Laissez-moi vous poser cette question à tous. Combien de vos parents avaient un mariage que vous considérez comme heureux ? Levez la main.

Tous regardèrent autour d'eux, mais personne ne leva la main. Personne au monde n'était-il donc heureux ? se demanda Will, stupéfait. A quoi bon se marier si c'était pour être malheureux ?

— Combien d'entre vous avaient des parents qui ont divorcé ?

Cinq sur huit levèrent la main.

— Il est possible que l'échec de vos mariages soit en partie dû à un comportement que vous avez appris.

— C'est-à-dire ? demanda Jade.

— Les enfants apprennent par l'exemple, expliqua Eva. Quand notre seul exemple de mariage est une situation conflictuelle, n'est-il pas logique que nous risquions à notre tour d'avoir un mariage troublé ?

— Où voulez-vous en venir ? demanda Roger. Tous ceux qui ont été élevés par des parents qui ont divorcé seraient condamnés à échouer dans leur propre mariage ?

— Bien sûr que non. Mais les statistiques sont là. Un enfant élevé dans une telle famille court plus de risques d'avoir lui aussi des difficultés dans sa vie conjugale, c'est tout.

Etait-ce la source de son problème ? songea Will. La relation de ses parents l'avait-elle traumatisé à vie ?

— Ça me paraît plutôt une excuse, observa Roger. Il est facile de dire que nos parents sont responsables de nos erreurs. Et notre propre responsabilité ?

— Il est évident que nous ne pouvons pas tenir nos parents pour responsables de tout. Mais les relations familiales, ainsi que les influences extérieures, peuvent avoir un effet durable sur le développement psychologique d'un enfant. Et le contraire est vrai aussi. Les enfants de familles heureuses peuvent aussi être victimes de divorces.

— Bref, nous sommes tous condamnés à échouer, observa Jade.

Eva sourit.

— Tout ce que je dis, c'est qu'il n'y a pas une seule raison ou cause à la manière dont les gens se conduisent. Mais en étant là et en discutant, peut-être pouvons-nous commencer à comprendre ce qui a mal tourné dans nos relations et apprendre à changer notre attitude.

Elle jeta un coup d'œil à sa montre.

— C'est tout pour aujourd'hui. Nous nous retrouverons lundi à 10 heures.

Pour la première fois depuis qu'il avait commencé à assister aux séances, Will se surprit à regretter que ce soit déjà fini. Et, pour la première fois aussi, il avait quelque chose à dire, des questions à poser.

Les choses pouvaient-elles vraiment être aussi simples ? Ses mariages avaient échoué parce qu'il n'avait pas considéré ses épouses comme des amies ? Parce qu'il n'avait pas su les respecter ? Il se rendait compte à présent qu'il les avait tolérées. Qu'il avait fait de son mieux pour les supporter jusqu'à ce qu'elles lui fassent perdre la tête et qu'il soit frustré au point de ne plus avoir d'autre choix que de s'en aller.

— Will ? Ça va ?

Il leva les yeux et vit que le reste du groupe avait déjà disparu. Eva se tenait sur le seuil et le regardait.

— Je…

Il secoua la tête.

— Je pensais à quelque chose que vous avez dit.

Elle revint vers lui.

— Quelque chose qui vous a peiné ?

— En un sens, je suppose.

— Vous pouvez m'en parler. Je suis là pour ça.

Il désigna l'horloge d'un geste.

— Il est l'heure du déjeuner…

— Nous pouvons être un peu en retard, dit-elle en s'asseyant en face de lui. Dites-moi ce qui vous tracasse.

— J'ai l'impression d'avoir reçu un coup de poing en pleine figure.

La jeune femme sourit.

— Pourquoi ça ?

— Quand vous avez parlé d'amitié entre mari et femme…, commença-t-il. C'est logique, mais je suppose que je n'y ai jamais pensé. Et maintenant, je me demande pourquoi. Pourquoi n'ai-je pas compris plus tôt ?

— Vos parents n'étaient pas amis ?

— Certainement pas. Je ne suis même pas sûr qu'ils aient eu de l'affection l'un pour l'autre. Avec du recul, je ne suis pas sûr d'en avoir eu pour mes femmes non plus. Au début, peut-être, mais après…

Il haussa les épaules.

— Après j'ai eu l'impression d'étouffer. C'est affreux, non ?

Eva se pencha en avant, les mains jointes.

— Vous avez dit que vos femmes étaient dépendantes. Est-ce cet aspect de leur personnalité qui vous a attiré chez elles ?

— Je suppose qu'au début, j'aimais attirer leur attention.

— Vous aviez l'impression d'être quelqu'un de spécial ?

Il hocha la tête.

— En un sens.

— Vos parents vous donnaient-ils l'impression que vous étiez quelqu'un de spécial ?

Il haussa un sourcil.

— On recommence à blâmer mes parents ?

— Répondez-moi, Will.

Il soupira et se cala sur sa chaise, songeur.

— Non, je suppose que non.

— Vous aviez l'impression d'être aimé ?

— Pas particulièrement.

— Réfléchissez à cela un instant. Vous voyez un lien avec la manière dont vous vous sentiez avec vos épouses ?

Il comprit ce qu'elle voulait dire. Soudain, tout prenait sens. Peut-être cette thérapie n'était-elle pas une mauvaise chose, après tout.

— Ce que vous voulez dire, c'est que j'ai été attiré par elles bien qu'elles soient dépendantes et dominatrices parce qu'elles comblaient un vide émotionnel laissé par mes parents.

— On avait besoin de vous. Nous avons tous besoin de sentir que les autres ont besoin de nous.

— Mais elles sont devenues si exigeantes et si dépendantes que j'ai fini par me sentir étouffé.

— Et peut-être que vous leur en vouliez de ne pas être plus fortes ?

— Oui. Ça me rendait dingue qu'elles semblent incapables de lever le petit doigt sans me consulter d'abord. Je détestais ça.

— Mais ce n'étaient pas elles qui avaient changé.

— Non, admit-il. C'était moi. C'était moi qui avais changé.

— Eh bien, conclut Eva en se levant, je vous ai donné matière à réflexion. A lundi.

— Oui. A lundi.

Ainsi, il avait vu juste dès le début. C'était lui qui avait gâché ses mariages. C'était lui qui avait des problèmes.

Mais à quoi bon en être conscient s'il ne savait pas comment se servir de cette connaissance ? Comment pouvait-il éviter de répéter les mêmes erreurs ?

Abi observait Will, assis de l'autre côté du feu de camp. Quelque chose n'allait pas. D'habitude, il avait toujours un sourire aux lèvres, et il bavardait volontiers. Ce soir, il ne se mêlait pas aux conversations et il paraissait… soucieux.

Il leva les yeux vers elle et sourit — une fois de plus, il l'avait surprise à le regarder — et elle éprouva de nouveau une sensation d'excitation au creux de l'estomac.

Le sourire d'un homme n'avait jamais déclenché d'émotion

chez elle auparavant. Des années plus tôt, quand sa mère l'avait abandonnée, il pouvait signifier un toit pour une nuit ou une semaine. Un repas autre qu'un sandwich dans la rue ou dans un foyer d'accueil.

Plus tard, quand elle avait pleinement réalisé l'étendue de son pouvoir sur le sexe opposé et compris comment l'utiliser, un sourire avait peut-être signifié une chaîne en or ou un bracelet de diamants qu'elle pouvait mettre au mont-de-piété par la suite, en cas de besoin.

A présent, elle en voulait plus que jamais à sa mère de ne pas lui avoir appris combien c'était mal. Elle la détestait de lui avoir montré que tricher, mentir, exploiter était une manière acceptable de s'en sortir.

Mais tout cela était du passé. Elle n'était plus la même. Elle ne pouvait qu'espérer que Will ne changerait pas d'avis à son sujet une fois qu'il saurait la vérité. Même si elle n'était pas tout à fait sûre de ce qu'il pensait d'elle en ce moment.

Les uns après les autres, employés et résidents regagnèrent leur chalet. Seuls restaient quelques retardataires quand Will vint enfin s'asseoir à côté d'elle sur la souche d'arbre, étirant ses longues jambes devant lui. Son avant-bras effleura le sien, et un petit choc électrique la traversa. Peut-être était-ce dû au fait qu'ils s'étaient évités ces deux derniers jours, essayant de maintenir l'illusion qu'il n'y avait rien que de très convenable entre eux.

Elle s'efforça d'arborer un air naturel, gardant les yeux rivés sur les flammes et sur les volutes de fumée qui montaient vers le ciel constellé d'étoiles.

Eric s'approcha d'eux, les mains dans les poches.

— Tu as besoin d'autre chose, Abi ?

La jeune femme lui sourit.

— Non, merci, Eric. Merci pour toute ton aide ce soir.

— De rien.

Eric lança à Will un regard curieux, presque soupçonneux, et hésita, comme s'il n'était pas sûr de devoir les laisser seuls.

— Tu peux aller te coucher à présent, suggéra-t-elle.

Il hésita une dernière seconde, puis s'éloigna dans l'obscurité, en direction des chalets des résidents.

Les deux derniers visiteurs leur souhaitèrent bonne nuit, puis partirent à leur tour, les laissant seuls.

Pendant quelques minutes, ils restèrent assis en silence, regardant les dernières braises. Ils ne faisaient rien de mal, et pourtant Abi ne pouvait s'empêcher de se sentir légèrement coupable.

— Tu n'as pas été très bavard ce soir, dit-elle. Tout va bien ?

Il la regarda et sourit.

— Maintenant, oui.

Une vague de chaleur l'enveloppa. Pourquoi cet homme avait-il un tel effet sur elle ?

Une brise fraîche se leva, venant du lac, et elle frotta ses bras nus.

— Il commence à faire froid, fit observer Will. Et il est tard. Puis-je te raccompagner ?

— Cela me ferait plaisir.

Il se leva et lui tendit la main pour l'aider à se lever. C'était un geste si naturel qu'elle n'hésita pas à l'accepter. Sa main chaude et un peu calleuse se referma autour de la sienne, et soudain Abi n'eut plus froid. Il lui sembla qu'une bouffée de chaleur montait au creux de son estomac et se répandait lentement en elle, gagnant toutes les cellules de son corps.

Au lieu de la lâcher, Will noua ses doigts aux siens. Elle songea à se dégager, mais apparemment tout le monde était déjà couché, ou, à en juger par le bruit, parti au bar ou à la salle de jeux du bâtiment principal. Personne ne les verrait. Quel mal y avait-il ?

A la lueur des étoiles, Will la guida dans la direction des chalets. Elle se souvint qu'elle avait pensé autrefois que tout était silencieux ici comparé au chaos bruyant des villes où elle avait grandi. Mais c'était seulement parce qu'elle n'écoutait pas. Tout autour d'eux, une symphonie de sons emplissait l'air de la nuit. Le clapotis léger de l'eau sur le sable. Les stridulations mélodieuses des grillons dans la forêt. Le murmure du vent, le bruissement des feuilles sur son chemin.

A présent qu'elle avait appris à vivre au milieu de la nature, elle ne pourrait jamais retourner en ville.

Ils suivirent le sentier qui menait dans les bois, sous le feuillage dense, l'obscurité les enveloppant telle une fraîche cape de velours. Devant elle, Abi distinguait la lueur de la lampe de sa véranda.

Sa maison.

C'était la première fois qu'elle se sentait chez elle. Des années durant, elle avait vécu ici et là — ou peut-être survécu — mais ce chalet entouré d'arbres était le seul endroit où elle s'était vraiment sentie en paix.

Quelque part sur la gauche, Abi entendit craquer des brindilles, et l'étreinte de Will se resserra sur sa main.

— C'est sans doute un animal, dit-elle. Il y a souvent des ragondins qui se promènent la nuit.

— Cela ne t'ennuie pas de vivre dans un endroit aussi isolé ? demanda-t-il. Aussi loin de la civilisation ?

— Pas du tout.

Comment lui dire qu'elle se sentait plus en sécurité dans cet isolement qu'elle ne l'avait jamais été en ville ?

— Tu vis en ville ?

— A Manhattan depuis deux ans. Quand j'étais marié, j'habitais dans le New Jersey.

— Ça te plaît ?

— J'aime pouvoir aller faire mes courses au coin de la rue. Mais je n'ai pas l'intention de rester là pour toujours. Ce serait bien de quitter la ville un jour. Peut-être quand je prendrai ma retraite.

Ils approchaient du chalet et avaient instinctivement ralenti le pas, comme si ni l'un ni l'autre ne voulaient mettre fin à la soirée. Ils avaient attendu toute la journée le moment d'être ensemble. Ils voulaient le faire durer.

— Que feras-tu alors ?

— Quand je serai à la retraite ? demanda-t-il.

Elle hocha la tête. Il demeura silencieux un instant, puis se mit à rire.

— Tu vas sans doute trouver ça ridicule…

— Dis-le-moi.

— Je veux être écrivain.

— Pourquoi penserais-je que c'est ridicule ?

— Beaucoup de gens le penseraient.

— Seulement parce qu'ils ne te connaissent pas.

Il baissa les yeux sur elle dans le noir.

— Et toi, si ?

— Je sais que tu n'es pas le genre d'homme à renoncer. Ni à ne pas faire quelque chose parce que quelqu'un t'a donné un ordre ou pense que tu ne devrais pas.

Il eut un léger rire.

— Oui, je suppose que tu as raison.

Il lui pressa doucement la main.

— Tu sais, tu es la première personne à qui j'aie jamais dit ça.

— Tu ne l'as pas dit à tes femmes ?

— Non.

— Pourquoi ?

Will haussa les épaules.

— Je suppose qu'elles ne m'ont jamais posé la question.

Il semblait si… triste.

— Qu'y a-t-il, Will ?

Il haussa de nouveau les épaules.

— Je suis un peu préoccupé, c'est tout.

— Tu veux m'en parler ?

— Pas vraiment. Pas parce que je veux garder mes distances sur le plan émotionnel. C'est juste… quelque chose que je dois comprendre tout seul.

Elle ne put s'empêcher de sourire.

— Garder tes distances sur le plan émotionnel ?

Il se mit à rire.

— Hé, c'est toi qui m'as persuadé d'assister aux séances de thérapie. Maintenant, il va falloir que tu supportes mon jargon.

— C'est bien de savoir que tu as été attentif. Tu ne penses plus que c'est une perte de temps ?

— Tu sais que je n'aime pas reconnaître que j'avais tort, mais, dans ce cas, tu avais raison. La thérapie a été… révélatrice.

Abi fut plus heureuse qu'elle ne s'y était attendue. Elle avait réussi — elle l'avait aidé. Elle ne pouvait demander davantage.

Mais elle *voulait* davantage, comprit-elle soudain. Seulement, elle ne savait pas exactement quoi.

— Tant mieux. Et je suis là si tu veux parler.

Il lui pressa de nouveau la main.

— Et toi ? Comptes-tu continuer à faire le même travail ?

— Quand Adam sera à l'école, j'aimerais reprendre des

études. Il faudra que je suive des cours à mi-temps, le soir sans doute, et je n'aurai sûrement pas ma licence avant l'âge de quarante ans. Mais c'est quelque chose que j'ai toujours voulu faire.

— Pourquoi ?

— Pour me prouver que j'en suis capable. Ma mère m'a abandonnée quand j'avais dix-sept ans et il a fallu que je gagne ma vie. Je n'ai même pas pu terminer le lycée.

Ils s'arrêtèrent à quelques mètres de la porte, prenant soin de rester assez loin de la lampe pour ne pas être vus d'un observateur éventuel.

— Merci de m'avoir raccompagnée. J'aimerais t'inviter à entrer, mais Britt est ici. Je sais ce qu'elle penserait.

Dans la pénombre, elle distingua le sourire de Will.

— Il est tard. Je comprends.

Elle aurait tant voulu le faire entrer. Et lui parler pendant des heures. Peut-être parce qu'elle savait qu'il l'écoutait quand elle parlait. Elle n'avait jamais eu de grandes conversations profondes avec les hommes. Ceux qu'elle avait fréquentés autrefois ne s'intéressaient pas aux conversations. Ils voulaient être flattés et passer du bon temps au lit. Ils la traitaient comme si elle n'avait rien dans la cervelle, alors que la réalité était tout autre. Et elle avait utilisé leur méprise à son avantage, pour obtenir d'eux ce qu'elle voulait.

Si elle avait été élevée différemment, si elle avait eu la chance de faire des études, elle aurait pu faire son chemin dans la vie. Et c'était encore possible.

— Je te verrai peut-être demain ? demanda-t-il. Nous pourrions déjeuner ensemble.

— Demain est mon jour de repos. Parfois, je sors du centre.

— Oh. Lundi, alors, pour une randonnée ?

La déception perçait dans sa voix, et Abi ne pouvait nier

qu'elle éprouvait le même sentiment. Elle aurait aimé qu'ils passent plus de temps ensemble ce soir, mais il était trop tard. Et lundi était si loin…

Voulait-elle vraiment attendre jusque-là pour le revoir ?

— Qu'est-ce que tu fais demain ? demanda-t-elle.

— J'irai peut-être faire une partie de golf. Je n'avais pas fait de projets particuliers. Pourquoi ?

— J'ai promis à Adam de l'emmener en ville. Si tu n'es pas pris… je me suis dit que, peut-être, si tu voulais…

— Ça me ferait plaisir.

— On ne va rien faire de spécial. Juste regarder les magasins et manger une glace, et il y a un parc où nous allons parfois pique-niquer…

— J'ai dit oui, Abi. Je serai très content de passer la journée avec Adam et toi.

Il leva la main pour lui caresser la joue.

— A condition que tu n'aies pas peur qu'on nous voie ensemble.

Il était si difficile de réfléchir quand il la touchait ainsi. Elle se demanda s'il en avait conscience.

— Je suppose qu'il est possible que nous rencontrions quelqu'un. Mais nous ne faisons rien de mal, n'est-ce pas ?

— Bien sûr que non, murmura Will.

Il laissa descendre ses doigts sur son cou, éveillant en elle une intense bouffée de désir. Puis il baissa lentement la tête.

Il allait l'embrasser là, juste devant son chalet.

Au lieu de s'éloigner, Abi retint son souffle et ferma les yeux. Elle sentit la chaleur de son haleine sur son visage, l'odeur de la fumée du feu de joie sur sa peau. Elle était légèrement étourdie et avait l'impression que ses genoux allaient se dérober.

Elle savait qu'elle commettait une erreur, mais elle était incapable de résister.

Le cœur tambourinant dans sa poitrine, les lèvres frémissantes, elle leva le menton, attendant la sensation de sa bouche sur la sienne. Au lieu de quoi, il se contenta d'effleurer sa joue d'un baiser.

Abi réprima un gémissement de déception. Elle avait tant attendu ce baiser…

Les lèvres de Will frôlèrent sa joue, s'attardant quelques secondes, puis il recula lentement. Cédant à une impulsion subite, elle enroula son bras libre autour du cou de Will et l'attira à elle, pressant ses lèvres sur les siennes.

Il eut une seconde de surprise, d'hésitation, avant de se détendre et de répondre à son baiser. Il taquina ses lèvres de la langue, la persuadant de s'ouvrir à lui. Sa bouche était douce, chaude, caressante. Abi avait embrassé beaucoup d'hommes avant lui, mais elle ne croyait pas avoir jamais rencontré quelqu'un qui le fasse aussi bien.

Brusquement, un baiser n'était plus suffisant. Elle désirait davantage. Elle ne savait même pas ce qu'elle voulait, seulement qu'elle en avait désespérément besoin. Besoin d'une sorte de… lien.

Elle se pressa davantage contre lui. Ses seins s'écrasèrent contre son torse, et ses mamelons se durcirent instantanément à son contact. Leurs cuisses se frôlèrent, leurs genoux se heurtèrent, la peau nue d'Abi toucha la peau nue de Will. La sensation était si inattendue, si érotique, qu'elle se sentit fondre contre lui.

C'était donc cela, comprit-elle soudain. La vraie passion. Le désir à l'état pur.

Une étincelle plus vive encore, le soupçon d'un sentiment plus profond, embrasa subitement Abi. Comment avait-elle pu vivre sans jamais connaître de telles sensations ? Cette communion intense, absolue avec le sexe opposé ?

Parce que, pour elle, le sexe n'avait rien à voir avec une quelconque communion. Il s'agissait de contrôle et de manipulation — de survie.

Elle sentit qu'il la poussait légèrement en arrière et se retrouva plaquée contre la surface rugueuse d'un arbre ; à travers son chemisier, l'écorce s'enfonçait dans sa chair, avivant encore son désir. Clouée à l'arbre, captive sous le poids du corps de Will, elle ne se sentait ni prisonnière, ni effrayée, mais libérée au contraire. Elle voulait être prise, possédée. Elle voulait savoir quel effet cela faisait de se laisser aller, de perdre le contrôle de soi.

Elle promena les mains sur ses épaules larges, le long des muscles minces de sa poitrine, contre le tissu de son T-shirt. Will gémit et l'attira plus près, resserrant son étreinte autour d'elle. Il enfouit les mains dans ses cheveux, les fit courir sur son visage, touchant, explorant chaque centimètre de sa peau.

Le baiser se fit plus intime, et Abi sentit qu'elle s'abandonnait, qu'elle perdait le contrôle d'elle-même. Au point qu'elle avait failli oublier où ils se trouvaient.

N'importe qui aurait pu passer par là et les voir. Ils devaient se reprendre — tout de suite — avant de ne plus en être capables.

Elle mit fin au baiser, hors d'haleine et étourdie.

— Je n'aurais pas dû faire ça.

Will pressa le front contre le sien, les yeux clos, à bout de souffle lui aussi.

— Je ne me plains pas.

Elle savait qu'ils devaient se séparer, et pourtant elle ne pouvait se résoudre à se dégager de son étreinte.

— Avons-nous perdu la tête, Will ? Nous savons tous les deux que c'est impossible.

— Nous savons que ça l'est ou que ça devrait l'être ? Parce que c'est possible, au contraire. Je crois que nous venons d'en apporter la preuve.

Elle ne put réprimer un sourire. Il avait raison. L'attraction sexuelle entre eux était intense, indéniable.

— Nous ne devrions pas parce que c'est contre les règles. Parce que j'ai un fils à qui je dois penser, une vie confortable ici que je ne peux pas risquer de perdre. Trop de choses sont en jeu.

Il prit une longue inspiration et soupira, ébouriffant les cheveux d'Abi.

— Et qu'est-ce que tu veux, toi ?

Là était le nœud du problème — elle ne savait pas ce qu'elle voulait. Deux semaines auparavant, tout était clair. La vie était simple, facile. Et puis Will était arrivé, et son univers avait plongé dans le chaos.

— Ne pense pas à moi, Will. Qu'est-ce que tu veux, toi ?

11

Que voulait-il ?

Bon sang, il n'en était plus très sûr, à présent. Il désirait des choses qu'il avait pensé ne plus jamais vouloir. Qu'il avait crues hors de sa portée, comme le mariage et une famille. Une entente. Quand il était avec Abi, tout lui paraissait possible. Compliqué, confus, effrayant — mais possible.

Le plus étrange, c'était qu'il avait trop d'affection, trop de tendresse pour elle pour vouloir la soumettre à une vie avec lui. Du moins, pas avant qu'il ait les idées plus claires. Il savait peut-être ce qui avait échoué dans ses relations précédentes, mais cela ne signifiait pas qu'il puisse éviter de répéter les mêmes erreurs. Elle méritait mieux. Et elle avait raison — trop de choses étaient en jeu.

Plus de choses encore qu'elle ne le pensait.

Il finirait par être obligé de lui dire la vérité, de lui expliquer la vraie raison de sa présence ici. Même s'il ne lui avait pas menti directement, il n'avait pas été totalement honnête non plus, et il savait quelle importance elle attachait à l'honnêteté. Elle pourrait facilement interpréter ses omissions comme une trahison.

Et puis il y avait Adam. C'était un enfant formidable — intelligent, drôle, créatif. Et il désirait désespérément un père, à en juger par la façon dont il s'était accroché à lui. Mais quel exemple pourrait-il lui donner ? Il ne savait rien de l'éducation d'un enfant.

Enfin, ce n'était pas tout à fait vrai. Il savait ce qu'il ne fallait pas faire — son père lui avait appris cela.

— Si nous prenions chaque jour comme il vient ? suggéra-t-il. Nous ne nous ferons pas de promesses, nous n'aurons pas d'attentes. Pas avant de savoir l'un et l'autre ce que nous voulons vraiment.

Elle hocha la tête, paraissant même soulagée.

— D'accord.

— Il est tard. Je devrais partir.

Elle hocha de nouveau la tête et il recula. Il mourait d'envie de l'embrasser, de la caresser, mais il savait que, s'ils commençaient, ils ne pourraient peut-être pas s'arrêter, et iraient sans doute plus loin qu'ils n'étaient prêts à aller.

Il brûlait de faire l'amour avec elle. Mais pas si cela signifiait qu'il allait lui faire du mal, ou faire du mal à Adam.

— C'est toujours d'accord pour demain ? demanda-t-il.

— Si tu veux toujours venir.

— Oui.

— En ce cas, retrouve-nous sur le parking principal à 10 heures.

— J'y serai.

Elle hésita, levant les yeux vers lui dans la pénombre. L'espace d'une seconde, il pensa qu'elle allait peut-être l'embrasser, mais elle se retourna et se dirigea vers son chalet. Quand elle fut à l'intérieur et qu'elle eut refermé la porte derrière elle, il reprit le sentier. Quelque part derrière lui, il entendit un bruit dans les broussailles, et sa main se porta aussitôt à la poche où il gardait son couteau à cran d'arrêt. Il scruta la forêt, mais il faisait trop sombre. On n'y voyait pas à un mètre.

Malheureusement, Abi avait tort. Il ne s'agissait pas d'un animal. Quelqu'un les avait observés.

La question était de savoir qui.

Abi se laissa aller en arrière sur la couverture qu'ils avaient étalée dans l'herbe près de l'aire de jeux de Laurel Valley Park.

Elle leva la tête vers le ciel, savourant la chaleur du soleil de l'après-midi sur sa peau, et la légère brise qui soulevait ses cheveux. Les yeux mi-clos, elle inspira le parfum sucré du chèvrefeuille, écouta les voix excitées des enfants qui s'amusaient, le grincement des balançoires, le martèlement de petits pas à côté des jeux de bois.

Tout était si… paisible.

Quatre ans plus tôt, avant Adam, elle n'aurait jamais apprécié les plaisirs simples d'un après-midi passé sur une couverture dans un parc. Ni la compagnie de l'homme tranquille étendu près d'elle.

Will était allongé sur le côté, près d'Adam. Prenant appui sur les coudes, ils examinaient tous les deux un insecte vert à longues pattes qui avait atterri sur la couverture. Ils étaient si proches que leurs têtes se touchaient. N'importe qui aurait pu penser que Will était le père d'Adam. Et elle ne pouvait s'empêcher d'être émue quand elle les regardait tous les deux ainsi.

Elle se rendait compte à présent qu'il avait été futile d'espérer qu'Adam ne s'attacherait pas à Will. De la Superglu n'aurait pu renforcer le lien qui s'était développé entre eux deux. Et comment aurait-elle pu s'attendre à ce qu'Adam ne s'attache pas à lui alors qu'elle était tombée si profondément sous son charme ?

Elle avait presque honte de se souvenir qu'elle était restée éveillée la moitié de la nuit à imaginer la journée qu'ils allaient passer ensemble. Ce matin, quand elle l'avait vu venir à leur rencontre sur le parking, son cœur avait fait un bond dans sa poitrine. Comment pouvait-elle si facilement oublier la raison et s'abandonner à l'émotion, au plaisir physique d'être près de lui ? La pensée de le toucher, le souvenir du baiser qu'ils avaient partagé la veille, la façon dont son corps s'était pressé contre le sien affolait ses sens, l'enivrait de désir. Et pourtant, le désir était la dernière chose qu'elle voulait ressentir au milieu d'un parking.

Plus tard, peut-être, quand ils seraient de retour au centre, elle lui proposerait d'entrer. Et quand Adam serait couché…

Que se passerait-il alors ? Des baisers ? Des caresses ? L'inviterait-elle dans sa chambre ? Cela paraissait trop tôt, et pourtant cette perspective l'emplissait de curiosité. Etait-ce ainsi qu'elle envisageait d'attendre qu'ils sachent ce qu'ils voulaient — en l'amenant dans son lit ?

C'était l'Abi d'autrefois qui parlait. Elle ne voulait plus être cette personne-là.

A côté d'elle, Adam leva le bras et effleura la joue de Will de sa petite main collante.

— Will, tu auras l'air normal un jour ?

— Adam ! gronda Abi. Ce n'est pas gentil de dire des choses pareilles.

— Ce n'est rien, intervint Will, avant de s'adresser à Adam. C'est une cicatrice. Elle ne s'en ira jamais.

Adam réfléchit un instant. Le concept de « jamais » n'était pas encore clair dans son esprit.

— Tu as été brûlé ?

— Oui.

Adam écarquilla les yeux.

— Par de l'acide ?

— Adam, coupa Abi d'une voix sévère. Tu sais qu'il s'agissait d'un feu. Je te l'ai dit vingt fois.

Will sourit et chatouilla le menton d'Adam.

— Mais se faire brûler par de l'acide est plus excitant, hein ?

Adam hocha la tête avec enthousiasme.

La plupart des hommes auraient été agacés par les questions incessantes que le petit garçon posait, par son besoin constant d'attention. Will était si patient, si compréhensif…

Si naturel.

Cela ne signifiait pas qu'il ferait un bon père, songea-t-elle. D'autres qualités étaient nécessaires pour cela. D'ailleurs, il n'était pas en train de passer un examen pour le rôle. C'était peut-être la raison pour laquelle le moment était d'autant plus spécial. Il n'essayait pas d'impressionner Abi. Il était lui-même, tout simplement.

Elle se morigéna mentalement. Elle ne devrait même pas penser à ce genre de choses. Ils n'étaient certainement pas à ce stade de leur relation — ils n'y parviendraient peut-être pas. Quand le séjour de Will au centre serait terminé, ils ne se reverraient peut-être jamais.

Adam fixa le visage de Will.

— Ça t'a fait mal ?

— Oui.

— Plus qu'une piqûre d'abeille ?

— Sans doute autant qu'un millier de piqûres d'abeilles, répondit Will tandis qu'Adam écarquillait les yeux. C'est pourquoi tu ne dois jamais jouer avec des allumettes ou avec du feu. C'est très dangereux.

Adam enfonça doucement son doigt dans la joue de Will.

— Ça fait mal ?

— Non, mais parfois ça me démange un peu.

— Quand que je me fais piquer par un moustique, maman me met du produit rose. Elle pourrait peut-être t'en mettre aussi.

Will sourit et ébouriffa les cheveux d'Adam. Il y avait tant d'affection dans son geste qu'Abi en eut les larmes aux yeux. Il n'avait sans doute pas la moindre idée de ce que cela signifiait pour Adam, et pour elle.

— Maman, je peux aller jouer dans le sable ?

Elle déglutit avec peine.

— Bien sûr, mon chéri.

Adam saisit le personnage en plastique que Will lui avait acheté au magasin de jouets, se leva et fonça vers les jeux, où se trouvaient déjà quelques autres enfants. Quand Abi se retourna vers Will, il regardait les arbres bordant le nord du parc, comme s'il cherchait quelque chose… ou quelqu'un.

— Qu'y a-t-il ?

Il se retourna vers elle, et Abi vit que la main d'Adam avait laissé une petite tache sombre sur sa joue.

— Hhmm ? Rien. Je… réfléchissais.

Elle ouvrit son sac à dos et en tira une lingette qu'elle lui tendit.

— Adam t'a sali la joue.

Au lieu de prendre la lingette, il inclina la joue vers elle.

— Tu peux me l'enlever ?

Elle ne savait pas pourquoi, mais l'idée de toucher son visage, même si c'était seulement pour le nettoyer, semblait si… intime. Et il le savait, elle le devinait à la lueur de son regard. Il la mettait à l'épreuve.

Elle se pencha et tamponna doucement sa joue.

Il ferma les yeux et soupira.

— C'est agréable.

Elle s'attarda, plusieurs secondes après avoir enlevé la tache, puis remit la lingette dans une poche de son sac.

— Je pensais que tu ne pouvais pas sentir grand-chose de ce côté-là.

— Non. Mais j'ai senti cela.

Il leva la tête vers elle, du désir au fond des yeux.

— Même quand je ne te touche pas, Abi, je sens que tu es là. Tu comprends ce que je veux dire ?

Elle hocha la tête. Elle savait exactement ce qu'il voulait dire. C'était un courant d'énergie sexuelle qui passait entre eux, chaque fois qu'ils étaient proches l'un de l'autre.

Les yeux de Will fouillèrent son visage, une longue et paresseuse exploration qui lui donna l'impression d'être nue devant lui. Enfin, il fixa sa bouche. Elle sut ce qu'il voulait avant même qu'il ne le dise.

— J'aimerais vraiment t'embrasser. Même si je sais que je ne devrais pas.

— Moi aussi, admit-elle.

Une vague de chaleur monta en elle. La bouche de Will n'était qu'à quelques centimètres de la sienne. Il serait si facile de se pencher vers lui, de presser ses lèvres contre les siennes. Mais Adam risquait de les voir et d'en être perturbé. Et il n'était pas rare que des employés ou des résidents du centre viennent en ville pendant leurs journées libres. Etre vus ensemble serait déjà suspect. Un baiser déclencherait une frénésie de commérages.

Will enferma sa main dans la sienne, frottant l'intérieur de son poignet avec son pouce, mettant le feu à ses entrailles. Des hommes l'avaient touchée à des endroits plus intimes, d'une manière plus osée, mais aucun ne l'avait excitée autant que Will.

— J'aimerais faire beaucoup plus que t'embrasser murmura-t-il.

Et la lueur dans ses yeux — comme s'il regardait la femme la plus désirable de la planète — la fit fondre pour de bon.

D'autres hommes l'avaient désirée. Mais ils ne l'avaient jamais vraiment vue, derrière les cheveux ébouriffés et les vêtements moulants. Elle ne s'était jamais laissé voir. Ou peut-être Will avait été le seul à vraiment chercher.

— Moi aussi, répondit-elle.

Et Will pressa ses doigts plus fort.

— L'effet que tu as sur moi…

Il secoua la tête, l'air d'être aussi surpris par cela qu'elle l'était elle-même.

— Je n'ai jamais ressenti cela avant. Je sais que ça sonne comme un cliché, mais je ne sais pas comment le dire autrement.

— Je sais ce que tu veux dire. Je ne comprends pas moi-même.

— Ce n'était pas comme ça avec le père d'Adam ?

La jalousie perçait dans sa voix, et elle sourit.

— Non. Ma relation avec le père d'Adam était une sorte de… d'arrangement.

— Vous n'étiez pas mariés ?

— Non. Il n'était pas du genre à se fixer. Nous n'attendions pas la même chose de la vie.

— Tu as dit qu'il n'aurait pas été un bon père.

— Il aurait essayé de l'être. Il aurait aimé Adam et aurait pris soin de lui, mais parfois cela ne suffit pas.

Elle haussa les épaules, appuyant le menton sur ses genoux. Elle n'aimait pas même imaginer ce que serait sa vie si elle était restée avec le père d'Adam. Elle ne voulait pas se souvenir de cette période. Mieux valait laisser le passé où il était.

— Il y a des gens qui ne sont pas faits pour être parents.

— Tu veux dire qu'il vaut mieux qu'Adam ne l'ait pas

connu ? Je ne porte pas de jugement, se hâta-t-il d'ajouter. Je suis curieux, c'est tout.

Elle savait ce qu'il en était de grandir sans père, d'être la seule en classe à ne pas avoir deux parents. C'était horrible, mais un mauvais père pouvait être pis que pas de père du tout.

— Je ne sais pas. J'ai probablement eu de la chance de ne pas connaître le mien.

— Tu n'as jamais essayé de le retrouver ?

Difficile de trouver quelqu'un qui n'avait pas de nom.

— J'ai été le résultat d'un abus de tequila et d'une aventure d'une nuit dans un hôtel minable. Ma mère ne connaissait pas son nom. Elle n'avait que dix-sept ans.

— Tu as un accent, dit soudain Will, surpris.

Elle fit la grimace. Cela arrivait parfois quand elle se plongeait dans le passé et elle détestait ces moments-là. Elle ressemblait trop à la vieille Abi, celle qu'elle voulait oublier.

— Oui. J'ai grandi dans le Sud. L'accent revient de temps en temps.

— C'est mignon. Ça te va bien.

Il se trompait. Il n'y avait rien de mignon dans la personne qu'elle avait été autrefois. Et elle était en train de laisser cette conversation gâcher la meilleure journée qu'elle ait connue depuis longtemps.

— Et tes parents ? Comment sont-ils ?

— Mon père était sergent dans l'armée. Ma mère était femme au foyer. Il passait son temps à lui donner des ordres, et elle passait le sien à lui obéir.

— Tu t'entendais bien avec lui ?

— Il ne s'entendait bien avec personne. C'était le prototype même du sergent qu'on voit à la télé — autoritaire et borné.

Le ton dur de Will disait clairement qu'il y avait eu de l'animosité entre eux.

— Tu n'as pas de frères et sœurs ?

— Non. Changeons de sujet, veux-tu ? Parler de ma famille me met de mauvaise humeur.

Eh bien, ils avaient au moins cela en commun.

Il enroula une main autour de sa cheville, la caressant du pouce, et lui décocha un sourire sexy.

— Si on recommençait à parler de s'embrasser ?

Une ombre tomba sur eux, en même temps que s'élevait une voix familière.

— Eh bien, si ce n'est pas mignon !

Will lâcha la cheville d'Abi et se redressa. Il reconnut la fille du centre. Cindy Machinchose. Dès la première fois qu'il l'avait vue, il avait pensé que c'était une adolescente à problèmes, et Abi le lui avait confirmé. Elle affichait son arrogance comme une médaille. Et il ne doutait pas qu'elle soit venue dans l'intention de leur causer des ennuis.

Derrière elle, l'air gêné, se trouvait le nouvel animateur. Celui qui n'était pas un membre de la famille Sardoni. Will se demanda si c'étaient eux qu'il avait aperçus rôder dans les bois qui longeaient le parc.

— Que puis-je faire pour toi, Cindy ? demanda Abi, l'air agacé.

Puis elle vit Tom derrière elle, et son expression se rembrunit.

— Bonjour, Tom.

— Bonjour, Abi.

Il se balançait d'un pied sur l'autre, mal à l'aise, comme s'il savait qu'il avait fait une erreur.

Cindy croisa les bras.

— Hhhm. Je me demande ce que diraient les autres

membres du personnel s'ils vous voyaient en train de faire des câlins à un résident.

Will fit mine de se lever, mais Abi le devança. Elle avait beau être plus petite que Cindy et Tom, elle donnait l'impression de les toiser. Will avait été prêt à voler à son secours, mais il était clair qu'elle n'avait pas besoin de son aide.

— Où est ton père, Cindy ?

La voix d'Abi était d'un calme presque effrayant. Elle qui était d'ordinaire si amicale, si tolérante avec les jeunes, fixait l'adolescente d'un air féroce. Will avait l'impression que sa patience était à bout, avec Cindy tout au moins.

— Sans doute au centre, en train de jouer au golf.

Son ton était agressif, mais son regard méfiant trahissait le fait qu'elle se rendait compte qu'elle était allée trop loin.

— Il sait que tu es ici ?

La jeune fille détourna les yeux et haussa les épaules.

Le visage d'Abi se fit plus sombre encore.

— Oui ou non ?

Hhmm. Si cette adolescente avait le moindre grain de bon sens, songea Will, elle allait cracher le morceau tout de suite.

— Même s'il le savait, ça lui serait égal, aboya-t-elle.

Abi se tourna vers Tom, contenant à grand-peine la colère qui bouillonnait en elle. Il pâlit.

— Je suis sûre que je n'ai pas besoin de vous dire qu'il est inapproprié d'avoir amené une mineure ici sans la permission de son père.

— Ouah. Abi, je ne l'ai pas amenée. Nous nous sommes rencontrés par hasard.

— Comment es-tu venue ici, Cindy ?

Cindy lui décocha un regard de défi et lui montra son pouce. Will secoua la tête, incrédule. N'avait-elle aucune idée des risques qu'elle courait en faisant du stop, surtout dans une région aussi isolée ? Ou peut-être qu'elle s'en moquait. Peut-être était-ce une manière d'attirer l'attention de son père. Une folie qui aurait facilement pu se terminer par un viol ou un meurtre.

— M. Bishop et moi allons te ramener au centre, décida Abi.

Apparemment, leur agréable après-midi était terminé. Will se leva et se mit à plier la couverture.

— De quel droit est-ce que vous croyez pouvoir me donner des ordres ? Vous n'êtes pas ma mère.

— Tom, voulez-vous aller chercher Adam, s'il vous plaît ? Il joue dans le sable.

Tom parut soulagé d'avoir une porte de sortie.

— Bien sûr, Abi.

— Quelle hypocrite vous faites ! lança Cindy du ton que prennent les enfants pour se hisser au niveau des adultes.

Si elle croyait pouvoir intimider Abi, elle se trompait lourdement. La jeune femme la fixa sans ciller.

Chaque fois que Will la regardait, elle révélait une autre facette de sa personnalité.

Elle saisit la couverture et la fourra dans son sac.

— Allons-y.

Cindy eut un haut-le-corps et redressa le menton dans un dernier effort pour regagner l'avantage.

— Je ne veux pas y retourner, et vous ne pouvez pas me forcer.

Abi lui décocha un regard qui aurait fait taire le père de Will lui-même.

— C'est ce que nous allons voir, dit-elle calmement.

12

— Encore cinq minutes et tu devras aller dormir, annonça Abi à Adam, qui jouait avec ses camions devant le chalet.

Will et elle étaient assis l'un à côté de l'autre sur la balancelle, une bière à la main, appréciant tranquillement la soirée.

Quand ils étaient revenus de la ville cet après-midi, Will avait prévu de s'inviter à déjeuner, mais il n'avait pas eu à se donner ce mal. Abi l'avait devancé et invité — devant Cindy, prouvant une fois de plus qu'elle n'était pas femme à se laisser intimider.

Plutôt que d'assister aux étincelles qui ne manqueraient pas d'éclater quand Abi ramènerait Cindy à son père — encore que cela ne lui aurait pas déplu de voir l'adolescente se faire disputer —, il était retourné à son chalet et avait appelé Robbins pour savoir s'il y avait du nouveau. Il n'y avait rien, et Will n'avait pas parlé de l'individu qui les avait suivis.

A présent qu'il était de nouveau avec Abi, il se demandait si, comme Cindy l'avait si joliment dit, ils allaient recommencer à se faire des câlins.

Cela ne lui ressemblait pas du tout. Il avait une mission à accomplir, mais, curieusement, elle semblait avoir perdu de son importance. Par le passé, il avait toujours été concentré à cent pour cent sur son travail. Surtout dans des circonstances telles que celles où il se trouvait en ce moment, à deux doigts de résoudre une affaire. Mais pour la première fois en quatre ans, sa quête pour la justice avait été reléguée à l'arrière-plan par un besoin plus essentiel, plus fondamental, qu'il n'avait jamais éprouvé jusque-là.

Le besoin d'un lien émotionnel. Le besoin d'être l'ami d'Abi en plus d'être son amant.

Ses épouses avaient toutes les deux été séduisantes, mais, en fin de compte, insatisfaisantes à d'autres points de vue. Abi était la femme idéale — belle et désirable à l'intérieur comme à l'extérieur. Et plus il apprenait à la connaître, plus il appréciait sa compagnie, plus il songeait à l'avenir à long terme qu'ils pourraient avoir ensemble — et plus il se demandait à quoi ressemblerait sa vie si, après les deux semaines qui lui restaient, ils devaient se séparer.

Deux semaines !

Il avait peine à croire que quatorze jours seulement s'étaient écoulés depuis qu'il avait posé les yeux sur elle pour la première fois. Bien sûr, il avait l'habitude de se ruer tête baissée dans les relations. Il avait épousé sa première femme après trois mois, la seconde après cinq. C'était sans doute l'attrait de la nouveauté, l'euphorie de sentir qu'on avait besoin de lui.

Avec Abi, il avait eu cette impression au début, presque dès l'instant où il l'avait rencontrée. Et peut-être était-ce son apparente vulnérabilité qui l'avait attiré chez elle. Mais les choses avaient évolué depuis. Car la jeune femme n'avait cessé de lui prouver qu'elle n'avait pas besoin de lui.

Peut-être était-il tout simplement fasciné par le fait qu'il se demandait constamment ce qu'il restait à découvrir chez elle…

— Je suis désolée d'avoir gâché ton après-midi, dit-elle.

Will fit tourbillonner le liquide dans sa bouteille.

— Tu n'as rien gâché. A vrai dire, c'était distrayant de te voir en action avec Cindy. Cette gamine avait besoin d'être remise à sa place.

— Je sais qu'elle a des problèmes, mais elle m'a vraiment énervée. Je n'aurais sans doute pas dû être si sévère avec elle.

— Tu as été parfaite. Je te garantis qu'elle y réfléchira à deux fois avant de recommencer à te causer des ennuis.

— Elle risque de raconter qu'elle nous a vus dans le parc, et je ne serais pas étonnée qu'elle embellisse la vérité.

— Que veux-tu faire ?

— Il n'y a pas grand-chose à faire.

— Nous pouvons cesser de nous voir.

Le simple fait de prononcer ces paroles lui déchira le cœur, et il se reprocha aussitôt de les avoir dites. Et si elle était d'accord ? Il ne voulait pas cesser de la voir.

— Ce serait la solution raisonnable, acquiesça-t-elle.

Et il eut l'impression de recevoir un coup de poing à l'estomac.

Il n'aurait jamais dû ouvrir la bouche.

— Le problème, poursuivit-elle, c'est que j'en ai assez d'être toujours raisonnable. J'en ai assez de réfléchir à chacun de mes gestes, à m'inquiéter de ce qui va se passer et de comment je réagirai. Alors, laissons tomber la solution raisonnable, d'accord ? Juste pour cette fois.

Cela ne signifiait pas qu'ils ne devaient pas être prudents.

— Jusqu'où pouvons-nous être déraisonnables ? demanda-t-il avec un léger sourire.

— Je n'ai pas dit que nous devions cesser d'être discrets.

— Ah. Pas de bain de minuit dans le lac, en ce cas.

Elle lui lança un regard exaspéré.

— Ça fait plaisir de voir que tu me prends au sérieux.

Il sourit et but une gorgée de bière.

Décidément, cette femme lui plaisait.

— Je ne peux pas empêcher les gens de penser ce qu'ils veulent penser.

— Est-ce que ça signifie que, quand il n'y a personne, nous pouvons arrêter de faire semblant de n'être que des amis ?

— Si nous voulons être honnêtes avec nous-mêmes, il me semble que nous n'avons pas le choix.

— Je suis pour l'honnêteté.

Encore que trop d'honnêteté pouvait être une mauvaise chose, compte tenu des circonstances.

— Et Adam ? demanda-t-il. Comment veux-tu faire en ce qui le concerne ?

Elle but une longue gorgée de bière, vidant la bouteille.

— Soyons discrets jusqu'à ce que nous sachions vraiment où nous allons. Comme tu l'as sans doute remarqué, il a commencé à s'attacher à toi. Je ne voudrais pas qu'il souffre.

— Moi non plus.

— En parlant d'Adam…

Elle jeta un coup d'œil à sa montre.

— Il est l'heure de rentrer, mon chou.

— Oh, maman, gémit Adam. Déjà ?

— Il est plus de 21 heures, répondit fermement Abi. Il faut que tu ailles au lit.

Il s'approcha de la véranda en traînant les pieds, mais s'anima aussitôt à la vue de Will.

— Est-ce que Will peut venir me border ?

Abi interrogea Will du regard. Il hocha la tête.

— Oui.

Adam se rua vers eux et saisit Will par la main, le tirant hors de son siège.

— Viens !

— Une seule histoire ! ordonna Abi, mais sa voix était teintée d'émotion.

Will se retourna vers elle tandis qu'Adam l'entraînait à l'intérieur du chalet, et, dans la lumière déclinante du crépuscule, il aurait juré voir des larmes briller dans ses yeux.

Will termina le livre qu'Adam avait choisi sur les étagères bien remplies de sa chambre et le posa sur la table de chevet. Il s'agissait d'une famille qui passait la journée au parc.

— Je n'ai pas de papa, dit brusquement Adam.

Il était assis à côté de Will, en pyjama, la tête reposant sur le bras de ce dernier.

— Je n'ai qu'une maman.

Will ne sut quoi répondre.

— Je peux t'appeler « papa », Will ?

Il tressaillit, stupéfait.

— Pourquoi veux-tu m'appeler « papa », Adam ?

— Je voudrais un petit frère, mais maman dit qu'on ne peut pas avoir un bébé sans papa. Si je t'appelle papa, peut-être qu'elle aura un bébé.

Will réprima un sourire devant la logique infaillible du garçonnet de trois ans. Il avait parfois l'impression d'être tombé amoureux d'Adam tout autant que de sa mère.

— Je ne sais pas si c'est une bonne idée. Ta maman aurait peut-être de la peine.

Adam fit la moue et il se tassa légèrement.

— Bon.

— D'ailleurs, avoir un bébé n'est pas si simple que ça. Pour commencer, le papa et la maman doivent être mariés.

Tout au moins, c'était ainsi qu'il voyait les choses.

— Maman et toi vous ne pouvez pas vous marier ?

— Pour être mariés, il faut s'aimer.

Adam parut troublé.

— Tu n'aimes pas ma maman ?

— J'aime beaucoup ta maman, Adam, mais je viens de la rencontrer. Il faut du temps pour apprendre à aimer vraiment quelqu'un.

— Tu n'as jamais appris ?

Will ne savait pas très bien comment répondre à la question. Bien sûr, il avait connu l'amour, mais pas le genre d'amour qu'un homme doit éprouver quand il prend la décision de s'engager pour le reste de sa vie. Il décida d'être honnête.

— Je suppose que je suis encore en train d'apprendre.

Adam leva les yeux et le regarda d'un air suppliant.

— Tu me lis une autre histoire ?

Etonnant comme les enfants pouvaient sauter du coq à l'âne, songea Will.

— Pas ce soir. Ta maman a dit une seule.

Il se leva et Adam se blottit sous les couvertures.

— Tu m'en liras une demain ?

— Peut-être.

S'il était là, il le ferait volontiers, mais c'était à Abi d'en décider. Il ne voulait pas faire de promesses qu'il ne pourrait pas tenir.

Il borda Adam avec soin et éteignit la lumière, puis hésita une seconde et déposa un baiser sur le front de l'enfant.

— A demain.

Les yeux d'Adam se fermaient déjà, et il lui répondit d'une voix tout ensommeillée.

— Bonne nuit, Will.

La gorge nouée par l'émotion, Will sortit dans le couloir et referma la porte derrière lui. Il ne savait pas exactement pourquoi il avait embrassé Adam pour lui souhaiter bonne nuit. Ce geste lui avait semblé si naturel ! Peut-être avait-il eu tort. Il ne savait plus très bien où il en était.

Tout était confus dans son esprit. Il ne savait pas ce qu'il voulait.

Il entra dans le salon, à la recherche d'Abi. La pièce était éclairée par une seule lampe près du canapé où elle était étendue, endormie.

Elle ressemblait à un ange, et il ne put s'empêcher de se demander s'il avait perdu la tête.

Et si sa présence ici mettait Abi et son fils en danger ? Il espérait que celui qui les suivait avait fini par comprendre qu'Abi n'était pas la personne qu'il cherchait. Sans doute que oui, sinon, il serait passé à l'acte. Si seulement il avait pu révéler la vérité à Abi, lui avouer qui il était vraiment, et lui faire confiance pour qu'elle ne dise rien à Maureen ! Mais il savait que c'était trop lui demander.

Quant à lui, quels que soient ses sentiments à l'égard d'Abi, il avait une dette envers la famille de Ryan. Ils avaient besoin que cette affaire soit résolue. Et lui aussi. Il devait en finir.

Il se dirigea vers le canapé. Quand il s'assit sur le bord, Abi se réveilla et leva vers lui des yeux ensommeillés.

— Adam ? demanda-t-elle.

— Il dort.

— Oh, c'est bien.

Elle bâilla et s'étira lentement.

— J'ai dû m'assoupir.

— Tu es fatiguée, dit-il en écartant une mèche de son visage. Je devrais partir.

— Je ne veux pas que tu t'en ailles. Pas encore.

Elle noua les bras autour de son cou et lui sourit.

— Tu vois ? J'arrête de faire semblant d'être une amie.

Il avait l'impression que toute cette honnêteté allait lui plaire. Il baissa la tête et effleura de ses lèvres le front d'Abi.

— Tu avais des projets ?

— J'aimerais t'emmener dans ma chambre, mais je ne suis pas sûre d'être prête.

— Pour être franc, moi non plus, avoua-t-il. Ce n'est pas que je n'en ai pas envie, crois-moi. Mais, tout bien considéré, il vaudrait sans doute mieux que nous allions lentement.

Il ne voulait pas que les choses aillent trop loin avant qu'il ait dit la vérité à Abi.

— On pourrait s'embrasser, murmura-t-elle en prenant Will par le cou.

— Et si Adam se réveille ? Il nous verra et il posera des questions, objecta-t-il, songeant à la conversation qu'il venait d'avoir avec le petit garçon.

Devait-il parler à Abi du fait qu'Adam voulait l'appeler papa ? Non. Il était sans doute préférable de ne rien dire pour le moment.

— Il ne nous verra pas si nous éteignons la lumière.

— Et s'il se réveille et qu'il nous trouve dans le noir ?

Elle tendit la main par-dessus sa tête et éteignit la lampe, les plongeant dans l'obscurité.

— Nous lui dirons que nous jouons à cache-cache. Il nous croira.

Avant qu'il ait pu protester, Abi l'attira à lui et l'embrassa. Son baiser était sucré, chaud et exigeant, comme si elle savait exactement ce qu'elle voulait. C'était précisément le contraire de ce à quoi il s'était attendu, et une bouffée de désir monta instantanément en lui.

— Allonge-toi à côté de moi, souffla-t-elle, s'écartant pour lui faire de la place.

Il s'étendit à côté d'elle, et baissa les yeux sur son visage.

— Tu es sûre ?

— Je ne suis plus sûre de rien. Mais c'est ce que je veux.

Will lui donna un de ces longs baisers dont il avait le secret, sensuel et enivrant, et Abi se sentit fondre de nouveau. Peut-être faisait-elle une erreur, mais elle s'en moquait. A cet instant, une seule chose importait : le besoin d'être proche de lui. Elle s'inquiéterait du reste plus tard.

Il caressa son visage, ses cheveux, son épaule, le creux juste sous son omoplate — des endroits qu'elle n'avait jamais considérés comme particulièrement excitants. Mais alors que Will la touchait, un besoin brûlant, presque douloureux, monta entre ses cuisses.

Par le passé, elle avait été plus ou moins insensible. Le sexe n'avait jamais été particulièrement excitant ni agréable pour elle. C'était seulement un moyen de satisfaire un homme, de le plier à ses désirs.

Jamais elle n'avait soupçonné qu'elle pourrait éprouver de telles sensations.

Il prit son sein dans une main, et elle gémit doucement.

— Ça va ? murmura-t-il contre ses lèvres.

— Oui.

Il la caressa à travers son T-shirt. Les hommes avaient toujours été attirés par sa poitrine, mais jamais elle n'avait été aimée si tendrement.

Le besoin se fit plus intense, la chaleur se répandit dans son estomac, dans ses seins. Puis la main de Will se glissa sous son T-shirt, touchant sa peau nue, et elle eut une inspiration choquée.

Will se figea.

— Veux-tu que j'arrête ?

— Non, souffla-t-elle. C'est bien. Continue.

Sa main remonta sur sa poitrine, passant lentement sur ses côtes, jusqu'à ce qu'il la touche à travers la dentelle de son soutien-gorge. En même temps, il goûtait ses lèvres, déposait des baisers sur son menton et sur son cou, lui mordillait l'oreille. Il la rendait folle de désir.

Cette exploration lente, douce, était si différente des expériences qu'elle avait connues par le passé ! La plupart des hommes ne songeaient qu'à leur propre satisfaction et prenaient leur plaisir à leur convenance. Ils ne s'étaient jamais beaucoup souciés de savoir si c'était agréable pour elle aussi. Ou peut-être ne leur avait-elle jamais laissé la possibilité d'essayer de la satisfaire ?

La satisfaire semblait en tout cas être le seul désir de Will, mais il ne protesta pas quand elle glissa les mains sous sa chemise et promena les paumes sur son torse mince et musclé. Un son lui échappa, à mi-chemin entre un soupir et un gémissement, et son baiser se fit plus intime. Elle avait plusieurs fois imaginé le caresser ainsi, mais la réalité était infiniment supérieure aux fantasmes.

Will remonta son T-shirt, abaissa le bonnet de son soutien-gorge, et elle sentit l'air frais sur sa peau nue. Puis il la caressa — sa paume chaude sur sa chair sensible. Elle retint un gémissement.

— Tu es magnifique, dit-il d'une voix rendue rauque par le désir.

Beaucoup d'hommes lui avaient dit cela, mais ce n'avait été que des mots. Aucun d'entre eux ne l'avait regardée comme Will le faisait en ce moment. Et pourtant son corps était moins ferme qu'avant sa grossesse, mais cela ne semblait pas le déranger. Quant à lui, il était parfait, songea-t-elle avec admiration. Ses mains ne rencontraient que des muscles minces et fermes.

— J'étais plus jolie avant d'avoir Adam, murmura-t-elle.

— Non. Tu es parfaite comme tu es.

Il baissa la tête, la caressa de sa langue. La sensation fut si intense qu'un spasme la traversa, et elle enfonça les ongles dans sa peau. Il la taquina légèrement, d'abord un sein, puis l'autre. Le désir entre ses cuisses devint insupportable. Elle avait besoin qu'il la touche, qu'il la délivre de cette torture. Mais elle était certaine qu'il n'oserait pas faire le premier pas.

Et puis zut.

Au risque de trop ressembler à l'Abi d'autrefois, elle saisit le poignet de Will, et guida sa main vers son short.

13

Will leva brusquement la tête, stupéfait. Il s'était attendu à ce qu'ils se caressent et s'embrassent, mais à rien d'aussi intime. Tout au moins, pas encore. Mais il n'allait pas s'y opposer. Il n'y avait rien de plus excitant pour lui que de satisfaire le désir d'une femme.

Il aimait les parfums, les contours et les textures du corps féminin. Il avait peut-être été un piètre mari à bien des égards, mais son talent dans la chambre à coucher n'avait jamais fait l'objet de plaintes. Le sexe était sans doute ce qui avait maintenu ses mariages à flot pendant les derniers mois. En même temps, il ne voulait pas qu'Abi se sente obligée de faire quelque chose à quoi elle n'était pas prête.

Il baissa les yeux sur la main cramponnée à son poignet, puis sur le visage d'Abi. Il allait lui demander si elle était sûre, si ce n'était pas trop tôt, quand il vit la lueur de désir torturé dans ses yeux, ses joues rosies, ses paupières mi-closes.

Elle savait exactement ce qu'elle voulait. Et il le voulait autant qu'elle.

Il tenta de défaire le bouton de son short, mais ses doigts semblaient gauches, maladroits. Le fait d'être allongé là à côté d'elle l'avait perturbé. Il avait presque vingt ans d'expérience sexuelle à son actif et pourtant il avait l'impression d'être redevenu un adolescent. Il était aussi nerveux que le jour où il avait touché une fille de cette façon pour la première fois, sur le canapé du salon de ses parents — terrifié à l'idée qu'ils risquaient d'être surpris, mais trop excité et trop curieux pour arrêter.

Peut-être était-il nerveux parce qu'il était conscient de l'importance de ce moment, du sens qu'il avait pour Abi. Il ne voulait pas faire quelque chose de mal et tout gâcher.

Abi ouvrit les yeux et défit le bouton.

— Merci, dit-il, légèrement gêné d'apparaître si malhabile.

— De rien, répondit-elle d'une voix rauque.

Will abaissa la fermeture et glissa la main dans l'ouverture, par-dessus son slip. Abi poussa un long soupir de plaisir, en même temps qu'elle écartait les jambes. A travers le tissu soyeux, il sentait qu'elle était humide, qu'elle brûlait d'être touchée, mais il ne voulait pas précipiter les choses. Il allait savourer chaque seconde de cet instant.

Ce fut au tour d'Abi de tendre la main vers son short. Elle allait défaire le bouton quand Will lui saisit le poignet, comme elle l'avait fait avec lui.

— Tu n'es pas obligée.

— Je sais, répondit-elle. Justement. C'est ce qui rend ce moment si spécial.

Will crut que son cœur s'était arrêté de battre. Que voulait-elle dire par là ? Qu'on l'avait forcée à faire ce genre de choses contre sa volonté ?

— Abi, es-tu en train de dire que tu as été…

Il ne put pas prononcer le mot.

— Je n'ai pas été violée, si c'est ce que tu veux dire. J'ai seulement fait beaucoup de choses pour de mauvaises raisons.

Elle lui sourit.

— Mais ce soir c'est différent. Bien, où en étions-nous ?

Ses yeux se soudèrent aux siens. Elle dégagea sa main, lui prit la sienne et la ramena vers l'ouverture de son short. Il y glissa la main, directement à l'intérieur de son slip, sans quitter du regard le visage de la jeune femme. Il effleura du bout des doigts les replis souples et chauds de sa féminité, et elle gémit doucement, écartant davantage les jambes.

Il était déjà si tendu, si excité qu'il savait qu'il n'allait pas pouvoir se retenir très longtemps, mais il laissa Abi défaire le bouton de son short et descendre la fermeture. Les muscles de son estomac se contractèrent au contact des doigts d'Abi. Retenant son souffle, il continua à la caresser doucement, sans s'interrompre quand Abi glissa une main sous l'élastique de son caleçon et prit son membre dressé. Sa main libre se crispa dans les cheveux de la jeune femme.

Elle promena le pouce d'avant en arrière sur le bout humide de son sexe, et Will gémit en sentant monter dans son bas-ventre une tension familière. Non, il n'allait pas pouvoir tenir plus de dix secondes…

Puis, soudain, comme par miracle, elle s'arrêta.

— Enlève ta chemise, ordonna-t-elle.

— Mais… Adam…

— Il ne va pas se réveiller.

— Abi…

— S'il te plaît. Je veux te sentir contre moi.

Elle retira son propre T-shirt, ainsi que son soutien-gorge. Elle ne semblait plus gênée par son corps. Il se demanda si aucune des impressions qu'il avait eues d'elle le premier jour s'appliquait encore. Et si ce n'était pas le cas, quelle importance ?

Il prit appui sur un coude et fit passer sa chemise par-dessus sa tête, puis la laissa tomber derrière lui. Ils se firent face, les seins d'Abi chauds et doux contre son torse, leurs jambes entremêlées, et recommencèrent à se caresser, les yeux dans les yeux. Ce n'étaient pas seulement deux individus en train de se donner du plaisir. C'était un moment d'intimité absolue, de confiance totale.

Bientôt, le désir et l'instinct prirent le dessus, leurs gestes devinrent plus audacieux, leur souffle s'accéléra.

— Embrasse-moi, Will, murmura-t-elle.

Leurs lèvres s'étaient à peine effleurées qu'elle laissa échapper un cri, secouée par des vagues successives d'extase. Les muscles de sa féminité se refermèrent autour des doigts de Will. Il était au bord de l'orgasme, prêt à basculer. Puis elle tendit la main vers lui et le caressa, et il retint un gémissement contre ses lèvres, tandis que chaque parcelle de son corps se raidissait, puis explosait de plaisir.

Ensuite, ils restèrent immobiles, blottis l'un contre l'autre.

Pour une raison stupide, Abi avait envie de pleurer. Avec les bras de Will autour d'elle, leurs corps soudés, elle se sentait en sécurité.

Elle avait l'impression d'avoir trouvé sa place dans l'univers.

Des années auparavant, elle s'était juré de ne jamais s'autoriser à avoir besoin d'un homme pour se sentir entière, mais ce qu'elle éprouvait à présent était hors de son contrôle. Se caresser ainsi, partager quelque chose de si personnel l'avait changée.

Et elle savait, au plus profond d'elle-même, qu'il serait impossible de faire marche arrière.

*
* *

— Abi ?

Abi leva la tête, vit Brittney sur le seuil de son bureau et se demanda depuis combien de temps elle était là.

Pour la énième fois aujourd'hui, elle était dans la lune, songeant à Will et à ce qu'ils avaient fait dimanche soir. Depuis trois jours, elle ne pouvait penser à rien d'autre. Et au fait qu'ils devaient se retrouver à son chalet ce soir. Depuis dimanche, ils avaient à peine passé une minute ensemble. Lundi soir, Adam avait souffert d'un mal au ventre et, la veille, Abi avait emmené les plus de dix ans faire deux jours de camping de l'autre côté du lac, et n'était rentrée que cet après-midi.

Mais, ce soir, rien ne les empêcherait de se voir.

— Abi ? Réveille-toi !

Abi secoua la tête.

— Je suis désolée, Britt. Qu'y a-t-il ?

— Je suis venue voir si tu avais parlé à Tom, comme tu me l'avais promis.

— Parlé à Tom ? répéta Abi, perplexe.

— A propos du fait qu'il traîne au lieu de faire son travail. Abi, nous en avons parlé il y a plus d'une semaine !

Flûte. Elle avait complètement oublié.

— Oui, bien sûr.

— Tu lui as parlé ?

— Je suis désolée, Britt. Je suppose que j'ai été un peu préoccupée. Je vais lui parler aujourd'hui, c'est promis.

— Je ne peux plus le supporter, Abi. C'est comme s'il ne savait rien ! Il faut que je lui explique tout. Et même ainsi, il le fait mal ou il ne le fait pas.

— Peut-être qu'il a seulement l'habitude de travailler différemment.

— Non.

— Il a d'excellentes références.

— Je me moque complètement de ses références, riposta Britt, exaspérée. S'il ne s'améliore pas et si tu ne veux pas le renvoyer, c'est moi qui m'en irai.

— Voyons, Brittney, attends…

— Tu sais qu'il couche avec les résidentes ? Il emmène une fille dans son chalet.

— C'est une accusation sérieuse, répondit Abi.

Une accusation qu'il lui déplaisait d'envisager, puisqu'elle était coupable du même crime. Tom connaissait les règles. C'était probablement une autre employée que Britt avait vue entrer chez lui, et non une cliente.

Ou peut-être était-ce l'amour-propre blessé de Britt qui parlait.

— Je sais que tu es fâchée. Mais parfois, quand nous nous sentons rejetés, nous réagissons… d'une manière excessive.

— Rejetés ? répéta Britt.

Elle parut perplexe, puis ses joues se colorèrent légèrement.

— Tu penses qu'il me plaît ?

— Tu n'as pas à être gênée…

— Même si c'était le cas — et ça ne l'est pas —, lui au moins n'est pas un résident, lança Britt.

Abi n'avait pas besoin de poser de questions pour savoir ce que la jeune fille voulait dire par là. Elle avait mérité ce genre de remarque.

— Et je n'aime pas écouter les ragots ou tirer des conclusions avant de savoir exactement ce qui se passe, reprit Abi.

Brittney baissa les yeux. Abi comprit qu'elle se sentait coupable, et eut aussitôt des remords.

— Je lui parlerai aujourd'hui, dit-elle doucement. C'est promis.

Brittney hocha la tête et sortit, laissant Abi songeuse. Cela ne ressemblait pas à la jeune fille d'être si critique. De plus, elle adorait son travail. Elle ne partirait pas sans avoir une très bonne raison. Tom devait causer des problèmes. Peut-être que sa présence avec Cindy en ville dimanche n'était pas une coïncidence, après tout. Il était fort possible que Cindy ait prétendu avoir fait de l'auto-stop pour le protéger.

Il faudrait qu'elle en ait le cœur net.

Son téléphone sonna, l'arrachant à ses réflexions.

— Abi, nous avons un problème dans la salle de thérapie. Une bagarre entre deux filles. Eva veut que tu viennes tout de suite.

— J'arrive.

Elle raccrocha. Comme si elle n'avait pas suffisamment de travail ! Sa conversation avec Tom devrait attendre.

— Elles sortaient de la salle quand ça a commencé, expliqua Eva. Je les ai surprises en train de se battre devant le bâtiment.

Debout à côté d'elle, Abi essayait de réfléchir à la meilleure façon de gérer la crise. Leanne était assise à un bout de la salle à côté de son père. Il avait entouré ses épaules d'un bras protecteur et foudroyait du regard sa fille aînée, Cindy.

Des larmes roulaient sur les joues de Leanne, dont un côté du visage était griffé et en sang. Son œil droit était enflé et virait au bleu. Pour sa part, Cindy commençait à avoir un hématome du côté gauche de la bouche. Leurs vêtements étaient sales, comme si elles s'étaient roulées par terre, et leurs cheveux en désordre.

Ce n'était pas une petite querelle entre sœurs. C'était la guerre.

— Vous voulez m'expliquer ce qui s'est passé ? demanda Abi.

— C'est ce que je voudrais savoir, renchérit le père, lançant à Cindy un regard accusateur. Qu'est-ce que tu as fait à ta sœur ?

— Oh, évidemment, tu penses automatiquement que c'est ma faute, cracha Cindy. C'est typique. Tu es toujours de son côté !

Leanne leva la tête vers son père, les larmes aux yeux.

— Je ne sais pas pourquoi elle me déteste à ce point.

— D'abord, tu fais de l'auto-stop, et maintenant tu bats ta sœur ? reprit son père. Pourquoi est-ce que tu fais cela ?

Cindy décocha à sa sœur un regard assassin.

— Pourquoi ne lui poses-tu pas la question ? C'est elle qui a commencé.

— Je te pose la question à toi.

— Qu'importe ce que je vais dire ? Ce sera ma faute de toute façon, alors quelle différence est-ce que ça fait ?

— Je vais devoir parler de cette affaire à Maureen, intervint Abi. Toute altercation physique entre résidents est normalement punie d'expulsion immédiate sans possibilité de remboursement. Puisque l'incident concerne deux sœurs et que personne d'autre n'a été blessé, elle sera peut-être prête à faire une exception.

— Dan, si vous emmeniez Leanne voir l'infirmière ? suggéra Eva au père des deux adolescentes. Je vais rester avec Cindy.

Il hocha la tête et se leva.

— Tu es privée de sortie jusqu'à ce que nous sachions ce qui s'est passé ici, dit-il sévèrement. Tu peux assister aux repas et aux séances de thérapie, mais c'est tout.

Cindy enveloppa sa sœur et son père d'un regard haineux tandis qu'ils sortaient de la pièce.

— Je vais parler à Maureen, dit Abi à Eva à voix basse. Vois ce que tu peux tirer de Cindy.

— Je vois, fit Maureen quand Abi lui eut expliqué la situation. Que devrions-nous faire, à ton avis ?

Comme Abi, Maureen était plus attristée que fâchée par l'incident. Attristée qu'après deux semaines de thérapie, Cindy soit toujours aussi désorientée et agressive que lors de son arrivée.

— Je crois que nous devrions laisser leur père s'en occuper.

— Le règlement est très clair sur ce point, objecta Maureen. En principe, elles devraient être exclues.

— Il y a des circonstances atténuantes.

— Vraiment ? Ou es-tu en train de perdre ton objectivité ?

Abi savait exactement à quoi Maureen faisait allusion. A vrai dire, elle s'était posé la question plusieurs fois sur le chemin qui la conduisait jusqu'au bureau de Maureen. Si elle leur donnait une seconde chance, les autres penseraient-ils que sa propre conduite avait motivé sa décision ? Si elle se conformait au règlement, passerait-elle pour une hypocrite ?

Elle ne pouvait qu'essayer de ne pas se laisser influencer par ses propres sentiments, et de prendre une décision basée sur les faits.

— Puisque personne d'autre n'a été blessé et qu'elles sont sœurs, je crois que nous devrions leur donner une autre chance. Leur conduite prouve qu'elles ont besoin de plus de thérapie.

— Et tu es prête à affronter les conséquences éventuelles de ta décision ?

Elle comprenait parfaitement où Maureen voulait en venir, mais elle ne pouvait s'empêcher d'être agacée — contre elle-même autant que contre Maureen.

Depuis quatre ans, elle avait été une employée modèle, respectant scrupuleusement le règlement, donnant son temps sans égard pour sa vie privée hormis son fils. Il était injuste qu'on la force à se sentir coupable parce qu'elle prenait un peu de plaisir. Pourtant, elle ne pouvait reprocher à personne de la juger. Quels que soient ses sentiments envers Will, elle enfreignait les règles.

Tout était devenu si compliqué.

— Si tu veux que je cesse de le voir, dis-le, lança-t-elle à Maureen.

— Tu le ferais ?

La question arrêta Abi sur sa lancée.

La vérité était qu'elle ne savait pas. Will valait-il la peine qu'elle perde son emploi si Maureen lui posait un ultimatum ? Comment pouvait-elle prendre ce risque alors que ni Will ni elle n'étaient sûrs de ce qu'il allait advenir de leur relation ? Elle ne pouvait pas être si irresponsable, pas alors qu'elle avait un fils.

D'un autre côté, Will serait parti dans dix jours. Pouvait-elle se priver de la chance de le connaître, d'être avec un homme dont, pour la première fois de sa vie, elle était sur le point de tomber amoureuse ? Un homme qui serait peut-être un jour un père pour son fils ? Serait-ce juste ?

— Non, dit-elle à Maureen. Je ne crois pas.

Maureen se pencha vers elle.

— Et tu devrais me connaître suffisamment pour savoir que je ne te demanderais jamais de faire ce genre de choix. Pas alors que Will sera parti dans une semaine et demie.

Et je pense que tu as raison. Il y a des circonstances atténuantes dans cette bagarre. Leanne et Cindy devraient être autorisées à rester.

— Si tu es d'accord avec moi, pourquoi toutes ces questions ?

— Je voulais être sûre que tu croyais en ta décision, répondit Maureen en souriant. Et je crois que tu l'es.

— Je vais aller les en informer.

— Je ne peux pas te forcer à prendre une décision concernant Will, reprit Maureen, mais je ne peux pas non plus te protéger de ce que tes collègues peuvent dire ou penser.

— Je me rends bien compte que je ne peux pas exiger un traitement de faveur. J'assumerai mes responsabilités auprès du personnel.

— Bien.

Maureen se cala dans son fauteuil et mit les mains sur son bureau.

— Puis-je te poser une question ? En tant qu'amie ?

— Bien sûr.

— Tu l'aimes ?

— Je… je ne sais pas. Je ne suis pas même sûre de savoir ce qu'est l'amour. Il est si différent de tous les hommes que j'ai connus. Et je me sens si différente avec lui… j'ai confiance en lui.

— Ressent-il la même chose ?

— Je crois que oui.

— Et Adam ? Will veut-il être un père ?

— Je pense que c'est une possibilité. Il s'entend bien avec Adam. Et Adam l'adore.

— Tu ne le connais que depuis deux semaines et demie. Il habite à New York et toi dans le Colorado. Qu'allez-vous faire ? Avoir une relation à distance ? Ou comptes-tu quitter le centre ?

— Je ne sais pas encore. Nous savons seulement que nous voulons nous donner le temps de développer notre relation. Je crois que nous allons devoir en parler bientôt. Avec mon travail et Adam, nous n'avons pas eu le temps. Je n'ai rien de prévu ce soir, et nous avions l'intention de dîner ensemble. Je suppose que le moment est venu d'aborder la question.

— Peut-être que je pourrais garder Adam, vous donner la possibilité d'être seuls pour en parler ?

— Oh ! je ne veux pas t'imposer…

— Tu ne m'imposes rien. C'est moi qui ai proposé. Amène-moi Adam vers 17 heures. Il pourra passer la nuit ici.

— Oh, ce n'est pas nécessaire. Notre relation n'a pas… Je veux dire, nous n'avons…

— Cela vous donnera tout le temps que vous voulez.

Maureen lui sourit.

— Tu mérites d'être heureuse, Abi. J'espère que ça va marcher entre vous.

— Je sais qu'il te plairait, Maureen.

— Pourquoi ne l'amènes-tu pas dîner ici ?

— Vraiment ? Tu es sûre ?

— Si tu lui fais confiance, moi aussi. Et si je vais te donner ma bénédiction, il faut que je fasse sa connaissance, n'est-ce pas ?

— Quand ?

— Disons demain soir ? Vers 18 heures ?

— Je suis sûre que ça ira très bien. Il vaut mieux que j'aille voir le père de Cindy pour lui dire qu'ils peuvent rester. Merci, Maureen, d'être si compréhensive pour tout.

Maureen lui sourit, puis reporta son attention sur l'écran de son ordinateur.

Abi sortit du bureau, songeant à la conversation qu'elle allait avoir avec Will. Comment allait-elle lui dire ce qu'elle voulait ? Elle ne souhaitait pas brusquer les choses, ni le mettre mal à l'aise, mais il ne leur restait que dix jours. Ils allaient devoir parler de ce qu'ils attendaient l'un et l'autre de leur relation. Elle devait savoir ce qu'il pensait de son fils. Adam avait besoin d'un père, d'un homme qui l'aimerait comme son vrai fils.

Et si elle découvrait qu'ils n'envisageaient pas l'avenir de la même manière, il faudrait qu'elle mette un terme à leur relation dès ce soir. Avant qu'elle ne soit trop attachée à lui. Elle ne voulait certainement pas finir avec le cœur brisé.

Mais elle ne pouvait s'empêcher de se demander s'il n'était pas déjà trop tard.

14

— Bishop va la voir demain soir, affirma Mickey.

— Tu en es sûr ?

— Je les ai entendus parler aujourd'hui.

Le cœur de Vince tambourinait dans sa poitrine, son pouls stimulé par sa soif de vengeance.

— Nous allons devoir jouer serré. Nous ne pouvons pas la laisser filer de nouveau, et il faut empêcher le FBI de l'atteindre avant nous. Elle ne doit pas témoigner, tu m'entends ?

— Si c'est elle, il va la faire embarquer dans le premier avion.

Si les agents fédéraux trouvaient Crystal avant lui, il ne récupérerait jamais son argent — à supposer qu'il en reste.

— Il va falloir que je l'enlève. Avant que les fédéraux aient le temps d'arriver.

— Toi ?

Mikey était un membre de sa famille et d'une loyauté à toute épreuve, mais Vince ne pouvait pas se permettre de prendre le moindre risque. Si cette femme était bien Crystal, il voulait être là quand ses hommes l'enlèveraient. Il voulait voir sa tête quand elle comprendrait qu'ils l'avaient retrouvée.

La peur dans ses yeux quand il lui dirait exactement ce qu'il avait l'intention de faire d'elle. Et puis il voulait récupérer son argent.

— Je prends le prochain avion. Ne les lâche pas d'une semelle. Dès que tu sais quelque chose, tu m'appelles. Je te retrouverai là-bas.

— Et Bishop ?

— Pas de témoins, Mikey.

— C'est un agent.

— Ce ne serait pas mon premier.

— Et si ce n'est pas elle ?

C'était elle. Il le sentait. D'ailleurs, Bishop le harcelait depuis quatre ans. Vince en avait assez. Peut-être était-il temps d'envoyer un message au FBI.

— Je le tuerai quand même.

Il allait enfin voir Maureen.

Abi le lui avait dit cet après-midi quand ils s'étaient croisés sur la plage — elle s'y rendait avec un groupe d'enfants, tandis que lui revenait d'une baignade. Il avait dû faire appel à toute sa maîtrise de lui-même pour rester impassible quand Abi lui avait appris la nouvelle.

Demain soir, il saurait si Maureen était Crystal. Si oui, il aurait enfin son témoin, et Vince pourrait être expédié derrière les barreaux.

Il aurait dû bondir d'excitation, au lieu de quoi il était déchiré par l'indécision.

Il savait exactement pourquoi. Il était en train de tomber amoureux d'Abi, cela ne faisait aucun doute. Plus il assistait aux séances de thérapie, plus il comprenait les raisons de sa conduite passée, plus il était persuadé qu'ils avaient une chance d'être heureux ensemble. Qu'il pourrait faire un bon mari et peut-être même un bon père.

Il voulait désespérément qu'elle lui donne une chance d'essayer. Mais que se passerait-il quand elle apprendrait le véritable motif de sa présence au centre ? Elle ne lui pardonnerait peut-être jamais de ne pas lui avoir dit la vérité, et d'avoir dénoncé son amie. Elle ne comprendrait peut-être pas pourquoi toute cette affaire était si importante à ses yeux. Et il ne pourrait lui en vouloir si tel était le cas.

Pouvait-il renoncer à résoudre cette affaire pour Abi ? Pouvait-il téléphoner à Robbins, lui dire qu'il était dans une impasse et finir son séjour au centre en tant que résident ordinaire, sans qu'Abi ne sache rien ? Pouvait-il laisser Vince en liberté ? Rompre la promesse qu'il avait faite à la femme et aux enfants de Ryan — et qu'il s'était faite à lui-même — et continuer à se regarder dans la glace chaque matin ?

La réponse était non.

Il devait mener cette affaire à sa conclusion. Quelles qu'en soient les conséquences. Si sa relation avec Abi était suffisamment solide, elle comprendrait. Il trouverait le moyen de lui faire comprendre. Mais seulement après avoir rencontré Maureen. S'il parlait à Abi maintenant, elle risquait d'avertir Maureen, et cette dernière prendrait la fuite. Peut-être ne la retrouverait-il jamais.

— Tu as dit à leur père qu'elles pouvaient rester ? demanda-t-il à Abi quand elle lui eut expliqué ce qui s'était passé entre Leanne et Cindy cet après-midi-là.

Ils étaient en train de terminer la vaisselle du dîner.

— Oui. D'après ce qu'Eva a pu obtenir de Cindy, sa sœur est amoureuse d'un résident. Je suppose qu'il s'agit d'Eric. Leanne a vu Cindy avec lui et elle a fait une crise de jalousie. Cindy jure que c'est Leanne qui a commencé.

— Tu la crois ?

— Je ne sais pas. Si c'est vrai, je comprends que Leanne soit fâchée. Cindy savait depuis le début que Leanne aimait bien Eric. Elle est si méchante avec sa sœur. Peut-être que Leanne a craqué. Evidemment, ce n'est pas une raison pour frapper sa sœur. Et je ne voudrais pas que Cindy soit punie pour quelque chose qu'elle n'a pas fait.

— Qu'est-ce que tu peux faire de plus ?

— Pas grand-chose. C'est à leur père de régler cette histoire. Je ne peux qu'espérer qu'il se montre juste.

Il rangea les derniers couverts dans le tiroir et replaça le torchon sur la poignée du four. Abi nettoyait l'évier, et il se glissa derrière elle, nouant les bras autour de sa taille. Il adorait la toucher, être près d'elle. Il aimait le parfum de son corps, la douceur de sa peau.

Quand il l'avait rencontrée, il avait pensé que sa personnalité était proche de celle de ses ex-femmes. Calme, réservée, peut-être un peu timide. Il s'était trompé du tout au tout. Il ne cessait de se demander pourquoi elle l'intriguait à ce point, mais peut-être que certains mystères n'étaient pas faits pour être éclaircis. Peut-être n'y avait-il pas de réponse à ses interrogations. Les choses étaient ce qu'elles étaient, tout simplement.

Elle soupira et se laissa aller contre lui, reposant la tête contre son épaule. C'était si bon de la tenir ainsi. D'être avec elle. Il y avait deux longs jours qu'il attendait le moment d'être seul avec elle. Il avait passé une interminable et inconfortable nuit dans les bois, à garder l'œil sur son groupe. Il serait si soulagé quand tout serait fini, quand Vince serait en prison et qu'il pourrait reprendre le cours de sa vie.

Il songeait déjà à ce qu'il ferait quand cette mission serait terminée. Peut-être pourrait-il demander son transfert dans cette région. Le rythme serait plus lent, le travail moins prenant. Il avait entendu dire que les bureaux des villes comme Denver pouvaient être d'un calme plat. Mais il serait près d'Abi et d'Adam. Pour une fois, il pourrait mettre sa carrière au second plan et se concentrer sur sa vie privée, peut-être même écrire un chapitre ou deux pendant ses heures de loisir. Avoir un ou deux enfants.

Un avenir qui lui semblait flou et incertain deux semaines plus tôt commençait soudain à prendre forme. Tout cela pouvait devenir réalité — s'il ne gâchait pas ses chances.

— Que voudrais-tu faire à présent ? demanda Abi.

Il mit les mains à plat sur la douce rondeur de son ventre, l'attirant plus près pour qu'elle puisse sentir combien il la désirait.

— Que voudrais-tu faire, toi ? demanda-t-il en retour.

Elle émit un léger ronronnement et pivota entre ses bras, puis noua les mains autour de son cou.

— Que dirais-tu de cela ? suggéra-t-elle en se hissant sur la pointe des pieds pour effleurer ses lèvres des siennes.

Il n'allait pas protester. L'embrasser était délicieux.

Soudain, elle mit fin au baiser et se laissa retomber sur la plante des pieds.

— Oh, zut.

— Qu'y a-t-il ?

— Je viens de me souvenir que j'étais censée parler à un des employés aujourd'hui.

— Tu m'embrassais et tu pensais au travail ?

Elle sourit.

— Je suis désolée, ça m'est juste venu à l'esprit. Il y avait un problème et j'ai promis de le régler.

— Ça ne peut pas attendre jusqu'à demain ?

Elle lui adressa un regard d'excuse.

— Je vais juste faire un saut à son chalet. Je n'en ai que pour quelques minutes, c'est promis.

Will poussa un soupir et se détacha d'elle.

— Je t'accompagne.

— Oh, tu n'y es pas obligé.

— Je sais, mais il commence à faire sombre. Je n'aime pas que tu sois dehors seule la nuit.

Elle lui lança un regard moqueur, suggérant que son inquiétude était ridicule.

— Will, nous ne sommes pas en ville. D'ailleurs, c'est à deux minutes d'ici.

— S'il te plaît. Je resterai à l'écart.

Elle haussa les épaules.

— Si tu y tiens.

Ils sortirent ensemble et elle referma la porte derrière eux. Il arqua un sourcil.

— Tu ne fermes pas à clé ?

— Même s'il y avait un voleur dans les parages, il n'y a rien à voler ici, répondit-elle en descendant les marches.

Sauf peut-être le revolver qui se trouvait dans le sac à dos de Will, posé par terre près du canapé. Il l'avait gardé sur lui autant que possible depuis que quelqu'un avait commencé à les suivre. L'individu semblait avoir renoncé, mais c'était peut-être seulement temporaire. Ou peut-être qu'il se montrait plus prudent.

— D'ailleurs, nous n'en avons que pour quelques minutes.

Abi croisa les bras et leva les yeux vers lui. Il était évident qu'il ne servait à rien de discuter. Elle avait déjà fait un compromis en acceptant de le laisser l'accompagner, et, à présent, elle arborait une expression butée qui lui disait qu'elle n'allait pas changer d'avis pour la porte.

— Tu viens, oui ou non ?

Comme il ne bougeait pas, elle haussa les épaules et se dirigea vers le sentier qui menait aux autres chalets.

Elle pouvait être têtue, parfois.

Peut-être que c'était en partie ce qu'il aimait tant chez elle, la raison pour laquelle il l'admirait. Elle savait ce qu'elle voulait et elle n'avait pas peur de prendre ses propres décisions.

Son sac à dos était de l'autre côté du canapé, se raisonna-t-il. Même si quelqu'un entrait, il était probable qu'il ne le verrait pas. Il descendit rapidement les marches et la rejoignit.

— Qui allons-nous voir ?

— Tom Sterling, répondit Abi.

Elle s'en voulait d'avoir oublié de s'acquitter de cette tâche. Elle avait été si préoccupée par l'incident qui avait eu lieu entre Cindy et Leanne que son projet de parler à Tom lui était complètement sorti de la tête. Mais elle ne pouvait pas revenir sur la parole donnée à Britt.

Et elle avait hâte d'en avoir terminé pour que Will et elle puissent retourner chez elle et passer la soirée seuls. Elle avait décidé qu'ils prendraient un peu de bon temps d'abord, après quoi ils parleraient d'avenir. De cette manière, s'ils décidaient que leur relation devait se terminer, elle aurait au moins eu une dernière chance de l'embrasser et de le caresser.

C'était totalement égoïste, et elle allait sans doute souffrir, mais elle s'en moquait. C'était ce qu'elle voulait.

Ils marchaient côte à côte. Les dernières rougeurs du crépuscule tombaient lentement sur le sommet des arbres, mais, autour d'eux, la forêt était sombre et silencieuse. Paisible. Le chalet de Tom était le plus éloigné de celui d'Abi, à l'est. Une lumière douce filtrait à travers les rideaux, et la porte d'entrée était entrouverte.

— Je n'en ai que pour une minute, dit-elle à Will comme ils atteignaient la véranda.

Il s'arrêta au pied des marches tandis qu'elle montait l'escalier.

Elle leva la main et frappa à la moustiquaire. A travers l'écran, elle voyait que le lit n'était pas fait, et des vêtements sales et des serviettes traînaient un peu partout.

— Entrez, cria-t-il, sans doute depuis la salle de bains, car elle ne le voyait pas dans la pièce. J'arrive.

Elle pénétra à l'intérieur, écartant du pied une paire de chaussures de tennis sur son chemin. Un sac de voyage était posé sur le sol, à demi plein, comme s'il se préparait à partir.

Sans doute était-ce son passé qui parlait, songea-t-elle. Dans le cas de Tom, le sac signifiait probablement qu'il était trop paresseux pour défaire ses bagages — ce qui était bien possible, puisque apparemment il était aussi trop paresseux pour mettre un peu d'ordre.

La porte de la salle de bains s'ouvrit, livrant passage à un nuage de vapeur, et à Tom.

Nu et souriant.

Oh.

Il se figea à sa vue et son sourire s'effaça aussitôt. Pendant quelques secondes, ni l'un ni l'autre ne bougèrent. Ils demeurèrent immobiles, à se fixer.

— Tom, dit-elle enfin, gardant les yeux sur son visage. C'est… hhmm… gênant.

— A… Abi.

Il se tourna, cherchant frénétiquement une serviette afin de couvrir ses… attributs. Qu'elle ne regardait pas, d'ailleurs.

Enfin, elle avait peut-être juste jeté un petit coup d'œil.

— Je… j'attendais quelqu'un d'autre.

— Je suis désolée. Je voulais vous parler, mais je crains que ce ne soit pas le bon moment.

Il jeta un coup d'œil nerveux derrière elle, puis dans sa direction.

— Non, pas vraiment.

— Si cela peut vous consoler, j'ai déjà… hhhmm… vu un homme nu auparavant.

Il la regarda comme si elle était devenue folle.

— Si vous veniez à mon bureau demain matin ? A 7 h 50 ?

Il hocha la tête, la main cramponnée à la serviette.

— Oui. D'accord. 7 h 50.

— Je suis vraiment désolée.

— Ce n'est rien. J'aurais dû demander qui était là.

— A demain.

Elle se retourna et s'esquiva. Will l'attendait toujours au bas des marches. Elle le prit par le bras et l'entraîna vers le sentier.

— Tu as fait vite.

— Je lui parlerai demain.

Will jeta un coup d'œil en arrière.

— Pourquoi ne l'as-tu pas fait ?

— Il était occupé.

— A faire quoi ?

— A prendre une douche.

— Il était sous la douche ?

— Non, pas exactement. Il en sortait, à vrai dire.

— Il n'était pas… ?

Il n'acheva pas sa question, et Abi le fit pour lui.

— Nu ? Si.

Will ralentit le pas.

— Nu comment ?

— Il n'y a pas de degrés dans la nudité, Will. Soit on est nu, soit on ne l'est pas.

Il s'immobilisa et elle se tourna vers lui. Dans la pénombre, elle le vit qui fronçait les sourcils.

— Il portait une serviette, non ?

— Non.

— Il était tout nu ?

— Ce n'est pas ce que je viens de dire ?

— Qu'est-ce que tu as fait ?

— Je suppose que nous sommes tous les deux restés cloués sur place, l'air choqué.

— Tu t'es couvert les yeux ?

— Hhhmm… non.

Cela ne lui était même pas venu à l'esprit.

— Pourquoi pas ? demanda-t-il d'un ton indigné. Et il ouvre toujours la porte tout nu ?

Il était jaloux, songea-t-elle. C'était tellement mignon.

— Comment veux-tu que je le sache ? Il pensait que j'étais quelqu'un d'autre. Il attendait de la compagnie. C'est pourquoi je dois lui parler demain.

Elle se demandait laquelle des employées du centre était l'heureuse élue quand une pensée troublante lui vint. Et s'il ne s'agissait pas d'une employée ? Si Britt avait raison, et qu'il avait une liaison avec une résidente ? Il avait semblé soucieux de se débarrasser d'elle au plus vite. Cindy était censée être privée de sortie, mais avait-elle réussi à déjouer la vigilance de son père ?

Quelqu'un marchait à leur rencontre sur le sentier, venant de la direction du bâtiment principal, et non des autres chalets.

Cédant à une impulsion subite, Abi saisit Will par le bras et l'entraîna sur le côté, derrière un arbre.

— Pourquoi est-ce que nous nous cachons ? murmura-t-il.

— Chut ! Quelqu'un vient.

La silhouette se rapprocha, et Abi devina qu'il s'agissait d'une femme. Elle portait une veste à capuche qui dissimulait son visage, et jetait des regards anxieux autour d'elle, comme pour s'assurer que personne ne l'observait.

Aucun membre du personnel n'aurait eu de raison de se cacher ainsi, songea Abi, étouffant un juron. L'inconnue était de la même taille que Cindy. C'était forcément l'adolescente.

Et il fallait qu'elle intervienne.

Immédiatement.

Abi attendit que Cindy soit presque à leur hauteur, puis fit un pas en avant, lui barrant le chemin.

Cindy poussa un hurlement, trébucha et recula. La capuche glissa, donnant à Abi son second choc de la soirée.

Ce n'était pas Cindy qui se faufilait vers le chalet de Tom.

C'était Claire — la maman de Noah.

15

— Tu ne crois pas à son histoire de promenade ?

Abi regarda Will, assis à l'autre bout du canapé.

— Bien sûr que non. Je sais exactement ce qu'elle faisait. Et je pense qu'elle sait que je sais.

— Tu ne crois tout de même pas qu'il se faisait payer ?

— Pour coucher avec elle ? Tu ne parles pas sérieusement ?

Il haussa les épaules.

— Cela s'est déjà vu, surtout dans ce genre d'endroit. Il a besoin d'argent pour payer ses études, et les résidentes sont prêtes à payer.

La tête entre les mains, Abi laissa échapper un grognement. C'était épouvantable. Si ce genre de choses parvenait aux oreilles des autres résidents et du public en général, ce serait une catastrophe pour le centre.

— Il va falloir que je le renvoie et j'ai l'impression d'être la pire hypocrite de la planète.

— Tu n'es pas une hypocrite.

« Oh ! que si », songea Abi. Certes, elle n'avait jamais reçu d'argent en échange de faveurs sexuelles — c'était une ligne qu'elle s'était refusée à franchir — mais elle avait manipulé les hommes. Ce que Tom faisait n'était pas différent.

— Je ne comprends pas, soupira-t-elle. J'ai parlé à la directrice du dernier centre où il a travaillé. Il a des références impeccables. Tout le monde l'adorait.

— C'était une femme, observa Will.

Abi lui décocha un regard consterné.

— Tu veux dire… ? C'est affreux.

— Mais pas impossible.

Il avait raison. Elle se demanda depuis combien de temps se déroulait ce petit jeu et s'il y avait eu d'autres femmes. Britt avait essayé de l'avertir, et Abi aurait dû la croire et lui faire confiance. Mais elle avait été trop préoccupée par sa vie privée, trop absorbée par elle-même pour s'en soucier.

— Abi, mets-toi à la place de Claire. Son ami l'a quittée pour une femme plus jeune qu'elle, et elle est amère. Un jeune homme séduisant s'intéresse à elle. Bien sûr qu'elle va être flattée. C'est peut-être même thérapeutique. Un peu de vengeance soulage.

— Ça ne justifie rien. Et il va falloir que j'en parle à Maureen. Je ne peux pas m'empêcher de penser que c'est ma faute.

— A cause de nous, tu veux dire ?

— Il a peut-être pensé que c'était acceptable parce que je le fais.

Elle se sentait méprisable, même si elle savait que sa relation avec Will était différente. Ils éprouvaient de vrais sentiments l'un pour l'autre.

Du moins, elle l'espérait.

— Abi, viens là.

Il tapota le coussin du canapé à côté de lui et elle s'approcha, se pelotonnant contre sa poitrine. Il l'entoura de ses bras et déposa un baiser sur sa tête.

— Toi et moi savons que c'est différent entre nous. Il ne s'agit pas de sexe.

Elle enfouit son visage dans le T-shirt de Will, sentant battre son cœur contre sa joue.

— De quoi s'agit-il, Will ?

Il demeura silencieux pendant quelques secondes.

— Es-tu en train de me demander ce que je ressens pour toi ?

— Je… je suppose que oui. Je ne veux pas te bousculer, ni te pousser à quoi que ce soit. Mais il faut que je sache si nous avons une possibilité d'avenir ensemble. Il faut que je sache où va notre relation.

Il poussa un soupir et reposa le menton sur la tête d'Abi, caressant ses cheveux en arrière, comme il avait pris l'habitude de le faire. Ils avaient déjà formé des habitudes, trouvé des manières de se témoigner leur affection.

Comme un couple.

— J'étais persuadé que je ne me remarierais jamais, mais depuis que je t'ai rencontrée, tout a changé.

Elle leva les yeux.

— Que veux-tu dire ?

— Et si je me trompais ? Si je pouvais être un bon mari, un bon père ?

— Je pense que tu pourrais l'être, dit-elle doucement. Et je crois qu'Adam est de cet avis, lui aussi.

Il sourit et effleura sa joue, plongeant son regard dans le sien.

— J'aimerais essayer, Abi. Avec toi.

Elle poussa un soupir de soulagement et se blottit contre lui.

— Moi aussi.

Il resserra son étreinte autour d'elle.

— Je suis si soulagé de t'entendre dire cela.

— Comment allons-nous faire ? murmura-t-elle. Tu vis

à trois mille kilomètres d'ici. Je ne suis pas sûre de pouvoir gérer une relation à distance.

— La branche du gouvernement pour laquelle je travaille a des bureaux partout dans le pays. Je me disais que je pourrais demander un transfert. Denver n'est pas trop loin d'ici.

Le cœur d'Abi bondit dans sa poitrine et des larmes lui piquèrent les yeux.

— Tu ferais ça ? Pour moi ?

— Oui, dit-il avant d'effleurer ses lèvres d'un baiser. Je veux être avec toi, Abi. C'est tout ce qui compte.

— Moi aussi, je veux être avec toi.

Jamais elle n'avait rien désiré autant, et jamais rien ne lui avait jamais semblé aussi naturel, aussi évident que la relation qu'ils avaient.

— Mais il y a des choses que tu ignores à mon sujet, souffla-t-elle.

— Quelles choses ? demanda-t-il doucement.

Elle pressa son visage contre le T-shirt de Will pour ne pas avoir à le regarder dans les yeux. Si elle lisait le dégoût dans son regard, elle ne pourrait pas le supporter.

— Ma mère est partie quand j'avais dix-sept ans. J'ai appris à me débrouiller seule, de la seule manière que je connaissais. La manière qu'elle m'avait apprise. Je me suis servie du sexe pour manipuler les hommes. Pour survivre.

Au lieu d'être choqué, de la repousser, il la serra plus étroitement dans ses bras. Il ne dit rien, se contentant de la tenir contre lui.

— Je sais qu'ils se servaient de moi aussi, mais, au bout d'un certain temps, j'ai cessé… de rien sentir. Je suis morte à l'intérieur.

— Tu n'es plus cette femme, dit-il d'une voix émue. Tu as une vie qui te plaît, un fils adorable.

Elle sourit, comme toujours lorsqu'elle pensait à Adam.

— Tout a changé quand j'ai découvert que j'étais enceinte. Ce que j'avais fait n'avait plus d'importance. Et je savais qu'il fallait que je change de vie pour mon bébé. Coûte que coûte. Adam est tout pour moi, Will.

— Je sais.

— J'ai fait tant de choses dont j'ai honte, mais je ne suis plus la même.

— Je sais.

Elle aurait dû savoir qu'il comprendrait, que son passé n'aurait pas d'importance à ses yeux. Peut-être même qu'un jour elle lui avouerait le reste.

— Je n'ai jamais fait confiance à un homme avant, mais j'ai confiance en toi.

Un coup de poignard dans le cœur n'aurait pas transpercé Will plus sûrement que ces paroles. Ce fut seulement alors qu'il comprit ce qu'il faisait en s'engageant avec Abi. Mais il était trop tard.

Il l'aimait.

Pour la première fois de sa vie, il savait ce qu'était une vraie relation.

Peu importait ce qui l'avait amené ici, et ce qu'elle avait fait dans le passé. La seule chose qui importait, c'était qu'à cet instant ils étaient tous les deux exactement où ils étaient censés être.

Il espérait seulement qu'elle verrait les choses sous cet angle.

Encore une journée. Après demain soir, il n'aurait plus jamais à lui mentir.

Il lui caressa la joue, puis l'embrassa.

— Adam n'est pas là, murmura-t-elle. Nous pourrions aller dans ma chambre.

— Abi, rien ne presse.

Malgré le plaisir que lui apportaient leurs caresses, leurs baisers, et l'envie folle qu'il avait de lui faire l'amour, Will éprouvait pour Abi des sentiments qui dépassaient de loin l'attraction sexuelle. Pour l'instant, sa présence lui suffisait.

— Je ne veux pas que tu te sentes obligée de faire quelque chose si tu n'y es pas prête.

Elle se leva et lui tendit la main.

— Ne t'inquiète pas.

Il se pencha pour ramasser son sac et la suivit dans la chambre. Abi alluma la lampe de chevet et se tourna pour lui faire face, reculant vers le lit.

— Enlève ton T-shirt.

Will n'allait pas se faire prier. Il laissa tomber le sac près de la porte et fit passer son T-shirt par-dessus sa tête. Abi l'imita. Elle portait un soutien-gorge en dentelle rose par-dessous. Elle tendit la main dans son dos et le dégrafa, puis le jeta sur le sol avec son T-shirt.

L'autre soir, sur le canapé, il faisait sombre et il ne l'avait pas vraiment vue. Ses seins étaient petits et ronds, ses hanches pleines. Elle était splendide, l'idéal féminin incarné.

Abi défit les couvertures et monta dans le lit, se poussant au fond pour lui faire de la place. Ils s'allongèrent l'un en face de l'autre, comme ils l'avaient fait sur le canapé. Will remonta le drap sur eux.

— Cela ne t'ennuie pas que j'aie couché avec d'autres hommes ? demanda-t-elle, l'air inquiet.

— Tu es avec moi maintenant, dit-il en lui effleurant la joue.

— Il y a tant de choses que nous ignorons l'un sur l'autre.

— Nous avons le temps de les apprendre. Abi, rien de ce

que tu pourrais dire ou faire ne changerait ce que j'éprouve pour toi.

Abi savait à l'expression du regard de Will, à la sincérité de sa voix, qu'il ne disait pas ces mots-là pour la séduire. Il disait la vérité. Puis il l'embrassa, commença à la caresser, et elle oublia le passé. Elle oublia tout sauf la chaleur de leurs corps serrés l'un contre l'autre, la bouche brûlante de Will sur ses lèvres, son cou, l'arête de son épaule.

Elle glissa la main à l'intérieur du caleçon de Will et la posa sur son membre raidi, lui arrachant un gémissement de plaisir. L'espace d'un instant, elle songea à descendre sous les couvertures et à le prendre dans sa bouche.

Ce n'aurait pas été la première fois qu'elle faisait cela à un homme. Par le passé, elle s'était soumise à cette pratique parce qu'elle savait qu'ils aimaient cela, et non parce qu'elle en avait particulièrement envie. Mais la pensée de donner ce plaisir à Will lui plaisait et l'excitait à la fois.

En même temps, il y avait une fraîcheur, une innocence dans les moments qu'ils étaient en train de partager, qu'elle ne voulait ni perdre, ni corrompre. En un sens, c'était pour eux une expérience nouvelle.

Cette fois, Will parvint même à défaire seul le bouton de son short, et sourit. Mais le vêtement d'Abi était plus serré que celui qu'elle portait l'autre soir, et il eut du mal à glisser la main à l'intérieur.

— Enlève-le, ordonna Abi.

Will n'était pas habitué à ce qu'une femme lui donne des ordres, mais il devait admettre que cela commençait à lui plaire.

Surtout quand elle lui ordonnait de la déshabiller.

Il prit appui sur un coude.

— Tu es sûre ?

— Oui.

— Le slip aussi ?

Elle réfléchit une seconde, puis hocha la tête.

— Tout.

— Tu es vraiment sûre ? Nous avons tout notre temps.

— Oui, bon sang !

Il glissa les doigts dans la ceinture de son short et abaissa lentement ses sous-vêtements, les yeux rivés au visage d'Abi, au désir impatient qu'il lisait dans ses yeux. Quand le short et le slip furent au niveau de ses genoux, elle prit la relève et les fit tomber au pied du lit, puis se hâta de le dévêtir à son tour.

Ils s'allongèrent de nouveau sous le drap, enlacés, jambes entremêlées. Will avait été nu avec des femmes avant — avec beaucoup de femmes — physiquement en tout cas, mais il se sentait étrangement ému. Avec Abi, il avait l'impression d'avoir mis son âme à nu.

Ils s'embrassèrent, se caressèrent, explorant les moindres secrets de leurs corps. Abi trouva l'endroit chatouilleux sur son côté droit, et il découvrit un endroit sensible derrière son genou. Jamais Will n'avait connu d'étreinte aussi douce, aussi délicieusement intime.

C'était sans doute incroyablement superficiel de sa part, mais jamais il n'avait considéré le sexe comme autre chose qu'un moyen d'atteindre le plaisir physique, de donner à ses épouses l'illusion d'un lien, de satisfaire leur besoin émotionnel, ne serait-ce que pour un moment. Batifoler avec Abi était… amusant. Et il avait la nette impression qu'elle n'était pas habituée à ce qu'un homme fasse passer ses besoins avant les siens. Ses caresses ne cessaient de déclencher de petits gémissements étonnés, ravis. Il l'amena à maintes reprises au bord de l'extase, reculant au dernier moment, et elle fit de même avec lui.

C'était une épreuve d'endurance, et ils en sortiraient vainqueurs tous les deux.

— Will, murmura-t-elle, les paupières lourdes de désir, fais-moi l'amour.

Quelque chose en Will lui disait d'attendre. Ils ne devraient pas aller plus loin, pas avant qu'il lui ait dit la vérité. Mais elle se frottait contre lui, elle l'embrassait, et il avait un mal fou à lui dire non.

— Abi…

— Si tu me demandes une fois de plus si je suis sûre, je te jure que je vais te tuer.

Bon.

Elle le fit rouler sur le dos et s'assit à califourchon sur ses cuisses, et il sut qu'il était perdu. Elle allait prendre ce qu'elle voulait et il ne pouvait pas faire grand-chose pour l'en empêcher. D'ailleurs, il n'en avait pas envie. Elle se pencha et effleura ses lèvres des siennes.

— Je n'ai jamais été aussi sûre de ma vie.

S'il avait eu le moindre doute avant, c'en était fini à présent.

Il aimait Abi.

— J'ai besoin de mon short, dit-il.

Elle lui lança un regard perplexe.

— Pour le préservatif, expliqua-t-il.

— Oh.

Elle repêcha son short parmi les couvertures au pied du lit. Il sortit son portefeuille de la poche arrière, prit un préservatif, puis laissa retomber le vêtement sur le sol. Il allait défaire l'emballage quand Abi le lui prit et le déchira entre ses dents.

— Je peux ?

Il n'allait certainement pas lui dire non. Il n'avait jamais fréquenté de femme si sûre d'elle, mais son attitude lui plaisait.

— Je t'en prie.

Il la regarda mettre le préservatif en place. Jamais il n'avait rien vu d'aussi érotique, d'aussi magnifique qu'Abi assise sur lui. Il avait l'impression d'avoir attendu ce moment toute sa vie.

— Il n'y a eu personne depuis Adam, dit-elle. Je vais aller lentement.

Will hocha la tête, et mit les mains sur ses hanches rondes pour la guider vers lui.

Centimètre par centimètre, les yeux clos, Abi s'abaissa sur lui, et retint son souffle tandis que la virilité de Will étirait des muscles négligés depuis la naissance d'Adam. Elle avait l'impression que c'était sa première fois, et peut-être que, dans son cœur, cela l'était en effet. La première fois qu'elle faisait l'amour, en tout cas. Elle avait eu des rapports sexuels, mais jamais elle n'avait éprouvé ce qu'elle éprouvait en ce moment, ce mélange complexe de nervosité et d'émotion.

Elle n'avait rien éprouvé du tout.

Quand ils furent complètement unis, elle s'immobilisa, donnant à son corps le temps de s'habituer à lui. Elle baissa les yeux sur Will, et vit qu'il la regardait.

Les yeux soudés aux siens, elle se souleva légèrement, puis redescendit, tremblant alors qu'il la pénétrait plus profondément. Will poussa un soupir et, sans la quitter du regard, resserra son étreinte sur ses hanches. Si elle s'était attendue à avoir mal, elle s'était trompée. Il n'y avait que du plaisir. Il venait du plus profond d'elle, d'un endroit qu'elle avait gardé fermé. Will en avait trouvé la clé, et, pour la première fois de sa vie, elle se sentait entière, vivante. Tout ce qui était arrivé avant ce soir, tout ce qu'elle avait fait était oublié.

— Embrasse-moi, murmura Will.

Elle obéit. Sa bouche était chaude et sucrée, et il la dévora comme s'il était affamé. Elle sentit le monde chavirer autour d'elle alors que leurs corps s'emmêlaient et se soudaient, et quand elle rouvrit les yeux, elle était allongée sur le dos. Il lui faisait l'amour lentement, doucement, comme si elle était une poupée délicate qu'il avait peur de briser.

Cela ne lui suffisait pas.

Sans vraiment savoir ce qu'elle désirait, elle se tortilla sous lui, s'enroula autour de lui. En retour, il lui donna ce qu'elle voulait, s'enfonçant profondément en elle. Le corps d'Abi s'arqua contre le sien. Le va-et-vient de Will se fit plus rapide, plus intense. Elle poussa un cri, épousant son rythme, tandis que des vagues de plaisir la submergeaient, et elle s'abandonna dans les bras de Will. Dans un brouillard, elle sentit Will frissonner, le corps secoué par la violence de l'orgasme.

Elle n'avait pas encore prononcé les mots importants, comme pour se protéger de la souffrance au cas où les sentiments qu'elle éprouvait n'auraient pas été réciproques.

Mais elle n'avait plus besoin de se protéger.

— Je t'aime, Will.

Il baissa les yeux sur elle, repoussant ses cheveux en arrière comme il le faisait si souvent, et sourit.

— Moi aussi, je t'aime.

Will alluma la lampe et baissa les yeux sur Abi étendue entre les draps, encore endormie. Il mourait d'envie de retourner au lit avec elle, mais il était temps qu'il s'en aille.

Le soleil se levait déjà, et il lui serait difficile de s'esquiver sans être vu.

Il s'assit sur le bord du lit et effleura son visage.

— Abi, réveille-toi.

Elle ne bougea pas. Elle dormait comme un loir.

Il lui secoua gentiment l'épaule.

— Viens, Abi, réveille-toi. Il faut que je parte.

Elle gémit.

— Quelle heure est-il ? marmonna-t-elle.

— Presque 7 heures.

Elle ouvrit un œil et le regarda, avec un sourire ensommeillé.

— Bonjour.

Elle était belle à couper le souffle.

— Il faut que j'y aille.

Abi gémit de nouveau et agrippa son T-shirt.

— Non, ne t'en va pas. Je ne commence pas à travailler avant 8 heures.

— Le jour se lève. Je devrais partir avant qu'on me voie.

— Si tu attends 8 heures, tout le personnel sera parti et personne ne te verra.

C'était vrai.

— Tu n'as pas besoin de te préparer ?

— Dix minutes me suffiront. Ce qui nous donne plein de temps, dit-elle avec un sourire en tapotant le lit à côté d'elle. Viens.

Il ne se fit pas prier. Il ôta son T-shirt et le laissa tomber sur le sol.

Abi bâilla, sortit une jambe des couvertures et s'étira paresseusement.

C'est alors qu'il la vit.

La tache de vin en forme de cœur à l'intérieur de sa cuisse.

16

Il y avait eu des indices.

Son âge correspondait, sa taille aussi. Cela expliquait même qu'elle lui ait parfois donné l'impression d'être deux femmes différentes. Mille petits détails lui revenaient, qu'il avait ignorés parce qu'il était stupidement trop occupé à tomber amoureux d'elle.

Mais il ne pouvait plus se mentir.

Abi était Crystal.

Elle leva les yeux vers lui, affichant une expression perplexe.

— Will ?

Il regarda la marque sur sa cuisse, puis retourna à son visage.

— C'est toi.

L'espace d'une seconde, elle parut décontenancée. Puis toute couleur déserta son visage, et ses yeux s'écarquillèrent de terreur. Pendant plusieurs secondes, ils restèrent immobiles, à se fixer sans rien dire. L'air autour d'eux semblait suffocant, lourd de tension.

Soudain, une lueur nouvelle surgit dans le regard d'Abi — l'instinct de survie.

Elle remonta le drap sur elle et se blottit contre la tête

de lit. Elle ressemblait à une tigresse prête à bondir sur sa proie, mais sa voix était d'un calme étonnant.

— Dis-moi que tu ne savais pas. Que tu ne m'as pas menti pendant tout ce temps. Que tu ne t'es pas servi de moi.

Will voulut déglutir, mais sa bouche était devenue sèche.

— Je... je ne savais pas. Je pensais que c'était Maureen.

— Je ne retournerai pas à Vince, dit-elle d'une voix où perçait la peur. Tu peux aussi bien me tuer maintenant. Ce ne sera pas pis que ce qu'il me fera.

— Te tuer ?

Interdit, Will comprit brusquement qu'elle pensait qu'il avait été envoyé par Vince, qu'il faisait partie de la famille Sardoni.

— Abi, ce n'est pas Vince qui m'a envoyé ici. Je suis du FBI.

Elle recula davantage.

— Je ne te crois pas.

Il se pencha vers le sac à dos qu'il avait laissé sur le sol, et Abi se hâta de s'éloigner. Will hésita. Peut-être avait-elle une arme, et il n'était pas d'humeur à se laisser abattre.

Il leva les deux mains devant lui.

— Détends-toi. Je ne vais pas te faire de mal. Je veux seulement sortir ma plaque pour te la montrer.

Très lentement, pendant qu'Abi le surveillait d'un regard d'aigle, il se baissa et ouvrit la fermeture de la poche de devant. Il songea à saisir son arme, mais se ravisa, ne voulant pas lui faire peur. Il tira sa plaque de son étui et la lança sur le lit à côté d'elle. Abi s'en empara et l'ouvrit, puis l'étudia quelques secondes avant de la laisser retomber sur le lit.

— Tu as une arme ? demanda-t-il.

— Une arme ?

— Un revolver.

— Avec Adam ici ? Bien sûr que non !

— Je voulais juste en être sûr.

Elle rassembla plus étroitement le drap autour d'elle.

— Il faut que je m'habille.

Il était hors de question qu'il la laisse seule. Il ne pouvait pas prendre le risque qu'elle saute par la fenêtre et prenne la fuite. Il ramassa le T-shirt qu'elle avait lancé sur le sol et le lui tendit, puis lui tourna le dos.

Il entendit des mouvements sur le lit.

— Tu peux te retourner, dit-elle au bout d'un moment.

Elle était encore assise sur le lit, mais habillée à présent.

— Qu'est-ce que tu fais ici ?

— Je te cherche. Je te cherche depuis quatre ans.

— Pourquoi ?

— Ryan Thomas.

Elle parut perplexe, puis un éclair de compréhension s'alluma dans ses yeux.

— L'agent que Vince a tué.

— C'était mon ami, expliqua Will. J'étais là quand la voiture a explosé. Nous emmenions Gantz au tribunal.

— Ton visage.

Elle porta une main tremblante à sa bouche.

— Oh, mon Dieu. C'est là que c'est arrivé. C'est Vince qui t'a fait ça.

— J'aurais dû mourir, moi aussi, mais j'ai oublié mon téléphone portable dans la chambre d'hôtel et je suis retourné le chercher. Le hasard. Depuis, je n'ai pas cessé de te chercher.

— Et tu pensais que Crystal était Maureen ? Pendant tout ce temps, tu t'es servi de moi pour arriver jusqu'à elle, n'est-ce pas ?

Bon sang.

— Abi, seulement au début, je te le jure. Je voulais devenir ton ami dans l'espoir que tu m'emmènerais la voir. Je n'ai jamais pensé que je tomberais amoureux de toi.

— Et je suis censée te croire ? Tes mariages… ce sont des mensonges aussi ?

— La seule chose sur laquelle je t'ai jamais menti est mon métier. Tout le reste est vrai. Mes sentiments pour toi sont vrais.

— Comment m'as-tu retrouvée ? Comment savais-tu où chercher ?

— Le mois dernier, tu as téléphoné à Stephanie, à Las Vegas. Elle est toujours sous surveillance, à cause de ses liens passés avec les Sardoni. C'était une piste improbable, mais je l'ai suivie.

— Je l'ai appelée pour savoir s'ils me cherchaient toujours, murmura-t-elle. Stephanie m'a dit que les choses s'étaient calmées, que le bruit courait que j'étais morte. J'ai cru que tout était enfin terminé. Que j'étais en sécurité.

— Elle se trompait.

— Je ne comprends pas. Que veux-tu de moi ?

— Tu as dénoncé Vince. Tu allais témoigner.

— C'était il y a quatre ans.

— Il n'y a pas prescription pour l'assassinat, Abi. J'ai besoin que tu rentres à New York avec moi. J'ai besoin que tu témoignes.

Elle secoua la tête.

— Je ne pouvais pas à l'époque, et je ne peux pas davantage à présent.

— Tu seras protégée, relogée. Tu sais que tu dois le faire. Comment peux-tu refuser ?

— A cause de mon fils, voilà pourquoi.

— Il sera protégé, lui aussi.

— Tu ne comprends pas.

— Je sais que tu as peur qu'il soit menacé, mais…

— Pas menacé. J'ai peur qu'on ne me le vole.

— Pardon ?

— Will, tu ne vois donc pas ? Adam est le fils de Vince.

Il ne s'était douté de rien. L'expression stupéfaite de Will révélait à Abi que cette possibilité ne lui était jamais venue à l'esprit. Mais elle voyait l'information s'imposer à lui, s'installer, et une vague de nausée la submergea. Will n'avait pas songé qu'il nouait des liens avec le fils de l'homme qui avait tué son ami et qui l'avait défiguré à vie.

Les choses n'auraient pas pu être pires. Elle avait beau comprendre les émotions de Will, elles lui paraissaient injustes en même temps. Adam n'avait rien fait de mal, mais il paierait pour les crimes de son père. C'était ce qu'elle avait toujours redouté. La raison pour laquelle elle s'était donné tant de mal pour le protéger.

Vince aurait peut-être été gentil avec Adam, mais son fils aurait été marqué à jamais comme l'enfant d'un tueur. Abi ne pouvait laisser faire cela. Pas à l'époque. Et pas davantage à présent.

— Tu m'as dit que le père d'Adam était mort.

— Allons-nous commencer à comparer nos mensonges, Will ?

Il baissa la tête et la secoua en signe de dénégation.

— C'est à cause d'Adam que j'ai disparu. Que je n'ai jamais rencontré les agents. J'aurais fait n'importe quoi pour que Vince soit envoyé en prison. Et puis j'ai découvert que j'étais enceinte. Il a fallu que je prenne la fuite. Si j'étais restée et que j'avais témoigné, il l'aurait su et ne m'aurait jamais laissée en paix. Les Sardoni auraient tout fait pour me prendre Adam. S'il n'y avait eu que moi, ç'aurait peut-être été différent. Ils auraient peut-être fini par m'oublier.

Will poussa un soupir.

— Je vais te poser une question et je voudrais que tu sois honnête avec moi. As-tu pris l'argent du crime ?

Elle ne lui devait rien, mais à quoi bon cacher la vérité plus longtemps ?

— Je l'ai fait pour Adam. Pour l'élever. Vince me devait cela. Il le devait à son fils.

— Tu es partie en emportant un demi-million qui appartenait à la mafia et tu as cru qu'ils allaient t'oublier ?

— Qu'aurais-tu fait à ma place ? J'avais des frais d'hôpital à payer. Il a fallu que je change d'apparence.

— Comment cela ?

— J'ai fait retirer mes implants mammaires, je me suis fait refaire le nez, enlever quelques grains de beauté. J'aurais dû me débarrasser de la tache de vin pendant que j'y étais. Le reste de l'argent est pour Adam. Pour ses études. Je veux qu'il ait une meilleure vie que moi. Qu'il ait des avantages que je n'ai pas eus.

— Tu n'as rien dépensé ?

— Regarde autour de toi, Will. Crois-tu que j'aie dépensé un sou de cet argent pour mon confort ?

— Maureen sait qui tu es ?

— Nous nous sommes connues à Las Vegas il y a des années. Elle m'a offert un toit, un abri sûr où élever Adam, en attendant que les choses se calment.

— Qui est Maureen ? Pourquoi se cache-t-elle ?

— Je ne peux pas te le dire.

— Tu n'as pas le choix.

La voix de Will était si froide qu'Abi réprima un frisson.

C'était une facette de sa personnalité qu'elle ne lui avait jamais vue, plus sombre, plus intimidante. Et il avait raison — elle n'était pas en mesure de marchander. Il avait tous les atouts en main. Il avait le contrôle de la situation.

— Tu dois me promettre de ne le révéler à personne. Si le bruit se répand qu'elle est ici, qu'elle est la propriétaire de ce centre, on ne la laissera jamais en paix.

— Qui ?

— La presse. Le public.

— Si elle n'a rien fait d'illégal, rien ne m'oblige à dire quoi que ce soit à personne.

— Son vrai nom est Cara Black.

— Cara Black ? La chanteuse ?

Après des années passées à la une des tabloïdes, quatre divorces et une demi-douzaine de séjours dans des cliniques de désintoxication pour lutter contre l'emprise de la drogue, Cara Black était connue de tous. Elle avait décidé que la seule manière de se soigner, de remettre sa vie sur les rails, était de se retirer du monde.

— Nous nous sommes rencontrées à Las Vegas, bien avant que je fasse la connaissance de Vince, expliqua Abi. Quand j'ai pris la fuite, elle a été la première personne que j'ai appelée. Je savais qu'elle m'aiderait. Nous nous soutenons mutuellement. Mais si la rumeur se répand qu'elle est ici, les médias vont arriver en masse. Je ne sais pas si elle pourra le supporter. Elle ne se drogue plus depuis presque quatre ans, mais elle est encore fragile. Elle ne l'admettra jamais, mais elle est terrifiée à l'idée d'être retrouvée.

— Je ne dirai rien à personne. Mais, Abi, il faut que tu rentres avec moi. Il le faut. Tu ne seras jamais libre avant que Vince soit derrière les barreaux.

— Même si Vince était mort, ce ne serait pas fini. Pas tant que j'ai son fils.

Will s'assit sur le bord du lit.

— Personne n'a besoin de le savoir. Il sera gardé sous protection jusqu'à ce que le procès soit terminé. Ensuite, vous entrerez dans le programme de protection des témoins. On vous donnera une nouvelle identité.

— Cela pourrait prendre des mois.

— Mais il serait en sécurité.

Elle secoua la tête.

— Non. Il n'en est pas question. Je ne laisserai pas mon fils avec des étrangers.

— Abi, tu n'auras peut-être pas le choix. Il est possible qu'on m'ait suivi jusqu'ici.

Un nœud se forma au creux de son estomac.

— Que dis-tu ?

Will expliqua qu'il avait été suivi alors qu'il la surveillait lui-même, afin d'assurer sa protection.

— Tu m'as suivie pendant tout ce temps ? Tu me surveillais ? C'est pour cela que tu voulais marcher avec moi, n'est-ce pas ? Que tu voulais constamment être avec moi ?

Elle ne savait pas si elle devait le frapper ou le remercier. Elle avait l'impression qu'il avait violé son sanctuaire, mais, en même temps, elle lui était reconnaissante de l'avoir protégée.

— Cela veut dire qu'ils sont peut-être déjà au courant pour Adam.

— S'ils savaient qui tu es, ils t'auraient déjà enlevée à l'heure qu'il est. Je suis persuadé qu'ils croient que Maureen est Crystal.

— Qui t'a suivi ?

— Je ne sais pas. J'ai fait vérifier tous les noms, ceux des résidents et ceux des membres du personnel. Personne n'était suspect.

Une vague de panique submergea Abi. Et si ses poursuivants avaient deviné la vérité ? S'ils savaient qu'elle était Crystal ?

— Il faut que je parte. Que je m'en aille avant qu'ils aient compris.

Elle se leva, promenant un regard traqué autour d'elle, soudain incapable de réfléchir, de se souvenir de l'endroit où elle avait rangé son sac de voyage. Elle ne pouvait emmener que le strict nécessaire. Pour Adam et pour elle.

Will se leva à son tour.

— Laisse-moi appeler mon supérieur. Nous allons organiser ton départ et celui d'Adam sans que personne soit au courant. Abi, j'ai besoin de ton témoignage. C'est une question de justice.

— Will, je ne peux pas t'aider. Tu sais comment sont ces gens-là. Il est probable qu'ils m'élimineront avant que j'arrive au tribunal.

— En ce cas, pourquoi avais-tu accepté de témoigner il y a quatre ans ?

— Quand j'ai rencontré Vince, je ne savais pas qui il était. Je l'ai su après, mais il était trop tard. Il me possédait. J'avais peur de partir. Et puis j'ai vu la femme et les enfants de cet agent à la télévision, et j'ai compris que c'était Vince qui l'avait tué. J'ai su qu'il fallait que je le dénonce, quelles que puissent être les conséquences. C'était une manière de réparer mes erreurs, de compenser les choses horribles que j'avais faites. Mais à présent j'ai Adam. Il a besoin de moi. Je ne peux pas prendre ce risque.

— Je ne te laisserai pas partir.

— Tu n'as pas le choix.

— Tu as admis que tu avais pris l'argent. Je ne sais pas si tu as été mêlée au crime. Je peux te faire arrêter, accuser de complicité. Tu perdrais Adam de toute façon.

— Tu ferais cela après m'avoir dit que tu m'aimais ?

— Je t'aime, Abi, mais il ne s'agit pas de toi et moi. J'ai une mission à accomplir. Et tu as un devoir envers la justice.

Abi eut l'impression que son cœur éclatait. Les jambes chancelantes, elle s'assit sur le bord du matelas, la tête entre les mains. Quoi qu'elle décide, sa vie était finie. Son fils grandirait sans elle. Si elle allait en prison et que Vince découvrait qu'il avait un enfant, il obtiendrait la garde d'Adam.

Elle aurait voulu haïr Will pour ce qu'il lui imposait, mais au fond elle savait qu'il n'était pas responsable. Il faisait son travail, tout simplement. C'était sa propre faute.

Passerait-elle le reste de sa vie à payer pour ses erreurs ?

Will s'assit à côté d'elle.

— Au cours des quatre dernières années, il a abattu huit personnes, Abi, et ce sont celles dont nous sommes sûrs. Huit meurtres de plus, et qui sait combien d'autres resteront impunis ? Nous devons l'empêcher de tuer de nouveau.

Elle se frotta les yeux. Elle était si lasse. Lasse de se cacher, lasse d'être tourmentée par le remords, et la peur qu'on finisse par la retrouver. Pendant un temps, elle s'était dit que cela passerait, mais elle savait maintenant qu'elle s'était trompée. Cela ne finirait jamais. Aussi longtemps que Vince serait libre, il la chercherait. Et il tuerait d'autres innocents.

Maureen avait raison. Il était temps de cesser de se cacher, et d'affronter son passé. C'était la seule solution.

Elle leva les yeux vers Will.

— Tu me promets de protéger Adam ?

Une bouffée de soulagement submergea Will. Il ne voulait pas avoir à arrêter Abi, à lui prendre son fils. A vrai dire, il n'était pas certain qu'il aurait pu le faire. Si elle avait pris

Adam et qu'elle s'était enfuie, il n'aurait peut-être pas eu le cœur de l'en empêcher.

— Je te le promets.

— Jure-moi que, même s'il m'arrive quelque chose, Vince n'aura jamais la garde d'Adam.

— Il ne t'arrivera rien.

— Jure-le-moi.

— Je te le jure.

— En ce cas, j'accepte, souffla-t-elle. J'accepte de témoigner.

— Voici ce que nous allons faire. Je vais appeler mon supérieur et l'avertir que je te ramène. Tu vas faire quelques bagages pour Adam et pour toi, mais il faut que tout tienne dans un sac à dos. Si nous emportons des bagages, celui qui me surveille saura qu'il se passe quelque chose. Nous allons chercher Adam chez Maureen et le conduire au bureau du FBI à Denver. De là, nous prendrons l'avion pour New York.

— Tu parlais sérieusement quand tu as dit que tu pourrais obtenir un transfert là-bas pour être avec moi ? Tu aurais vraiment fait ça pour moi ?

— Abi…

— Je sais que c'est fini, Will. Tu as une carrière et une vie. Tu ne peux pas te cacher jusqu'à la fin de tes jours à cause des erreurs que j'ai faites. J'ai seulement besoin de savoir si tu l'aurais vraiment fait. Si tu me disais la vérité.

— Je l'aurais fait.

Elle hocha la tête, les larmes roulant sur ses joues. Elle se sentait seule, si seule. Elle avait frôlé le bonheur du bout des doigts, l'avait tenu entre ses mains pendant quelques heures, et maintenant il s'était enfui.

Will effleura son épaule, mais elle se dégagea et se leva, essuyant sa joue avec sa manche. Si c'était fini, il fallait que ce soit fini pour de bon.

— Je vais préparer nos affaires. Et il faut que je parle à Maureen, que je lui dise ce qui s'est passé. Je dois également réfléchir à un moyen d'expliquer la situation à Adam.

Elle avait raison, Will le savait. Toute relation entre eux était désormais impossible. Il fallait en finir. Cette certitude ne l'empêchait pas de souffrir, bien au contraire. Jamais il n'avait été plus malheureux qu'à cet instant.

Cependant, il avait une mission à accomplir. Une femme et son enfant à protéger.

Il prit le téléphone portable accroché à sa ceinture, et s'aperçut que la batterie était à plat.

— Il faut que je me serve de ton téléphone.

Abi fourrait des vêtements dans son sac à dos.

— Vas-y.

Il ramassa son sac sur le sol et plongea la main à l'intérieur, là où il gardait son arme.

— Bon sang !

Abi se tourna vers lui.

— Qu'y a-t-il ?

Will tâtonna au fond de la poche, mais il n'y avait rien. Son revolver — leur seule protection — avait disparu. Et il savait exactement ce qui s'était passé. La veille, quand ils étaient allés voir Tom, il avait laissé son sac dans le chalet.

Il étouffa un juron.

Comment avait-il pu être aussi désinvolte ?

Du coin de l'œil, il perçut un mouvement à côté de la porte de la chambre et son cœur se serra.

— C'est ça que tu cherches ?

17

— Eric ? s'écria Abi. Qu'est-ce que tu fais ici ?

Il était debout sur le seuil, un revolver à la main. Brusquement, tout devenait clair dans l'esprit de Will. Voilà pourquoi il n'avait pu découvrir l'identité de celui qui l'espionnait. Il avait fait vérifier les noms des adultes, mais pas ceux des mineurs. D'ailleurs, Eric était certainement plus âgé qu'il ne l'avait prétendu. Et il ne s'appelait sans doute pas Eric non plus.

— Mikey, corrigea-t-il en adressant à Abi un sourire onctueux. Crystal, si je ne me trompe ? Vince va être vraiment content de te revoir.

C'était sa faute, songea Will, atterré. Il aurait dû savoir, il aurait dû comprendre.

— Le centre va grouiller d'agents fédéraux d'ici cinq minutes, affirma-t-il, espérant tromper Mikey.

— J'en doute, rétorqua ce dernier. J'ai tout entendu. Je sais que tu n'as pas encore téléphoné.

— Ne fais pas ça, supplia Abi. Tu es si jeune. Tu n'es pas forcé d'être comme eux. Rien de bon ne peut en sortir.

Mikey se tourna vers elle.

— Si ça peut te consoler, j'aurais préféré que ce ne soit pas toi. Tu étais gentille. Mais Vince est un membre de ma famille. En parlant de famille, il va avoir une drôle de surprise en apprenant qu'il est papa, hein ?

Le visage d'Abi devint livide, et Will craignit qu'elle ne perde connaissance. S'ils voulaient espérer sortir vivants de ce mauvais pas, il était crucial qu'ils restent conscients et qu'ils ne perdent pas la tête.

— Décroche le téléphone, ordonna Mikey à Abi. Dis à Susie que tu es malade et que tu ne peux pas travailler. Et puis tu vas lui demander de m'envoyer chercher Adam chez Maureen.

Elle secoua la tête.

— Non.

Mikey leva le revolver, le braquant sur la tête de Will.

— Tu veux voir la cervelle de ton copain éclatée sur le mur de ta chambre ?

La lueur froide qui brillait dans son regard ne laissa aucune illusion à Will. Mikey n'hésiterait pas à l'abattre. Malgré son visage d'adolescent, il avait un cœur d'assassin.

Abi regarda Will et il fit non de la tête. Au moins, si Mikey le tuait, quelqu'un entendrait peut-être le coup de feu et appellerait la police. Tant que Mikey n'avait pas Adam, tout n'était pas perdu.

— Ne le fais pas.

Mikey s'avança vers Will, le doigt sur la détente, un sourire diabolique sur les lèvres.

— Tu sais, ça va me faire plaisir de te descendre.

— Je vais le faire, coupa Abi.

— Abi, non ! protesta Will.

Elle prit le téléphone et composa le numéro.

— Je ne veux pas avoir ta mort sur la conscience en plus du reste.

Ce qu'elle ne comprenait pas, c'était qu'il était déjà mort, songea Will. Il était hors de question que Vince laisse des témoins derrière lui. Surtout pas un agent fédéral. Et surtout pas lui. Et il n'avait pas d'arme, pas de soutien, pas de plan.

D'une voix anormalement calme, Abi informa Susie qu'elle ne viendrait pas travailler aujourd'hui et qu'Eric devrait venir chercher Adam. Maintenant, il s'écoulerait au moins une journée avant qu'on songe à s'inquiéter de son absence. D'ici là, elle serait probablement morte.

— Parfait, commenta Mikey quand elle eut raccroché.

Il se tourna vers Will.

— Tu as des menottes dans ton sac. Sors-les et pose-les sur le lit.

Will obéit, les lançant sur les draps froissés du lit où Abi et lui avaient passé la moitié de la nuit à faire l'amour. S'il y avait une chance de sortir de ce pétrin, une chance de survivre, il ne laisserait pas Abi disparaître de sa vie. Il ferait n'importe quoi — ils y arriveraient.

Mikey empoigna les menottes et les fourra dans la poche arrière de son jean.

— On en aura besoin tout à l'heure.

Il leur fit signe d'avancer vers la porte.

— Allez. On va faire un petit tour.

Il les conduisit derrière le chalet, dans les bois, suivant la lisière de la forêt au pied de la montagne. Will savait où ils se dirigeaient. Il avait mémorisé le plan des lieux. Mikey les emmenait vers la route où débouchait la sortie de service, à l'arrière du centre, où Vince l'attendait sans doute. Personne ne les verrait et personne ne saurait où les chercher.

L'air était chaud et étouffant. Son T-shirt trempé de sueur lui collait à la peau. Au loin, il entendait des voix, les sons du centre qui s'éveillait, mais ils étaient trop distants et s'éloignaient à chacun des pas qu'ils faisaient.

Il devait tenter quelque chose.

Abi marchait sans rien dire à côté de lui, et Mikey les suivait, maintenant entre eux un écart prudent. Il était peut-être jeune, mais il n'était pas stupide. Si Will voulait avoir le moindre espoir de lui reprendre le revolver, il fallait qu'il trouve le moyen de se rapprocher de lui.

— Fais semblant de te tordre la cheville, murmura-t-il à Abi.

— Pourquoi ? chuchota-t-elle en retour.

— J'ai besoin qu'il soit plus près. Je vais essayer de le désarmer. Quand je l'aurai agrippé, cours aussi vite que possible vers le bâtiment le plus proche. Et ne te retourne pas, quoi qu'il arrive.

— Il pourrait te tuer.

— Oui, mais il ne te tuera pas, toi. Vince lui aura ordonné de ne pas le faire. Abi, c'est ta seule chance de t'en tirer.

Elle secoua la tête, les joues sillonnées de larmes.

— Non. Je ne veux pas qu'ils te tuent.

— Tu crois vraiment que Vince va m'épargner ? Ecoute, tu pourrais te sauver. Appeler la police.

— La police est à vingt minutes d'ici.

— Abi…

— Silence, vous deux ! ordonna Mikey.

Will étouffa un juron. Pourquoi diable ne voulait-elle rien entendre ?

Quelques minutes plus tard, les arbres commencèrent à devenir plus clairsemés. Il aperçut la route devant eux, et la silhouette d'une voiture sombre garée là.

— Nous y sommes presque, lança Mikey, aussi excité qu'un enfant à qui on a donné un nouveau jouet.

Les rayons du soleil étaient aveuglants quand ils émergèrent de la forêt, et Will aurait peut-être pu utiliser cela à son avantage, mais il était trop tard.

Ils étaient face à Vince Collucci.

*
* *

Vince se tenait près d'une Cadillac noire, vêtu d'un complet italien de soie, les bras croisés sur sa poitrine. Il était encore séduisant physiquement — personne ne pouvait le nier. Sa beauté faisait partie de son charme, de ce qui l'avait attirée chez lui, songea Abi. Mais son âme était noire et laide.

Ou plutôt il n'avait pas d'âme.

Abi aurait dû être terrifiée, mais elle se sentait comme engourdie, déjà morte. Son seul espoir était que Vince la tue rapidement. Et qu'il s'occupe bien d'Adam. Elle aurait voulu espérer qu'il n'éliminerait pas Will, mais elle savait qu'il était vain de se nourrir d'illusions.

— Je comprends pourquoi tu ne l'as pas reconnue, observa Vince en se détachant de la voiture pour s'avancer vers Abi, la détaillant des pieds à la tête. Elle a l'air complètement différente. Et on ne peut pas dire que ce soit une amélioration.

S'il s'imaginait que ses paroles allaient la blesser, il perdait son temps. Elle aurait accepté d'être la femme la plus ordinaire du monde en échange de la beauté intérieure.

— Mon chou, fit Vince de sa voix sucrée qui hantait encore les rêves d'Abi, croyais-tu vraiment pouvoir m'échapper ?

— J'y ai réussi pendant quatre ans, non ?

Le sourire de Vince s'effaça, et une lueur sombre et menaçante s'alluma dans son regard.

— Elle a une surprise pour toi. N'est-ce pas, Crystal ?

Comme si Mikey ne pouvait attendre qu'elle lui annonce la bonne nouvelle, il s'en chargea lui-même.

— Tu as un fils, Vince.

L'expression menaçante de Vince se fit plus féroce encore.

— Quoi ?

— Oui, et il est mignon, ajouta Mikey. Elle l'a bien élevé.

Vince tira un revolver de sa veste et s'avança vers Abi, mais Will lui barra le chemin.

— N'essaie pas de jouer les héros, siffla Vince. Pas alors que c'est toi qui nous as conduits ici. Il y a quatre ans que dure ce petit numéro, Bishop. Je suppose que j'ai gagné.

— Pas encore.

La voix de Will était glaciale.

Du coin de l'œil, Abi vit Mikey lever son arme et la pointer sur la tête de Will.

— Viens là, mon chou. Viens voir Vince.

Si elle refusait, ils allaient tuer Will, songea-t-elle, glacée, avant d'esquisser un pas de côté pour le contourner. Il fit mine de la retenir et Mikey abattit la crosse de son revolver sur son crâne. Il gémit et tomba à genoux, sonné.

Le premier instinct d'Abi fut de se précipiter vers lui, mais elle le refoula, sachant qu'elle ne ferait qu'envenimer les choses. Quand Vince donnait un ordre, il s'attendait à ce qu'on lui obéisse.

S'efforçant de maîtriser la terreur qui montait en elle, Abi se fit violence pour s'avancer vers Vince.

Il la fixa de ses yeux froids.

— Non seulement tu m'as volé mon argent, mais tu as pris mon enfant ?

Elle soutint son regard, redressant le menton, ne voulant pas lui donner la satisfaction de voir qu'elle avait peur. Il aurait été trop content.

— Il est avec les autres enfants du centre, intervint Mikey. J'irai le chercher dès que nous aurons réglé le compte de Bishop.

Vince attrapa Abi par les cheveux et la fit pivoter, l'attirant contre sa poitrine. Elle grimaça de douleur.

— Tu ne me voleras plus jamais rien, souffla-t-il à son oreille. Tu vas me payer ça.

Un flot de bile monta dans la gorge d'Abi. Sa mort ne serait pas rapide, au contraire.

— Où est-il ? siffla Vince en pressant le canon du revolver sur sa tempe. Où est mon argent ?

Il semblait plus intéressé par son argent que par son fils, mais cela ne la surprenait pas vraiment.

— Dans un endroit où tu ne le trouveras jamais.

— Tu vas nous le dire.

Vince resserra son étreinte sur ses cheveux, lui tirant brutalement la tête en arrière.

— Mikey me dit que Bishop et toi vous êtes bien amusés cette nuit. Je vois que certaines choses ne changent pas. Maintenant, tu vas le regarder mourir.

Elle baissa les yeux sur Will, à quatre pattes, encore désorienté par le coup qu'il avait reçu sur la tête. Vince braqua son revolver sur lui, et le cœur d'Abi se mit à tambouriner dans sa poitrine.

— Il y a longtemps que j'attends ce moment. Dis-lui au revoir, mon chou.

Tout se passa si vite qu'Abi ne fut pas certaine de l'ordre dans lequel s'étaient déroulés les événements. Soudain, Will avait sorti un couteau de nulle part et l'avait planté dans la jambe de Mikey, qui avait poussé un hurlement, et pressé la détente de son revolver. L'instant d'après, son corps sembla se convulser, comme s'il avait reçu un coup de poing et il s'effondra sur Will. Derrière elle, Vince déchargea son arme, puis tressaillit, lâchant les cheveux d'Abi alors qu'il s'écroulait. L'instant suivant, l'endroit grouillait de gens surgis des bois autour de la route, des hommes portant des gilets du FBI.

D'où sortaient-ils ?

Abi regarda autour d'elle, stupéfaite.

Un des agents la prit par le bras, l'éloignant du corps de Vince.

— Vous êtes blessée ?

— N… non, balbutia-t-elle.

— Agent à terre ! cria une voix.

L'espace d'une seconde, Abi ne comprit pas.

Puis elle se retourna vers l'endroit où gisait Will, et son sang se glaça. On avait soulevé Mikey, révélant une large tache de sang qui s'étalait sur le T-shirt et sur le short de Will. Un agent s'agenouilla près de lui, pressant le côté gauche de sa poitrine.

Abi entendit un hurlement, puis réalisa avec un choc qu'il venait de sa propre bouche.

Abi était assise sur le canapé de Maureen. Ses mains tremblaient si violemment qu'elle pouvait à peine tenir la tasse de thé qu'on lui avait tendue. Chaque fois qu'elle fermait les yeux, elle ne voyait que le sang. Et quand elle songeait à Will, étendu là, inconscient, une vague de nausée la submergeait.

Pelotonné contre elle, Adam faisait la sieste, épuisé par l'effervescence qui régnait autour d'eux. Il avait été plus excité qu'effrayé par la présence de tous ces hommes armés, et par l'atmosphère de panique qui s'était répandue quand on avait conduit tous les résidents dans le bâtiment principal en attendant que les forces de sécurité s'assurent qu'ils ne couraient plus aucun risque. Il avait déjà réclamé Will une bonne dizaine de fois, mais elle était parvenue à éluder la question, et à le distraire.

Quatre heures s'étaient écoulées et elle ne savait toujours

pas si Will était vivant ou mort. Il y avait eu tant de sang. Elle avait voulu se jeter vers lui, mais les agents l'avaient éloignée, affirmant qu'ils devaient la protéger, au cas où Vince ne serait pas venu seul.

L'homme qui s'était présenté comme l'agent Robbins, le supérieur de Will, était debout dans la cuisine, son téléphone portable pressé contre son oreille. Elle essayait depuis des heures d'obtenir de lui des nouvelles de Will. Mais il ne disait rien. Personne ne disait rien.

Elle savait que sa relation avec Will était terminée. Elle avait seulement besoin de savoir qu'il était sain et sauf.

Une chose était sûre : il n'y aurait pas de procès. Elle n'aurait pas besoin de témoigner. Vince était mort et Mikey aussi. Personne ne les avait accompagnés, ce qui signifiait que son secret n'avait pas été découvert, que la famille Sardoni continuerait à ignorer l'existence d'Adam. Cela ne voulait pas dire qu'elle était en sécurité. Quand le bruit se répandrait que Vince avait retrouvé sa trace avant d'être abattu, la famille se mettrait de nouveau à sa recherche.

Plus tard ce soir, son fils et elle seraient emmenés en lieu sûr, et gardés là pendant qu'on leur concoctait une nouvelle identité. C'était bien le moins que le FBI puisse faire après avoir détruit sa couverture.

En échange, Abi leur avait remis la clé du coffre bancaire où elle avait déposé l'argent du crime. Elle avait compris qu'elle ne pourrait jamais se libérer de son passé avant de s'être débarrassée de cet argent. Elle ne savait pas comment elle allait survivre, comment elle élèverait Adam, mais elle se débrouillerait.

Maureen était assise à côté d'elle.

— As-tu besoin de quelque chose, ma chérie ?

Abi secoua la tête.

— Je ne peux pas m'empêcher de penser à lui, de me

demander s'il va bien, murmura-t-elle. J'ai besoin de le savoir.

— Je suis sûre qu'il va s'en tirer.

— Je devrais lui en vouloir de m'avoir menti, de s'être servi de moi, mais je ne peux pas. Je l'aime encore.

Elle se tourna vers Maureen.

— Pourquoi ?

— Peut-être que s'il t'aime aussi…

— Non. Il n'y a pas de peut-être. On va m'envoyer je ne sais où. Il a sa propre vie.

Elle désigna d'un geste les agents qui s'affairaient autour d'elles.

— Je suis tellement désolée, Maureen.

— Ce n'est rien.

— Si ton nom est révélé…

— Abi, ce n'est rien. Je me débrouillerai. Nous savions toutes les deux qu'il y avait des risques, n'est-ce pas ? Nous avons passé de bons moments ici. Et qui sait ? Si mon nom n'apparaît pas dans la presse, cette affaire finira peut-être par nous faire de la publicité.

— Madame Sullivan ? intervint l'agent Robbins.

Abi se tourna vers lui, le cœur battant. Avait-il des nouvelles de Will ?

— Je voulais vous dire que nous allons vous faire sortir d'ici ce soir. Dans quelques instants, quelqu'un vous escortera à votre chalet pour que vous puissiez faire quelques bagages. N'emportez que le strict minimum. Le reste sera déposé au garde-meubles en attendant que vous soyez relogée.

Abi laissa échapper un soupir.

— Et ma nouvelle identité ?

— La procédure peut prendre quelques semaines. Vous serez en sécurité jusque-là.

— Je voulais vous poser une question, murmura-t-elle.

Will n'a pas eu le temps de vous appeler. Comment saviez-vous que Vince était ici ?

— Un de nos hommes filait Vince depuis l'arrivée de l'agent Bishop ici, expliqua-t-il. Quand il est parti, nous l'avons suivi.

Autrement dit, Will avait servi d'appât. Elle se demanda s'il en était conscient.

— Si vous saviez que Vince venait ici, pourquoi ne l'en avez-vous pas empêché ?

— Nous devions attendre qu'il parte. J'ai essayé d'avertir l'agent Bishop, mais il ne répondait pas au téléphone, ni chez lui, ni sur son portable.

— Il était chez moi. Et la batterie de son téléphone portable était à plat.

Si seulement il était rentré à son chalet la veille, si elle ne lui avait pas demandé de lui faire l'amour, il n'aurait jamais été abattu…

— Et quand Vince était avec nous sur la route ? insista-t-elle, élevant la voix. Pourquoi avez-vous attendu qu'ils tirent sur Will ?

— Vince est arrivé sur place deux minutes avant vous. Il nous a fallu du temps pour mettre nos tireurs en position.

Il posa une main apaisante sur son épaule.

— C'était une opération de dernière minute. Nous avons fait de notre mieux.

La sonnerie de son téléphone portable retentit, et il répondit.

— L'agent Bishop ? demanda-t-il au bout de quelques instants.

Le cœur d'Abi bondit dans sa poitrine. Pourvu que Will soit sain et sauf.

— Je comprends. Je m'en charge, dit-il avant de remettre l'appareil à sa ceinture et de se tourner vers elle.

Elle le regarda avec espoir, mais il secoua la tête.

— Il n'a jamais repris connaissance. Je suis désolé.

Il fallut quelques secondes à Abi pour comprendre le sens de ces paroles. Puis les larmes jaillirent de ses yeux, et la douleur lui comprima la poitrine comme un étau. Elle suffoquait.

Will était mort.

Par sa faute.

18

— Nous sommes presque arrivés.

Abi regardait le paysage défiler à travers la vitre.

Elle n'était jamais venue dans le Wyoming, et n'avait jamais pensé qu'elle y vivrait un jour, mais la région était belle. C'était un pays rude et sauvage, mais paisible, loin de la ville. Elle s'y habituerait. Au moins, les autorités avaient respecté son désir d'habiter dans les montagnes.

Abi n'avait pas su où ils allaient avant qu'ils ne franchissent la limite de l'Etat. Et elle en était arrivée au point qu'elle se souciait à peine de savoir où serait sa nouvelle maison, à condition qu'il ne s'agisse pas d'un hôtel minable.

Les quatre semaines écoulées avaient été les plus longues, les plus malheureuses de sa vie. Les agents assignés à sa surveillance ne la quittaient pas d'une semelle, refusant même de la laisser aller seule au distributeur de boissons, et Adam, habitué à vivre en plein air en compagnie d'autres enfants, s'était lassé de la télévision au bout de deux jours. Ses pleurs et son humeur grognon avaient mis à bout la patience d'Abi et celle des agents.

Elle s'était efforcée de rester gaie et de le réconforter, mais ce n'était pas une tâche aisée quand elle avait elle-même le cœur brisé. Et chaque fois qu'il parlait de Will, qu'il lui demandait s'ils allaient le revoir, elle avait l'impression qu'un autre petit morceau de son cœur se détachait et craignait qu'il ne lui reste bientôt plus qu'un grand vide à la place. Elle ne lui avait pas dit grand-chose, se bornant à expliquer que Will, comme les autres résidents du centre, était rentré chez lui.

Au bout de deux semaines, Adam avait cessé de parler de lui. Il semblait l'avoir oublié. Elle aurait aimé qu'il en soit de même pour elle. Mais Will hantait ses rêves. Dans son sommeil, il revenait la prendre dans ses bras et lui dire que tout irait bien, que c'était une erreur, qu'il n'était pas réellement mort. Elle le sentait contre elle, respirait son odeur. Et elle se réveillait avec un oreiller trempé de larmes, et une douleur si aiguë qu'elle voulait se rendormir et ne plus jamais se réveiller.

Will avait donné sa vie pour la sauver. Il s'était sacrifié.

Elle ne pouvait s'empêcher de penser que, si elle avait témoigné quatre ans plus tôt, rien de tout cela ne serait arrivé. Tous ces gens que Vince avait tués seraient encore vivants. Elle regrettait de ne pas avoir eu une dernière chance de voir Will, de lui dire qu'en dépit de tout ce qui était arrivé elle l'aimait.

Et qu'elle l'aimerait sans doute toujours.

Jamais elle ne rencontrerait un autre homme comme lui.

La voiture quitta la route principale pour s'engager sur un chemin gravillonné.

— Nous sommes arrivés, annonça l'agent Rodriguez à Adam qui, le nez collé à la vitre, venait de demander pour la millième fois si c'était encore loin.

Les agents Rodriguez et Roth n'avaient pas d'enfants, et, après les quatre semaines passées avec Adam, Abi craignait qu'ils décident de ne pas en avoir avant longtemps.

— Maman ! Regarde ! hurla Adam, bondissant sur son siège, débordant d'énergie.

Ils s'étaient arrêtés devant une petite maison qui ressemblait à un cottage, avec des volets verts et des parterres de fleurs négligés. Avec un peu d'efforts, elle serait ravissante.

Pourtant, Abi avait du mal à éprouver le moindre enthousiasme. Elle ne reverrait jamais Maureen, ni aucun de ses amis du centre. En un sens, c'était une bonne chose que de repartir de zéro — c'était ce dont elle avait besoin — mais elle se sentait affreusement seule. Personne ne saurait jamais qui elle était vraiment. On ne connaîtrait que la fausse identité que lui avait donnée le FBI.

Tous descendirent de voiture et étirèrent leurs membres engourdis. L'agent Rodriguez sortit les sacs du coffre pendant que Roth allait ouvrir la porte.

— Nicole, dit-il, s'effaçant pour la laisser entrer.

L'espace d'une seconde, elle se demanda à qui il s'adressait, puis elle comprit. Elle ne s'était pas encore habituée à son nouveau prénom. Il allait lui falloir du temps pour s'adapter à tous ces changements.

Elle entra dans la maison, promenant lentement un regard autour d'elle. L'endroit était petit, mais chaleureux, en bon état. Il y avait une pièce à vivre avec une cuisine à l'américaine, et, sur la droite, une arche qui devait mener aux chambres et à la salle de bains. Toutes leurs affaires avaient déjà été livrées. Elle s'était attendue à devoir déballer les cartons, mais apparemment quelqu'un s'en était chargé à sa place.

Adam traversa la pièce en courant, impatient d'aller voir sa chambre. Contrairement à elle, il avait été tout excité à l'idée d'avoir une nouvelle maison. Il n'avait cessé de demander s'il y aurait d'autres enfants, s'il aurait de nouveaux amis. Pour la première fois de sa vie, il pourrait avoir des amis qui ne disparaîtraient pas au bout de quelques semaines. Ce serait fantastique pour lui.

— Toutes les informations dont vous avez besoin sont dans le paquet que nous vous avons remis, expliqua Roth. Votre nouvelle identité, votre carte de sécurité sociale.

— Très bien.

Elle gagna la cuisine et ouvrit les placards. Ils étaient remplis de plats et de nourriture. Curieusement, il y avait les plats préférés d'Adam. Quelqu'un avait dû faire un inventaire de leurs placards au centre. Elle ne s'était pas attendue à autant de sollicitude de la part du gouvernement.

— Si vous n'avez besoin de rien d'autre, nous allons partir, conclut Rodriguez.

— Merci, dit-elle à tous les deux, songeant qu'ils étaient sans doute impatients de se débarrasser d'elle. J'apprécie ce que vous avez fait pour nous. Je sais que cela n'a pas été drôle tous les jours.

— Bonne chance.

L'agent Roth lui décocha un sourire, et, l'instant d'après, ils étaient partis.

L'épreuve était terminée.

— Maman ! Maman ! cria Adam d'une voix excitée. Viens voir ma chambre. Elle est exactement comme à la maison.

Elle ramassa le sac qui contenait leurs vêtements et affaires de toilette et le suivit.

— Regarde, maman ! Toutes mes affaires sont là.

Abi jeta un coup d'œil à l'intérieur, étouffa un cri et laissa tomber le sac à ses pieds. La pièce était arrangée de manière presque identique à la chambre qu'Adam avait eue au centre. Le lit, l'armoire et les étagères étaient exactement au même endroit. Non seulement cela, mais il y avait des objets qu'elle n'avait jamais vus — des jouets neufs, tels qu'un ballon de football et une batte de base-ball avec un gant d'enfant.

Elle passa lentement devant la salle de bains pour gagner sa propre chambre, et les larmes lui montèrent aux yeux.

La pièce était un peu plus grande que celle qu'elle avait au centre, mais, tout comme la chambre d'Adam, elle était aménagée de la même façon. Les meubles étaient disposés au même endroit — jusqu'à la lampe et au réveil qui se trouvaient sur la table de chevet à gauche du lit. Pas plus que dans les autres pièces, il n'y avait de cartons à déballer. Elle ouvrit l'armoire, et vit ses vêtements soigneusement rangés sur les cintres.

C'était si étrange. Qui avait bien pu prendre la peine de faire cela ?

Elle entendit un coup léger frappé à la porte d'entrée. Sans doute un des agents qui avait oublié de lui donner quelque chose. Elle le prierait de remercier la personne qui s'était donné tant de mal pour rendre leur nouvelle maison si familière et si accueillante.

Elle traversa le salon, ouvrit la porte… et se figea.

L'espace de quelques secondes, elle demeura paralysée sur place, incapable de respirer ou de réfléchir. C'était un rêve ou une hallucination. Cela lui ressemblait, mais…

C'était impossible.

— Will ! hurla Adam.

— Salut, fiston.

Will s'agenouilla sur le seuil, et Adam passa en trombe devant Abi pour se jeter dans ses bras. Will l'étreignit avec émotion.

— Tu m'as manqué, tu sais.

— Toi aussi ! Maman a dit que tu étais rentré chez toi et que tu ne reviendrais plus jamais.

Will se redressa, Adam cramponné à lui, et décocha à Abi le sourire qu'elle aimait tant.

— Les mamans se trompent, parfois.

Elle hocha la tête, sous le choc. Il semblait plus pâle, peut-être légèrement amaigri. Mais son visage…

Adam posa une main sur sa joue.

— Ta cicatrice est partie ?

— On m'a fait une greffe de la peau, expliqua Will. Les médecins ont enlevé la vilaine peau et l'ont remplacée par de la neuve. C'est mieux, non ?

Adam hocha la tête avec enthousiasme.

Il y avait encore des cicatrices là où on avait greffé la nouvelle peau, mais son visage paraissait presque normal. Si différent.

— J'ai pensé… ils m'ont dit…, commença-t-elle.

La réalité venait de la frapper de plein fouet, et un sanglot lui déchira la gorge. Will n'était pas mort. Pendant tout ce temps, il avait été vivant.

Il déposa Adam sur le sol et attira Abi dans ses bras, la serrant contre lui. Elle respira son odeur, sentit son corps contre le sien — c'était bien lui.

— Je suis désolé, murmura-t-il. Mais ils ne pouvaient rien te dire.

— Les blessures… il y avait tant de sang.

— J'ai perdu beaucoup de sang, mais, par chance, les deux balles ont manqué les artères.

— Les informations à la télévision… et la messe dite en ta mémoire à New York…

— C'était fait exprès. Il fallait que tout ait l'air réel pour que je puisse entrer dans le programme.

Elle leva les yeux vers lui, les larmes roulant sur ses joues.

— Le programme ?

— Le programme de protection des témoins.

— Tu veux dire que... ?

Il recula d'un pas et lui tendit la main.

— Jack Traynor. Ravi de faire votre connaissance.

Elle lui serra la main, les jambes chancelantes.

— Tu as quitté le FBI ? Pour moi ?

— Oui.

— Tu as renoncé à ta vie ?

— Oui. Pour autant que tout le monde le sache, Will Bishop est mort.

— Je n'arrive pas à y croire, balbutia-t-elle d'une voix étranglée par l'émotion. Personne n'a jamais fait ce genre de sacrifice pour moi.

Il prit son visage entre ses mains et lui sourit.

— Si je n'avais pas quitté le FBI, si je n'avais pas pu passer le reste de ma vie avec toi, c'est cela qui aurait été un sacrifice.

— Hé, coupa Adam en tirant sur la jambière de Will, les sourcils froncés. Tu ne t'appelles pas Jack. Tu t'appelles Will.

— Il a un nouveau nom, mon chéri. Exactement comme maman. Avant, elle s'appelait Abi, et maintenant, c'est Nicole. A partir de maintenant, il faut que tu l'appelles Jack.

— Mais pourquoi ? J'aimais son nom d'avant.

Le nouveau Jack s'agenouilla devant lui.

— C'est déroutant, hein ?

Adam hocha la tête.

— J'ai une idée. Ce serait peut-être plus facile si tu m'appelais papa.

Les yeux d'Adam pétillèrent d'excitation.

— C'est vrai ? Je peux ?

— Si ta maman est d'accord, répondit Jack en l'interrogeant du regard. Qu'en penses-tu ? Tu veux bien qu'il m'appelle papa ?

Elle hocha la tête, tandis que les larmes recommençaient à couler. Jack se leva et l'enlaça.

— Quand j'ai pensé que tu étais mort, j'ai eu le cœur brisé, murmura-t-elle. Je t'aime tant.

— Moi aussi, je t'aime. Je veux t'épouser et avoir une vraie famille.

— Moi aussi.

— Hé, reprit Adam en tirant de nouveau sur la jambière de Jack. Maintenant que j'ai un papa et que tu aimes maman, et que vous allez vous marier, ça veut dire qu'elle peut avoir un bébé ?

Jack sourit.

— Je n'ai rien contre, fiston. Qu'en dis-tu, Nicole ?

— Un bébé ?

Nicole resta bouche bée, mille pensées confuses encore à l'esprit.

— Tu ne penses pas que c'est un peu… précipité ?

— Tu ne veux pas avoir d'autres enfants ?

— Si, bien sûr, répondit-elle. Mais… peut-être que nous pourrions nous marier d'abord, et puis parler de fonder une famille ?

Jake baissa les yeux vers Adam.

— Ta maman n'a pas tort. Nous devrions sans doute nous marier d'abord.

Il sourit à Nicole.

— Je suis libre samedi. Et toi ?

Elle ne put réprimer un sourire. A peine cinq minutes plus tôt, elle se sentait seule et déprimée, et brusquement elle avait toute sa vie devant elle — en compagnie de l'homme qu'elle aimait.

Peut-être que son passé était enfin à sa place — dans le passé.

Il était temps d'aller de l'avant.

Et compte tenu du fait qu'on était vendredi, ils ne perdaient pas de temps.

— Samedi m'ira très bien.

— Donc nous allons nous marier et puis Adam pourra avoir un petit frère ou une petite sœur ?

— Un petit frère, intervint Adam fermement. Les filles sont horribles.

— Désolé, mon vieux, fit Jack avec un haussement d'épaules. Nous ne pouvons rien te promettre. On ne choisit pas.

Adam réfléchit une minute, puis soupira.

— Je suppose qu'une fille pourrait aller, du moment qu'elle ne touche pas à mes jouets.

— Qu'en dis-tu ? demanda Jack à Nicole.

— D'accord.

— Super ! s'écria Adam en faisant des bonds de joie. Quand est-ce qu'on l'aura, maman ?

— Eh bien, le bébé a besoin de temps pour grandir, et, quelquefois, il ne vient pas tout de suite, expliqua-t-elle. Quelquefois, il faut… euh… s'entraîner.

Adam parut perplexe.

— Vous ne pouvez pas commencer à vous entraîner tout de suite ?

Nicole et Jack échangèrent un sourire — un sourire qui signifiait qu'ils en avaient précisément l'intention.

Dès qu'Adam serait couché.

— Fiston, assura Jack, on va s'en occuper.

Sur quoi il se pencha et donna à Nicole un long baiser, tendre et profond, comme il savait le faire.

— Je n'arrive pas à croire que tu sois vraiment là, murmura-t-elle.

— Je suis vraiment là.

— C'est toi qui as tout déballé ? Qui a préparé la maison ? Tu as fait tout cela ?

— Je voulais que tu aies l'impression de rentrer chez toi.

Nicole promena un regard sur son nouveau foyer, sur son fils radieux et en bonne santé, sur l'homme qui avait renoncé à tout par amour pour elle.

Elle lui sourit.

— Je suis rentrée chez moi.

JOANNA WAYNE

Dangereuse séduction

éditions Harlequin

Titre original : EXTREME HEAT

Traduction française de VÉRONIQUE MINDER

83/85 boulevard Vincent-Auriol 75646 PARIS CEDEX 13.
Service Lectrices — Tél. : 01 45 82 47 47

1

Cagan Hall s'abrita de l'implacable soleil de Louisiane sous un cyprès et essuya son front en sueur. Le ciel, d'un bleu presque blanc, filait au-delà des cimes feuillues et le lac Maurepas, écrasé par une lumière incandescente, jetait sur la végétation du rivage des reflets de feu.

Il avait déjà passé une semaine dans la région, où il était venu pêcher avec deux amis. Enfin, *amis*, c'était vite dit, car Cagan redoutait de nouer des relations à peu près autant que de se faire mordre par les mocassins à tête cuivrée et aux écailles luisantes qui pullulaient dans les alentours.

Sans compter qu'il avait de bonnes raisons de se méfier de ces « nouveaux amis ».

Le premier, Jeff Madison, s'était vanté à plusieurs reprises de détenir des informations *intéressantes* sur les activités *illicites* (selon ses propres mots) de la société qui les employait : Louisiana Prosthetics Inc. Après avoir entretenu le suspense, il avait consenti à faire quelques révélations qui n'avaient rien appris de neuf à Cagan, déjà plus ou moins au courant de la situation.

Madison savait-il vraiment quelque chose ou cherchait-il simplement à nuire à LPI ? De directeur du marketing, il avait été récemment rétrogradé au poste de responsable du personnel et il pouvait très bien chercher à se venger.

Forfanterie ou vengeance, quoi que ce soit, Cagan et ses deux coéquipiers, Luke et Tommy, soupçonnaient LPI de blanchir de l'argent sale. L'accusation, plausible puisqu'il était là, détonait cependant avec les activités économiques de LPI, une entreprise à vocation humanitaire, spécialisée dans la conception de prothèses.

Cagan surveillait également Merissa Thomas, le dernier membre de leur trio. Blonde, sensuelle et candide — du moins en apparence —, elle était de ces femmes qui font rêver les hommes ou leur causent au contraire de terribles insomnies. Deux situations que Cagan, qui jugeait le beau sexe encore plus dangereux que des serpents de Louisiane, avait éprouvées durant toute la semaine.

La belle Merissa...

Contrarié par le cours de ses pensées, Cagan secoua la tête. Lui qui n'avait jamais oublié qu'il avait souffert à cause d'une femme, autrefois, avait tout oublié pourtant, devant elle.

Pendant ces huit jours au lac Maurepas, il avait appris à découvrir et mieux apprécier cette jolie fille, à qui, étonnamment, il n'avait pas trouvé le moindre défaut... La perfection n'étant pas de ce monde, Cagan, séduit mais toujours méfiant, restait sur ses gardes.

La chaleur du soleil s'avérant insupportable, même sous le couvert du feuillage, il abandonna l'ombre du cyprès et reprit sa marche vers le lac. Il était impatient de se jeter dans ses eaux pour y trouver un semblant de fraîcheur. D'autant que penser à la belle Merissa l'avait échauffé plus encore.

Il chassait un moustique du revers de la main, quand il s'immobilisa, subjugué à la vue de la jeune femme au bord de l'eau. Il eut soudain l'impression absurde mais grisante d'avoir réussi à la faire surgir de son esprit par la seule force de ses fantasmes.

Toujours immobile, il la contempla tandis qu'elle retirait ses sandales. Une légère brise faisait voleter ses mèches blondes autour de son visage. Elle porta aussitôt la main à ses cheveux et se fit au petit bonheur un chignon qu'elle fixa sur le sommet de sa tête.

Cagan laissa échapper un soupir. *Vaincu une fois de plus, mon vieux*, se dit-il. Non seulement il avait lutté contre le plaisir de la contempler pendant toute la semaine, mais il avait aussi refoulé le besoin de la toucher chaque fois qu'il la frôlait. Pourtant, Merissa ne semblait pas avoir conscience du trouble qu'elle lui inspirait.

Cagan était maintenant au comble de l'impatience et de l'agitation. Il savait qu'il aurait dû l'appeler, lui révéler sa présence au lieu de l'épier, mais toute action lui était impossible. Il était hypnotisé par le spectacle de la jeune femme qui se débarrassait de son petit short blanc à la hâte.

Ses jambes fuselées étaient bronzées, ses fesses fermes et bien rondes. Il fit un ultime effort pour détourner les yeux et maîtriser son excitation, qui lui rappelait sa longue abstinence sexuelle.

Ces derniers mois, il avait assez bien surmonté son célibat et sa chasteté forcée, mais il était maintenant aussi émoustillé qu'un adolescent tourmenté par ses hormones.

Malgré un passé sentimental qui le faisait encore cruellement souffrir à ce jour, et sa méfiance désormais instinctive envers les femmes, Cagan était resté sensible à leur beauté, aussi continua-t-il d'observer Merissa qui sautillait à cloche-pied pour finir de se débarrasser de son short.

Il poussa un long soupir tandis qu'elle retirait son débardeur en coton. Son Bikini révélait plus qu'il ne les cachait ses formes parfaites. *Sculpturales !* se dit-il, soudain inspiré. Et s'il en croyait les rumeurs qui circulaient dans les couloirs de LPI, généreusement colportées par Rick Porter, Merissa était aussi réservée, distante et froide qu'une statue de marbre. Bizarrement, cette description ne correspondait pas du tout à la Merissa qu'il avait côtoyée pendant la semaine.

Enfin, la jeune femme s'approcha du lac et y plongea l'orteil avec précaution.

Alors il n'y tint plus. Ignorant la voix de la raison qui lui enjoignait de retourner *tout de suite* au camp, il la rejoignit rapidement.

— C'est donc là que tu te caches tous les après-midi ? lui dit-il d'une voix rauque qui cachait mal ses tourments.

Surprise, Merissa sursauta et se retourna d'un même mouvement. Cagan entrevit une lueur de panique dans ses prunelles grises, mais elle lui adressa vite un sourire timide qui illumina son regard et adoucit ses traits.

— Je ne me cache pas. J'aime seulement avoir mon intimité.

— Tant pis pour moi, alors… J'aurais aimé nager en ta compagnie, mais je n'impose jamais ma présence à une jolie femme, conclut-il, amusé de la voir rougir à ses derniers mots.

— D'accord.

— D'accord pour que je te laisse ?

— Pour que tu restes…

Tout en parlant, elle entra dans l'eau.

— La vérité, c'est que je suis gênée de me montrer en maillot de bain. Il m'est un peu juste. C'est la faute de la cuisine louisianaise ! Depuis que je suis revenue vivre à Baton Rouge, je mange comme quatre !

— Mais moi, je trouve que ton maillot te va très bien, se récria Cagan.

Divinement bien, même ! ajouta-t-il en son for intérieur,

toujours partagé entre le désir de rester auprès d'elle et la nécessité de retourner au campement. Une fois de plus, le désir fut le plus fort. Si Cagan savait maîtriser sa sensualité, il ne pouvait discipliner ses obsessions, et Merissa l'obsédait. Conscient toutefois que les femmes douées d'un tel charme pouvaient avoir une emprise totale sur les hommes qu'elles avaient envoûtés…

Par chance, il n'en était pas encore là ! La chair était peut-être faible, mais l'épreuve l'avait aguerri. Il ne se mettrait plus *jamais* à la merci d'une femme ou de sentiments amoureux. Une fois avait suffi, et quelle fois ! Il allait donc faire quelques brasses pour se rafraîchir par un bel après-midi de juin et en profiter pour interroger habilement Merissa sur les activités, licites ou non, de LPI.

Il se déshabilla en un tournemain et se jeta à l'eau en espérant que sa fraîcheur relative le ramènerait tant à la raison qu'à son enquête.

Devant lui, la jeune femme s'éloignait à longues brasses régulières. Il la suivit jusqu'à ce qu'elle fasse demi-tour, se rapproche de la berge et cesse de nager quand elle eut repris pied.

Cagan cessa lui aussi de nager, et, de nouveau, il la contempla. L'eau clapotait doucement autour de son buste ruisselant de perles qui scintillaient au soleil.

— Tu es une sacrée bonne nageuse ! dit-il pour dissiper son trouble.

— J'aime l'eau. C'est pour cette raison que j'ai convaincu Jeff de venir pêcher une semaine au lac Maurepas. Tous les autres ont refusé.

— Ah ?

Cagan fit mine d'hésiter avant de poursuivre.

Hésiter et questionner, c'était sa tactique habituelle pour

engager la conversation, apprivoiser la confiance de son interlocuteur et lui poser des questions très précises.

— Les autres ? Qui ?

— Des collègues et amis de LPI. Rick Porter, le directeur du marketing et Lana Glass, l'assistante de Jeff. J'imagine que tu les connais ?

— Un peu mais sans plus.

— Rick a changé d'avis au dernier moment, pour des raisons familiales, je crois, reprit Merissa soudain volubile. Quant à Lana, elle a eu une visite imprévue…

— Rick et Jeff s'entendent bien ? demanda Cagan en regardant ailleurs, comme si sa question n'était pas importante.

— Jusqu'à ce que Jeff l'invite à venir pêcher, je pensais que non. C'est bizarre, mais…

Elle s'interrompit, l'air soudain troublé, puis tout à coup elle lui adressa un sourire à faire fondre les glaces des deux pôles.

— Je parle du bureau alors que je m'étais promis de tout oublier pendant cette semaine ! C'est notre dernière journée ici et je veux en profiter au maximum !

Là-dessus, elle l'éclaboussa.

— Tu vas le regretter ! s'exclama-t-il, surpris par la spontanéité de son geste.

Il plongea sous l'eau et lui saisit les jambes, mais Merissa tenta de lui échapper. Leur lutte sensuelle dans un tourbillon d'écume accrut le désir qui troublait déjà Cagan.

Essoufflés, ils remontèrent à la surface. Mais, d'une pression sur sa tête, Merissa l'enfonça sous l'eau. Il réagit aussitôt en resserrant son étreinte autour de sa taille et l'attira à lui pour la neutraliser.

— Pouce ! s'écria-t-elle en riant, hors d'haleine.

Il s'arrêta, mais garda les mains autour de sa taille, incapable de la lâcher, ensorcelé par ses prunelles grises, si proches et brillant de joie. *Allons, lâche-la !* s'intima-t-il alors qu'il mourait d'envie de l'embrasser.

Mais comme si elle avait lu dans ses pensées, la jeune femme entrouvrit soudain les lèvres. Cagan ne put y résister ; il les effleura. Contre toute attente, elle ne se raidit ni ne fit aucun geste pour le repousser. Au contraire, elle se pressa contre lui. Quand leurs langues se touchèrent, que leurs souffles se mêlèrent intimement, Cagan crut que son cœur allait s'arrêter de battre.

Le temps suspendit son vol jusqu'à ce qu'ils cessent de s'embrasser pour reprendre leur respiration.

— Il faut retourner au camp…, dit-il avec un soupir profond, surpris par ses propres mots.

Sans répondre, Merissa regagna rapidement la rive.

Cagan resta immobile, la contemplant, toujours tendu par une passion sensuelle que ce baiser, loin de l'étancher, avait au contraire exacerbée. *Attention, vieux, tu cours au suicide émotionnel !* lui souffla une petite voix dans sa tête.

Aucun danger ! se dit-il, appelant de nouveau à la rescousse son passé sentimental. Il ne retomberait pas deux fois dans le même piège ! Il accomplirait sa mission sans se laisser distraire. Il parviendrait tôt ou tard à conjurer son attirance pour Merissa.

Avait-il le choix ? Non. Quelques années plus tôt, une femme était morte à cause de son inconséquence et de ses choix amoureux. Et ce souvenir douloureux l'obsédait toujours, même des années plus tard.

Vigilance, lucidité et fermeté étaient devenues ses maîtres-mots.

Sa devise.

*
* *

Merissa étendit ses jambes devant le feu de camp qui se mourait. La journée avait été chaude et moite, et un orage menaçait. Depuis le début de la soirée, une petite brise soufflait et avait notablement rafraîchi l'atmosphère.

Elle écoutait la conversation de Jeff et de Cagan, sans y participer pour la première fois de la semaine. La franche camaraderie qui avait empreint ses relations avec les deux hommes au cours de ce séjour avait disparu depuis le fabuleux baiser qu'elle avait échangé avec Cagan dans l'après-midi.

Désormais, plus rien n'était pareil.

Elle posa sa tasse et passa distraitement son index sur sa bouche pour y retrouver le goût et la sensation de celle de Cagan… Elle n'avait cessé d'y penser… Qui aurait cru que ces jours de vacances la rapprocheraient de cet ancien policier macho, devenu responsable de la sécurité de LPI ?

Elle avait surtout voulu mettre cette semaine de vacances à profit pour faire le point. Un an plus tôt, elle avait déménagé à Baton Rouge afin de tourner la page sur le passé et recommencer sur de nouvelles bases, mais à ce jour, elle était déçue et désillusionnée.

Son nouvel emploi à LPI, bien qu'intéressant, ne la satisfaisait pas entièrement. Et puis, étonnamment, Jeff était tombé amoureux d'elle et lui avait fait une cour pressante. Elle l'avait vite éconduit, mais, depuis, ses relations avec ce vieil ami de fac avaient perdu leur simplicité. De plus, depuis quelque temps, Jeff avait changé… Il était devenu agressif, impatient, alternant les phases d'exultation et de dépression. C'était pour comprendre la raison de ce changement que Merissa lui avait proposé de passer la semaine au lac Maurepas. Mais leur séjour touchait à sa fin et elle n'avait pas réussi à lui arracher la moindre confidence.

Un soupir lui échappa.

Et maintenant, il y avait ce qu'elle appelait « le problème

Cagan ». De nouveau, le souvenir de leur baiser vint l'assaillir, frémissant et délicieux. Mais elle ne voulait pas d'homme dans sa vie en ce moment ! Et encore moins d'un macho qui avait quitté la police de New York par manque de déontologie et de professionnalisme !

Mais ce qui était fait était fait… Se reprocher ce baiser était inutile, d'autant qu'il avait été inévitable… Dès le premier jour, elle était tombée sous le charme de son regard sombre et pénétrant, de son sourire malicieux et même — oui, même — de sa personnalité rebelle ! Et cette attraction n'avait fait que grandir…

Avant ce séjour de pêche, elle avait souvent croisé Cagan dans les couloirs de LPI, mais ne le connaissait que de vue. Consciente de son charme dévastateur, par ailleurs abondamment commenté par ses collègues féminines, elle avait préféré rester prudemment à distance. Mais, depuis une semaine, elle l'avait côtoyé sans cesse et sa résistance avait été mise à l'épreuve.

La voix de Jeff l'arracha soudain à ses pensées.

— Tu es bien silencieuse ce soir, Merissa. Démoralisée à la pensée de rentrer à Baton Rouge, demain ?

— Peut-être bien…, répondit-elle avec un sourire forcé. Bon… je crois que je vais aller me coucher. Nous devons nous lever tôt. Et la reprise va être dure… Je dois travailler sur le nouveau design que j'ai promis à Gaffner.

— Je savais que tôt ou tard l'un d'entre nous allait parler bureau et boulot ! reprit Jeff avec un haussement d'épaules agacé. Oublie un peu Gaffner, tu sais ce que je pense de lui !

Le mépris de Jeff envers leur patron énerva Merissa. Il avait tort de parler de lui en ces termes et, surtout, d'exprimer si crûment son opinion devant Cagan. Si ce dernier rapportait ces propos à l'intéressé, Jeff aurait de nouveaux problèmes avec la direction, déjà excédée par son attitude fantasque et franchement provocatrice de ces derniers temps.

— Tu ne parlais pas de lui en ces termes, l'année dernière, quand tu m'as convaincue de démissionner de mon poste à Dallas pour venir travailler à Baton Rouge, répliqua Merissa. Tu portais même LPI et Gaffner aux nues ! Tu affirmais qu'il n'y avait pas meilleur patron dans toute la Louisiane !

— C'était il y a un an. Autant dire une éternité ! jeta Jeff, excédé cette fois.

— Déçu par LPI, Jeff ? intervint Cagan en chassant un moustique. Vas-y, défoule-toi, mon vieux ! Je viens d'être embauché et je ne travaille pas dans les bureaux. Je n'ai ni pouvoir ni influence. Tu ne crains rien !

— Plus personne n'en a ! ricana Jeff. Inutile de gâcher notre dernière soirée de vacances en parlant de la boîte ! Parlons plutôt de toi, Cagan. Tu dois regretter l'animation des rues de New York, non ? Passer de la NYPD à la surveillance de prothèses, ce n'est pas franchement une promotion !

— Travailler à la police de New York est bien moins palpitant qu'on ne le pense généralement. Et puis on s'habitue à tout…

Merissa tourna les yeux vers le visage indéchiffrable de Cagan. Dès que la conversation prenait un sérieux tour, ses traits se tendaient, son regard se durcissait et son visage devenait aussi impénétrable qu'un masque.

Et pourtant, cet après-midi, ses prunelles sombres avaient brûlé d'un feu ardent. Sa bouche avait été passionnée et exigeante, pensa alors Merissa qui fixa le sol, gênée par la vivacité de cette évocation.

— Je n'en crois pas un mot ! reprit Jeff.

— Mais c'est comme partout, crois-moi. Il y a des jours avec et des jours sans !

Là-dessus, Cagan se leva pour prendre la cafetière posée

sur les braises. Merissa replia ses jambes pour le laisser passer, mais il l'évita ostensiblement. Il était sans doute gêné de leur baiser et elle songea qu'il en avait manifestement tiré les mêmes conclusions qu'elle : à savoir que ce baiser avait été une erreur qui ne devait pas se répéter.

— De toute façon, la NYPD, c'est du passé, reprit Cagan. Je te l'ai dit quand tu m'as embauché. J'y ai fait mon boulot et si mon chef n'a pas aimé mes méthodes, tant pis pour lui.

Maintenant, Cagan était contrarié. Son regard trahissait sa colère. Au cours de la semaine, il n'avait pas caché sa répugnance à parler de son passé. Merissa en connaissait quelques épisodes grâce aux ragots et à Jeff, d'une insatiable curiosité. Quand il l'avait embauché, quatre mois plus tôt, il avait été impressionné par ses références, surtout par les dix années qu'il avait passées à la célèbre NYPD. Il lui était apparu comme l'homme idéal pour le poste de responsable de la sécurité à LPI. Mais la réputation sulfureuse de Cagan gênait Merissa. Il avait été un policier violent et indiscipliné, qui avait joué les justiciers sans respecter l'éthique de sa corporation.

— On dirait que nous sommes tous les deux dans la même galère, Jeff..., commenta Cagan.

Il but une gorgée de café et s'adossa à un tronc d'arbre.

— La NYPD m'a laissé tomber. Et toi, c'est Gaffner qui t'a laissé tomber.

Jeff se ferma.

— Je ne vois pas de quoi tu parles.

— On raconte que Rick Porter a pris ta place à la direction du service marketing. Toi, tu as été rétrogradé au service du personnel.

— Mais Jeff n'a pas été rétrogradé ! protesta Merissa. Marshall Gaffner connaît ses qualités. Il veut seulement qu'il les exerce dans tous les secteurs de l'entreprise !

— Je ne voyais pas la situation sous cet angle. Et toi, Jeff ?

— J'avoue que moi non plus !

Merissa contint sa colère contre Cagan. Décidément, il aimait à jeter de l'huile sur le feu. Elle avait plusieurs fois entendu dire qu'il fouinait dans les bureaux, essayait de semer la zizanie parmi les employés avec ses questions indiscrètes. Comme ce soir. C'était bien un flic ! pensa-t-elle, invitant Jeff au calme d'un regard impérieux.

Mais ce dernier poursuivit avec virulence :

— Je ne lis pas dans les pensées de Gaffner, mais je sais que les prothèses ne sont plus ses priorités ! Et Lana Glass l'affirme aussi ! explosa-t-il.

— Gaffner réviserait ses stratégies commerciales et économiques ? demanda Cagan, l'air très intéressé cette fois.

— Ça ne serait pas la première fois ! Merissa pourra te le dire !

Jeff haussa les épaules, l'air écœuré.

— Mais bien entendu, notre belle Merissa ne te dira pas un mot. Parce que Gaffner l'abuse comme il abuse tout le monde. Mais je te jure que ça ne durera pas !

— Pourquoi ?

— Je n'en dirai pas davantage. Mais rira bien qui rira le dernier !

— Et toi, Merissa, qu'est-ce que tu en penses ? demanda Cagan qui semblait jubiler maintenant.

Excédée par son attitude, elle planta son regard dans le sien.

— Je n'en pense rien, dit-elle froidement. Il n'y a pas longtemps, Gaffner a refusé l'un de mes designs parce que, d'après lui, les résultats espérés ne justifiaient pas les dépenses. Et puis qu'est-ce que ça peut te faire ? Je suis certaine que tu trouves ces histoires de bureau plutôt insignifiantes.

Elle feignit de bâiller et reprit :

— Excusez-moi, mais je vais aller me coucher. La journée a été longue.

Cagan se leva et lui tendit la main pour l'aider à se relever.

— Pas assez..., murmura-t-il.

Merissa se troubla, énervée par les sentiments contradictoires qui la traversaient. Tout à l'heure, elle détestait cet homme, maintenant elle frémissait délicieusement parce qu'il s'approchait d'elle. Et quand elle croisa son regard, elle fut galvanisée par le désir qui luisait au fond de ses prunelles sombres.

— En tout cas assez pour moi ! riposta-t-elle.

Contrariée de sa voix rauque qui trahissait son émotion, elle ignora sa main tendue et se leva d'un bond.

— J'ai beaucoup apprécié ces vacances, mais j'ai hâte de rentrer et de reprendre des activités plus palpitantes !

— Ah, vraiment ? souligna Cagan, l'air très amusé. Ce séjour a pourtant été *très* palpitant. En particulier, cet après-midi...

Merissa détourna la tête.

— A chacun sa vision des choses.

Là-dessus, elle se dirigea vers sa tente, impatiente d'échapper au magnétisme de Cagan, de recouvrer son calme et de passer une nuit tranquille.

Elle se réveilla en sursaut, entortillée dans son sac de couchage trop étroit. Elle se frotta les yeux et regarda autour d'elle avec appréhension. Quelque chose l'avait tirée du sommeil. Un bruit ? La perception d'un mouvement inhabituel ? se demanda-t-elle, décontenancée mais toujours sur le qui-vive.

Elle s'assit et regarda par la petite moustiquaire de sa tente. Le vent soufflait. Des ombres oscillaient dans la nuit. Des éclairs, suivis de roulements de tonnerre, zébraient un ciel noir d'encre.

Ça n'était qu'un orage !

Rassurée et pressée de se rendormir, Merissa se recouchait quand des éclats de voix la firent sursauter.

— Tu es vraiment un crétin si…

Elle n'entendit pas la fin, emportée par de violentes bourrasques.

Mais de nouveau le vent lui apporta les bribes de ce qui ressemblait bien à une altercation. Cette fois, elle reconnut la voix de Jeff, qui semblait très en colère. Manifestement, une vive dispute l'opposait à Cagan.

— … bien une idée de flic débile… !

Merissa prit sa lampe de poche à tâtons, l'alluma et dirigea le mince pinceau de lumière sur sa montre. Minuit passé… Elle se leva et scruta l'obscurité par l'ouverture de sa tente.

— Rick… avec lui… et Gaffner… argent…

C'était toujours Jeff qui parlait. Sa diction était hésitante et pâteuse, signe qu'il avait trop bu. Jusqu'à ces derniers mois, quand ses problèmes à LPI avaient commencé, Jeff n'avait jamais été porté sur la boisson. Durant leur séjour au lac, il n'avait pas touché une goutte d'alcool, mais la fin de leurs vacances coïncidait avec le retour au quotidien et aux gros soucis…

Préoccupée, la jeune femme passa un lainage et sortit de sa tente. La pluie commençait à tomber, la terre humide était collante. Elle rentra pour enfiler des sandales, puis ressortit et attendit que ses yeux s'habituent à la pénombre.

La voix de Jeff, boudeuse, frappa de nouveau ses oreilles.

— … rien du tout… sacré business…

Merissa se fraya un chemin vers la tente des deux hommes à travers les chênes et les cyprès. La pluie se mit soudain à tomber plus fort, fraîche et revigorante, piquetant son visage. Le froid s'empara d'elle et la fit revenir à la raison.

Zut après tout, elle n'était pas la nounou de Jeff ! Elle l'aimait beaucoup, mais il était insupportable, en ce moment, quand il partait dans ses tirades et pérorait pendant des heures. C'était impossible de lui faire entendre raison.

Que Cagan Hall se débrouille avec lui ! décida Merissa en retournant dans sa tente. Elle en avait par-dessus la tête de ces deux-là. Surtout de Cagan !

Elle retira son lainage humide et ses sandales boueuses, puis se glissa dans son sac de couchage. Un frisson l'agita, et elle eut soudain hâte que le jour se lève pour rentrer enfin à Baton Rouge.

Leur séjour avait bien commencé pour finir en queue-de-poisson… Elle regrettait d'avoir proposé à Cagan de se joindre à eux. Non seulement il n'avait pas cessé de provoquer Jeff, mais il la fascinait sans qu'elle parvienne à s'expliquer pourquoi. Il n'était vraiment pas son genre. Et même s'il l'avait été, elle n'avait ni envie de tomber amoureuse pour l'instant, ni même l'intention de s'engager dans une relation éphémère.

Cagan était trop indépendant à son goût. Il resterait à Baton Rouge jusqu'à ce que la situation à New York se décante. Ce type d'homme aimait trop l'aventure, le danger et le risque pour vivre dans ce coin tranquille de Louisiane. Il exsudait de sa personne une énergie troublante et virile qui lui faisait peur, tout en l'excitant.

Enervée, Merissa se tourna et se retourna dans son sac de couchage, puis rejeta ses cheveux en arrière.

— Merissa ?

C'était la voix de Cagan qui s'élevait dans la nuit. Elle se figea, tandis que son cœur battait plus fort. Puis elle se redressa et regarda vers l'entrée de sa tente, où la silhouette de l'homme se découpait.

— J'ai cru t'apercevoir dehors, tout à l'heure. Tout va bien, j'espère ? demanda-t-il d'une voix posée et calme.

A l'évidence, il n'avait pas partagé la beuverie de Jeff. Merissa aurait pu être touchée par sa sollicitude, mais, par esprit de contradiction, elle décida d'être froide.

— Je vais bien. C'est l'orage qui m'a réveillée.

— Tu as seulement entendu le tonnerre ? Rien d'autre ? continua-t-il en se rapprochant.

— Rien d'autre, mentit-elle.

Elle n'avait pas envie qu'il entre et s'installe dans sa tente pour lui expliquer les raisons de sa dispute avec Jeff.

Le vent pénétra sous la toile et lui fit parvenir son odeur — savon et air frais. Elle frémit et fut de nouveau contrariée d'être si sensible à Cagan Hall.

— Je veux seulement me rendormir, murmura-t-elle, certaine qu'il entendait les battements trop forts de son cœur.

— Alors bonne nuit…

Mais Merissa ne parvint pas à se rendormir. Les bourrasques et la pluie battante continuèrent longtemps, et les éclats de voix qui l'avaient réveillée persistaient dans sa tête. Elle ne pouvait les oublier, pas plus qu'elle ne pouvait oublier le trouble que Cagan lui avait inspiré dans l'après-midi. Sa personnalité mystérieuse l'attirait tout en lui faisant peur. Et leur baiser avait fait resurgir le souvenir déjà lointain de ses fiançailles rompues avec Brice…

Depuis cet échec, Merissa se méfiait de ses sentiments autant que des hommes.

Elle serait vigilante et elle ne tomberait pas de nouveau amoureuse.

Ni de Cagan ni de personne.

Ainsi en avait-elle décidé.

2

Le lendemain, un soleil éclatant brillait dans un ciel d'un incroyable bleu indigo. L'herbe mouillée de rosée et de pluie semblait semée de diamants. Merissa se réveilla au chant des oiseaux et fut aussitôt revigorée par les senteurs puissantes de la terre mouillée.

Elle sortit de sa tente et respira profondément l'air vif et les odeurs de la nature sublimées par l'orage de la nuit, puis elle offrit son visage à la caresse du soleil, attentive aux sensations qui l'envahissaient. Une vraie cure de jouvence ! se dit-elle, ravie.

Le sourire aux lèvres, elle se revit, enfant, courant pieds nus dans le petit matin humide. Elle gardait un souvenir si précis des après-midi paresseux qu'elle passait à pêcher avec son grand-père dans la rivière Atchafalaya et ses bayous.

Les bayous… Le bassin de l'Atchafalaya et sa nature sauvage, magnifique… Merissa soupira et revint à regret au présent. Comme tout ça était loin… Dans quinze ou vingt ans, penserait-elle à sa vie d'aujourd'hui avec autant de nostalgie ?

Pas sûr…, se dit-elle alors qu'elle repensait à ses fiançailles rompues, puis à son installation à Baton Rouge, un an plus tôt, à la situation de LPI et, par-dessus le marché, à son attirance pour Cagan Hall.

Elle regarda vers la tente de ses deux compagnons. Pas un bruit, pas un mouvement. Leur dispute avait duré jusque tard dans la nuit et ils devaient encore dormir. Pour une fois, elle avait enfin réussi à se lever avant eux ! se dit-elle, songeant à leur premier matin au bord du lac. Jeff et Cagan l'avaient réveillée en se vantant de leur pêche soi-disant miraculeuse.

Elle décida de leur faire une surprise en préparant le café et les œufs au bacon. De bonne humeur et ragaillardie par le beau soleil matinal, elle regrettait de les avoir jugés si sévèrement, durant la nuit.

Rétrogradé, Jeff avait de bonnes raisons d'être à cran et d'en vouloir à Gaffner. Merissa avait bien intercédé en sa faveur auprès de leur patron, mais sans résultat. Elle n'en avait pas soufflé mot à Jeff, de peur de le mettre en colère.

Jeff Madison et Cagan Hall…

Deux hommes très dissemblables qui s'étaient liés d'amitié, au cours de la semaine.

Le premier était d'un naturel assez doux et plutôt facile à vivre, et il essayait de promouvoir sa carrière sans transgresser certains principes. Le second était au contraire plus énigmatique, plus aventureux et il ne s'embarrassait pas de scrupules. C'était le genre d'homme pour qui la fin justifiait les moyens…

Pourquoi Cagan l'attirait-il autant, alors qu'il n'était pas son type d'homme et qu'elle n'avait plus envie de tomber amoureuse depuis sa rupture avec Brice Travis ? se demanda la jeune femme pour la énième fois. Cagan Hall, décidément, l'intriguait de plus en plus.

Ce beau brun musclé aux larges épaules, au regard noir ardent et velouté possédait un pouvoir de séduction inimaginable. Dès qu'ils étaient ensemble, l'air semblait se charger d'électricité...

Mais la séduction de Cagan n'expliquait pas entièrement le trouble étrange qu'il lui inspirait..., se dit la jeune femme, tandis qu'elle posait machinalement une poêle sur le Camping-gaz. Elle côtoyait sans cesse des hommes très séduisants, au bureau et dans son entourage, et aucun ne la troublait à ce point.

A la différence de ses pairs, Cagan Hall possédait un charisme impressionnant. Et c'est ce qui faisait battre son cœur plus vite et bouleversait ses pensées. Il incarnait la vie dans tous ses extrêmes et Merissa avait toujours été attirée, pour ne pas dire fascinée, par le danger. C'était la faute de son grand-père ! pensa-t-elle en sortant le bacon de la glacière.

Pa-Pa lui avait fait découvrir le bayou tandis que les femmes préparaient le gombo et la friture de poisson frais. Jamais il ne confondait un alligator avec un tronc d'arbre entraîné par un ruisseau paresseux. Il lui avait montré et expliqué la faune et la flore de cette région si singulière. Découvrir la nature et la vie à ses côtés avait été l'un de ses grands bonheurs...

Les alligators, les mocassins d'eau et les marécages étaient au fond bien moins dangereux que les hommes..., conclut-elle en alignant les tranches de bacon dans la poêle chaude.

La charcuterie grésilla et la graisse gicla, la brûlant légèrement. Au moins la douleur la ramena au présent. Tant mieux. Pour l'instant, elle n'avait que deux soucis : le petit déjeuner et ses bagages.

*
* *

Cagan s'étira dans son sac de couchage. Une bonne odeur de bacon frit lui chatouillait les narines. Il s'accouda et fit une grimace de douleur. Bon sang, il avait mal partout et n'avait pas assez dormi.

Durant la nuit, il avait essayé de faire parler Jeff. Mais ce dernier avait bu trop de bière et, une fois ivre, il s'était plaint comme un gamin capricieux. Jeff avait tellement changé au cours de ces quelques semaines que Cagan ne le reconnaissait plus. Quelque chose, de toute évidence, le tourmentait.

Cagan soupira, se recoucha et referma les yeux paresseusement.

— Les garçons ? Debout, le café est prêt !

Il ouvrit un œil et fut ébloui par la lumière qui s'introduisait dans la pénombre de sa tente, nimbant Merissa qui se tenait debout à l'entrée d'une aura dorée.

— Où est Jeff ? lui demanda-t-elle en regardant la place vide à côté de lui.

— Aucune idée. Quand j'ai senti l'odeur du bacon, j'ai pensé qu'il était déjà aux fourneaux.

— Pas du tout ! C'est moi qui ai préparé le petit déjeuner ce matin !

Il s'accouda pour mieux la contempler. Elle portait un short et un T-shirt blancs qui contrastaient harmonieusement avec son bronzage. Ses cheveux blonds dénoués coulaient sur ses épaules.

Encore une journée à résister…, se dit-il en étouffant un soupir.

Au même instant, Merissa s'approcha et lui tendit une tasse de café fumant.

— Ça doit être mon jour de chance ! J'ai droit à un service personnalisé, avec un café qui ne sera pas le café de Jeff, trop amer à mon goût.

— Ne te réjouis pas trop vite ! Mon café est plus fort que le sien !

Quand elle se pencha pour lui donner la tasse, ses cheveux frôlèrent le visage. Un brusque éclair de désir enflamma Cagan.

— En Louisiane, nous ne trouvons pas notre café amer, continua la jeune femme. C'est la chicorée qui lui donne son goût original. Si tu restes en Louisiane, tu finiras par l'apprécier.

— Intéressant…

— Qu'est-ce qui est intéressant ? La perspective de s'habituer au café à la chicorée ?

— Non, celle de rester plus longtemps près de toi…

Merissa baissa brusquement les yeux et rougit. Cagan, attendri par son trouble, se contint pour ne pas l'attirer à lui.

Non ! Elle n'était pas pour lui ! se souvint-il. Et ça n'était ni le moment, ni l'endroit de se précipiter dans un désastre sentimental !

Le silence grandissait entre eux et devenait plus pesant. Merissa restait immobile. Soudain, elle attrapa une chaise de camping et elle s'y installa.

— Pourquoi est-ce que tu te disputais avec Jeff, cette nuit ?

— On ne se disputait pas, répondit-il d'un ton neutre. Il a bu quelques bières et on a parlé fort, c'est tout.

Merissa but une gorgée du café qu'elle avait destiné à Jeff.

— J'aurais pourtant juré que vous vous disputiez…

— C'était juste une discussion un peu vive. Désolé si nous t'avons réveillée.

Merissa semblait maintenant perplexe. Cagan se reprocha de lui avoir menti, mais avait-il le choix ?

— Et maintenant, tu sais où est Jeff ? reprit-elle après un silence.

— Aucune idée. Je viens de me réveiller.

Il posa sa tasse et l'observa en souriant.

— L'odeur du bacon a chatouillé mes narines et une jolie fille est venue me servir mon café au lit…

— Et le bacon va être froid si nous n'allons pas le manger, enchaîna-t-elle en se levant. D'accord pour commencer sans Jeff ?

— D'accord.

Il aurait préféré rester sous la tente avec elle et arrêter le temps.

Oublier leur retour à Baton Rouge.

Au même instant, Merissa trébucha sur son sac de couchage. Il allait la rattraper, mais elle reprit adroitement son équilibre. En revanche, il n'eut pas le temps d'écarter sa tasse de café à demi pleine qui se renversa. La jeune femme s'agenouilla aussitôt pour constater les dégâts.

Elle sentait si bon la savonnette que Cagan en fut troublé au point d'oublier la nécessité de garder ses distances.

— Laisse, ça n'est pas grave, dit-il en l'attirant à lui avec impétuosité.

Il était possédé. Il perdait la tête. Il voulait un baiser, comme la veille. Et il voulait bien plus encore…

Mais son ardeur lui fit aussitôt peur et il lâcha la jeune femme, qui reprit l'initiative. Elle plongea audacieusement son regard dans le sien et se rapprocha tout près de lui. Son souffle tiède lui effleurait le visage. Ses lèvres entrouvertes et humides quémandaient un baiser… Elle avait parfaitement conscience de la passion qu'elle lui inspirait…, réalisa Cagan, étourdi.

Il caressa ses lèvres, rêveusement d'abord, puis plus

ardemment, parce que Merissa embrassait ses doigts avec un mélange affolant de sensualité et de candeur.

Il n'était qu'un homme, faible devant le désir et la chair..., se dit-il. Vaincu, il passa son autre main dans ses cheveux blonds et pressa sa bouche contre la sienne, conscient d'être trop impérieux, trop exigeant...

Il l'embrassa jusqu'à ce qu'il soit hors d'haleine et sur le point de suffoquer. Puis il recula et, étonnamment, il réussit presque à se ressaisir. Sans ce sursaut de raison, il l'aurait dévêtue et possédée tout de suite, sans réfléchir.

Au même instant, un gémissement jaillit de la bouche de Merissa, suivi de murmures qu'il ne comprit pas. Tant mieux, car il se méfiait des mots qui promettaient mais ne tenaient jamais. Il préférait se fier à son instinct et agir. Il allait donc la reprendre dans ses bras, quand elle le repoussa.

— Non ! Je n'aurais jamais dû venir sous ta tente... Je suis désolée.

Sa voix était languide, mais elle s'était raidie.

— Tu n'as aucune raison d'avoir peur, Merissa. Je ne te ferai jamais aucun mal.

Mais qu'est-ce qu'il en savait ? se dit-il, amer soudain. Qui sait si plus tard, quand elle saurait... ?

Cette pensée lui fit l'effet d'une douche froide et il la lâcha.

— Je ne veux pas non plus que Jeff nous surprenne..., reprit Merissa. Il serait blessé...

La jalousie envahit brusquement Cagan. Pourquoi ? Jeff avait donc des droits sur elle ?

— Il y a quelque chose entre vous ? demanda-t-il avec effort.

— Rien que de l'amitié. Mais quand je suis arrivée à LPI, il voulait davantage. Parfois, quand il me regarde, je devine qu'il espère toujours...

— Je le comprends. Quel homme serait indifférent à ton charme ? déclara-t-il en lui prenant le menton.

— Je ne cherchais pas à être coquette, en disant ça, s'exclama Merissa sincèrement surprise. Je ne suis pas une séductrice !

Il la crut. Sa sensualité, mêlée de candeur et de vulnérabilité, la lui rendait encore plus irrésistible.

Comme il la désirait !... Et il devait bien admettre qu'il y avait, dans ce qui l'attirait chez elle, autre chose qu'un simple désir physique... Il fut inquiet, brusquement... Il n'allait tout de même pas tomber amoureux !

Un silence épais, étouffant, les enveloppait toujours.

— Je vais terminer de préparer le petit déjeuner, déclara enfin Merissa en se levant.

Cagan acquiesça, conscient que cette nourriture terrestre ne pourrait jamais rassasier la faim qui le tenaillait.

La fraîcheur matinale s'était vite dissipée sous les rayons de l'ardent soleil de juin. Quand ils eurent terminé leur petit déjeuner, la chaleur était devenue étouffante. Merissa resta à table, longtemps après que Cagan l'eut quittée pour faire son sac et ranger le camp.

— Il ne me reste plus qu'à démonter ta tente, et nous serons prêts à partir. Mais j'aimerais bien que Jeff revienne, maintenant.

— C'est tout de même bizarre qu'il soit parti sans prévenir et qu'il ne soit toujours pas de retour, fit Merissa soucieuse.

Tout à l'heure, elle lui tenait rancune de sa disparition impromptue, mais, au fur et à mesure que les heures passaient, sa colère cédait la place à l'anxiété.

— Tu l'as entendu sortir de votre tente, ce matin ?

— Non. Je ne me souviens même pas de l'avoir entendu se coucher. Je me suis endormi dès que je me suis glissé dans mon sac de couchage. Et ce matin, c'est l'odeur du bacon qui m'a tiré du sommeil. Après, tu es venue m'apporter mon café. La suite, tu la connais aussi bien que moi…

— Je commence vraiment à me faire du souci… Il sait qu'on s'en va. Il devrait être revenu, maintenant.

Cagan s'approcha, le regard plein de tendresse, mais il resta à distance. Elle sentit qu'il aurait aimé la serrer dans ses bras pour la rassurer, mais qu'il n'osait pas. La gêne du matin persistait toujours entre eux…

— Il a dû se lever tôt pour aller pêcher une dernière fois, hasarda-t-il. Je suis certain qu'il ne va pas tarder.

— Mais qu'est-ce que tu en sais ? s'emporta Merissa que l'inquiétude rendait irritable. Tu ne sais même pas s'il a dormi sous votre tente ! Et s'il était parti dans la nuit, qu'il ait glissé et se soit blessé ?

— Tu te fais des idées, l'interrompit Cagan, cherchant toujours à se montrer rassurant.

Mais il était lui aussi agité, car il faisait les cent pas.

— Je suis certain qu'il est parti pêcher, répéta-t-il.

— J'espère que tu as raison, répondit simplement Merissa qui en doutait de plus en plus.

— Et il va bientôt revenir avec une belle pêche ! Je suis sûr que ce brave Jeff a perdu la notion du temps… Tu sais qu'il adore pêcher !

— Oui, mais tout de même…

Elle n'était pas convaincue par ses explications. Ça ne ressemblait pas à Jeff de partir sans prévenir, surtout sachant qu'ils devaient lever le camp.

— Je vais aller faire un tour au bord du lac pour essayer de le retrouver, dit-elle enfin.

— Tu veux que je vienne avec toi ?

— Non, termine plutôt de démonter ma tente et de charger le pick-up.

Merissa mit son chapeau de paille et descendit le sentier qui menait au lac, vers le cyprès où ils avaient amarré leur bateau pendant la semaine.

Chemin faisant, elle essuya son front en sueur et réfléchit. Si Jeff avait si subitement disparu, c'était parce que sa dispute avec Cagan avait été plus sérieuse que ce dernier voulait bien l'admettre.

Du moins pour Jeff.

Et ce matin, toujours furieux contre Cagan, il avait décidé de se lever tôt pour pêcher une dernière fois et se calmer les nerfs. D'accord, mais ça n'était pas une raison pour disparaître si longtemps sans même leur laisser un mot ! Sa bouderie les retardait. Elle avait un rendez-vous dans l'après-midi et elle savait que Cagan était d'astreinte, ce soir.

Quand elle arriva au bord du lac, elle aperçut un bateau sur l'eau. Elle mit sa main en visière pour mieux voir. Mais ça n'était pas Jeff, seulement un père et ses fils, qui lui adressèrent un petit signe.

Une immense déception l'envahit. Elle aurait tellement voulu que ce soit Jeff… Mais elle eut beau scruter le lac, elle ne le vit pas.

Accablée par la chaleur, en sueur et désappointée, elle revint au camp. Elle remontait le sentier quand un écureuil rouge traversa devant elle et s'immobilisa, avant de reprendre sa course vers les fourrés. La jeune femme le suivit des yeux, le perdit de vue, puis le revit au moment où il grimpait à la première branche d'un cyprès. Le petit animal se figea de nouveau et regarda dans sa direction, comme pour se moquer d'elle. Merissa s'écarta du sentier pour se rapprocher de lui, mais l'animal sauta sur la branche d'un arbre voisin et disparut tout à fait dans le feuillage.

Au même instant, une tache de couleur accrocha le regard de la jeune femme. Quelque chose de rouge. De familier.

La chemise que Jeff portait, la veille.

— Jeff ? appela-t-elle aussitôt.

Seul le tambourinage précipité d'un pic épeiche contre le tronc d'un arbre lui répondit.

— Jeff ! C'est moi ! Est-ce que ça va ? s'écria-t-elle de nouveau.

Elle se dirigea à la hâte vers la tache rouge, malgré les arbrisseaux sarmenteux, les ronces et les buissons qui ralentissaient sa progression.

Un lièvre surgit tout à coup devant elle. Etonnée, elle sursauta, se prit les pieds dans une racine, puis elle reprit sa course. Au fur et à mesure qu'elle se rapprochait, elle voyait mieux la chemise rouge. C'était bien Jeff. Immobile. Evanoui. Sans doute blessé. Elle comprenait mieux pourquoi il avait tardé à revenir au camp !

De nouveau, Merissa trébucha dans la vigne vierge, s'y empêtra et s'égratigna. Elle se dégagea avec impatience, insensible à la douleur et au sang qui coulait sur son genou écorché. Elle était tellement pressée d'arriver auprès de Jeff, qui semblait complètement inconscient. Mon Dieu, et s'il était dans le coma ?

Un frisson la saisit alors qu'elle arrivait enfin près de son ami. Il était à plat ventre, immobile, la tête légèrement de travers contre une racine d'arbre et la main refermée autour d'une branche.

— Jeff !

Elle s'efforça de le retourner.

— Oh ! mon Dieu, non !

Sous le choc, elle cessa un instant de respirer. Son cœur affolé se remit ensuite à battre avec une violence inouïe.

La chemise de Jeff était tachée de sang. Il avait un couteau planté dans le cœur. Quant à son regard…

Merissa horrifiée recula. Non ! ça n'était pas possible ! Elle recula encore, puis elle s'enfuit, mue par une force plus puissante que sa volonté. Le souffle court et les poumons en feu, elle courut droit devant elle, indifférente aux branches qui fouettaient son visage et ses bras.

Elle devait trouver de l'aide, et de toute urgence…

3

Cagan scrutait les sous-bois, guettant le retour de Merissa avec un mélange d'impatience et d'agacement. Elle était partie à la recherche de Jeff depuis un bon quart d'heure et elle tardait à revenir. Ça devenait décidément ridicule ! Il rabattit la visière de son chapeau sur son visage et posa son pied sur une souche. Pensif, il observa une aigrette blanche qui surveillait les environs en étirant son long cou, tel un pêcheur à l'affût, l'œil rivé sur l'eau calme. Tout à coup, elle repéra un poisson et lança rapidement le bec dans l'eau.

Elle reprit ensuite son envol et disparut au-delà de la ligne d'horizon…

Venue de nulle part, elle avait accompli sa mission et repartait ailleurs, toujours plus loin…

Une habitude dictée par l'instinct. Une leçon que Cagan avait apprise dans l'épreuve.

Il sursauta et se retourna en entendant un froissement de feuillages et des craquements.

La voix paniquée de Merissa s'éleva.

— Cagan !

— Par ici, Merissa !

Elle émergea du sous-bois, blême, le regard agrandi par la terreur et les lèvres tremblantes. Présageant le pire,

Cagan courut à sa rencontre et la rattrapa au moment où elle défaillait.

— Que s'est-il passé ? Tu es blessée ? demanda-t-il d'une voix tendue

— Non… pas moi… Jeff, balbutia la jeune femme hors d'haleine.

— Où est-il ?

— Je… il…

Elle était trop essoufflée pour parler. Sa respiration sifflait, laborieuse.

— Dans… le bois…

Puis elle poursuivit dans un murmure :

— Blessé… Il faut le secourir. Tout de suite…

Cagan lui serra les poignets et observa son visage livide. Ses prunelles grises, brûlantes de désir le matin même, n'exprimaient qu'une horreur et une confusion incontrôlables.

— Conduis-moi vers lui ! ordonna-t-il en passant un bras autour de sa taille.

— Il est là, derrière l'un de ces arbres !…, dit-elle en tendant la main vers le sous-bois.

Une main tachée de sang ! se dit Cagan, soudain méfiant.

Quand Merissa se mit en marche, il la suivit, prudent et mal à l'aise.

Soudain elle fit demi-tour et prit un autre sentier.

— En fait, non, c'est par là !

Elle ne cessait de changer de direction. Cagan posa sa main sur son arme toujours à sa ceinture, tout en se reprochant d'être aussi soupçonneux. Mais le passé lui avait appris que le pire vient toujours de là où on l'attend le moins.

Merissa s'arrêta de nouveau, changea de sentier, sans cesser de scruter les environs.

— Je ne sais plus… Je pensais que c'était par là, mais…

— Réfléchis bien !

— Je n'arrive plus à me souvenir…

Elle secoua la tête et regarda autour d'elle, complètement perdue.

— Par là, dit-elle enfin en montrant un buisson de fleurs blanches.

Cagan prit la jeune femme par la main et passa devant elle.

— Tu en es sûre, cette fois ? demanda-t-il tandis qu'ils continuaient de s'enfoncer dans le sous-bois.

— Oui ! On y est presque.

Sur ces mots, elle s'arrêta. Elle n'en pouvait plus. Ses poumons étaient en feu, elle était en sueur et son cœur battait tellement fort qu'elle avait mal.

— Qu'est-ce qui se passe ?

Un vertige la saisit.

— Je ne veux pas retourner là-bas !

Revoir le visage de Jeff… Ce regard fixe, vitreux… Non, c'était impossible !

— Tu n'as rien à craindre, Merissa, je suis avec toi.

— Je t'en supplie, continue tout seul…

— Je ne veux pas te laisser !

De guerre lasse, Merissa reprit la marche.

Un peu plus tard, Cagan se penchait sur Jeff comme elle l'avait fait, quelques minutes plus tôt. Quelques minutes seulement ? Merissa n'en était plus très sûre… Elle avait perdu la notion du temps, son sens de l'orientation et sa capacité à raisonner…

— Il est… ? demanda-t-elle à mi-voix.

Mort ?

Le mot ne put franchir ses lèvres tremblantes. Des larmes

lui montèrent aux yeux tandis qu'elle regardait Cagan chercher le pouls de Jeff, puis le lâcher.

Alors une nouvelle vague de panique l'envahit.

— Il faut faire quelque chose ! Appeler la police ! Les urgences ! Vite !

Mais Cagan restait accroupi. Il examinait la blessure.

— C'est inutile, dit-il d'une voix presque sans timbre. Jeff est mort.

Les paroles de Cagan pénétrèrent dans l'esprit troublé de Merissa et l'obligèrent à revenir brutalement à la réalité.

— Mort ?

— Assassiné.

— Non ! C'est impossible ! C'est un accident ! Il devait courir. Il a trébuché et il est tombé sur son couteau ! Ou bien il est tombé de… de cet arbre, oui !

Les mots se bousculaient sur ses lèvres et jaillissaient dans le silence de la forêt. Cagan se trompait, forcément ! Qui aurait pu tuer Jeff d'un coup de couteau ? C'était absurde !

Mais au fait, ce couteau, elle le reconnaissait bien maintenant : elle l'avait lavé et essuyé la veille. Et si le meurtrier de Jeff, c'était Cagan ? se dit-elle tout à coup, frappée par un insupportable soupçon.

— Viens vite, Merissa, il ne faut pas rester ici, reprit Cagan en passant son bras autour de ses épaules.

Mais Merissa ne l'écoutait plus. Elle tentait de se remémorer les bribes de la dispute qui lui était parvenue, durant la nuit.

La voix avinée de Jeff. La colère dans celle de Cagan. Quel avait été le motif de leur discussion ? Elle ne parvenait pas à se souvenir des paroles qu'elle avait entendues, parce qu'elle était pour l'instant dans un état de confusion totale.

Toujours tremblante, elle essuya ses mains sur son short.

Mon Dieu, tout ce sang… Poisseux. Gluant. Elle devait se laver…, songea-t-elle, envahie par la terreur.

Elle joua des coudes et se libéra de l'étreinte de Cagan, puis elle se mit à courir à travers les fourrés et les lianes. Elle se prit les pieds dedans, tomba mais se releva et se remit à courir. Pour fuir.

Mais Cagan la rattrapa et la força à s'arrêter.

— Où tu vas ?

— Au bord… du lac…

Elle lui montra ses mains, l'estomac soulevé par la nausée.

— Je dois les laver.

— Le lac est dans l'autre direction.

Merissa frissonna et regarda tout autour d'elle comme un animal traqué.

Son regard brillait de larmes, dans un mélange de candeur et d'horreur. Cagan était partagé entre l'envie de la serrer dans ses bras et la peur de se laisser attendrir.

Au même instant, une règle d'or lui revint à l'esprit. *Toujours soupçonner la personne qui a découvert un corps.*

Mais les règles avaient aussi leurs exceptions.

— Il faut que je me lave les mains ! insista Merissa. Et après, nous devons appeler la police !

— Je t'accompagne.

La jeune femme était désormais suspecte à ses yeux, et si jamais elle tentait de fuir, il la menacerait de son arme. Ses soupçons et sa méfiance, en totale contradiction avec l'attirance qu'elle lui inspirait, lui répugnaient. Même en état de choc, Merissa restait terriblement séduisante, et il mourait d'envie de la protéger et de la réconforter.

Mais était-elle vraiment sous le choc ou lui jouait-elle la comédie ? Il avait autrefois connu des femmes magnifiques et touchantes qui avaient été des criminelles sans scrupule.

A son côté, Merissa accéléra le pas et il adopta son rythme. Il aurait aimé lui faire confiance ; pourtant, il ne parvenait pas à faire taire ses soupçons.

Se méfier, douter de tout et de tous, c'était aussi sa devise.

Merissa se laissa tomber sur l'horrible chaise de bois du poste de police de Ponchatoula, la bourgade la plus proche du lac Maurepas. Ça faisait une bonne heure qu'elle était interrogée par la police. On lui posait des questions complètement absurdes… Au début, elle avait naïvement pensé que la police de Baton Rouge allait intervenir et diriger l'enquête, mais c'étaient le shérif de Ponchatoula et ses hommes qui étaient aussitôt arrivés sur les lieux. Ces derniers jubilaient manifestement à la perspective de rompre avec leur train-train quotidien et d'enquêter sur une affaire de meurtre.

Le policier qui l'interrogeait avait un visage rubicond et chiquait du tabac.

— Je reprends. Depuis combien de temps connaissiez-vous la victime ?

La victime.

La gorge serrée, Merissa reprit la parole.

— Je vous l'ai déjà dit… Jeff sortait avec ma meilleure amie, quand nous étions à l'université. C'était il y a cinq ans. Quand ils ont rompu, Jeff et moi, nous sommes restés bons amis. Nous travaillons tous les deux dans le même domaine, et nous avons beaucoup de points en commun.

Elle redressa les épaules, pour essayer de détendre ses muscles noués.

— Notre amitié n'a strictement rien à voir avec son meurtre…, ajouta-t-elle avec lassitude.

La porte s'ouvrit. Cagan entra, suivi par le shérif, un homme grossier et mal rasé qui sentait la transpiration.

— Vous avez bientôt fini ? demanda-t-il.

Le policier cracha son tabac à chiquer dans une canette vide.

— Presque, répondit-il. Mlle Thomas était sur le point de me parler de ses relations avec la victime.

— Mlle Thomas n'est pas censée vous répondre sur ce point. Nous avons trouvé le corps, nous avons aussitôt appelé la police et nous vous avons fourni notre témoignage, intervint froidement Cagan. Pour le reste, vous ne pourrez interroger mademoiselle qu'en présence de son avocat.

— Mais je n'ai pas besoin d'avocat ! s'indigna Merissa. Je veux seulement qu'on retrouve le meurtrier de Jeff ! Je suis excédée qu'on me traite comme une criminelle !

Elle ne supportait plus ces policiers, leurs insinuations et de leur subjectivité. Pourquoi n'agissaient-ils pas ? Ils auraient dû ratisser la scène de crime pour y trouver d'éventuels indices au lieu de perdre leur temps à l'interroger.

— On m'a demandé si je couchais avec Jeff…, reprit-elle avec emportement à l'adresse de Cagan, si Jeff, toi et moi nous avions une relation à trois, où le gêneur aurait été éliminé. Un vrai vaudeville à la mode de Louisiane ! s'écria-t-elle.

— Calme-toi, Merissa ! lui intima Cagan.

— Non, je ne me calmerai pas ! Et je n'écouterai pas plus longtemps ces absurdités ! martela la jeune femme à bout de patience.

Elle jaugea les deux hommes, les défiant de la contredire.

— Je suis partie pêcher avec un vieil ami avec lequel je n'ai jamais eu que des rapports amicaux et en qui j'avais une confiance absolue ! Je n'ai jamais couché ni avec Jeff ni avec Cagan Hall, alors oubliez vos sales petits fantasmes et cherchez plutôt ailleurs ! Vous perdez votre temps avec moi ! Pendant ce temps, son meurtrier court toujours !

— Nous le retrouverons, ne vous inquiétez surtout pas ! déclara le shérif en remontant son pantalon.

Merissa se leva et s'approcha de lui.

— Je m'inquiète surtout de votre incompétence, shérif. Et maintenant, si vous avez terminé votre interrogatoire, je m'en vais. Vous avez mon adresse et mon numéro de téléphone. N'hésitez pas à me contacter si vous avez besoin d'autres précisions. Je reste à votre disposition.

Elle se dirigeait vers la sortie, quand le shérif s'interposa.

— Pas si vite, mademoiselle Thomas ! Vous partirez seulement quand je l'aurai autorisé !

Cagan vint au côté de Merissa, comme pour la soutenir.

— Mlle Thomas vient de vous dire qu'elle s'en allait. Et à moins que vous n'ayez un mandat d'arrêt, il vaudrait mieux que vous la laissiez.

— Tout de suite les grands mots ! Laissez-moi faire mon travail ! C'est moi qui suis en charge de l'enquête. Pas vous.

— Une enquête ? Mais quelle enquête ? interrogea Cagan avec impertinence.

— Une enquête sur le meurtre de Jeff Madison. Vous avez un autre nom à donner à la procédure ?

— Oui : la parade de deux clowns !

Le visage du shérif devint violacé.

— Vous avez bâclé l'examen de la scène de crime et maintenant vous perdez un temps précieux à des vétilles, poursuivit Cagan impitoyable. Et, comme Mlle Thomas, je mets vos compétences en doute.

— Ne vous faites donc pas de souci, riposta le shérif en

caressant son holster avec complaisance. Ici, nous respectons scrupuleusement la procédure. Pas comme dans les grandes villes !

— Il me semble au contraire que vous ne respectez rien ! répliqua Cagan.

Le shérif l'écrasa d'un regard méprisant

— Vous non plus. Vous n'avez pas la réputation d'être un pur, n'est-ce pas, *officier* Hall ?

— Ah, tiens, vous avez déjà fait votre enquête de fond sur moi ? demanda Cagan. Et vous espérez que je vais être impressionné par votre zèle ?

Le shérif se posta devant lui, toujours aussi méprisant.

— Oui, je sais qui vous êtes. Quelques coups de fil seulement ont été nécessaires. Ex-policier de la NYPD. Responsable de la sécurité chez LPI.

— Ajoutez aussi hors-la-loi exclu de la police. Pour une bavure soi-disant. Vous en mourez d'envie. Alors ? Vous m'arrêtez ?

— J'en ai bien envie. Parce que vous étiez sur les lieux et que vous êtes les seuls suspects. Surtout vous, Hall. Vous refusez de répondre à nos questions. De plus, je vous sais capable de tout. Enfin, quel homme ne tuerait pas pour une si jolie poupée ?

Là-dessus, le shérif contempla Merissa avec impudence. La jeune femme contint la nausée qui lui montait à la gorge.

Cagan serra les poings.

— Allez, c'est bon. On les laisse partir, dit enfin le shérif d'une voix traînante en montrant la porte. De toute façon, nous savons où vous trouver. Restez à notre disposition. Si jamais vous essayez de filer, on vous retrouvera... et alors...

Il leva l'index et le majeur et les en menaça comme il l'aurait fait d'une arme.

— Je plaisante, bien entendu. C'est juste pour vous faire peur, conclut-il avec un sourire mauvais.

Une fois dehors, Merissa suivit Cagan jusqu'à leur pick-up. Il monta dans le véhicule en claquant la portière. Merissa s'y installa à son tour, sans dire un mot.

— Quelle bande de crétins ! marmonna enfin Cagan en démarrant si brutalement qu'elle fut plaquée contre son siège.

Les premiers kilomètres se déroulèrent dans un lourd silence qui permit à Merissa de calmer sa migraine.

Elle s'adossa à l'appuie-tête et ferma les yeux, faisant un ultime effort pour réfléchir et récapituler les faits, malgré la fatigue et la tension.

D'abord, elle avait subi le charme ambigu de Cagan pendant la semaine, pour finalement y succomber.

Ensuite, son meilleur ami avait été assassiné après une violente dispute avec ce même Cagan. Avec le couteau de leur campement, qui plus était !

Cagan serait-il un meurtrier ?

Tout en regardant distraitement par la vitre, Merissa fit un nouvel effort pour se souvenir des bribes de la conversation qu'elle avait surprise entre les deux hommes, la veille du meurtre.

En vain.

Mais ses soupçons contre Cagan s'accentuaient. N'avait-il pas nié s'être disputé avec Jeff ? Pourquoi avait-il juste parlé d'une « discussion un peu vive » ?

Dans tous les cas, il était le dernier à avoir vu Jeff vivant…

Le trop-plein d'émotions l'empêchait de bien raisonner. Mais elle avait au moins une certitude : Cagan lui avait menti et c'était un fait des plus troublants…

— Tu as eu droit à quel genre de questions ? lui demanda-t-il tout à coup.

Soulagée d'être arrachée à ses pensées désagréables, elle répondit sans se faire prier.

— Des questions privées. Sur moi. Sur Jeff. Et sur toi aussi.

— Des questions inutiles à ce point de l'enquête. Avec le choc que nous venons de subir, la police aurait pu avoir plus d'égards pour nous…

— Les policiers nous ménageaient, au début ! rétorqua Merissa. Mais il a fallu que tu t'en mêles, et que tu leur expliques comment faire leur travail !

— Ce sont des incompétents ! Cela dit, je suis désolé qu'ils aient été aussi grossiers avec toi…

Il crispa les mains sur son volant. Son visage était dur, son menton méfiant et sa bouche pincée.

— Que sais-tu sur Rick Porter ? lui demanda-t-il brusquement.

Il appuya sa question d'un regard bref et froid.

— Je le connais mal…, répondit Merissa avec lassitude. Comme presque tout le monde à LPI, d'ailleurs. On prétend qu'il a un caractère difficile. Mais Gaffner ne cesse de vanter ses compétences. Et Lana est sa petite amie depuis quelques mois déjà.

— Lana Glass, la jolie assistante du chef de service du personnel ? La petite rouquine moulée dans des minijupes et des tops affriolants ?

— Tu as remarqué ?

— Je n'ai pas les yeux dans ma poche, je suis un homme.

Incontestablement…, pensa Merissa qui se garda bien de faire un commentaire.

— Le personnel masculin a été littéralement ensorcelé

par Lana, quand elle a été embauchée à LPI. Mais elle ne s'est intéressée à aucun de ses collèges de travail…

— Sauf à Rick Porter, enchaîna Cagan, le gars qui a un sale caractère et qui ne s'entend avec personne. Elle a aussi fréquenté Jeff, je crois ?

— A un moment donné, oui. Mais ça n'a pas duré. Pourquoi ? C'est important ?

— Aucune idée.

Là-dessus, Cagan accéléra, comme si la vitesse le défoulait.

— J'aimerais mettre certaines choses au point, alors écoute-moi bien, Merissa.

— Non ! J'ai eu ma dose d'émotions pour aujourd'hui. Maintenant, je veux rentrer à la maison. Prendre un bain chaud et me laver de toutes les horreurs que j'ai vues et entendues aujourd'hui. Après, je veux dormir. Pendant des heures. Des jours.

Sa voix tremblait quand elle reprit :

— Et puis, surtout, je veux faire le deuil de Jeff en paix.

Cagan prit soudain sa main. Un frisson de peur, bien éloigné des doux frissons de désir qui l'avaient envahie le matin, saisit la jeune femme qui retira sa main.

Son ami avait été tué. La police les soupçonnait de meurtre. Elle, elle savait pertinemment qu'elle n'avait pas tué Jeff. Alors, qui pouvait être le meurtrier, à part Cagan ?

Un nouveau frisson la parcourut.

Il y avait quelques heures à peine, elle le désirait ; maintenant, elle en avait peur et elle s'en méfiait. Son meilleur ami était mort assassiné. Elle nourrissait des doutes horribles sur un homme à qui elle commençait à porter des sentiments tendres… Elle n'aspirait plus qu'à la solitude pour se recroqueviller sur sa peine.

A ce matin magnifique avait succédé une journée sombre. En quelques heures, tout avait basculé…

De la lumière, elle avait plongé dans de profondes ténèbres.

Posté devant la fenêtre de son bureau, situé au quatrième étage de l'immeuble, Marshall Gaffner était aux premières loges pour contempler sa dernière folie, Mardi Gras Lights, son casino flottant. Le choix du vainqueur ! se dit-il avec satisfaction. L'endroit où qui joue gagne ! Il était fier d'avoir trouvé cette formule pour vanter son nouvel établissement dans les magazines. Les néons et les enseignes clignotantes de Mardi Gras Lights étaient une ode au clinquant et au brillant. A l'entrée paradait même une reine de carnaval en plastique. C'était criard, c'était même le comble du mauvais goût, mais Gaffner était ravi. Il aimait plus son casino que cette société de prothèses tristounette que son père lui avait léguée en mourant.

Au début de l'aventure, Marshall avait eu la certitude que l'argent allait affluer sur son compte en banque aussi vite qu'il remplissait les machines à sous. Et, à sa plus grande satisfaction, ç'avait été le cas pendant un temps. Puis l'attrait de la nouveauté s'était émoussé, d'autres salles de jeux au kitsch toujours plus ostentatoire s'étaient ouvertes, lui volant les joueurs qui remplissaient ses caisses.

Le regard toujours fixé sur son casino, Marshall Gaffner desserra son nœud de cravate qui l'étranglait autant que ses créditeurs, sa femme Priscilla et ses maîtresses.

Il était pris à la gorge, au propre et au figuré.

Surtout par Priscilla, qui le menaçait d'un divorce. Mais plutôt mourir que de divorcer et lui abandonner une partie de ses biens ! se révolta Marshall en essuyant son front en sueur avec un fin mouchoir en lin. Les vautours gravitaient autour de lui, attendant que sa déchéance soit complète pour le dépouiller…

Le sénateur Bracer était le pire de tous. Ses électeurs chantaient ses louanges, mais ils ne connaissaient que son éclatant sourire de façade et ses promesses creuses de politicien. Gaffner, lui, le connaissait personnellement. Lui il savait que cet éminent politicien était corrompu jusqu'à la moelle et qu'il était prêt à tout pour de l'argent.

Gaffner redoutait le sénateur, qui imposait ses règles et fixait les enjeux. Et il le redoutait d'autant plus que, maintenant, des vies étaient en jeu et que la mort rôdait.

Le vent avait tourné quand une livraison très spéciale avait disparu. Un million de dollars s'était littéralement envolé, au grand dam du sénateur Bracer. Celui qui avait subtilisé le colis connaissait donc à présent leur trafic criminel et représentait une menace pour eux. Bracer avait pourtant toujours prétendu qu'il n'y avait aucun risque et que personne ne découvrirait rien.

Marshall n'avait jamais eu qu'une seule exigence dans la vie : avoir assez d'argent pour en profiter selon son bon plaisir. Sans être un gentleman du Sud comme son père, il n'était pas non plus un meurtrier. Du moins le pensait-il… Car, pour se protéger, sauver sa peau et ses investissements, il allait être obligé de commettre des actes ignobles.

Mais il n'avait pas le choix. Quand on joue avec le feu, on risque de déclencher un incendie, de se brûler et, en plus, de faire des victimes…

Il se frotta les tempes pour en soulager les élancements persistants, puis il revint à son bureau, appréciant le confort de ses chaussures sur mesure sur l'épaisse moquette beige.

Il ouvrit le tiroir supérieur du meuble et en retira des

havanes qu'il avait achetés pour son usage personnel. Marshall aimait les belles choses et le luxe. Et se retrouver derrière les barreaux d'un pénitencier fédéral n'avait rien d'agréable ni de luxueux…

C'est pourquoi il allait désormais prendre la situation en main. Pour commencer, il allait s'occuper personnellement de Merissa Thomas.

Une si jolie fille. Douce et agréable…

Le regret l'envahit et fit vaciller sa décision.

Il détestait ce qu'il allait faire, mais c'était lui ou elle.

Une question de survie finalement…

4

A bout de nerfs, Merissa jeta le quotidien du matin sur son bureau. Au cours de la semaine écoulée, les preuves de sa culpabilité dans le meurtre de Jeff s'étaient accumulées.

D'abord, la police avait identifié ses empreintes sur le couteau à fileter, l'arme du crime. Ensuite, son T-shirt taché par le sang de Jeff, et ses bras et jambes égratignés, comme si elle s'était battue avec lui, étaient apparus comme des indices supplémentaires. Enfin, la victime aurait été son amant. Les journalistes s'en donnaient à cœur joie. « S'agit-il d'un crime passionnel ? » clamaient les gros titres des journaux.

Allons, puisqu'elle était innocente, elle n'avait aucune raison de se faire du souci ! se répétait-elle à longueur de journée pour se calmer. Gaffner lui avait recommandé son avocat, un ténor du barreau de Louisiane. Et Rod Lopen l'avait complètement rassurée. Au moins, Marshall Gaffner et Rod Lopen la croyaient. Mais c'étaient bien les seuls..., pensa-t-elle amèrement, revoyant les regards curieux, méfiants ou perplexes de ses collègues de bureau. C'était normal avec tout le battage qui se faisait autour de sa personne... Le shérif et son associé, l'homme qui chiquait du tabac, étaient venus l'interroger dans son bureau à trois reprises au cours de la semaine. Et en grande pompe, bien entendu. Pour signifier qu'elle était présumée coupable…

Merissa soupira. En dépit des invitations au calme de son avocat, elle se rongeait les sangs. Elle avait beau être innocente, elle n'en risquait pas moins la prison à vie. Combien d'innocents avaient-ils été enfermés à la suite d'une erreur judiciaire ? Si le shérif de Ponchatoula avait décidé de la faire arrêter, elle serait bientôt en cellule, entourée de criminels.

Et l'assassin de Jeff courrait toujours…

A cette pensée, elle se mit à trembler. Une horrible nausée lui souleva l'estomac. Ses nuits étaient désormais hantées par la panique et ses journées n'étaient qu'une lutte permanente pour garder la foi et rester objective…

Elle noua ses doigts derrière sa nuque et tenta de dénouer la tension qui la raidissait. Puis elle effectua de lents mouvements de tête tout en regardant son bureau, où les rayons du soleil de la fin d'après-midi pénétraient à flots.

Sans interrompre ses exercices d'assouplissement, elle observa le mobilier comme s'il avait le pouvoir de l'arracher au cauchemar qui avait commencé au lac Maurepas et qui ne cessait d'empirer. Enfin, elle baissa les yeux sur le presse-papiers que ses parents lui avaient envoyé d'Angleterre. La tristesse l'envahit. Pour la première fois depuis qu'ils avaient quitté les Etats-Unis, elle regretta qu'ils soient si loin…

Son père, chercheur au département des sciences de l'université de Louisiane à Lafayette, avait obtenu un congé sabbatique d'un an pour se rétablir de la crise cardiaque qui l'avait terrassé. Quant à sa mère, elle avait été très éprouvée par la mort de ses propres parents et le grave malaise cardiaque de son époux. Inutile de les inquiéter avec cette affaire sordide.

Le cœur gros, elle croisa les bras sur le sous-main en cuir

qui protégeait son bureau en acajou. Lors de son entretien d'embauche, Gaffner lui avait dit qu'un environnement professionnel agréable stimulait la créativité de ses employés. Mais Merissa ne se sentait plus tranquille dans ces bureaux douillets conçus par un célèbre architecte d'intérieur. Pourtant Cagan Hall s'occupait toujours de la sécurité de LPI, mais c'était justement lui qui lui faisait peur…

Depuis leur retour à Baton Rouge, elle se montrait distante et froide avec lui, mais cette attitude n'avait pas découragé Cagan, qui la suivait comme son ombre. Il lui téléphonait dix fois par jour ou surgissait devant elle dès qu'elle sortait de son bureau. Il n'était jamais menaçant, non, c'était comme s'il la surveillait. C'était angoissant, à la fin.

Pourquoi la harcelait-il ? Elle allait finir par craquer… L'attirance et la sensualité qui avaient empreint leurs rapports au lac Maurepas s'étaient muées en une méfiance réciproque. Si seulement cet homme pouvait sortir de sa vie…

Incapable de se concentrer et de travailler, elle éteignit son ordinateur. Une semaine plus tôt, elle s'estimait assez satisfaite de son travail ; maintenant, elle l'abhorrait. Elle étouffait dans son bureau comme… comme dans une cellule de prison !

Un frisson la parcourut à cette évocation. Elle était soupçonnée de meurtre, mais c'était Cagan, le suspect numéro un dans la mort de Jeff ! Seulement, il avait réussi à duper la police en retournant habilement les soupçons contre elle…

— Merissa ? Je peux entrer ?

Elle sursauta et se retourna. Sur le pas de la porte, Lana Glass lui souriait.

— Oh, je suis désolée, je ne voulais pas te faire peur…

— Je suis facilement impressionnable, ces derniers temps, avoua Merissa soulagée de voir Lana plutôt que Cagan.

— Comment est-ce que tu vas, ce matin ?

— Pas fort.

— J'imagine… Je viens de lire les journaux.

— La presse m'accuse du meurtre de Jeff…

— Ne te laisse pas affecter par ces feuilles de chou, reprit Lana, qui se rapprocha à petits pas, gênée par l'étroitesse de sa jupe. Cette semaine, c'est le calme plat, et les journalistes ont toujours besoin de se mettre quelque chose sous la dent.

— J'espère qu'il se passera bientôt quelque chose de plus palpitant, parce que les journalistes sont prêts à m'envoyer à la chaise électrique… Mais assez parlé de moi…, reprit Merissa. Que puis-je faire pour toi ?

— Rien. Je voulais seulement te dire que j'étais désolée de ce qui t'arrivait… La mort de Jeff et la découverte de son corps t'ont bouleversée, et maintenant les policiers te soupçonnent du meurtre. Leurs accusations sont vraiment absurdes !

— Merci, Lana… Dommage que tu ne sois pas une journaliste pour plaider ma cause !

Elle fit un effort pour sourire. Au moins une collègue qui était de son côté…

Merissa avait toujours entretenu des rapports strictement professionnels avec Lana, et elle était touchée que la jeune femme vienne spontanément lui offrir son soutien.

— Cagan pourrait t'aider… Après tout, il était aussi au lac Maurepas, suggéra Lana. Il pourrait intercéder en ta faveur auprès de la police… On le laisse bien tranquille, lui !

Merissa se raidit.

— C'est Cagan qui t'a demandé de venir me parler ?

— Non. Pourquoi ?

— C'est juste une impression. Ecoute, Lana, je n'ai pas

besoin de Cagan. J'ai un avocat pour me représenter et défendre mes droits.

— Mais Cagan était policier !

— Tu sais bien que les policiers sont solidaires entre eux. Et puis, ce sont tous des machos !

La colère perçait dans sa voix.

— Je crois pourtant qu'il est différent…, reprit Lana. Et je suis certaine qu'il sait quelque chose. Tu n'as pas remarqué qu'il pose sans cesse des questions ? Il a aussi passé beaucoup de temps avec Jeff, avant votre séjour de pêche au lac Maurepas…

Lana se tut et parut hésiter. Puis elle reprit la parole lentement, comme si elle pesait ses mots :

— Ces derniers temps, je suis souvent repassée au bureau pour rattraper mon travail en retard, le soir, et, chaque fois, je les voyais ensemble, parler et rire comme s'ils étaient les meilleurs amis du monde.

Lana s'appuya contre le bureau, soulignant son aveu d'un regard pénétrant.

— C'est vrai, ils s'entendaient plutôt bien…, reconnut Merissa. Mais je n'ai pas besoin de Cagan. J'ai seulement besoin d'un bon avocat pour me défendre, et, surtout, je veux que la police découvre le meurtrier de Jeff.

— Tu as tort, insista Lana comme si elle plaidait la cause de Cagan. Personnellement, je ne ferais pas confiance à un avocat recommandé par Gaffner.

— Comment ça ? Gaffner n'a aucune raison de vouloir saboter ma défense…

— A ta place, je n'en serais pas si sûre, Merissa… Pas dans l'affaire du meurtre de Jeff, en tout cas.

Merissa joua avec son stylo, pensive et étonnée par la hargne qu'elle avait perçue dans la voix de Lana. La rumeur prétendait que Lana et Gaffner étaient très proches. Amants, affirmaient même les ragots.

Auraient-ils rompu ?

Mais ça ne la regardait pas, après tout.

— J'apprécie beaucoup ta compassion, Lana, mais ne te fais surtout pas de souci. Grâce à Gaffner, j'ai l'un des meilleurs avocats de la région, et je coopère de mon mieux avec la police. En réalité, je doute qu'on me suspecte vraiment. Si c'était le cas, je serais déjà en prison !

Là-dessus, Merissa se leva en espérant que Lana comprendrait que la conversation était terminée, et qu'elle prendrait congé. Si cette dernière continuait à lui témoigner sa sympathie, elle allait se mettre à pleurer…

— Il y a autre chose que je voulais te dire…, reprit Lana avec gêne.

Elle baissa les yeux, comme si elle redoutait de continuer.

— Sois sur tes gardes, Merissa. Le shérif s'est longuement entretenu avec Gaffner, tout à l'heure.

— Crois-moi, ça ne peut pas être pis que tout ce qui s'est passé depuis ces derniers jours !

— Attends, je n'ai pas fini. Le shérif a confié à Gaffner que ton arrestation était imminente…

Merissa, bouleversée, crut que son cœur allait s'arrêter de battre.

— Je suis vraiment désolée…, poursuivit Lana, mais je voulais que tu le saches. Et comme j'étais certaine que Gaffner ne t'en soufflerait pas un mot, j'ai pris les devants.

— Tu as eu raison et je te remercie… Si je comprends bien, je ne peux même plus faire confiance à Gaffner ?

Merissa se sentit soudain trahie.

Que se passait-il, tout à coup ? Pourquoi Jeff avait-il été tué ? Pourquoi Cagan semblait-il la traquer ? Et pourquoi ce soudain revirement de Gaffner, qui semblait s'être allié au shérif ?

Elle avait l'étrange impression d'être au centre d'une affaire qui ne la concernait pas et dont elle ignorait tout…

— En tout cas, si tu as besoin de quoi que ce soit, ou tout simplement d'une oreille amie, je suis là, conclut Lana en sortant.

— Merci, répondit Merissa d'une voix sans timbre.

Restée seule, elle ferma les yeux, s'exhortant au calme et à la raison. Elle avait besoin de réfléchir. Elle devait aussi trouver un moyen de prouver son innocence. Et très vite. Avant qu'elle ne soit prise dans les rouages de la justice où elle serait broyée…

Pour commencer, elle décrocha son téléphone et appela Marshall Gaffner sur sa ligne directe, les mains tremblantes. Il répondit tout de suite, comme s'il avait attendu son appel.

Une bonne heure plus tard, Merissa sortait de l'ascenseur et se dirigeait vers le bureau de Marshall Gaffner. Elle avait demandé à le voir sur-le-champ, mais il avait invoqué un surcroît de travail pour décliner poliment. Il avait toutefois accepté de la recevoir en fin d'après-midi. Sans doute espérait-il que sa colère serait calmée, d'ici là. Eh bien, il serait sacrément déçu ! se dit Merissa encore très énervée. Elle avait toujours été honnête et franche avec son employeur et elle avait espéré la même attitude de sa part, mais manifestement elle s'était fourvoyée.

Elle ralentit le pas en entendant une voix de femme s'élever à l'autre bout du couloir. A croire qu'elle n'était pas la seule mécontente, aujourd'hui !

— Je me fiche qu'on m'entende ! Je te le répète pour la dernière fois, je suis lasse de…

La porte du bureau de Marshall Gaffner se referma brutalement et le silence retomba. Son patron ne voulait pas que ses employés entendent la dispute… Mais ses précautions étaient vaines, parce qu'il était plus de 17 heures et tous les bureaux étaient vides.

Par souci de discrétion, Merissa recula de quelques pas et patienta. Quelques minutes plus tard, la porte s'ouvrit de nouveau. Priscilla Gaffner sortit, le visage déformé par la colère.

— Bonsoir, madame Gaffner, lui dit-elle poliment, quand elle la croisa.

— Bonjour, mademoiselle Thomas, lança cette dernière sans se dérider, tout en continuant de marcher d'un pas vif vers l'ascenseur.

Merissa la suivit des yeux, perplexe. La femme de Gaffner avait la réputation d'être amicale, du moins agréable et polie. Cet après-midi, quelque chose de grave avait dû l'affecter pour qu'elle se départisse des bonnes manières dont elle était si fière.

Quels que soient les problèmes du couple, ils étaient sans doute moins graves que les siens…, songea Merissa en frappant au bureau de son patron.

Il lui ouvrit, tout sourires, comme si sa femme venait de lui faire une bonne surprise au lieu de l'avoir foudroyé de sa colère.

— Entrez vite ! Je suis content que vous m'ayez demandé un rendez-vous, tout à l'heure. J'allais aussi vous téléphoner !

Elle l'avait peut-être mal jugé ? pensa Merissa que son humeur débonnaire rendit soudain perplexe. Il avait peut-être eu l'intention de lui parler de la visite du shérif, en fin de compte ?

— Asseyez-vous, lui dit-il en lui montrant un fauteuil et en prenant place dans le sien. Je me fais du souci pour vous, ma chère Merissa.

— Merci. Moi aussi je m'en fais…

— J'en suis conscient ! Je me suis entretenu avec Rod Lopen aujourd'hui. Il est très optimiste. Il dit qu'il faut juste être patient, parce que ce sera long…

— Il me l'a dit aussi. Et c'est l'une des raisons pour lesquelles je voulais m'entretenir avec vous. Rod Lopen est un ténor du barreau et l'un de vos amis, mais je ne vois pas comment il va pouvoir m'aider…

— En prouvant votre innocence ! coupa Gaffner résolument. C'est le meilleur dans sa partie ! Il m'a rendu service à plusieurs reprises. Vous savez qu'il gère aussi les affaires juridiques du sénateur Bracer ?

Là-dessus, son patron l'observa avec attention.

— Soyez patiente, Merissa, et tout finira par s'arranger.

— Je crains que le temps ne me manque pour faire éclater la vérité, monsieur Gaffner. Que vous a dit le shérif, cet après-midi ?

— Qu'est-ce qui vous fait croire que j'ai parlé au shérif ?

— La rumeur, monsieur Gaffner.

— Eh bien, cette rumeur est fondée ! convint-il en se levant. C'est aussi pour cette raison que je voulais m'entretenir avec vous, ma chère Merissa. La mort tragique de Jeff, votre implication dans cette affaire sans oublier les charges qui pèsent sur vous altèrent indiscutablement la qualité de votre travail.

— La qualité de mon travail ? répéta Merissa abasourdie.

— Oui. Et je me vois dans l'obligation de vous faire une proposition…

Merissa sentit le sang lui monter au visage pendant que

Gaffner parlait. Et dire qu'elle avait compté sur sa solidarité !

Elle s'était trompée.

Lourdement.

Cagan se versa une tasse de café à la chicorée et en but une gorgée. Pas mauvais. Merissa avait raison, il s'habituait à son amertume.

Merissa Thomas…

Il se répéta son nom en silence, comme il n'avait cessé de le faire ces derniers jours. Elle obsédait ses pensées, comme aucune autre. Que se passait-il ? Lui qui était d'une prudence maladive avec les jolies femmes depuis qu'il avait été trahi, et que cette trahison avait causé la mort de Beth…

A ce souvenir, un goût amer emplit sa bouche. Mais il se força à revenir au présent. Le passé était désormais derrière lui, impossible à modifier. En revanche, la situation présente ne cessait d'évoluer et le préoccupait vivement.

La mort de Jeff avait subitement compliqué une affaire déjà complexe, et il était contrarié de se retrouver sur la liste des suspects. Certes, en ce moment, le feu des projecteurs était braqué sur Merissa, suspect numéro un, mais il pouvait très vite se retrouver à sa place.

Le shérif brûlait de procéder à une arrestation, parce qu'il voulait profiter des retombées de la couverture médiatique qui accompagnait cette histoire de meurtre.

Merissa, la cible principale du shérif, allait bientôt être écrouée.

La pensée de la jeune femme en prison lui était insupportable. Il aurait aimé croire à son innocence, mais les faits étaient accablants et sa culpabilité, évidente. Pourtant,

Merissa n'avait aucun précédent avec la justice..., se dit Cagan qui avait minutieusement fouillé son passé.

Il termina son café et reposa sa tasse vide sur la table de la cafétéria de LPI maintenant déserte. Il se sentait frustré et très fatigué. La veille au soir, à la sortie des bureaux, il était allé boire une bière avec Rick Porter dans l'espoir de le faire parler et de trouver une piste.

Au bout de quelques verres et plusieurs questions adroites, la langue de Rick s'était déliée. Il avait ainsi fait d'intéressantes révélations sur Lana, rapporté les rumeurs qui couraient sur Priscilla Gaffner et évoqué des anecdotes juteuses sur les petites fêtes privées que Gaffner organisait dans son casino.

Si Cagan avait bien compris, Rick et Lana étaient les seuls employés de l'entreprise à y assister. Ce qui confirmait certains bruits de couloir. On murmurait que Gaffner appréciait beaucoup Lana, qu'il invitait à ses sauteries, mais que Rick en était initialement exclu. Lana avait peut-être profité de son ascendant sur son employeur pour lui imposer son dernier petit ami en date ?

Quoi qu'il en soit, Cagan n'avait rien appris sur le sujet qui l'intéressait. Mais, ce soir, il reprendrait ses recherches... Quand il était d'astreinte, la nuit, il avait tout le temps de fureter dans les bureaux et de consulter les dossiers.

Tout à coup, son beeper vibra. Il le consulta et reconnut le numéro de Marshall Gaffner suivi du 911, code utilisé par ce dernier quand il voulait lui parler d'urgence.

Cagan rappela le bureau de Gaffner sur son portable, mais le numéro était occupé.

Marshall Gaffner aimait jouer les grands patrons. Bien que paternaliste, il était exigeant et il voulait que ses employés lui obéissent au doigt et à l'œil. Cagan se pliait à ses ordres tout en désapprouvant ces manières despotiques en silence.

Il gravit l'escalier de l'immeuble quatre à quatre. Cagan doutait que Gaffner ait besoin de le voir de toute urgence, mais il profitait de l'occasion pour faire un peu d'exercice. C'était moins bien que le centre sportif, mais c'était toujours mieux que rien.

Il remontait le couloir vers le bureau, quand il aperçut Merissa qui en sortait à la hâte. Elle ne le vit pas et lui rentra dedans.

— Oh, Cagan…

Il lui saisit le bras.

— Désolée, je ne t'avais pas vu…

— Que se passe-t-il, Merissa ?

— Rien. Lâche-moi !

Il en était incapable. Sa volonté était comme paralysée et son esprit obsédé par le désir de la prendre dans ses bras.

— Lâche-moi ! Tu me fais mal !

Il desserra l'emprise de sa main sur son bras, mais ne la lâcha pas.

Leurs regards se croisèrent. Celui de Merissa brillait de peur et de colère.

— Ça ne va pas ? Tu sembles furieuse ?

— Ça n'est rien. Juste une discussion un peu vive avec Gaffner sur mon dernier design. Je n'ai pas besoin de toi pour gérer ce problème-là.

— Je n'en doute pas.

Il finit par lâcher son bras et elle recula.

— Pourquoi tu ne m'as jamais rappelé ? demanda-t-il.

Elle inclina la tête et le regarda fixement.

— Je n'en ai pas eu le temps. Arrête de te faire du souci pour moi !

— Message reçu. Si j'en crois Rick Porter, tu as le meilleur avocat de la ville.

— Parle au passé. Rod Lopen est un ami de Gaffner. Je préfère chercher quelqu'un d'autre.

— C'était le sujet de ta dispute avec le patron ?

— Non. Et d'ailleurs nous ne nous disputions pas ! Exactement comme toi et Jeff, la nuit du meurtre !

Elle savait donc qu'il avait menti. Voilà pourquoi elle était en colère contre lui. Elle s'éloignait, mais il la retint, une fois encore.

— C'est du harcèlement ! s'exclama-t-elle.

— Non, Merissa, c'est de l'inquiétude. Quand j'aurai vu Gaffner, j'aimerais qu'on parle. Tu as de gros ennuis. Et ça ne sert à rien de jouer à cache-cache avec moi, alors rendez-vous dans ton bureau dans une vingtaine de minutes.

— Inutile, je n'ai plus de bureau.

— Mais qu'est-ce que tu racontes ?

— Demande plutôt à Gaffner ! Il vient de me licencier.

Elle le repoussa et remonta le couloir vers les ascenseurs.

Cagan la regarda s'éloigner à regret. Il aurait aimé la suivre, mais Gaffner l'attendait. Il frappa et entra dans le bureau sans attendre d'y avoir été invité.

Après les salutations d'usage, il prit place dans le fauteuil que son patron lui offrit. Le bureau était à l'image de l'homme qui l'occupait. Ostentatoire. Etouffant. Et l'odeur de cigare éventé qui y flottait était écœurante.

— Je suis content que vous soyez venu si vite, Cagan, lui dit Gaffner sans préambule. Je préfère vous parler en privé. Je me méfie du téléphone.

— Vous avez raison. J'ai essayé de vous rappeler, mais votre ligne était occupée.

Gaffner leva les mains.

— C'est ma faute. Je venais de vous laisser le message quand mon téléphone a sonné.

— Alors, qu'est-ce qu'il se passe ? s'enquit Cagan. Je viens de croiser Merissa Thomas et elle avait l'air très énervée.

— Elle n'est pas la seule.

Gaffner jouait nerveusement avec une enveloppe.

— Dites-moi, Cagan, vous la connaissez bien ?

Connaissait-il bien Merissa Thomas ? Et si oui, à quel point ? Un peu ? Beaucoup ? Passionnément ? Toutes les réponses étaient correctes, mais incomplètes…

— J'ai appris à mieux la connaître lors du séjour au lac Maurepas, où Jeff a été tué.

— Mais que savez-vous de sa vie privée ? insista Gaffner.

— Presque rien…, mentit Cagan, pourquoi ? Je devrais en savoir davantage ?

— En tout cas, j'aimerais…, répondit Gaffner en ouvrant une boîte gravée de motifs indiens. Voulez-vous un cigare ?

— Non merci.

— Ça vous gêne si je fume ?

— Vous êtes dans votre bureau, monsieur.

Gaffner prit tout son temps pour couper le pied du cigare avec un coupe-cigare guillotine, l'allumer sans tirer dessus, de façon circulaire pour obtenir une incandescence régulière, et enfin tirer les premières bouffées. L'odeur qui avait assailli Cagan quand il était entré dans le bureau devint plus forte et entêtante. Il recula pour éviter d'être gêné par la fumée.

— J'aimerais que vous me rendiez un petit service, reprit Gaffner. Je sais que cela dépasse le cadre de vos attributions, mais je vous paierai bien.

— C'est-à-dire ?

— Mille dollars la semaine. En liquide. Non déclaré.

— C'est illégal.

— Je me suis entretenu avec votre superviseur de New

York. Il m'a dit que vous aviez joué les justiciers et que les scrupules ne vous étouffaient pas.

— Rien n'a jamais été prouvé, répliqua Cagan en se rapprochant, sans détacher son regard de celui de Gaffner. Et personne ne prouvera jamais rien.

— Voilà ce que j'aime chez vous, Cagan. Votre lucidité.

— N'oubliez pas non plus ma discrétion, renchérit Cagan. Pour mille dollars, quelle sera ma mission ?

— Suivre Merissa Thomas. Je veux connaître tous ses déplacements, ses faits et gestes et ses fréquentations. Vingt-quatre heures sur vingt-quatre.

— Mais je ne peux pas effectuer une filature vingt-quatre heures sur vingt-quatre. J'ai mon travail ici.

— Engagez des hommes de confiance. Vous avez sans doute des relations ?

— Certes. Mais si vous êtes tellement intéressé par Merissa Thomas, pourquoi l'avez-vous licenciée ?

— Qui vous a dit que je l'avais licenciée ?

— Elle-même. Je l'ai croisée devant votre bureau en arrivant.

— Je ne l'ai pas licenciée, corrigea Gaffner, je lui ai seulement proposé de se mettre en congé, le temps que les esprits se calment. Elle sera libre de revenir à LPI, quand tout sera terminé.

— Du moins si elle n'est pas arrêtée... Vous la soupçonnez du meurtre de Jeff ?

— De nombreuses charges pèsent sur elle...

Gaffner hocha la tête. Un sourire bizarre étira ses lèvres pleines.

— Je ne comprends toujours pas, reprit Cagan en s'adossant à sa chaise et en croisant les jambes. Que pensez-vous découvrir sur Merissa Thomas ?

— Contentez-vous d'obéir. Surtout, assurez-vous qu'elle ne quitte pas la ville.

— Elle n'en a pas le droit. Elle doit rester à la disposition de la police puisqu'elle est impliquée dans le meurtre de Madison.

— Certaines personnes enfreignent pourtant la loi. Surtout les meurtriers. Vous le savez mieux que moi.

Cagan acquiesça. Il surveillerait Merissa, avec ou sans l'argent de Gaffner, mais il décida de monter les enchères, afin de savoir jusqu'à quel point cette mission était importante pour son employeur.

— Deux mille dollars, dit-il d'une voix neutre, le visage impassible.

— Deux mille dollars ?

— C'est mon prix pour filer Merissa. C'est à prendre ou à laisser. Mon ancien patron vous a peut-être dit que je fixais les règles, mais je parie qu'il s'est abstenu de vous dire que je faisais payer mes services très cher.

Gaffner fronça les sourcils, puis il se leva et tendit la main à Cagan.

— Vous êtes dur en affaires. J'espère que ça en vaudra la peine.

— Vous ne le regretterez pas, vous avez ma parole d'honneur. Je commencerai à filer Merissa dès que vous aurez effectué le premier versement. Mille dollars en billets de cent.

— Alors rendez-vous ce soir à 19 heures, dans mon bureau de Mardi Gras Lights. Entrez par-derrière. Il y a une entrée privée qui vous permettra d'éviter le casino. Vous trouverez une porte sur laquelle figure la mention « Interdit à toute personne étrangère au service ». Frappez. C'est moi qui vous ouvrirai.

Cagan sourit à Gaffner qui le raccompagna jusqu'à la porte. L'adrénaline s'affolait dans ses veines, comme toujours quand il était sur le point d'agir. Un meurtre, une filature, des petites fêtes privées et des rumeurs en tout genre parmi les employés…

Cette affaire commençait à devenir *très* intéressante. L'idéal, maintenant, serait que quelqu'un craque. Le bon vieux grain de sable dans l'engrenage de la machine parfaitement huilée…

Alors, ce serait à lui de jouer…

Merissa arracha la feuille de son bloc et la froissa rageusement avant de la jeter. Elle frissonnait en dépit de la chaleur qui écrasait la ville.

Elle ôta ses chaussures et posa les pieds sur la table basse. De la pointe de l'orteil, elle écarta l'assiette contenant le sandwich qu'elle avait à peine entamé. Après avoir passé des heures à récapituler la dernière soirée au lac Maurepas, elle était épuisée. Elle n'avait toujours pas réussi à démêler la situation et à trouver la moindre piste.

Elle n'avait qu'une seule certitude : *on* voulait qu'elle soit accusée du meurtre de Jeff. Qui ? Et pour quelle raison ? Quant au reste, à savoir pourquoi Jeff avait été tué et par qui, c'était le flou total. D'accord, Jeff s'était montré d'humeur fantasque, ces derniers mois, mais elle avait pensé que ce changement était lié à son nouveau poste au service du personnel. Mais il y avait certainement une autre explication. Cagan Hall y serait-il pour quelque chose ? Maintenant qu'elle y réfléchissait mieux, Jeff avait changé peu après l'arrivée de Cagan à LPI.

Cagan Hall.

Merissa écrivit son prénom sur son bloc pour la énième fois depuis le début de la soirée. Elle refit par écrit la liste des raisons qui la faisaient suspecter Cagan d'être le meurtrier de Jeff, ou d'être le complice de son meurtre, espérant trouver le début d'une réponse à toutes ses interrogations.

A peine embauché, il avait fondu sur Jeff comme un aigle sur sa proie. Il rôdait sans cesse dans les bureaux et posait des questions qui n'avaient aucun rapport avec son travail et ses responsabilités.

Plus important, il s'était disputé avec Jeff quelques heures avant son meurtre, et il avait eu accès à l'arme du crime. C'était lui, le suspect idéal. Pas elle.

Merissa ferma les yeux et essaya de s'imaginer Cagan Hall dans le rôle du criminel.

Non. Impossible.

C'était le Cagan du lac Maurepas qui envahissait son esprit. Incroyablement séduisant. Avec ce sourire nonchalant qui adoucissait ses traits. Ses caresses. Et ses lèvres sur les siennes. Son désir brûlant au fond de ses prunelles sombres…

La jeune femme prit une grande inspiration. Elle devait s'en tenir aux faits, pas à des sensations trompeuses… Elle devait vraiment se méfier de Cagan parce que tout l'accusait.

Elle éteignit toutes les lumières du salon et fixa l'obscurité. Les fenêtres des voisins ponctuaient la nuit de petits carrés lumineux. Là, tout près d'elle, des gens s'apprêtaient à aller se coucher et à passer une nuit paisible…

Mais Merissa savait qu'elle ne fermerait pas l'œil. Elle était trop tourmentée par l'angoisse, par le besoin de savoir et de comprendre.

Soudain, elle eut une idée Et si elle allait fouiller l'appartement de Jeff ? La police y avait peut-être mis les scellés ? Pas sûr, sinon, tant pis.

Jeff lui avait donné les clés de son appartement quand il lui avait demandé d'arroser ses plantes et de relever son courrier pendant un séjour dans les Petites Antilles. Il n'avait jamais pensé à lui demander de les lui rendre. Personne ne la repérerait à une heure si tardive…

Elle prit ses clés de voiture, son sac à main et une lampe de poche, puis elle entra dans le garage. Elle alluma la lumière, mais l'obscurité persista.

La peur l'envahit, puis elle se raisonna. L'ampoule du garage était sans doute grillée, rien de plus… Merissa alluma sa lampe de poche et projeta son faible pinceau de lumière sur les murs.

Soudain, on la frappa violemment sur le bras pour lui faire lâcher sa lampe. Puis son agresseur la frappa sur la tête et l'épaule avec quelque chose de lourd. D'instinct, elle voulut lever les bras pour se protéger, mais elle s'effondra avant d'avoir pu esquisser le moindre geste.

5

Merissa se souleva sur ses coudes et essaya de remuer la tête. La douleur lui donna un tel vertige qu'elle se laissa retomber sur les oreillers avec un gémissement de douleur.

« Où suis-je ? » se demanda-t-elle en regardant autour d'elle, le regard brouillé. Les couleurs se succédaient devant ses yeux, familières et rassurantes. Le mauve et le bleu pâle des rideaux de son salon, le vert tilleul des murs…

Elle reconnut les motifs du tissu de son canapé sous sa main. Elle était allongée chez elle et elle était vivante.

Elle essayait de réfléchir quand elle entendit quelqu'un se mouvoir dans la pièce. Elle n'était pas seule ! Il y avait un intrus dans sa maison ! Elle entendait sa respiration et sentait même son odeur ! C'était un homme… Elle resta immobile, le souffle court.

Au même instant, une main serra la sienne. Affolée, elle se rejeta en arrière alors qu'un visage se dessinait à travers les dernières brumes de son évanouissement.

— Cagan ? balbutia-t-elle.

— C'est bien moi. Du calme.

La mémoire lui revint peu à peu. Une ampoule grillée au garage, puis un coup sur le bras et ensuite sur la tête et l'épaule.

— Qu'est-ce que tu fais chez moi ?

— Je te soigne.

Merissa passa la main sous sa nuque et sentit une poche de glace. Elle fit un effort pour s'asseoir, mais n'insista pas quand de nouveaux vertiges l'étourdirent.

Cagan passa un bras derrière ses épaules pour accompagner son mouvement, lorsqu'elle se laissa retomber sur son oreiller.

— Doucement, Merissa… Rassure-toi, ça n'est pas moi qui t'ai assommée. Si je t'avais agressée, tu penses bien que je ne serais pas resté pour te soigner !

Logique. Mais disait-il la vérité pour autant ?

— Calme-toi et bois ça, lui dit-il en approchant une tasse fumante de ses lèvres.

— Je n'ai pas soif ! cria-t-elle en repoussant violemment sa main.

Le liquide gicla. Quelques gouttes éclaboussèrent Cagan qui secoua sa chemise sans s'énerver.

— C'est seulement du thé chaud avec du miel… Une recette de ma mère…

Il en but une gorgée.

— Il n'est pas aussi bon que le sien, mais c'est fort et doux à la fois. Ça devrait te faire du bien.

Merissa se redressa tout à fait, malgré le vertige qui revenait. Elle ne savait toujours pas ce qui s'était passé, ce que Cagan faisait chez elle, mais elle ne pouvait redouter les intentions d'un homme qui avait glissé une poche de glace sous sa tête, et qui lui avait préparé un thé au miel.

Elle voulut saisir la tasse, mais elle se mit à trembler. Cagan l'aida à la porter à ses lèvres.

La jeune femme but lentement. Elle savoura le breuvage, tout en essayant de reconstituer mentalement les derniers événements. Elle était dans le garage quand on l'avait frappée par-derrière. Après, elle s'était écroulée…

Alors, que faisait-elle dans son salon ? Et pourquoi Cagan était-il chez elle ?

— Comment est-ce que tu es rentré chez moi ?

— Je suis entré dans le garage par la même porte que ton agresseur.

Son visage se tendit et sa voix devint plus rauque quand il reprit la parole.

— Qui était-ce, Merissa ? Qui a essayé de te tuer ?

— Je n'en sais rien.

— En général, les gens connaissent leurs ennemis. Du moins, ils ont leur idée sur la question !

Son regard était pénétrant, exigeant mais aussi tendre et réconfortant. Malgré tout, Merissa restait méfiante.

— Je te jure que je ne sais pas qui m'a agressée, ni pourquoi… Je suis entrée dans mon garage. J'ai allumé la lumière, mais l'ampoule était sans doute grillée, car je suis restée dans le noir. Ensuite, tout ce dont je me souviens, c'est qu'on m'a frappée par-derrière…

Epuisée par ces quelques mots, elle se laissa retomber sur les oreillers.

— Combien de doigts vois-tu ? lui demanda soudain Cagan.

— Trois, répondit-elle en se frottant les yeux.

Test typique après un choc à la tête. Elle l'avait vu faire des dizaines de fois à la télévision… Cagan aussi, manifestement.

— J'ai réussi ?

— Je n'en sais rien… Voyons si tu peux répondre à la question de tout à l'heure, cette fois. Qui t'a agressée ?

— Test raté. Je ne sais toujours pas. A moins que ça ne soit toi ?

Cagan ignora son insinuation.

— Un inconnu t'aurait attendue dans ton garage au cas où tu te déciderais à sortir au beau milieu de la nuit ? Et justement, tu allais sortir ? C'est peu gros, non ?

— Je n'essaie pas de te convaincre. Je t'expose seulement des faits.

Cagan secoua la tête, sourcils froncés.

— Cette agression est peut-être un avertissement ? Pour t'empêcher de divulguer une information ? Pour t'obliger à coopérer ?

— Arrête de jouer les flics de choc ! coupa Merissa en massant ses tempes douloureuses pour soulager sa migraine. Je suis dessinatrice industrielle, je conçois des modèles de prothèses, je ne suis pas une criminelle ! Je n'ai aucun secret qui pourrait menacer ma vie !

— Même pas à propos de Jeff ?

— Combien de fois faudra-t-il que je te répète que je ne sais rien ! RIEN ! s'énerva Merissa.

Ses mains se remettaient à trembler.

— Si je savais quelque chose, la police aurait déjà réussi à m'arracher des aveux ! J'ai subi tellement d'interrogatoires depuis le meurtre de Jeff !

— Ce qui m'amène à te poser la question suivante : tu veux que j'appelle la police ?

— Certainement pas ! Je ne veux plus voir un seul policier.

— Comme tu veux. Mais je te préviens : si tu vomis ou si tu t'évanouis, on ira aux urgences.

— Je n'irai nulle part ! Pas ce soir, du moins.

Elle se sentait complètement épuisée.

— Tu étais au garage avec tes clés de voiture à la main. Tu t'apprêtais à partir, au moment où tu t'es fait agresser ?

— Je suis somnambule.

— Tout habillée ?

— Tu penses vraiment qu'on essaie de me tuer ? demanda-t-elle pour changer de conversation.

— Possible mais pas sûr.

— Il s'agissait peut-être d'un cambrioleur surpris en flagrant délit et qui a eu très peur ?

— Non, parce que ton sac est intact et que tu portes toujours cette montre très coûteuse au poignet. Tu as vraiment eu de la chance, Merissa. C'est ton épaule gauche qui a pris le coup, pas la tête.

— J'ai eu de la chance ? Ah, tu m'en diras tant ! persifla-t-elle.

Mais Cagan avait raison, elle avait vraiment eu de la chance… Ou, plutôt, elle avait de la chance dans son malheur. Son meilleur ami avait été assassiné, elle était accusée de ce meurtre, elle était *persona non grata* dans l'entreprise qui l'employait et elle risquait la prison à vie ! Enfin, ce soir, on avait failli la tuer ! Et, comme par hasard, Cagan n'était pas loin !

— A propos, tu n'as toujours pas répondu à ma question, lui fit-elle remarquer, accusatrice. Comment tu as su que je venais de me faire agresser sous mon propre toit ?

— Je ne le savais pas, mais j'ai vu un homme sortir de ton garage à toute vitesse. Ça m'a semblé bizarre, alors je l'ai poursuivi, mais il courait si vite qu'il m'a semé.

— Tu l'as donc pris en chasse ? Comme au cinéma ?

— Non, parce que, au cinéma, le gentil rattrape toujours le méchant et sauve sa belle…

Il lui prit la main et la caressa.

— Mais toi, tu fais partie des bons ou des méchants, Cagan ?

Cette question ne cessait de la tourmenter.

Il lui adressa un regard pénétrant qui lui fit froid dans le dos et auquel elle se déroba.

— Les bons et les méchants, c'est seulement au cinéma, Merissa, dit-il en reposant sa main sur le sofa. La vraie vie est plus nuancée… donc plus compliquée.

Un silence tomba entre eux. Merissa se redressa de nouveau, le plus doucement possible pour ne pas souffrir. C'était sa tête qui lui faisait le plus mal, maintenant, mais elle avait le sentiment que, bientôt, ce serait son épaule.

Cagan remit la poche de glace en place.

— Tu veux autre chose ? Un verre d'eau, du thé, une collation ?

— Un analgésique…

— Désolé, mais pas avec une blessure à la tête.

— Quelle heure est-il ?

Il consulta sa montre.

— Minuit moins dix. Tu es restée inconsciente pendant une dizaine de minutes. C'est peu, mais c'est assez pour que je me fasse du souci. Si tu étais restée évanouie cinq minutes de plus, je t'aurais emmenée aux urgences.

Il se leva.

— Avant que tu ne partes, j'aimerais te poser encore une question.

— Vas-y.

— Que faisais-tu devant chez moi pile au moment où je me faisais agresser ?

— Je voulais te voir. Comme tu m'évites sans cesse, je me suis dit que j'allais passer chez toi. C'était le seul moyen pour te parler.

— A près de minuit ? C'est un peu tard, non ?

— C'est toi qui le dis… Tu as quand même eu une visite à peu près au même moment, ce soir. Et tu partais bien à un rendez-vous…

— Question de coïncidences…, dit-elle, certaine qu'il mentait sur les raisons de sa visite.

Pourtant, étrangement, elle eut la certitude qu'il n'était pas venu pour lui faire du mal.

Alors, que faisait-il devant chez elle si tard ? Il l'épiait ? Pourquoi ? Elle savait qu'elle aurait beau le presser de questions, il ne lui répondrait pas, ou bien lui mentirait.

— Tu as des œufs dans ton réfrigérateur ? demanda-t-il soudain.

— Oui, mais je n'ai pas faim…

— Moi si.

Sur ces mots, il se dirigea vers la cuisine.

— Il y a un bar-restaurant ouvert toute la nuit dans Government Street. Vas-y. Tu vas adorer ! lança-t-elle. A cette heure, il doit y avoir plein de policiers.

— Je ne suis plus un policier et je reste parce que j'ai un patient à surveiller !

Peu après, une odeur de jambon se répandit dans le salon. Merissa se détendit. Cagan avait réussi à éveiller son appétit.

Cagan fit sa tournée du matin à LPI, l'esprit toujours à Coursey Lane où il avait passé la nuit auprès d'une jeune femme qui lui inspirait les plus vifs sentiments. Il était en train d'enfreindre allègrement la promesse qu'il s'était autrefois faite de ne plus tomber amoureux…

Il avait été fou d'angoisse en voyant Merissa inconsciente dans son garage. Puis, au moment où la jeune femme était revenue à elle, il avait été envahi par un soulagement exagéré.

Rassuré, il l'avait soignée et réconfortée. Il lui avait même préparé un thé au miel. Il n'avait pas l'habitude d'avoir autant de sollicitude envers son prochain !

Bien que séduit par elle, il s'interrogeait toujours sur elle. Il n'arrivait pas à cerner sa personnalité ni son rôle dans le meurtre de Jeff. Soit elle était liée aux activités criminelles de LPI, soit elle savait quelque chose. Dans tous les cas, elle était en danger et ça ne faisait que commencer, son agression de la veille n'ayant été, à son avis, qu'une forme d'avertissement.

Son instinct de policier lui soufflait que l'agresseur n'avait pas eu l'intention de la tuer. Il s'était caché dans son garage pour une autre raison. Mais laquelle ?

Pour en avoir le cœur net, il avait fouillé l'endroit, une fois la jeune femme endormie. Après tout, il était payé pour l'espionner et il était d'un naturel très consciencieux. Cela dit, il n'avait pas du tout l'intention de révéler le résultat de ses investigations à Marshall Gaffner. Les scrupules n'étouffaient pas ce dernier, par conséquent, Cagan ne s'en embarrasserait pas non plus.

Dans le garage, trois cartons avaient attiré son attention. Remisés depuis peu, ils n'étaient pas recouverts de poussière à la différence du bric-à-brac qui se trouvait là. Deux d'entre eux avaient été ouverts et fouillés à la hâte. Par l'agresseur de Merissa ? C'était possible et en tout cas très intéressant…

Cagan avait beaucoup réfléchi et ensuite reconstitué les faits.

En faisant irruption dans son garage en pleine nuit, Merissa avait dérangé l'homme en train de fouiller dans les cartons. Surpris, ce dernier avait paniqué et avait été forcé d'improviser. Il l'avait assommée avec ce qui lui était tombé sous la main : un vieux pot en grès. Ensuite, il avait fui à toutes jambes.

Les cartons en question, comme par hasard, appartenaient tous à Jeff, s'il en croyait l'inscription au marqueur rouge sur le dessus et les côtés : « Affaires personnelles. Jeff Madison ».

Mais, à l'intérieur, Cagan n'avait découvert que des bordereaux d'expédition, des factures et des listings d'équipements de LPI. Rien d'intéressant… Alors pourquoi Jeff avait-il conservé ces documents ? Et pourquoi les avait-il confiés à Merissa ?

Quand il eut terminé sa tournée matinale dans les bureaux de LPI, il revint au rez-de-chaussée. Il tombait de sommeil, alors qu'il avait besoin de toute sa vigilance.

Il entendit soudain le bruit d'une clé dans la serrure et il porta la main à sa ceinture, prêt à dégainer.

— Ne tirez pas, détective ! C'est juste une honnête travailleuse qui arrive au bureau en avance !

C'était Lana Glass. Elle entra en riant, toute pimpante. Ses talons hauts claquèrent sur le carrelage de l'entrée de l'immeuble. A 6 heures du matin, elle était maquillée comme pour se rendre à une grande soirée. Elle avait noué ses cheveux roux en un chignon haut.

— Je ne tire jamais sur les innocents, se défendit Cagan.

— Ah ? Ça n'est pas ce que j'ai entendu dire, insinua-t-elle avec un sourire charmeur qui n'impressionna pas du tout son interlocuteur.

— Il ne faut pas croire ce que l'on raconte, l'avertit-il d'un ton léger. N'est-ce pas un peu tôt pour venir au bureau ? A moins que vous n'arriviez directement d'une fête qui vient de se terminer ?

— Eh bien non. Je ne suis pas une fêtarde. Et hier soir, j'étais au lit à 21 heures.

— Pourquoi venir si tôt, alors ? C'est rare, une secrétaire aussi zélée.

— Pour commencer, je ne suis pas secrétaire, mais assistante administrative. Du moins, je l'étais. Depuis la mort de Jeff, je dois aussi gérer ses dossiers. Une promotion dont je me serais bien passée…

— C'est vrai que vous travailliez ensemble, dit-il comme s'il l'avait oublié. Sa mort a dû être un véritable choc pour vous…

— Oui.

— Vous avez des soupçons sur son meurtrier ? Comme vous étiez sa collaboratrice la plus proche, vous l'avez peut-être entendu se plaindre d'ennemis éventuels ?

Lana cessa de sourire et prit un air soucieux qui s'accordait mal avec son regard doucereux. Elle joua avec la fermeture de son sac Gucci en fixant le sol comme si elle était très mal à l'aise.

Enfin, elle releva les yeux sur lui.

— J'ai bien ma petite idée sur la question…, confia-t-elle d'une voix timide.

— N'hésitez pas à me parler, Lana. Après tout je suis responsable de la sécurité de LPI et de ses employés. Je ne veux pas qu'un nouveau meurtre soit commis, et par-dessus le marché dans ces bureaux !

Lana se rapprocha de lui après avoir lancé un regard furtif dans le couloir.

— Je veux bien vous parler, mais surtout pas ici.

— Pourquoi ?

Elle mordilla nerveusement sa lèvre et joua avec les lanières de son sac.

— Je suis presque certaine que cet immeuble est infesté de micros…, avoua-t-elle enfin, regardant toujours autour d'elle avec anxiété.

Cagan entra dans son jeu et prit un ton de conspirateur.

— Pourquoi avez-vous de tels soupçons ?

— A cause de Gaffner. Il semble toujours être au courant de tout…

— Vous savez, Lana, les bruits de couloirs…

— Non, non ! C'est autre chose… Avant sa mort, Jeff m'avait confié qu'il se méfiait de Gaffner. Je pensais qu'il lui en voulait parce que le patron l'avait rétrogradé, mais maintenant…

Elle se tut.

— Parlez, Lana ! la pressa Cagan. Les confidences que Jeff vous a faites pourraient mettre la police sur une piste !

— Ou faire de moi la prochaine victime sur la liste…

Elle prit une profonde inspiration, comme si elle redoutait que ses révélations ne mettent sa vie en danger.

— Je pense que Gaffner avait un gros contentieux avec Jeff. Maintenant que Jeff est mort, Gaffner se méfie de Merissa.

A ces mots, Cagan sentit la colère gronder en lui, mais il la maîtrisa. Ses sentiments pour Merissa ne devaient pas interférer avec sa mission. Il devait rester lucide et objectif !

— Si j'ai bien compris, Gaffner serait complice du meurtre de Jeff et il voudrait désormais se débarrasser de Merissa ? Vous portez là une grave accusation, Lana. Est-ce que vous avez des preuves de ce que vous avancez ?

— Oui, bien entendu, dit-elle calmement bien que ses gestes et son expression dénotent un trouble croissant.

— Vous les avez révélées à la police quand elle vous a interrogée ?

— J'ai dit tout ce que je savais, mais je vous avoue que la police n'a guère accordé d'importance à mon témoignage. Mais je vous jure que c'est Gaffner le coupable ! Il est dangereux ! Il n'hésite pas à se débarrasser de ceux qui se mettent en travers de son chemin. Ou à acheter leur silence…

Sa voix se mit soudain à trembler.

— J'ai peur, Cagan… Vraiment peur. Mais que faire ? Démissionner ? J'ai besoin de travailler…

— Je comprends vos inquiétudes, Lana. Et si nous allions calmement en parler dans un café où personne n'entendra notre conversation ?

Quand Merissa se réveilla, elle était seule. Cagan était parti pendant son sommeil, mais, bizarrement, elle sentait encore sa présence chez elle et le réconfort qu'il lui avait apporté.

Ces constatations faites, elle alla prendre une douche. Avec un soupir de contentement, elle laissa l'eau chaude couler longtemps sur son corps endolori, et la vapeur l'envelopper.

Les yeux fermés sous le jet brûlant, elle repensa à l'agression de la veille et eut aussitôt la sensation d'un danger imminent. Elle tressaillit. Pourquoi vivait-elle un tel cauchemar ? Elle avait l'impression d'avancer les yeux bandés dans un labyrinthe qui se métamorphosait sans cesse pour l'empêcher d'accéder à la sortie. Elle était accusée de meurtre et elle allait bientôt être arrêtée et livrée à la justice. La veille, elle avait été agressée. Les obstacles s'accumulaient, des ennemis invisibles surgissaient de partout, mais elle avançait toujours en aveugle…

Pour éviter la prison et rester en vie, elle devait mobiliser toutes ses ressources. Agir. Mais comment ?

La sonnerie du téléphone l'arracha à ses pensées. Elle s'enveloppa d'une serviette de bain et décrocha à la hâte.

— Allô !

Un souffle imperceptible s'éleva à l'autre bout du fil.

— Allô ! répéta-t-elle, au bord de la crise de nerfs. Qui est à l'appareil ?

— Allô ! Merissa ?

C'était Rod Lopen, son avocat.

— Oui ? répondit-elle prudemment.

Désormais, elle se méfiait de tout le monde. C'était pour elle inhabituel, mais ce mécanisme de défense s'était mis en place spontanément, et il lui était déjà presque familier. Comme la faim ou la peur…

— Il faut que je vous voie le plus vite possible, Merissa !

— Je n'ai pas le temps, mentit-elle.

— Essayez de vous libérer, c'est vraiment très important. J'ai des révélations à vous faire, concernant Jeff et l'argent qu'il a volé.

Face à cette accusation, Merissa fut envahie par une violente colère qu'elle eut peine à maîtriser.

— Qu'est-ce qui vous permet de l'accuser ainsi ?

— Je vous le dirai quand nous nous verrons. Je préfère ne pas parler au téléphone. Mais nous devons agir très vite, et surtout avant que vous ne soyez arrêtée…

Le cœur de Merissa sembla s'arrêter un bref instant, et son agitation, incessante depuis le meurtre de Jeff, redoubla. Elle n'avait pas envie de rencontrer Rod Lopen, mais avait-elle le choix ? S'il avait des révélations à lui faire sur la mort de Jeff, elle devait accepter son rendez-vous. Après l'avoir écouté, elle jugerait si ses arguments étaient plausibles. Elle ne devait plus négliger aucune piste.

— A quelle heure voulez-vous que nous nous rencontrions ? demanda-t-elle après un soupir contraint.

— Tout de suite ! Mais surtout pas à LPI. Pour des raisons de sécurité, personne à LPI ne doit être au courant de notre entretien. Venez plutôt à Mardi Gras Lights. Je vous recevrai dans le bureau de Marshall Gaffner. J'y suis déjà d'ailleurs. Notre ami Marshall est là aussi. Il veut vous aider.

Merissa hésita, luttant contre une nouvelle vague de méfiance.

— C'est d'accord, dit-elle enfin à contrecœur. J'y serai dans une demi-heure.

Pensive, elle raccrocha. La veille, après son entrevue avec Gaffner, elle avait été prise d'une telle colère contre lui qu'elle avait du mal à le croire solidaire de sa cause… Mais peut-être l'avait-elle mal jugé ?

Elle enfila un pantalon jaune et un chemisier blanc. Après avoir noué ses cheveux avec un ruban, elle chaussa de simples sandales. La météo avait annoncé une journée très chaude, avec des pointes à 32°C et un taux d'humidité de 100 %.

Pressée, elle ouvrait la porte qui donnait sur le garage quand elle se figea, rappelée à son agression de la nuit.

Elle rassembla son courage et y entra avec appréhension. Mais tout était calme… Elle ouvrit ensuite la porte qui donnait sur la rue et scruta les alentours. Rassurée, elle s'apprêtait à monter dans sa voiture quand la sonnerie de l'entrée l'arrêta. Zut, elle n'avait pas de temps à perdre ! se dit-elle contrariée.

Elle allait ouvrir, quand elle hésita en songeant à son arrestation imminente. Et si c'était la police ? Son intuition lui soufflait de prendre la fuite tout de suite, plutôt que de se priver de ses dernières heures de liberté et de ses dernières chances de découvrir la vérité…

Et puis non ! se ravisa-t-elle. Si la police venait l'arrêter, elle la suivrait. Fuir, ça ne lui ressemblait pas ! De plus, elle était innocente et la police n'avait que des présomptions contre elle, aucune preuve !

La vérité triomphait toujours ! se dit Merissa en ouvrant sa porte d'entrée d'une main ferme.

— Bonjour ! J'ai un recommandé pour Merissa Thomas.

Le sourire du facteur était sincère. Si elle avait osé, elle l'aurait embrassé tant elle était soulagée.

— Il fait déjà drôlement chaud, non ? dit-il ensuite en lui faisant signer le reçu en échange de la lettre.

C'était la question habituelle, l'été. On l'entendait cent fois par jour ; pourtant, tout le monde en connaissait la réponse. D'habitude, ce rituel énervait Merissa, mais pour une fois, elle fut ravie de parler d'un sujet aussi futile que le temps, parce qu'elle gardait ainsi l'illusion que sa vie était restée normale.

— Oh oui, répondit-elle, c'est à la limite de ce que je peux supporter !

Vous n'imaginez même pas à quel point…, continua-t-elle en pensée en regardant le facteur s'éloigner.

Le recommandé lui était adressé par une société de La Nouvelle-Orléans. Elle déchira l'enveloppe distraitement et en sortit une lettre. Au même instant, une petite clé en métal glissa de l'enveloppe.

Sans prendre la peine de lire la lettre, elle remit la clé dans l'enveloppe et la fourra dans la poche latérale de son sac. C'était sans doute un jeu stupide du genre « Envoyez vingt-cinq dollars et essayez la clé, blabla… » Ça marchait à tous les coups. La naïveté des gens était vraiment incroyable !

Là-dessus, elle revint dans le garage à la hâte, impatiente de se rendre à son entrevue avec Marshall Gaffner et Rod Lopen.

*
* *

A 8 h 30 du matin, le parking de Mardi Gras Lights était presque vide. Merissa gara sa Mazda à côté du coupé sport de Gaffner, non loin de l'entrée.

Elle avait séjourné à Las Vegas, quelques années plus tôt. Elle avait trouvé les casinos divertissants, et elle avait même glissé quelques dollars dans les machines à sous, mais jamais elle n'avait mis les pieds dans le casino flottant de Marshall Gaffner. Pourvu qu'il reste à quai jusqu'à la fin de son entrevue avec son patron…

Quand elle pénétra à l'intérieur, la réalité s'effaça et laissa place au monde du jeu. La moquette était épaisse, le mobilier kitsch et clinquant. Partout ça n'était que lumières et néons. Des odeurs de cigarettes et de cigares flottaient dans une atmosphère confinée. Merissa contempla l'immense lustre de cristal au-dessus de l'escalier et les grands vases remplis de fleurs de soie qui garnissaient les montants de la rampe.

A cette heure, le casino était quasiment désert, mais les néons clignotaient comme en pleine nuit et de jeunes femmes pétulantes en mini-shorts de cuir et tops moulants circulaient comme s'il y avait foule. L'une d'entre elles, qui portait un plateau chargé de cocktails, lui sourit :

— Bonjour et bienvenue à Mardi Gras Lights ! J'espère que c'est votre jour de chance, aujourd'hui !

— Merci, répondit Merissa, consciente que la jeune femme répétait un discours soigneusement rodé. En fait, j'ai rendez-vous avec M. Gaffner. Auriez-vous l'amabilité de m'indiquer son bureau ?

— Bien sûr. C'est au premier étage, dit-elle en lui montrant le grand escalier. Après, demandez à l'un des caissiers.

Merissa la remercia et se dirigea vers l'escalier, entre des rangées de machines à sous clignotant de mille feux. Une joueuse la regarda passer d'un air absent et épuisé.

— Je joue et je perds… Ce casino, c'est une escroquerie.

Merissa hocha la tête. La malheureuse aurait mieux fait de rentrer chez elle au lieu de vider son compte en banque… Quand elle atteignit la caisse, elle vit une jolie blonde qui comptait des liasses de billets.

— J'ai rendez-vous avec M. Gaffner, annonça Merissa. Pourriez-vous m'indiquer où se trouve son bureau ?

La jolie blonde leva les yeux sur elle.

— Puis-je avoir votre nom, s'il vous plaît ?

— Merissa Thomas.

La jeune femme rectifia sa coiffure d'un geste coquet et lui adressa un sourire complice.

— Je vois. M. Gaffner m'a annoncé votre arrivée. Venez.

Merissa la suivit à travers les tables de jeu recouvertes de feutre vert jusqu'à une porte à moitié dissimulée par des rideaux.

La jeune femme l'ouvrit dans un grincement. Elle jeta un œil dans le couloir dont les murs étaient décorés de gravures au fusain. De nombreuses portes closes donnaient sur des bureaux.

— Le bureau de M. Gaffner est le dernier sur votre droite, lui expliqua la jeune femme.

Merissa fit quelques pas. La lourde porte se referma derrière elle avec le même grincement sinistre. Le couloir était long, sombre et seulement éclairé par des appliques en bronze. Le contraste était frappant avec les éclairages agressifs de la grande salle de jeux. La jeune femme accéléra le pas, impatiente de rencontrer Lopen et Gaffner, et de découvrir la raison de ce rendez-vous impromptu.

L'épaisse moquette étouffait le bruit de ses pas. Le silence était complet. Aucune voix ne s'élevait derrière les portes closes. Merissa, en proie à un malaise grandissant, fut envahie d'un mauvais pressentiment. Mais elle se ressaisit et tenta de discipliner son imagination décidément survoltée.

Les événements de la semaine l'avaient rendue impressionnable…, se dit-elle avec un soupir. Quand toute cette histoire serait terminée, elle prendrait des vacances bien méritées dans la région des bayous, où ses grands-parents avaient vécu.

Elle n'y était pas retournée depuis leur mort, de peur de se confronter à ses souvenirs et à la solitude. Mais, désormais, elle était seule partout… même à Baton Rouge. Elle eut brusquement envie d'être déjà dans le bayou, parce qu'elle n'y avait que de bons souvenirs.

Lorsqu'elle arriva devant le bureau de Marshall Gaffner, elle frappa et attendit. Pas de réponse.

Quelques secondes plus tard, elle frappa de nouveau, utilisant cette fois l'élégant marteau de bronze pour mieux se faire entendre.

Toujours rien. Soudain lasse, Merissa résista au désir de tourner les talons et de quitter les lieux. Gaffner, la police, Cagan… Elle ne supportait plus rien ni personne…

Mais elle se ravisa et d'un geste déterminé, ouvrit la porte et entra, indifférente au protocole qui régissait les rapports patron-employé.

— Monsieur Gaffner ?

Elle s'immobilisa à la vue de son employeur, affalé inanimé la tête sur le bureau, le regard béant et vitreux.

Sous le choc, elle ferma les yeux. Puis elle se reprit, se précipita vers lui, mais elle glissa sur une substance poisseuse que, dans sa panique, elle ne put identifier. Elle se rattrapa de justesse au coin du bureau où sa main froissa une feuille de papier.

Le nom de Cagan y était inscrit en grandes lettres tremblées. Merissa fut prise de nausée. Que se passait-il encore ?

Lentement, avec appréhension, elle s'approcha et chercha le pouls au le poignet de Gaffner.

Rien.

Elle recula, les yeux emplis d'horreur. Elle refusait d'assimiler la réalité. C'était un cauchemar ! Elle allait bientôt se réveiller chez elle ! Ensuite, elle boirait tranquillement son café en lisant les quotidiens du matin.

Elle essuya machinalement le sang poisseux qui collait à sa sandale sur un bout de moquette. Elle eut de nouveau un haut-le-cœur, mais elle s'appliqua à bien respirer pour conjurer son malaise. Ses pensées étaient troubles. Elle était incapable de donner le moindre sens à ce qui lui arrivait.

Son seul désir, c'était de fuir cet endroit sinistre, de fuir le cadavre encore tiède de Gaffner avant qu'il ne soit trop tard.

6

Une fois dans sa voiture, Merissa rejeta sa tête en arrière contre l'appui-tête et ferma les yeux. *Calme-toi !* s'intima-t-elle. Mais son cœur battait comme s'il allait exploser et elle avait du mal à respirer. Elle luttait pour retrouver son souffle et le discipliner. Elle serra le volant entre ses mains glacées et s'y agrippa comme à une bouée de sauvetage. Son geste lui procura un soulagement inattendu.

Puis elle rouvrit les yeux et, par prudence, regarda dans son rétroviseur pour vérifier si le personnel du casino ne lui courait pas après en l'accusant de meurtre. Ouf, personne. Elle était seule sur le parking désert.

Par une chance inouïe, elle avait réussi à sortir du casino sans se faire remarquer. Il lui avait fallu prendre sur elle pour traverser les salles de jeu sans hurler ni courir comme une folle. La peur d'être accusée d'un nouveau meurtre lui avait donné un courage qu'elle n'aurait jamais soupçonné.

Quand elle eut réussi à maîtriser le tremblement de ses mains, elle démarra. Elle avait perdu le contrôle de sa vie, mais pas encore celui de sa voiture…

Le front en sueur et les mains crispées sur le volant, elle sortit lentement du parking. Sans quitter la route des yeux, elle fouilla dans son sac à main et en tira un mouchoir en papier. L'air était lourd et humide. Son chemisier était trempé et ses cheveux lui collaient à la nuque et au front.

Elle régla l'air conditionné au maximum pour se rafraîchir et trouver l'énergie de réfléchir. La climatisation lui fit du bien, mais n'atténua pas son trouble. Elle avait la nausée quand elle repensait à Gaffner gisant dans son sang. Et pendant ce temps, à quelques mètres de là, de jolies filles en minishorts de cuir et tops moulants servaient des boissons, louvoyant entre les machines à sous.

Gaffner était mort, et, pour l'instant, seules deux personnes le savaient. Elle et son meurtrier. Pourquoi avait-on tué Marshall Gaffner ? Les événements se succédaient à une telle vitesse, depuis le meurtre de Jeff, qu'elle ne parvenait pas à réfléchir. La vision de son patron mort l'obsédait et l'empêchait de raisonner.

Au lieu d'avertir la police, en bonne citoyenne, elle fuyait.

Pas par lâcheté, non, mais par peur d'être de nouveau accusée d'un crime qu'elle n'avait pas commis. Elle n'avait aucune envie de revivre l'épreuve qu'elle avait vécue après le meurtre de Jeff. La police ne l'avait pas crue et avait donné l'interprétation qui l'arrangeait à sa course éperdue dans la forêt.

Merissa la meurtrière cherche à échapper à la justice de son pays…

Il fallait qu'elle prenne conseil auprès d'un avocat… Mais pas Rod Lopen. Elle devait trouver un homme en qui elle aurait une confiance totale.

Qui ? Cagan Hall ? Non ! Il était toujours suspect à ses yeux, d'autant qu'elle avait vu son nom griffonné par Gaffner mourant. Parce que c'était lui l'assassin ?

Une peur incoercible lui nouait le ventre. Mais qui était

donc Cagan Hall ? Un meurtrier ou son ange gardien ? Jamais bien loin d'elle, ambigu et mystérieux…

Elle s'arrêta à un feu. Elle devait à tout prix se ressaisir et réfléchir. Adopter une stratégie. Parce que le corps de Gaffner allait être découvert d'une minute à l'autre, et que, lorsque les policiers arriveraient sur les lieux, ils découvriraient vite qu'elle était passée dans son bureau. Peut-être même que la police était déjà à sa recherche ? Merissa imaginait les gros titres de la presse du soir…

Merissa Thomas, le suspect numéro un dans l'affaire du meurtre de son amant, Jeff Madison, est maintenant recherchée pour le meurtre de son employeur, Marshall Gaffner.

Sa gorge se serra et, de nouveau, elle eut du mal à respirer. Elle était innocente ! Mais elle était aussi seule contre tous. Sa vie basculait dans le chaos… Dans un accès de paranoïa, elle observa la voiture grise derrière la sienne, qui la suivait depuis déjà un bon moment.

Méfiante, elle ralentit. La voiture grise ralentit aussi, mais tourna aussitôt après. Ouf. Pour l'instant, elle était tranquille, mais elle savait que son sursis était de courte durée. Bientôt, la police lancerait un avis de recherche contre elle.

Jeff et Gaffner avaient le même meurtrier. La chose était certaine. Mais qui ? Et pourquoi ? Toujours les mêmes questions sans réponses…

Ces deux meurtres prémédités obéissaient néanmoins à une stratégie soigneusement élaborée.

Le meurtrier était intelligent et sans scrupule. Et pour une raison que Merissa ne parvenait pas à s'expliquer, elle était sa cible, celle qui devait payer à sa place.

Derrière les barreaux avec les pires criminels…

Cette pensée lui fit horreur. Ça ne pouvait plus continuer comme ça ! Elle n'avait plus la force de lutter contre des ennemis invisibles, d'affronter des situations qu'elle ne comprenait pas et ne contrôlait pas davantage. Et ça ne serait certainement pas dans un pénitencier qu'elle trouverait la réponse aux énigmes qui venaient de bouleverser sa vie…

Tout en conduisant, la jeune femme retrouva un peu de calme et sa capacité à raisonner, malgré la peur, omniprésente.

Au terme de ses réflexions, elle décida de se cacher pendant quelques jours, le temps de recouvrer ses esprits et de se trouver un bon avocat. Quand elle aurait les idées plus claires, elle parviendrait peut-être à se souvenir d'un détail qui lui avait échappé et la mettrait sur une voie ?

Dans tous les cas, ce temps de réflexion était indispensable pour lui permettre de se calmer.

Quand elle arriva devant chez elle, elle avait pris sa décision. Elle allait se changer, faire son sac et partir. Elle agirait vite, car elle n'avait plus guère de temps.

Elle sortit du garage confiné dans une chaleur étouffante et entra dans sa cuisine climatisée. Mais, là, une nouvelle surprise désagréable l'attendait. La pièce avait été fouillée de fond en comble et un invraisemblable désordre y régnait. Les tiroirs vidés de leur contenu étaient grands ouverts. Le sol était jonché d'ustensiles, de torchons et de vaisselle brisée…

Assommée par ce nouveau coup du sort, Merissa fit le tour de sa maison. Tout avait été minutieusement fouillé, du sol au plafond. Dans sa chambre à coucher, sa chemise de nuit en satin, ses sous-vêtements de dentelle et ses petites culottes jonchaient le carrelage ou pendaient à sa lampe Tiffany et sur le bras d'un fauteuil. On s'était introduit chez elle. On avait profané son intimité et mis son existence sens dessus dessous.

On avait cherché quelque chose, mais quoi ? Ça devait

être important pour que l'on se soit introduit chez elle en plein jour.

Le meurtrier de Jeff et de Gaffner et l'intrus qui avait mis sa maison à sac étaient-ils une seule et même personne ? Etait-elle toujours manipulée pour endosser le rôle de la coupable idéale ? A moins qu'elle ne fût la prochaine victime ?

Plus tard. Elle y réfléchirait plus tard.

Le cœur battant, elle para au plus urgent. Elle fourra quelques affaires à la hâte dans un sac en toile et prit son duvet, déjà délogé de son armoire. Elle revint ensuite dans sa cuisine où elle prit quelques bouteilles d'eau dans le réfrigérateur et une boîte de crackers au fromage dans le placard.

Tout à coup, le hululement d'une sirène s'éleva non loin de là et déchira le silence. Merissa regarda une dernière fois sa maison dévastée et retourna dans le garage.

Elle était en danger et elle fuyait pour échapper à la prison.

Plus probablement même, à la mort.

En début d'après-midi, une fois de retour dans son petit appartement, Cagan déboutonna sa chemise et la jeta négligemment sur le canapé. Il était épuisé après la nuit blanche passée au chevet de Merissa.

Cette matinée lui avait réservé quelques surprises. D'abord, il y avait eu les révélations de Lana et ses soupçons sur son patron. Ensuite, la découverte du corps de Gaffner, qui avait été assassiné. Cagan avait encore peine à croire que Gaffner avait été tué. Il avait en effet eu la conviction que le patron de LPI était complice du meurtre de Jeff. A moins qu'il l'ait été, mais qu'on l'ait supprimé à son tour ?

Pensif, il prit une bière dans le réfrigérateur. Il avait été interrogé par la police pendant une bonne heure, mais il avait un excellent alibi, facile à vérifier. Il avait passé le début de la matinée dans un café avec Lana Glass, puis il était revenu à LPI pour une réunion avec les deux hommes qu'il avait recrutés pour compléter son équipe.

En revanche, Merissa avait disparu de la circulation. Cagan but une gorgée de bière en se dirigeant vers son salon. Il se déchaussa et se laissa tomber sur son canapé avec un soupir d'aise.

Malgré l'air climatisé, il faisait trop chaud pour réfléchir. De toute façon, il n'avait cessé de réfléchir au cours de ces dernières semaines et, à force, il avait l'impression de tourner en rond. Il avait questionné tous les employés de LPI et fouillé leurs bureaux à plusieurs reprises. Pourtant, il n'avait toujours aucune piste…

Il résuma ce qu'il savait de Gaffner.

Cinquante-huit ans. Patron de Louisiana Prosthetics Inc. et propriétaire à part égale du casino Mardi Gras Lights. Etranglé par les dettes.

Il ne laissait pas d'enfants. Sa veuve était sa seule héritière. Cette dernière avait supporté les liaisons extraconjugales d'un époux volage et inconstant pendant des années. Allait-elle le pleurer ?

Cagan soupira. Rien qui apportât de l'eau à son moulin…

Il téléphona à Merissa pour la énième fois depuis qu'il avait appris la mort de Gaffner. Il fut excédé d'entendre son répondeur se déclencher de nouveau et il raccrocha.

S'il ne la joignait pas avant le soir, il partirait à sa recherche. Il n'aurait aucun mal à la retrouver parce qu'il avait posé une balise GPS sous le pare-chocs de sa Mazda, quand il avait quitté sa maison au petit matin.

Il s'étira, puis posa sa tête sur le coussin. Il allait s'offrir une petite sieste. Avec un peu de chance, Merissa n'envahirait pas ses rêves parce qu'il avait déjà bien assez chaud.

Une sonnerie perçante arracha Cagan à son sommeil. Il tendait le bras pour décrocher le téléphone quand il réalisa que c'était la sonnerie de l'entrée qui l'avait réveillé. Il passa la main dans ses cheveux ébouriffés et alla ouvrir, pieds nus et mal réveillé. Quand il découvrit l'identité de son visiteur, la surprise le réveilla tout à fait.

C'était le sénateur Bracer, dont il entendait parler depuis déjà plusieurs semaines.

— Bonjour, monsieur Hall. Je suis James Bracer, sénateur de Louisiane. J'étais un ami de votre employeur, Marshall Gaffner, décédé ce matin.

— J'ai appris que vous aviez découvert le corps. Rude épreuve…

— Oui, je suis toujours sous le choc.

— J'imagine.

— J'en doute. Mais… puis-je entrer ? Je n'aime pas parler sur le pas d'une porte.

— Bien entendu. Excusez-moi, dit Cagan en ouvrant tout grand.

Bracer entra, puis regarda partout dans le petit appartement sans cacher sa méfiance

— Nous sommes bien seuls ?

— Oui, à moins que quelqu'un ne se soit introduit chez moi pendant ma sieste. Voulez-vous une bière ?

— Non, merci. En réalité, je n'ai guère de temps, aussi

vais-je tout de suite vous expliquer le motif de ma visite. J'ai une proposition à vous faire. Un peu inhabituelle, j'en conviens, mais je vous paierai bien.

— Voilà une entrée en matière qui me plaît, déclara Cagan en invitant le sénateur à prendre place sur son canapé.

Décidément, sa cote de popularité était en hausse, en ce moment. Les propositions affluaient ! se dit Cagan, impatient d'entendre celle du sénateur.

Bracer posa sa serviette, puis il tira un mouchoir de sa poche et essuya son front en sueur.

— Je sais que vous avez fait partie de la police de New York pendant de nombreuses années, commença-t-il d'un ton emphatique. Vous avez donc l'habitude des meurtriers...

— Mais je n'appartiens plus à la police de New York. Je suis désormais responsable de la sécurité à LPI, rétorqua Cagan. Et je resterai à LPI si le nouveau patron le veut bien.

— Oui, oui, bien sûr. Vous savez, Cagan, je n'ignore rien de votre parcours disons, un peu tourmenté. Vous avez quitté la police de New York suite à un scandale. Vous avez pénétré chez un suspect sans mandat d'arrêt et vous l'avez abattu comme un chien alors qu'il n'était pas armé.

— On ne peut rien vous cacher, sénateur.

— Je suis un homme d'affaires pragmatique, répondit Bracer du tac au tac. Et bien documenté, acheva-t-il avec un petit sourire.

— Pas assez pourtant. Les charges qui pesaient contre moi ont été levées, faute de preuves.

— J'ai aussi cru comprendre que vous étiez très intelligent.

— J'aime vous l'entendre dire, déclara Cagan en posant son pied sur la table basse. Mais je suis certain que vous n'êtes pas venu me rendre visite pour chanter mes louanges, alors ne perdons pas de temps. Pourquoi avez-vous besoin de mes services ?

— Savez-vous où se trouve Merissa Thomas actuellement ?

— En route vers le pénitencier ? laissa tomber Cagan, certain que Bracer avait déjà sa petite idée sur la question.

— Vous me décevez, Hall. Je croyais que Gaffner vous payait pour la filer jour et nuit…

— C'est exact, répondit Cagan. Et l'un de mes hommes la filait, mentit-il sans vergogne. Mais elle a essayé de lui échapper…

— C'est bien dommage, vu les derniers événements en date.

Bracer marqua une pause, le regarda droit dans les yeux et articula nettement :

— Je veux qu'on retrouve Merissa Thomas. Vite.

— La police s'y emploie activement.

Cagan observa Bracer. Son regard était glacé et son visage, tendu.

— Mettons les choses au clair, Cagan. Pour vous dire la vérité, je ne fais pas confiance à la police. Je veux que vous la retrouviez parce que c'est la dernière personne qui a vu mon ami Gaffner vivant. Si elle l'a tué, je veux qu'elle soit jugée et condamnée !

— Mais si elle ne l'a pas tué ?

— Ce sera aux autorités judiciaires de trancher.

Bracer prit sa serviette.

— Je la veux. Livrez-la-moi. Vivante. Au plus vite. Compris ?

— Compris. Et mes honoraires ?

— Cinq mille dollars. En liquide. Payables quand vous me l'aurez livrée.

— Cinq mille dollars ! Si Merissa a autant de valeur à vos yeux, je veux davantage.

— Je peux trouver un autre homme pour cette mission.

— Très juste. Mais c'est moi que vous êtes venu solliciter en premier. Quinze mille dollars. C'est mon dernier mot.

— Vous êtes complètement fou, Cagan. Je ne vous paierai jamais une somme pareille !

Cagan se leva et se dirigea vers la porte, comme si, jugeant la conversation terminée, il tenait à raccompagner son visiteur.

— Dommage…, parce que je crois savoir où est Merissa. dit-il pour appâter son interlocuteur. Je pourrais même vous la livrer dans la soirée.

— Mais vous venez de me dire que vous ne savez pas où elle est ?

— Quinze mille dollars, Bracer. La moitié maintenant. L'autre moitié quand elle sera entre vos mains.

— Vous êtes dur en affaires !

— Je vous jure que vous ne le regretterez pas.

Merissa plaça son sac de toile et son sac de couchage sous le banc du petit bateau qu'elle venait de louer. Elle avait décidé de remonter le bayou jusqu'à la maisonnette de ses grands-parents. Là-bas, elle serait au calme. Elle n'aurait à redouter que les alligators, les mocassins d'eau et des nuées de moustiques affamés.

Elle retourna à sa voiture pour prendre les achats qu'elle avait faits en route. Un répulsif antimoustiques, un tube de crème antiseptique et des piles pour sa lampe de poche. Elle prit aussi son sac à main.

Un soleil de plomb brillait maintenant. Ses mèches

humides collaient sur son front et ses tempes en sueur. Si elle partait maintenant, elle aurait fait la moitié du chemin à la tombée de la nuit. Elle dormirait quelques heures à la belle étoile, puis elle continuerait de remonter le bayou au petit jour. Elle atteindrait la maison de ses grands-parents en fin de matinée. Elle y serait seule, mais en sécurité.

Elle refermait la portière de sa voiture quand le vieil homme qui lui avait loué le bateau s'approcha.

— Cachez ma voiture pour que personne ne la voie, lui demanda-t-elle en cajun.

Elle n'avait pas oublié ce dialecte, bien qu'elle ne l'ait pas pratiqué depuis longtemps.

— Ne vous faites pas de souci, lui répondit l'homme en prenant ses clés de voiture.

— Merci.

Elle espérait que sa parole avait plus de valeur que le bateau qu'elle venait de lui louer…

Quelques minutes plus tard, elle remontait la rivière Atchafalaya. Le moteur de son petit bateau ronronnait dans l'air chaud et moite de cette belle journée de juin. Elle était encore à des kilomètres de sa destination.

Des années plus tard, Merissa retrouvait ses sensations d'enfance intactes. L'eau égrenait toutes les nuances du bleu et du vert, et les herbes couvraient la berge. Elle reconnaissait les habitations rustiques qui se profilaient de temps à autre entre les arbres, des cyprès et des chênes qui avaient les pieds dans l'eau et la cime drapée de mousse.

Enfin… enfin elle était de retour dans le pays de son enfance, au cœur de ses plus beaux souvenirs… Et pour la première fois depuis le meurtre de Jeff, un immense calme descendit en elle. Que ne pouvait-elle passer toute sa vie ici… Mais tôt ou tard, elle devrait revenir à Baton Rouge et faire face à son destin, se dit-elle, le cœur serré.

Mais à ce moment-là, elle aurait peut-être les idées plus claires et pourrait mieux affronter la police et se battre pour prouver son innocence. Peut-être que sa retraite dans le bayou lui permettrait aussi de se souvenir d'un détail qui la mettrait sur une piste ? Quoi qu'il en soit, elle réussirait à prouver son innocence !

L'eau clapota soudain doucement. Merissa se retourna juste à temps pour voir une énorme tortue disparaître dans la rivière alors qu'un second animal quittait le rivage et plongeait à sa suite. Le ronronnement du moteur avait manifestement dérangé leur quiétude et les avait effrayées à tel point qu'elles avaient choisi de se cacher sous l'eau.

La sécurité et, tout à coup, le danger…

Merissa connaissait bien ce sentiment désormais. Elle savait aussi que les tortues mettaient leur sécurité en jeu en se réfugiant dans la rivière. Les alligators qui fendaient les eaux, tels des troncs d'arbres inoffensifs, pouvaient surgir à tout moment et sortir de leur immobilité trompeuse.

La jeune femme s'exhorta au courage. Elle, elle était en sécurité dans le bayou. Personne ne la retrouverait, une fois qu'elle aurait rejoint la vieille maison de ses grands-parents.

— Personne ! martela-t-elle à haute voix pour mieux s'en convaincre.

Et elle y réussit presque.

Le soleil descendait sur l'horizon quand Cagan arriva à la marina. Merissa n'était plus très loin, maintenant ; du moins, sa voiture ne l'était plus. Il avait vite retrouvé sa piste grâce à la balise GPS. De plus, le pompiste de la station-service où il avait fait le plein, à la marina, lui avait confirmé le passage de la jeune femme en échange de quelques billets.

Cagan descendit de voiture et vérifia qu'il avait bien les menottes sur lui. Avant le soir, il les aurait passées aux poignets de Merissa Thomas. Cette perspective, loin de le soulager, le mettait terriblement mal à l'aise.

Pour la première fois de sa vie, il ne ressentait ni contentement ni impatience à l'idée de traquer et de capturer un meurtrier en cavale.

Il s'approcha d'un homme qui le dévisageait avec méfiance. Cagan comprit d'instinct que ce dernier ne répondrait à aucune de ses questions.

Peu importe. Il savait que la voiture de Merissa était dans les parages. Elle avait dû louer une embarcation pour continuer son voyage. Il en louerait une pour la suivre et il la retrouverait.

Après, le voyage serait fini.

7

Quelques heures plus tard, Cagan avait quitté la rivière Atchafalaya et remontait un bayou venteux, en suivant son itinéraire grâce à un plan.

La nuit était tombée, il était près de 23 heures.

Il devrait bientôt s'arrêter pour dormir un peu, se dit-il. Ça n'était pas pour lui déplaire, car il avait souvent dormi à la belle étoile, parfois même sur des sols durs comme de la pierre, mais il se méfiait des insectes et des autres bestioles qui abondaient dans ces marais.

Au crépuscule, il avait repéré des alligators de près de deux mètres qui se glissaient le long de son embarcation et des serpents quittant la berge pour se couler dans l'eau.

Au même instant, il vit quelque chose tout près de lui. Regardant mieux, il reconnut une embarcation attachée au tronc d'un saule.

Il coupa le moteur et rama jusqu'à la berge. Ensuite, il mit pied à terre et s'enfonça à mi-cheville dans la vase. Enfin, il attacha son propre bateau au tronc d'un cyprès et s'approcha de l'autre embarcation avec prudence.

Soudain, un bruit d'herbe froissée l'immobilisa. Il se retourna, et posa d'instinct les doigts sur son pistolet toujours à sa ceinture.

L'espace d'un instant, il ne discerna que les nappes de brume sur le marais. Puis il vit une ombre se profiler, une silhouette fantomatique, presque irréelle qui s'échappait. C'était une femme à la longue chevelure blonde. Gracieuse et élancée.

— Merissa !

Sa voix claqua dans la nuit comme un coup de fusil.

Il courut pour la rattraper. Il était plus rapide que la jeune femme, mais il fut ralenti par le sol boueux et par l'humidité qui l'empêchait de bien respirer. Il s'arrêta auprès de l'arbre où il l'avait vue disparaître, le souffle court. Il regarda tout autour de lui pour la repérer dans la nuit brumeuse, mais sans succès. Il avait pourtant la certitude qu'elle n'était pas loin. Il *sentait* sa présence.

Il recula et tourna sur lui-même, prêt à dégainer. Merissa était peut-être innocente, elle avait peut-être fui parce qu'elle avait peur, mais il ne pouvait pas non plus exclure l'éventualité de sa culpabilité.

— N'aie pas peur, Merissa ! cria-t-il. Avance. Doucement. Mains sur la tête.

Il se retourna, le dos toujours contre le tronc d'arbre, sans cesser de regarder autour de lui.

Puis il fit quelques pas, toujours vigilant. Il vit les feuillages trembler.

— Je suis là pour t'aider, Merissa ! Quoi que tu aies fait. Tu ne pourras pas être en cavale toute ta vie ! Dis-moi où tu es et avance lentement dans ma direction. Pas de mauvaise surprise. Je te jure que je ne te ferai pas de mal !

Un bruit s'éleva derrière lui. Surpris, il dégaina et fit demi-tour. Trop tard. Merissa s'évanouissait dans l'obscurité comme un faon affolé.

Zut, il s'en était fallu de peu… Cagan se remit à courir. Cette fois, il fut plus rapide, parce que le sol était sec et lui donnait l'avantage. Il arriva bientôt à sa hauteur et passa un bras autour de sa taille. Un vieux truc qu'il avait appris en jouant au football.

— Laisse-moi ! s'écria Merissa en lui donnant des coups de poing.

Cagan l'immobilisa, mais elle se servit de ses jambes pour se débattre. Il glissa, perdit l'équilibre et l'entraîna dans sa chute. Elle allait lui échapper de nouveau quand il lui serra les poignets et la maintint au-dessus de lui. Ses seins tendaient le fin tissu de sa chemise en coton et ses hanches plaquées sur lui remuaient avec une vigueur qui l'étourdissait.

— Lâche-moi, tu me fais mal, marmonna-t-elle entre ses dents.

— Calme-toi et je te lâcherai.

— Et tu me tueras ? Comme tu as tué Gaffner ? Ou avec une arme blanche, comme tu as tué Jeff ? Mais tu auras du mal à me faire porter le chapeau, cette fois, si je suis la victime !

Il serra ses poignets plus fort, essayant de contrôler ses mouvements et de prévoir ses réactions. Elle luttait de toutes ses forces, elle semblait avoir une peur panique de lui... Elle le croyait donc coupable des meurtres de Gaffner et de Jeff ? Ce qui signifiait qu'elle était innocente ?

— Bien entendu, ça n'est pas toi qui les as tués ! reprit-elle d'un ton sarcastique. C'est pour cette raison que ces deux imbéciles de policiers veulent ma peau !

Mais peut-être était-elle aussi une excellente comédienne, décida-t-il ensuite sans la quitter des yeux. Ses doutes sur la culpabilité de la jeune femme resurgirent, malgré son désir de la croire innocente...

Quelques années plus tôt, il avait vécu une situation semblable et il avait juré qu'on ne l'y reprendrait plus.

— Lâche-moi, Cagan. Tu n'as aucun droit sur moi.

— J'ai les droits que je veux !

— Tu n'es qu'un macho. Une brute !

Il roula et la plaqua sur le carré d'herbe humide sans lui lâcher les poignets. Les yeux de la jeune femme étaient agrandis par la peur, ses cheveux étaient en bataille et ses lèvres tremblaient. Bon sang, pourquoi avait-elle un regard aussi vulnérable ? se dit-il, soudain prêt à la serrer dans ses bras pour la réconforter.

— Pourquoi tu m'as suivie ?

— Pour te retrouver et te ramener à Baton Rouge. La fuite ne résoudra pas tes problèmes.

Un brin d'herbe collait à la joue de la jeune femme. Il libéra l'un de ses poignets pour le lui retirer, mais elle en profita pour le repousser de toutes ses forces. Il la plaqua de nouveau au sol si fort qu'elle grimaça et poussa un cri de douleur qui lui fendit le cœur.

— Ne m'oblige pas à être violent !

— Je ne t'oblige à rien du tout ! Je ne t'ai rien demandé !

Elle s'écarta de lui.

— Et je n'ai pas besoin de toi ! Tout ce que je veux, c'est avoir du temps pour réfléchir !

— C'est pour cette raison que tu as fui ?

— Pourquoi le demandes-tu ? Tu ne me crois jamais ! Même au lac Maurepas, tu ne me croyais pas ! Sans doute pour mieux me faire porter le chapeau !

— Je ne comprends rien à ce que tu racontes !

— Pourtant, c'est clair !

Elle parvint enfin à se mettre sur un coude.

— Tu m'as menti. Tu t'es violemment disputé avec Jeff, le soir de son meurtre. Un innocent ne ment pas !

« Et un innocent ne fuit pas non plus », faillit-il rétorquer.

Maintenant des larmes brillaient dans les yeux de Merissa. Il n'osa pas les essuyer, de peur de succomber à ses lèvres tremblantes et à son corps trop près du sien, secoué de frissons

Il était vaincu. Tout à l'heure, il était prêt à utiliser son arme contre elle ; maintenant, il aurait partagé sa cavale et tout renié par amour pour elle.

— Je le reconnais, je me suis disputé avec Jeff, mais je te jure que je ne l'ai pas tué ! dit-il enfin.

— Et tu t'imagines que je vais te croire ? Tu m'as menti et tu as aussi menti à la police !

Cagan se leva, puis il aida Merissa à se relever. Le regard de la jeune femme était sombre. Deux puits d'ombre noyés dans les ténèbres, se dit-il le cœur serré.

— Nous sommes dans une impasse, Merissa. Tu ne me crois pas et moi, je n'ai aucune raison de te croire. Quoi qu'il en soit, c'est toi que la police recherche.

Il la prit par le bras et l'entraîna.

— Je t'en supplie, Cagan, ne me ramène pas à Baton Rouge. Pas encore du moins. Pas tant que je n'aurai pas compris ce qui se passe, pourquoi je suis accusée de meurtre. Laisse-moi au moins une dernière chance…

Sa voix implorante le troubla et il en fut contrarié.

— Il faut que je te ramène à Baton Rouge !

— Mais pourquoi ?

— Ça ne te regarde pas !

— Si, au contraire !

Elle se rapprocha, le défiant du regard, et le frôla. Cagan sentit la chaleur de son corps, et le désir monta en lui.

— Je pense qu'on essaie de me tuer, reprit-elle. J'ai peur.

Pas de me battre, non, j'ai peur parce que je ne sais pas contre qui je dois me battre, ni pourquoi…

Cette fois, Cagan n'y tint plus. Il l'enlaça et l'attira à lui. Il la sentait trembler de tous ses membres. Sa panique et sa douleur lui étaient insupportables.

— Et toi, Cagan, qui es-tu ? Que veux-tu ?

Elle leva les yeux vers lui. Il se détourna, incapable de la regarder et de lui mentir.

— Tu me dois la vérité, Cagan…

Mais il ne pouvait pas la lui dire. Surtout pas à elle.

— Est-ce que tu as tué Jeff et Gaffner ? reprit Merissa.

— Non.

Il la serra de nouveau contre lui dans un élan de tendresse.

— Non. Je te le jure, répéta-t-il.

Il souleva son menton et croisa son regard.

— Je ne suis pas ton ennemi. Tu me crois ?

— J'aimerais…

Elle se blottit contre lui et enfouit la tête contre son épaule.

— J'aimerais tellement…

Cagan était toujours partagé entre le désir de lui faire confiance et la méfiance. Autrefois, une femme s'était jouée de lui et de ses sentiments. Il avait cru en son innocence, elle était coupable et il avait mis sa vie et celle d'autres personnes en danger. Il avait payé son aveuglement très cher.

Son erreur le hantait encore et le hanterait jusqu'à la fin de ses jours.

Il conduisit Merissa vers leurs bateaux. Maintenant, ils devaient dormir un peu. Demain serait un autre jour. Il aurait la fin de la nuit pour résoudre son dilemme : ramener Merissa à Baton Rouge ou lui laisser le temps de cette réflexion dont elle semblait avoir tant besoin.

*
* *

Les nappes de brouillard montaient toujours dans la nuit quand Merissa et Cagan atteignirent le bord du bayou, où leurs bateaux étaient amarrés.

— Je t'attends pendant que tu prends tes affaires, lui dit-elle.

Il sortit ses menottes et les lui passa.

— Ça me déplaît, mais je n'ai pas le choix, Merissa. Je ne veux pas prendre le risque que tu m'échappes de nouveau.

— Un flic reste toujours un flic..., laissa-t-elle tomber amèrement en refoulant son humiliation et sa colère.

Si elle ne parvenait pas à prouver son innocence, voilà ce qui l'attendait : les menottes, les barreaux d'une cellule et le mépris.

Personne ne l'aiderait. Elle ne pouvait faire confiance à personne, pas même à Cagan. La preuve : il était tellement convaincu de sa culpabilité qu'il lui passait les menottes.

Jamais elle ne rentrerait à Baton Rouge avec lui ! Tant qu'elle n'aurait pas pris du recul pour évaluer sa situation, elle resterait dans le bayou.

Cagan attacha l'autre menotte à la branche d'un arbre, puis il s'éloigna, le temps de chercher son duvet et son sac à dos dans son bateau. Il avait dû le louer à la marina, songea Merissa, déçue que le loueur n'ait pas tenu sa promesse de garder le silence. Elle n'osait imaginer quel moyen Cagan avait utilisé pour le soudoyer.

Là-dessus, Cagan la libéra des menottes. Elle le conduisit jusqu'à la clairière où elle avait décidé de passer la nuit. Son compagnon la suivait de près, attentif à ses moindres mouvements. Avec ou sans menottes, leurs relations étaient sans ambiguïté : elle était sa prisonnière.

— Voilà, nous y sommes, dit-elle enfin.

Le sol de la clairière était sec, et elle avait disposé son sac de couchage sur un épais carré d'herbe.

Cagan étendit son duvet à côté du sien, mais Merissa l'écarta aussitôt.

— Notre situation sera beaucoup plus facile si nous faisons la paix, dit-il d'une voix que la fatigue, la chaleur et l'humidité rendaient rauque.

— Plus rien n'est facile dans ma vie, Cagan.

Il allait parler, mais il se ravisa et s'agenouilla pour fouiller dans son sac à dos d'où il sortit une casquette de base-ball, une paire de chaussettes, un carnet, un canif, une barre de céréales et une bouteille d'eau… Il avait manifestement un excellent sens de l'organisation, se dit la jeune femme qui ne l'avait pas quitté des yeux.

— Tu en veux un morceau ? demanda-t-il en retirant le papier autour de sa barre de céréales.

— Non merci, je n'ai pas faim.

Elle mentait. Elle avait dévoré la moitié de ses crackers au fromage, décidant de se réserver le reste pour son petit déjeuner.

Cagan mordit dans son en-cas avec un soupir d'aise.

— Pas mauvais…

Il s'assit sur son sac de couchage, s'adossa au tronc derrière lui et étendit les jambes avec un plaisir non dissimulé.

— Tu es certaine que tu n'en veux pas ? insista-t-il, lui tendant sa barre.

— Sûre et certaine.

Là-dessus, elle s'enveloppa dans son sac de couchage et lui tourna le dos hostilement.

— Nous allons passer la nuit l'un à côté de l'autre, alors essayons de le faire pacifiquement et amicalement, dit-il sans cesser de manger.

— Désolée, mais nous sommes désormais ennemis et

entre nous c'est la guerre. Dommage, on avait failli devenir des amis.

La gorge de Cagan se noua. « Presque des amants, aussi... », ajouta-t-il en son for intérieur. Tout avait plutôt bien commencé entre eux, mais le meurtre de Jeff avait tout gâché. Merissa était maintenant en cavale et elle se méfiait de tout le monde, surtout de lui, l'ex-policier armé qui l'avait menottée.

Il aurait pourtant aimé être son ami...

— Qu'est-ce que tu faisais à Mardi Gras Lights, ce matin ? lui demanda-t-il. Tu n'es pas du genre à fréquenter les casinos, surtout à une heure si matinale.

— J'avais rendez-vous avec Gaffner et Lopen.

Malgré sa rancune contre lui, Merissa avait besoin d'exposer les événements de la matinée afin de mieux les comprendre. Elle gardait aussi le faible espoir qu'il ne la ramènerait pas à Baton Rouge.

— Comment est-ce que tu savais que Gaffner était à Mardi Gras Lights, ce matin, et pas dans son bureau de LPI ?

— Rod Lopen m'a téléphoné en début de matinée pour me fixer un rendez-vous urgent dans le bureau de Gaffner, au casino. Il avait, paraît-il, des révélations à me faire sur Jeff et sur l'argent qu'il avait volé.

— C'est bien Lopen qui a téléphoné, ou sa secrétaire ? A moins que ça ne soit Lana ?

— Non, non, c'était bien Lopen. Pourquoi tu penses que ç'aurait pu être Lana ?

— Comme ça... Nous avons bu un café ensemble, avant l'ouverture des bureaux de LPI. Elle est venue travailler plus tôt, ce matin, et moi, je terminais ma ronde. Lana a insisté pour que nous allions boire un café dans un endroit tranquille. Selon elle, les bureaux de LPI sont truffés de micros.

— Première nouvelle... Quand elle est venue dans mon

bureau, elle m'a parlé sans méfiance. Et s'il y a un bureau qui pouvait être sous écoute, c'était bien le mien ! Ne suis-je pas suspectée de meurtre ?

— Elle n'a pas mentionné votre conversation. En revanche, elle m'a fait des révélations intéressantes sur Gaffner et Jeff. Selon elle, Jeff voulait faire chanter Gaffner, et Gaffner te soupçonnerait d'être de mèche avec lui.

— Qu'est-ce qui lui faisait penser une chose pareille ?

— J'espérais justement qu'elle allait me le révéler… Après une bonne demi-heure au café, elle a demandé l'autorisation d'utiliser le téléphone du comptoir. Elle a passé deux appels. Après son départ, j'ai appuyé sur la touche du dernier appel, et j'ai eu le bureau de Rod Lopen.

— Son premier appel n'était pas pour moi, si tu veux savoir.

Cagan termina sa barre de céréales et but une gorgée d'eau.

— Je suis surpris que tu aies accepté de revoir Gaffner… Hier, tu semblais tellement furieuse contre lui… Et si je me souviens bien, tu disais aussi que Lopen n'était plus ton avocat.

— Et ce matin, je n'avais toujours pas décoléré ! Mais quand Lopen a demandé à me rencontrer en disant qu'il avait des révélations à me faire, tu parles si j'ai accepté. J'avais besoin de savoir ! de comprendre ! Je n'ai pas envie d'aller en prison, figure-toi !

— Je sais bien. Et justement j'aimerais t'aider.

— Ah, tu m'en diras tant ! riposta-t-elle sarcastique.

Cagan ne releva pas.

— Raconte-moi exactement ce qui s'est passé quand tu es arrivée au casino, demanda-t-il en se déchaussant. Parle lentement, et en essayant de te souvenir des moindres détails.

Merissa se recueillit. Durant la journée, elle s'était efforcée, en vain bien entendu, de ne pas penser à l'horrible scène dont elle avait été témoin dans le bureau de Gaffner. Et maintenant, Cagan lui en demandait le récit complet…

De nouveau, des images terrifiantes défilèrent dans sa tête, suscitant une nouvelle vague de peur. La gorge sèche, elle déglutit avant de commencer.

— Je suis arrivée au casino vers 8 h 30…

Cagan écouta sans l'interrompre pendant qu'elle lui faisait son récit d'une voix atone et désincarnée, comme si elle lui décrivait un film. Il savait que c'était sa façon de conjurer l'horreur…

— Gaffner était affalé sur son bureau…, s'entendit-elle dire. La tête entre les bras… Et quand j'ai cherché son…

Les mots restèrent bloqués dans sa gorge, le souffle lui manquait. Elle avait découvert deux corps en l'espace de quelques jours et elle n'avait pas encore réussi à prendre le recul nécessaire pour surmonter ces deux chocs consécutifs.

Des sanglots silencieux l'agitèrent tout à coup par soubresauts. Vaincue par la peur et le désarroi, elle avait cessé de parler. Dans son marasme, elle se rendit toutefois compte que Cagan s'était rapproché.

— Ne dis plus rien, ça suffira, murmura-t-il.

Il passa un bras autour de ses épaules tremblantes et la serra contre lui.

— Ça n'est pas tout…

— Le reste attendra.

Il la serra fort dans ses bras pour la réconforter.

— Non ! reprit Merissa. J'ai quitté le casino en état de choc, sachant que la police allait vite comprendre que j'avais été sur les lieux…

Elle ferma les yeux, luttant contre une nouvelle crise de larmes.

— Tu avais tes raisons, Merissa.

— Mais après, continua-t-elle sans l'écouter, quand je suis revenue chez moi, j'ai découvert que ma maison avait été fouillée de fond en comble ! On a violé mon intimité ! cherché quelque chose ! A moins que ça ne soit moi ?

Cagan saisit son menton entre ses doigts et lui releva doucement la tête pour la forcer à le regarder. Puis il dégagea son visage et essuya ses larmes.

Mais Merissa écarta vivement sa main. Elle était touchée par sa sollicitude, mais elle se méfiait toujours de lui. N'avait-elle pas lu son nom griffonné par Gaffner agonisant sur un bout de papier ? Elle n'allait certainement pas le lui révéler !

— Je suis désolée, Cagan, je ne voulais pas craquer.

— On craquerait à moins… Tu es passée par tellement d'épreuves, ces derniers temps.

Sa voix était plus tendre, comme sa main sur son épaule.

— Je veux t'aider. Mais je le pourrai seulement si tu acceptes et si tu me fais confiance.

Elle hésitait. Cagan apaisait ses peurs et sa colère, mais elle en avait besoin pour continuer son combat, assurer sa survie, et, surtout, pour lui résister. Seule la fureur lui donnait l'énergie d'affronter un monde où tout s'était délité…

Elle se remit à pleurer et Cagan embrassa ses joues mouillées de larmes. Sa bouche, de tendre, devint plus pressante et rencontra bientôt la sienne.

Lui céder était une terrible erreur, mais Merissa n'avait désormais plus la force de le repousser. Elle avait besoin de lui comme elle n'avait jamais eu besoin de personne… Elle n'avait plus envie de réfléchir, seulement de céder à ses instincts. Son intuition lui soufflait que l'homme qui l'étreignait et l'embrassait ne pouvait pas être un criminel.

Un gémissement jaillit de ses lèvres lorsqu'elle les entrouvrit pour un baiser plus profond. Quand Cagan introduisit sa langue dans sa bouche, elle céda à son élan. Oublier la police et les meurtres, laisser la passion les consumer... Un abandon si facile, si agréable, mais terriblement dangereux. Et la jeune femme, brutalement rappelée à la raison par cette dernière pensée, repoussa Cagan.

— Je t'en supplie... Pas maintenant. Pas comme ça...

Mais il la reprit impétueusement dans ses bras. Cette fois, elle se débattit. Le regard de Cagan, brûlant d'un feu sombre et mystérieux, resta un instant rivé au sien, puis il la relâcha et lui tourna le dos.

Troublée, elle le regarda retirer sa chemise. Autour d'eux, la brume était devenue plus dense. Le clair de lune caressait le torse musclé de Cagan et des ombres couraient sur son visage.

Seul cet homme avait le pouvoir de lui faire oublier qu'elle était en danger de mort et qu'elle était sans doute la cible d'un complot. Il avait sur elle un pouvoir magnétique... Elle était électrisée par sa présence et elle ne pouvait lutter contre son énergie sensuelle. C'était ainsi depuis le premier jour, elle était sans force devant lui... Elle comprit que rien ne romprait ce charme puissant, sauf, peut-être, la découverte qu'il lui avait menti et qu'il était le meurtrier de Jeff et de Gaffner.

Un frisson la parcourut alors qu'elle revoyait son nom griffonné sur un morceau de papier par la main d'un mourant, mais elle se raisonna. Cagan avait sans doute des défauts et des secrets, mais il n'était certainement pas un meurtrier ! Jamais un tueur, un esprit pervers, ne serait capable de susciter une passion aussi folle en elle !

Gaffner avait donc écrit son nom pour une autre raison… Mais laquelle ?

A cet instant, Cagan rapprocha son sac de couchage du sien.

— Je te promets de ne pas te toucher, dit-il, devinant l'inquiétude qu'elle ressentait face à sa trop grande proximité, mais je serai plus rassuré si je te sens tout près.

Surtout pour la surveiller et l'empêcher de s'échapper…, traduisit-elle immédiatement en son for intérieur. Elle avait bien compris l'allusion, si légère soit-elle !

— Tu comptes toujours me ramener à Baton Rouge demain ?

Il ne répondit pas. Un lourd silence tomba et envahit la nuit, détruisant l'intimité qui les avait unis un instant plus tôt. Malgré leurs étreintes, leurs baisers, il la remettrait à la police, le lendemain…

— Il faut vraiment que je te ramène en ville, Merissa. C'est pour te protéger.

— Non, c'est pour me livrer à la police ! Tu n'es qu'un flic, et pour un flic, le monde se divise en deux catégories : les innocents et les assassins. J'ai beau te dire que je suis innocente, que je veux me battre pour le prouver et pour rester en vie, tu ne me crois pas !

Elle reprit son souffle et acheva :

— Je finis même par me demander si tu ne veux pas me livrer à la police pour sauver ta peau…

— Tu te trompes, Merissa.

Cagan était maintenant tout proche. Elle entendait son souffle dans la nuit.

— Je ne veux pas te faire porter le chapeau pour ces deux meurtres ! Parce que je n'ai tué personne ! Je te le jure !

Mais, au fond, il comprenait sa méfiance et ses accusations. Il aurait aimé lui expliquer toute la situation pour qu'elle comprenne mieux ce qui se passait, mais il n'en avait pas le droit.

Un moustique bourdonnait au-dessus de sa tête. Il le chassa du revers de la main, agacé mais soulagé que le répulsif fasse effet. Quand il reposa sa main sur son sac de couchage, il sentit le métal froid des menottes. Non, il ne les lui remettrait pas... Il en était désormais incapable.

Puis il la regarda se retourner dans son sac de couchage, rempli d'un désir impossible à combler.

La nuit allait être très longue...

Merissa ouvrit les yeux d'un coup et retint un cri en sentant courir une énorme araignée velue le long de son bras. Le cœur battant, elle s'en débarrassa d'un geste brusque.

Puis elle se frotta les yeux. Quelle heure était-il ? 2 ou 3 heures du matin ? Une petite brise agréable traversait la nuit profonde et caressait son visage. De gros nuages roulaient dans le ciel, masquant les étoiles et la lune.

Elle s'étira et bâilla. Tout à l'heure, elle avait décidé de lutter contre le sommeil, mais elle avait été vaincue par la fatigue et le trop-plein d'émotions.

A son côté, Cagan dormait profondément. Son torse se soulevait régulièrement au rythme de sa respiration. Merissa esquissa quelques mouvements pour s'assurer qu'il dormait vraiment bien. Il ne bougea pas d'un cil. Parfait.

Quand une occasion se présentait, sa mère avait coutume de dire que c'était trop beau pour être vrai. *Désolée, maman,* dit-elle en pensée à cette dernière, *mais c'est vraiment ma chance et je te jure que je ne vais pas la laisser passer !*

Elle sortit de son sac de couchage vite et sans faire de bruit.

Pas question de se laisser ramener à Baton Rouge comme une vulgaire criminelle. La police la mettrait en prison, à moins que le meurtrier de Jeff et de Gaffner ne la tue avant…

Cette pensée la fit se hâter. *Prends tes affaires et dirige-toi tranquillement vers ton bateau.* Elle osait à peine respirer tandis qu'elle rangeait sa lampe de poche et sa bouteille d'eau à moitié entamée dans son sac de toile.

Elle en remonta la fermeture mais s'arrêta bien vite. Le petit « zip » semblait résonner dans la nuit. Le cœur battant plus fort, elle regarda Cagan, qui se tendait involontairement dans son sommeil.

Elle retint son souffle jusqu'à ce qu'il se détende de nouveau. Sans la nuit blanche qu'il avait passée à son chevet, il se serait instantanément réveillé…

En réalité, elle n'avait plus peur de lui. Après tout, s'il avait voulu la tuer, il l'aurait fait, la veille, quand il était resté chez elle pour la soigner et la protéger. C'était son intention de la livrer à la police qu'elle réprouvait.

Mais elle se sentait coupable de fuir à la faveur de la nuit, et de l'abandonner dans un milieu hostile, sans âme qui vive, et sans non plus lui laisser la possibilité de la poursuivre, parce qu'elle allait attacher son bateau au sien.

Avait-elle le choix ?

« Non ! » se dit-elle fermement. L'instinct de survie atténua un peu sa culpabilité. Après tout, elle ne lui avait pas demandé de la suivre dans le bayou ! Et puis, même s'il n'était pas le meurtrier, Cagan lui cachait quelque chose. Il était trop contradictoire et trop ambigu dans ses attitudes.

Ex-policier de la NYPD. Responsable de la sécurité à LPI. Un homme prêt à lui offrir son aide mais qui lui mentait sans vergogne. Il avait failli devenir son amant mais il était devenu son ennemi tout en offrant son soutien.

Qui était le vrai Cagan Hall ?

La jeune femme quitta la clairière pieds nus et à pas de loup. Dès qu'elle fut assez loin, elle enfila ses lourdes chaussures de randonnée. Marcher pieds nus plus longtemps aurait été dangereux dans ces lieux infestés de serpents, d'alligators et d'araignées.

Elle frissonna en dépit de la chaleur et regarda Cagan une dernière fois. Son cœur se serra. Elle était touchée de le voir endormi et, pour une fois, si vulnérable.

Un jour, se dit-elle, oui, un jour, elle l'embrasserait sans interrompre leur baiser, jusqu'à en perdre le souffle et la raison… Avec lui et entre ses bras, elle irait jusqu'au bout de la nuit…

Une promesse solennelle.

8

Merissa se dirigea vers leurs embarcations d'un pas prudent. Elle savait que le calme et la sensation de solitude qui régnaient dans le bayou infesté de « bêtes farouches », comme disaient ceux qui y vivaient, étaient trompeurs. Et en effet, d'étranges créatures se profilèrent tour à tour dans la nuit, lui faisant peur.

Enfin, elle entendit le clapotement de l'eau et elle alluma sa lampe de poche qu'elle avait laissée éteinte. Elle n'avait pas voulu être trahie par son pinceau lumineux, au cas où Cagan, subitement réveillé, partirait à sa recherche.

Une légère appréhension l'envahit à cette pensée, mais elle se rassura vite. Bientôt, Cagan ne pourrait plus la rattraper. Elle dirigea le faisceau lumière sur les bateaux et récapitula son plan. Attacher le bateau de Cagan au sien et prendre la fuite. Elle serait bien entendu ralentie par la seconde embarcation, mais c'était le prix à payer pour l'empêcher de la traquer dans le bayou.

Le jour allait se lever dans quelques heures, mais Cagan se réveillerait sûrement avant. Son étonnante intuition lui soufflerait qu'elle avait levé le camp à son nez et à sa barbe et le tirerait brutalement de son sommeil. Il se précipiterait vers la rive et, quand il découvrirait que les deux embarcations avaient disparu, il serait furieux mais impuissant…

Elle savait cependant qu'il était intelligent et débrouillard, et qu'il ne se laisserait pas abattre. Isolé dans le bayou, il serait forcé de marcher des heures avant de tomber sur une route ou une habitation. De là, il pourrait donner l'alerte et organiser une battue pour la retrouver…

Pour prouver son innocence, elle choisirait un bon avocat. Un pur !

Mais quel avocat louisianais accepterait de défendre une femme sur laquelle pesaient des charges aussi accablantes ?

A cette pensée, Merissa, déjà fragilisée par la succession des drames de ces derniers jours, se troubla de nouveau. Pour éviter de penser, elle se concentra alors sur ses actes. Elle dévala la pente boueuse vers la rive, s'accrochant aux branches des cyprès pour ne pas glisser, tout en testant la fermeté souvent traître du sol.

Une fois qu'elle fut au bord de l'eau, elle dirigea sa lampe sur le bateau de Cagan, puis sur la corde autour du tronc. Elle en défit le nœud.

Une toux s'éleva soudain dans la nuit et la fit violemment sursauter. Cagan était déjà réveillé et la traquait ?

Au même instant, le faisceau de sa lampe balaya un élégant hors-bord davantage destiné au tourisme qu'à la pêche dans les eaux troubles du marais. Il était amarré à côté de leurs modestes barques. Merissa comprit en un éclair que ses ennemis l'avaient retrouvée.

Face au danger, elle abandonna le bateau de Cagan et s'empressa de détacher le sien. Vite, quitter les lieux avant que l'inconnu du hors-bord ne la repère et ne la capture pour la livrer à la police. Ou pour la tuer. Il aurait vite le dessus, car elle était plus petite et moins forte que Jeff.

Au même instant, une main gantée se glissa autour de son cou comme un nœud coulant, puis sur sa bouche. Merissa se retrouva soudain bâillonnée et plaquée contre un homme qui empestait la sueur, la bière et une eau de toilette de mauvaise qualité, écœurante.

— Pas un bruit, lui souffla son agresseur à l'oreille. Si tu cries, je te tue.

Merissa avait déjà entendu cette voix, mais où ? Elle se tortilla pour essayer d'apercevoir le visage de l'homme, mais ce dernier la retint d'une poigne de fer et l'entraîna à reculons. Malgré la peur et le mal à respirer, elle s'efforça de trouver le moyen d'alerter Cagan.

— Tu n'aurais pas dû t'en mêler, sale petite garce !

Mais où avait-elle donc déjà entendu cette voix ? Visiblement, l'homme cherchait à la déformer.

— Tu as voulu jouer à la plus maligne, mais c'est fini ! Gaffner et Madison mais ont voulu nous doubler, mais ils l'ont payé très cher !

Ils se dirigeaient vers le hors-bord, piétinant dans la vase où ils s'enfonçaient et glissaient. Son agresseur resserra tout à coup son bras autour de son cou.

— Tu vas parler ou tu le regretteras ! Parce que si tu ne craches pas le morceau, je vais te lacérer le visage avec ce couteau, tant et si bien que tu seras défigurée ! Plus personne ne te reconnaîtra. Même pas toi, quand tu te regarderas dans un miroir ! Alors je te jure que tu vas tout nous dire !

Au même instant, Merissa sentit la lame d'un couteau sur sa nuque. Elle resta coite, de peur que son agresseur ne commence à mettre sa menace à exécution.

— Nous voilà ! lança-t-il soudain à son complice, non loin de là. Je n'ai pas eu de mal à la piéger ! A mon avis, Hall ne doit pas être très loin. On va la ligoter avant de partir à sa recherche. C'est elle qui nous intéresse, mais il faut aussi neutraliser ce maudit flic.

Merissa prêta l'oreille, dans l'espoir que la voix du complice la renseignerait sur son identité. Hélas, ce dernier demeura silencieux.

— Elle s'est jetée dans mes bras comme une fleur ! reprit le premier homme, gouailleur. Depuis combien de temps n'as-tu pas été dans les bras d'un vrai mâle, chérie ?

La nausée souleva l'estomac de Merissa. Que ne pouvait-elle lui cracher au visage et l'agonir d'injures ! Elle discerna enfin mieux l'autre silhouette, à quelques mètres de là, enveloppée par une nappe de brouillard. De loin, elle lui sembla plutôt fluette.

Ils avaient de l'eau à mi-cheville, quand, soudain, il y eut un remous près d'eux. Une masse sombre en émergea. Ils avaient dû déranger une bête sauvage, se dit Merissa qui s'immobilisa prudemment, sans quitter les eaux des yeux.

Elle reconnut les écailles noires et brillantes d'un serpent qui s'enroulait autour de ses jambes. La panique la paralysa.

De sa main restée libre, son agresseur attaqua le reptile qui le mordit au mollet. Il lâcha aussitôt une bordée de jurons, et, d'un coup de couteau, trancha la tête de l'animal.

Ce faisant, il glissa, perdit l'équilibre et la lâcha. Merissa, enfin libérée, s'emplit les poumons d'air avant de prendre la fuite. Elle glissa dans la vase, faillit tomber, mais elle se rattrapa à temps et, mue par son instinct de survie, elle se rua vers la rive.

Ses deux agresseurs se ressaisissaient et la prenaient déjà en chasse.

— Inutile de me poursuivre ! Vous n'en aurez bientôt plus la force ! cria-t-elle en pataugeant dans l'eau. Le poison de ce serpent est venimeux, et votre cœur va lâcher !

Son mensonge produisit son effet dissuasif, car elle les entendit ralentir.

Mais, aussitôt après, un coup de feu claqua. La jeune femme redoubla de vitesse, portée par une peur qui lui donnait des ailes et lui faisait miraculeusement éviter racines, branches, flaques de vase et d'eau.

Elle ne s'arrêta qu'un bref instant pour s'adosser à un chêne et reprendre son souffle. Mais le silence de la nuit fut de nouveau entrecoupé par des coups de feu. Au même instant, une violente douleur traversa son bras. Le sang coula aussitôt à travers la manche de sa chemise.

— Cagan ! s'écria-t-elle avec l'énergie du désespoir.

Mais son cri ne franchit pas ses lèvres. Il ne retentit que dans sa tête, inutilement assourdissant…

Parant au plus urgent, elle se servit de sa main gauche comme d'un garrot. Quelques coups de feu s'élevèrent de nouveau, mais elle n'y prêtait plus attention. Elle était soudain très lasse, confuse et en proie à un léger vertige. Mais l'instinct de survie fut le plus fort, et elle se remit à courir pour échapper à la mort.

Le tonnerre déchira le ciel nocturne et réveilla Cagan qui se redressa d'un coup. Il constata aussitôt que Merissa avait disparu.

Une violente colère l'envahit pendant qu'il sortait de son sac de couchage et enfilait ses chaussures de randonnée, sans prendre la peine de mettre ses chaussettes.

Il prit son pistolet et le passa à sa ceinture. Puis il saisit les menottes, se reprochant de ne pas les avoir passées aux poignets de Merissa pour la nuit. Quel imbécile ! Il aurait dû se douter qu'elle chercherait à lui échapper !

Il s'était laissé attendrir. Il avait manqué de vigilance ! Comme autrefois. Ne retiendrait-il jamais la leçon du passé ?

Une série de petites explosions déchira de nouveau le silence de la nuit. Mais ce n'était pas le tonnerre…, réalisa-t-il, subitement inquiet. Une montée d'adrénaline le mit en alerte. Il quitta la clairière, attentif au moindre bruit. Merissa n'était pas loin, mais qui tirait ? Ça ne pouvait être elle, puisqu'elle n'était pas armée. Il avait fouillé ses affaires, une fois qu'elle s'était endormie. Mais peut-être avait-elle dissimulé une arme dans son sac de couchage ? Ça lui sembla peu probable.

Alors, que se passait-il ?

Il se dirigea, à l'oreille, vers les coups de feu, à travers les chênes et les cyprès.

Il atteignait le bord du bayou quand il entendit le ronronnement d'un moteur. Il hâta le pas, mais il glissa dans la vase et n'eut que le temps de voir un bateau qui s'éloignait.

Déconcerté, il regarda autour de lui. Il reconnut l'endroit où son bateau et celui de Merissa avaient été amarrés. Mais les deux cordes avaient été sectionnées et les embarcations avaient disparu.

Quelqu'un avait retrouvé la trace de Merissa et l'avait enlevée ! se dit-il, de nouveau furieux contre lui. Il aurait dû la ramener à Baton Rouge sans attendre le lever du jour !

Les kidnappeurs ne la livreraient pas à la police, parce qu'elle possédait des informations trop précieuses. Justement, des informations que lui-même aurait aimé avoir…

Il alluma sa lampe de poche et éclaira le sentier, mais, malgré sa prudence, il trébucha sur un objet mou qu'il éclaira. C'était le sac de toile de Merissa. Non loin de là, il repéra son sac à main.

Il allait le ramasser, quand il aperçut le coin d'une enveloppe avec la mention « Recommandé » qui en dépassait. Bizarre, la veille au soir, il ne l'avait pas remarquée quand il avait fouillé ses affaires. Décidément, il accumulait les erreurs et les négligences… Mais il comprit vite pourquoi la lettre avait échappé à son attention. Elle avait été glissée dans une poche latérale, presque invisible.

Il étudia la date et l'adresse de l'expéditeur. Le recommandé avait été remis à Merissa juste la veille. Plus intéressant, il lui avait été adressé par Ralph Goetz. L'avocat de Jeff…, songea Cagan qui s'était entretenu avec ce dernier quelques jours plus tôt. Il avait essayé de le faire parler, mais Ralph Goetz s'était retranché derrière le secret professionnel.

Cagan sortit la lettre de l'enveloppe et une petite clé en glissa. Il la ramassa, l'essuya contre son pantalon, et l'observa avec attention. Puis il parcourut la missive à la lumière de sa lampe.

Dans l'éventualité du décès de Jeff, Merissa devait se rendre à la gare routière de La Nouvelle-Orléans et ouvrir une consigne avec la clé jointe au courrier.

Clé, lettre et consigne…

Comme dans un roman policier. Décidément, la culpabilité de Merissa, du moins ses implications dans cette affaire et sa complicité avec Jeff lui paraissaient de plus en plus évidentes… Pas étonnant qu'elle ait pris la fuite ! se dit Cagan furieux et humilié d'avoir été mystifié par la jeune femme.

Contrairement à ce qu'il avait pensé, elle n'avait pas été kidnappée. En réalité, elle avait mis en place une habile stratégie pour échapper à la police et à la justice de son pays. Elle avait décidé de se cacher dans le bayou jusqu'à ce qu'un complice vienne la chercher pour la conduire à un aérodrome. Le lendemain ou le surlendemain au plus tard, elle prendrait un vol pour le Mexique, où elle commencerait une nouvelle vie avec l'argent volé qui avait été caché dans une consigne de La Nouvelle-Orléans !

Seulement, Merissa n'avait pas cet argent avec elle. En fouillant son sac, il aurait remarqué une grosse quantité de liquide. A moins que son complice ne soit allé le chercher ?

Mais Cagan observa de nouveau la petite clé, et se rendit compte que sa théorie n'était pas plausible. Merissa n'avait reçu ce recommandé et la clé de la consigne que la veille.

Il y réfléchirait plus tard. Pour l'instant, il devait faire le point sur sa situation.

La jeune femme avait disparu et il était livré à lui-même dans une région hostile.

Songeur et hésitant, il revint dans la clairière et décida de ne se remettre en route qu'au lever du jour. Parcourir le bayou de nuit, seul, était trop dangereux.

Il ne décolérait pas. Il se reprochait son aveuglement et ses faiblesses. Mais rien n'était encore joué ! se dit-il en serrant les poings. Il avait perdu une manche, mais il gagnerait la partie ! Il retrouverait Merissa Thomas et elle finirait ses jours derrière les barreaux d'un pénitencier !

Ensuite, il l'oublierait ! Un sentiment d'amertume s'empara de lui.

L'amour, c'était l'échec d'une vie ! De *sa* vie.

Là-dessus, il se glissa dans son sac de couchage, redoutant la fin de la nuit qui ne lui apporterait pas le repos dont il avait pourtant besoin pour affronter les dangers du bayou.

Priscilla Gaffner pianotait sur son ravissant secrétaire en acajou tout en contemplant le diamant qu'elle portait à la main gauche. Elle avait demandé à Marshall de lui en offrir un plus beau. Une femme de sa classe et de son statut social devait posséder une bague plus luxueuse que ce misérable diamant, offert trente ans plus tôt.

Maintenant, elle regrettait de n'avoir pas davantage insisté... Son mari avait décidément été bien ingrat. N'avait-elle pas fermé les yeux sur ses innombrables liaisons ? Oui, quel ingrat !

Priscilla savait qu'elle n'aurait pas dû le juger aussi durement, maintenant qu'il n'était plus. L'âme d'un mort, ça se respecte... Cela dit, il avait eu la bonne idée de mourir, même si, bien sûr, l'idée ne venait pas de lui...

Depuis quelque temps, Marshall trempait dans de sales petites combines et flirtait avec l'illégalité. Il avait joué avec le feu, il s'était brûlé et l'avait payé de sa vie...

Elle reconnaissait que sa mort tombait à pic. Elle avait retrouvé sa liberté sans être passée par les désagréments d'un divorce... Si la bonne société de Baton Rouge regardait les femmes divorcées d'un mauvais œil, les veuves étaient toujours en odeur de sainteté...

Là-dessus, elle décrocha le téléphone et composa le numéro du bureau du sénateur Bracer de la pointe d'un stylo pour ne pas abîmer ses ongles manucurés.

Mince, toujours occupé..., se dit Priscilla mécontente en raccrochant. Mais elle finirait bien par joindre sa secrétaire, cette péronnelle bavarde qui passait des heures au téléphone et lui mentait effrontément, lui disant que Bracer était absent ou alors *très* occupé. C'était énervant. Priscilla devait lui parler de toute urgence. D'argent. Elle voulait évoquer ce délicat sujet dans son bureau, et certainement pas pendant les funérailles de Marshall, ce qui aurait été de la dernière indécence.

Bracer était ridicule de l'éviter, parce qu'elle avait décidé d'être raisonnable dans ses exigences. Elle ne le mettrait pas sous pression, comme Marshall avait eu la bêtise de le faire !

Elle voulait seulement sa part du butin, de bons et beaux dollars bien blanchis par les soins du sénateur, ce multimillionnaire dont la fortune avait des origines particulièrement louches.

Quelques instants plus tard, Priscilla rappela. Cette fois, la secrétaire répondit.

— Bureau du sénateur James Bracer. A qui ai-je l'honneur ?

— A une pauvre veuve qui a bien besoin du réconfort du sénateur…

— Oh ! bonjour, madame Gaffner ! Je suis vraiment désolée, mais le sénateur est absent, actuellement. J'ai laissé votre dernier message bien en vue sur son sous-main, mais il n'est pas venu au bureau de la journée. Je suis toutefois certaine qu'il vous téléphonera dès qu'il en aura pris connaissance.

— Gardez ce langage fleuri pour les électeurs qui viennent le solliciter ! riposta Priscilla exaspérée par ce déploiement de mensonges. Je n'ai jamais voté pour Bracer et je ne voterai jamais pour lui ! Mais dites-lui bien de me rappeler ce soir. Et sans faute, s'il vous plaît !

— Je le lui dirai, si j'ai l'occasion de lui parler, mais il est en déplacement et je ne sais pas quand il sera de retour. Dans le cas où je l'aurais en ligne, quel message dois-je lui transmettre de votre part ?

— Parlez-lui de blanchisserie.

— De blanchisserie ?

— Contentez-vous de lui transmettre ces mots. Je vous assure qu'il comprendra !

Priscilla raccrocha brusquement et vida son verre de whisky d'une gorgée. Ensuite, elle se contempla dans le grand miroir qui occupait tout un pan de mur et admira sa silhouette. Une minceur de rêve... Et grâce au lifting qu'elle s'était offert, l'été dernier, elle paraissait beaucoup moins que ses quarante-huit ans. Une fois qu'elle aurait obtenu sa part du butin, elle déménagerait et recommencerait sa vie ailleurs. Dans le sud de la France ? A moins qu'elle ne passe un an ou deux aux Antilles ? Ou dans les îles Caïman ? Peu importait... Une fois qu'elle serait riche, le monde serait à elle, et ses rêves, à portée de main.

Elle prit la photo de Marshall sur son bureau. Elle avait trop bu et ses mains tremblaient.

— J'aimerais dire que tu me manques, chéri..., murmura-t-elle à la photographie. Mais j'ai toujours plus mal menti que toi...

Elle se versa une nouvelle rasade de whisky. Elle avait commencé à boire en solitaire, quand Marshall s'était mis à déserter la maison sous prétexte d'un surcroît de travail, alors qu'il faisait la fête avec des nymphettes.

— Santé..., murmura-t-elle en levant son verre devant la photo. Et merci pour les souvenirs... Grâce à eux, mon avenir ne sera que plus agréable...

Elle reposa son verre vide, puis elle quitta le salon, après avoir éteint la lumière sur son bureau, et sur son ancienne vie.

Les premiers rayons du soleil qui passaient à travers le feuillage des arbres caressèrent le visage de Cagan. Il n'avait quasiment pas fermé l'œil, depuis qu'il s'était recouché. Prisonnier de la nuit, il n'avait cessé de s'accabler de reproches, mais, l'aube venue, il allait enfin passer à l'action !

Il enfila une paire de chaussettes sèches qui ne le resteraient probablement pas longtemps. Il avait l'intention de parcourir les rives du bayou, des marais plus ou moins profonds, où abondaient les alligators, les mocassins, les ragondins et autres bêtes sauvages, jusqu'à ce qu'il tombe sur un pêcheur…

Comme ces étendues étaient trop dangereuses, il s'orienterait vers des sols plus secs et moins traîtres. Il se dirigerait vers le nord, grâce à sa boussole. Avec un peu de chance, il reviendrait vers la marina où il avait loué son bateau. A moins qu'il ne parvienne à une route et ne fasse du stop ?

Avant de se mettre en marche, Cagan fit l'inventaire de son sac à dos. Il devait garder l'essentiel pour ne pas se charger. Il décida donc d'abandonner ses vêtements de la veille et la moitié du contenu du sac. Si tout allait bien, il aurait quitté la région avant la tombée de la nuit et il dormirait dans un vrai lit.

Il fouilla ensuite dans les affaires de Merissa, au cas où elle aurait laissé de l'eau et quelques provisions. Il n'avait en effet qu'une pomme et des barres de céréales. Il n'avait pas prévu de se faire piéger dans un pareil endroit…

Quand il partit, le soleil tapait déjà fort. Il marcha d'un pas vif, tout en cherchant les traces des visiteurs de la nuit. Il repéra vite trois sortes d'empreintes. Les deux premières se dirigeaient vers le bayou, mais la dernière s'en éloignait. Il étudia celles-ci avec plus d'attention et reconnut la forme arrondie des chaussures de randonnée de Merissa.

Manifestement, elle fuyait les deux autres individus, se dit-il soudain troublé. Comme l'indiquaient des traces plus longues et plus profondes dans la vase, elle s'était aussi débattue et elle avait glissé. Très intrigué, il suivit les empreintes de la jeune femme, qui le menèrent jusqu'à un bosquet.

Son cœur battit d'appréhension quand il vit des taches de sang sur le sentier. Il regarda tout autour de lui et essaya de reconstituer les événements de la nuit. Il avait entendu des coups de feu, mais il avait pensé que les complices de Merissa avaient voulu l'intimider, à moins qu'ils n'aient abattu une bête sauvage.

Non ! On avait tiré sur elle ! C'était la seule explication à ces taches de sang et ces empreintes irrégulières et mal formées dans la vase. Il continua de les suivre, mais elles disparurent bientôt dans les eaux croupies et saumâtres d'un marais. Il contourna l'étendue jusqu'à ce qu'il les retrouve. Au fur et à mesure qu'il progressait, il avait conscience d'avoir mal interprété les événements de la nuit. La disparition de Merissa avait été pour lui l'aveu de sa culpabilité, alors qu'elle avait été traquée par des hommes qui voulaient sa mort.

Il continua de suivre les empreintes et les taches de sang séché avec un sentiment de culpabilité grandissant.

Deux heures plus tard, Cagan, épuisé, se laissa tomber sur une souche. Son visage, poissé de sueur, attirait des nuées de moustiques.

Il avait suivi les traces de Merissa aussi longtemps que possible, les perdant parfois dans les nappes d'eau et une végétation toujours plus luxuriante, puis les retrouvant. Depuis près d'une heure, maintenant, il tournait en rond. Il était complètement bredouille. Il regrettait l'absence de Tommy et de Luke… Mais ses coéquipiers enquêtaient de leur côté. Cagan espérait qu'ils auraient plus de chance que lui.

Il déboucha sa bouteille d'eau et but peu et lentement. Il mourait de soif, mais il devait économiser ses rations, car il ne lui restait que deux bouteilles, la sienne, et celle, plus grande, de Merissa.

Elle avait été prévoyante, signe qu'elle connaissait bien

ce milieu sauvage. Elle y avait passé tellement de temps, enfant… Il le savait pour avoir soigneusement enquêté sur son passé et il connaissait à peu près tout sur elle. Sauf le principal.

Il étira ses jambes raidies et but une dernière gorgée. Il aurait vidé la bouteille, s'il s'était écouté… Il avait chaud, il était fatigué, il mourait de faim. Et il n'avait toujours pas la moindre idée de l'endroit où se trouvait Merissa…

Soudain, un faible bruit attira son attention. Un cri d'oiseau ? Un gémissement ? Cagan perçut ensuite un mouvement derrière lui et il se retourna. Merissa s'avançait, le pas chancelant, le visage livide et taché de sang séché.

Il la rattrapa au moment où elle défaillait.

— Merissa ? Ça va ?

— Enfin toi…

9

Fou d'angoisse, Cagan serra Merissa dans ses bras. Face à son extrême épuisement, toute sa méfiance s'était envolée. Il désirait seulement la réconforter.

Il examina soigneusement sa blessure. Elle ne saignait plus, mais son bras était enflé.

— Maintenant, raconte-moi ce qui s'est passé, cette nuit.

— Il y avait... deux hommes... armés, commença Merissa d'une voix hésitante. Cette blessure n'est qu'une éraflure, mais... j'ai beaucoup saigné.

Cagan l'aida à s'asseoir, puis la fit s'adosser à un arbre.

— Tu as mal ?

Quelle question idiote ! se reprocha-t-il ensuite. Son visage pâle, son regard apeuré et sa chevelure en bataille en disaient long sur les épreuves qu'elle avait traversées, au cours de la nuit.

— Ça ira..., répondit-elle d'une voix éraillée.

Cagan sortit sa trousse d'urgence de son sac à dos.

— Attention ! Ça va piquer un peu !

Il désinfecta sa blessure avec de l'eau oxygénée. Merissa fit une nouvelle grimace, mais elle ne se plaignit pas, et il admira sa vaillance. Il était soulagé que la balle ait seulement éraflé la chair, comme elle venait de le lui dire.

— Tu as eu de la chance. Ta blessure aurait pu être beaucoup plus grave !

— Ça oui, j'ai eu une sacrée chance ! répéta-t-elle avec ironie. D'abord, mon meilleur ami est assassiné ; ensuite, mon patron. Et maintenant, leur meurtrier cherche à m'éliminer. Et le pis, c'est que je ne sais même pas pourquoi !

— Ecoute-moi, Merissa, je…

— Je n'ai pas envie d'entendre des suppositions fumeuses pour l'instant ! coupa-t-elle avec une violence inattendue. Ni des accusations. Je te répète que je suis innocente ! Je ne supporte plus tes insinuations, Cagan !

Des larmes brillèrent dans ses yeux. Elle les ravala.

Cagan banda sa blessure sans insister, puis il lui tendit une des bouteilles d'eau.

— Tu as soif ?

Elle acquiesça, silencieuse et abattue, maintenant qu'elle avait laissé libre cours à ses peurs et à sa frustration.

Il l'aida à boire et la regarda se désaltérer, mais il écarta la bouteille.

— Pas si vite ! Tu vas te rendre malade !

Merissa s'adossa plus confortablement contre l'arbre et protégea son visage du soleil avec sa main. Cagan porta de nouveau la bouteille à ses lèvres et elle but plus lentement, savourant chaque gorgée du précieux liquide.

— Il nous reste encore beaucoup d'eau ? demanda-t-elle quand elle eut terminé.

Elle passa sa main sur ses lèvres, comme pour apprécier leur fraîcheur.

— Le reste de cette bouteille et celle que tu as laissée au campement, répondit-il.

— Tu as retrouvé mon sac ? Il devait être près de nos barques…

Sur la fin, sa voix trembla.

— … pendant que tu prenais la fuite ? acheva Cagan.

— J'ai essayé de m'échapper, oui, je le reconnais. Mais c'était pour fuir la prison ! Qui a envie d'aller en prison ?

— J'ai bien l'impression qu'on a essayé te faire échapper à la prison à tout jamais…

Il prit son menton entre ses doigts. Leurs regards se croisèrent.

— Qui a essayé de te tuer, Merissa ?

— Aucune idée. Mais je te jure que je le découvrirai !

Elle hocha la tête avec détermination, le regard soudain assombri par une vive colère.

— Tu avais rendez-vous avec quelqu'un, cette nuit ? insista Cagan.

L'irritation se peignit sur son visage épuisé.

— Non, je voulais reprendre ma route ! Seule.

— Toute seule ? Vraiment ?

— Tu continues donc à te méfier de moi… Combien de fois devrai-je te répéter que je ne me dérobe pas à la justice, Cagan ? J'ai seulement besoin de temps ! Je ne sais plus où j'en suis. Essaie de me comprendre et de me croire pour une fois !

Elle chassa une libellule de la main.

— J'ai l'impression de prêcher dans le désert… Depuis le début, tu doutes de moi. Et ça continue…

Blessée, elle se tut et fixa la ligne d'horizon.

— Je ne suis pas ton ennemi, Merissa. Moi aussi je cherche à comprendre, figure-toi.

Il s'assit à côté d'elle et chassa une araignée de sa chaussure.

— Résumons-nous. Deux hommes t'ont agressée. Les reconnaîtrais-tu si tu les voyais ?

— Je n'ai pas vu leurs visages. En revanche, la voix du chef m'était familière.

— Un collègue de travail ?

— Peut-être, mais pas sûr. Il déguisait sa voix, mais je suis certaine de l'avoir déjà entendue.

— Qu'est-ce qu'il a dit ?

— C'était incohérent… Cet homme savait que tu étais dans le bayou avec moi, mais c'est moi qu'il voulait.

Elle se massa la tempe.

— Il a évoqué les meurtres de Jeff et de Gaffner, et proféré des menaces que je préfère oublier…

Cagan contint la colère qui le saisissait et prit le visage de Merissa en coupe.

— Tu as mangé ? demanda-t-il, regrettant de n'avoir que des céréales à lui proposer.

— Oui, hier ! Des crackers au fromage.

Elle sourit et Cagan se sentit fondre.

— Aujourd'hui, tu auras une alimentation plus variée, plaisanta-t-il en déballant sa dernière barre. *Energie et goût*, lut-il sur l'emballage avec complaisance. *Protéines, vitamines, glucides pour une collation pleine d'énergie !*

Merissa mangea avidement le morceau qu'il venait de couper. Amusé, il lui en plaça un second entre les lèvres.

— Comment tu as retrouvé ma trace ? lui demanda-t-elle

— Un don naturel et beaucoup de chance…, répondit-il en essuyant une miette sur ses lèvres.

Il s'étonnait de sa sollicitude et de sa compassion envers la jeune femme. Il lui caressa la joue. Aussitôt sa tendresse se mua en un désir qui crût comme un incendie.

Elle mangea sa barre de céréales, morceau par morceau,

jusqu'à ce qu'elle prétende ne plus avoir faim. Mais Cagan ne fut pas dupe. Merissa mentait pour économiser leurs maigres rations. Pourvu qu'ils soient sortis du bayou avant la nuit…, se dit-il, soucieux.

— Si seulement je comprenais ce qui se passe… Cette histoire concerne Gaffner et Jeff au premier chef, alors pourquoi me recherche-t-on ? Que suis-je censée savoir ?

Cagan mit la main dans sa poche et serra la petite clé de la consigne.

— J'aimerais justement que tu me l'expliques.

— Mais je te répète que je n'en sais rien ! s'exclama-t-elle sans cacher sa frustration. Crois-moi au lieu de me pousser à bout !

— J'aimerais te croire, Merissa, et j'aimerais t'aider parce que tu es en danger. Et, toute seule, tu ne t'en sortiras pas. Mais si tu veux que je t'aide, tu dois me dire toute la vérité.

— Je te l'ai déjà dite ! A toi et à tout le monde ! Et ne me rappelle pas que je suis en danger ! Je te signale qu'on m'a tiré dessus hier soir !

— Et si tu me parlais de la consigne de la gare routière de La Nouvelle-Orléans ?

Il sortit la petite clé de sa poche et la lui montra.

— Parle, maintenant !

— Mais… où as-tu trouvé cette clé ?

— Dans ton sac à main. Tu n'as pas eu le temps de la prendre avant de fuir, hier soir.

— Tu divagues ! Cette clé ne m'appartient pas !

— Elle se trouvait pourtant dans un pli recommandé qui t'a été remis en main propre, hier, et qui t'a été adressé par l'avocat de Jeff. Tu as signé le récépissé et tu as ouvert l'enveloppe, alors ne fais pas l'innocente !

— Tu as osé fouiller dans mes affaires !

Son regard lançait des flammes.

— Maintenant que tu m'en parles, je me souviens de cette clé, reprit-elle pourtant. Le facteur m'a remis cette lettre, alors que je partais à mon rendez-vous avec Rod Lopen et Gaffner. Je l'ai ouverte, mais comme j'étais distraite et pressée, je ne l'ai pas lue. Je l'ai mise dans mon sac à main.

Elle se tut, puis elle reprit d'une voix plus dure :

— Où est cette lettre, Cagan ?

Il la sortit de son sac à dos et la lui donna. Elle la lut, surprise et sous le choc. Le visage tendu, elle la replia et la posa sur ses genoux.

— Quand l'as-tu trouvée ?

— Cette nuit. Après avoir découvert ta disparition.

— Tu l'as lue et tu en as tout de suite tiré les conclusions qui s'imposaient. Je t'avais menti. Je savais pourquoi Jeff avait été tué. J'avais un lien avec je ne sais quelles activités criminelles. Mais pourquoi t'acharnes-tu ainsi sur moi ?

— Parce que je…

— Gaffner, la police et la moitié de mes collègues à LPI sont convaincus que je suis coupable, alors que je ne cesse de clamer mon innocence ! Mais pourquoi, Cagan ?

Sa voix trembla et des larmes brillèrent dans ses yeux.

— Ecoute, Merissa…, commença-t-il gentiment.

— Oui, oui, je sais, tu veux m'aider ! Mais seulement si je te dis la vérité ! Rien que la vérité !

Elle riva son regard étincelant de colère au sien.

— Je n'ai rien à voir avec ces crimes et toute cette histoire ! Et quant à votre aide, officier Cagan Hall, je préfère m'en passer, désormais ! Je préfère encore affronter des ennemis qui finiront par comprendre qu'ils se trompent de cible que de faire confiance à un ex-policier qui joue les justiciers de choc, un hypocrite qui prétend être mon ami !

Sa raillerie le blessa. Il n'était pas l'homme qu'elle venait de décrire, et pourtant elle le percevait comme tel.

— Admettons…, dit-il enfin avec hésitation.

— C'est tout ce que tu as à dire pour ta défense ?

Cagan soupira. Il aurait pu la rassurer, se disculper et lui dire ce qu'elle avait envie d'entendre, mais il ne le pouvait pas.

— Laisse tomber, Cagan… Accomplis ta mission de justicier sans peur et sans reproche.

Sur ces mots, elle se leva et s'éloigna.

— Où est-ce que tu vas ?

— Je veux retrouver la rivière Atchafalaya et quitter la région des bayous. Je ne doute pas que tu vas me suivre…

Elle s'arrêta et lui tendit les mains.

— Peut-être veux-tu me passer les menottes ? On n'est jamais trop prudent avec un dangereux meurtrier.

— Passe plutôt devant pour me montrer la voie. C'est toi qui connais le bayou. Pas moi.

Elle lui adressa un regard glacial.

— Comme c'est aimable ! C'est sans doute ta façon de m'aider ?

En colère, elle lui tourna le dos et se mit en marche.

Cagan rassembla ses affaires et la rejoignit à la hâte, tout en regardant prudemment où il mettait les pieds. Devant lui, Merissa pénétrait déjà dans des eaux croupies et nauséabondes qui lui arrivèrent bientôt à mi-mollet.

— C'est dangereux, non ? lui demanda-t-il avec inquiétude. Ne vaut-il pas mieux rester sur la berge ?

— Faites ce que vous voulez, officier. Louvoyez entre les serpents, les alligators, les marais aussi dangereux que des sables mouvants, moi ça m'est égal ! Je sais que vous n'avez peur de rien ni de personne ! persifla-t-elle.

— Ça suffit maintenant ! dit-il en marchant aussi vite que

possible pour ne pas se laisser distancer. Je sais que tu as passé des moments difficiles, mais crapahuter dans ces marais infects et dangereux ne résoudra pas tes problèmes !

— Et toi, tu ferais mieux de m'expliquer ce qui se passe ! Je suis certaine que tu sais quelque chose, sinon tu ne m'aurais pas suivie jusque-là !

— En tout cas, je ne connais pas le nom du meurtrier, sinon je te l'aurais déjà dit.

— Permets-moi d'en douter ! Tu aimes trop ton rôle de justicier sans foi ni loi ! Et moi, je ne suis qu'un nouveau défi qui pimente ta mission. D'autant que je suis à la fois un suspect et une femme ! jeta-t-elle avec hargne en accélérant toujours le pas.

Sans réfléchir, Cagan la rattrapa par la taille et lui fit faire demi-tour. La colère luttait en lui avec le désir qu'il tentait de refouler depuis qu'il l'avait retrouvée, et il la serra contre lui.

Merissa le repoussa, mais il pressa ses lèvres contre les siennes, exigeant et dominateur. Les sentiments qu'il contenait depuis plusieurs jours explosaient enfin, libérés de leur gangue. Il était las de lutter contre le désir qui le tenaillait.

Merissa se débattait toujours, ce qui lui permit d'apprécier les courbes de son corps tout contre le sien. Il ne la lâcha pas, mais il l'attira plus près encore. Soudain, elle cessa de lutter. Elle entrouvrit la bouche, conquise et gourmande, attisant son désir.

Il oublia sa méfiance, ses accusations et ses doutes. Seule subsistait l'impatience qui le tançait.

Enfin, il détacha ses lèvres des siennes.

— C'est ça que tu veux, Merissa ? Savoir quel pouvoir tu possèdes sur moi ?

Sa voix était basse et rauque d'une passion qu'il ne cherchait plus à dissimuler.

L'air troublé, Merissa effleura ses lèvres si douces qui avaient un instant étanché son désir avant de le raviver. Le regard de la jeune femme ne condamnait pas. Nulle colère n'y brillait. Aucun reproche non plus. Il aurait pourtant préféré la colère à la déception teintée de mépris qui voilait maintenant ses prunelles grises.

— Non, Cagan, ça n'est pas ce que je veux…, dit-elle enfin. Pas de cette façon, en tout cas. Parce que la passion sans la confiance, ça n'a aucun sens…

Après un dernier regard, elle se détourna et s'éloigna.

Il lui emboîta le pas, conscient que le fossé qui les séparait venait encore de se creuser.

Les heures se dévidaient dans une moiteur suffocante. Merissa avait oublié la chaleur des après-midi d'été dans le bayou, à moins qu'elle ne se soit tout simplement habituée à l'air climatisé des grandes villes ?

La veille, en quittant Baton Rouge, elle avait rêvé d'une cachette, mais elle marchait depuis des heures dans ces étendues marécageuses, sous un soleil de plomb, assoiffée, affamée et blessée. La veille aussi, elle avait eu le choix entre la route et le bayou pour rejoindre la petite maison de ses grands-parents, mais elle avait choisi le bayou pour mieux semer ceux qui la traquaient, et brouiller les pistes. Résultat : elle était maintenant lancée dans une aventure encore plus périlleuse, plus éprouvante et plus épuisante.

Elle avait désormais abandonné l'idée de se réfugier dans la maison de ses aïeuls. Mieux valait rebrousser chemin jusqu'à la marina, où ils avaient laissé leurs voitures.

La jeune femme avait renoncé à son projet la mort dans l'âme. Même si la maison de ses grands-parents, déserte et envahie par toutes sortes de bestioles, ne lui aurait pas offert le confort auquel elle était habituée, au moins aurait-elle eu un lit sec et un toit qui l'aurait protégée des rayons ardents du soleil louisianais. Elle aurait aussi été aidée par les voisins, une famille qu'elle connaissait bien et en qui elle avait une totale confiance — à la différence de son compagnon. Ceux-ci lui auraient procuré de l'eau et de la nourriture, et ils lui auraient prodigué leur amitié.

Affaiblie par la fatigue, tenaillée par la faim et la soif, la jeune femme se sentait de plus en plus perdue et toujours incapable de faire face à la situation.

Un clapotement dans l'eau l'arracha soudain à ses pensées. Elle s'arrêta net et observa la surface verdâtre. Un alligator qu'on pouvait facilement confondre avec une grosse branche passait paresseusement, tout près.

— Arrêtons-nous un instant, dit-elle sans le quitter des yeux.

Elle s'assit sur la rive, retira ses chaussures de randonnée et plongea ses pieds dans l'eau avec un vif plaisir.

Cagan s'assit à côté d'elle et l'observa tandis qu'elle agitait les pieds dans ce qu'il convenait d'appeler de la boue.

— Tu n'as pas peur ?

— Non ! Et en plus, ça fait un bien fou ! Les bêtes sauvages ont plus peur des humains que les humains n'ont peur d'elles, expliqua-t-elle. Tant que tu fais un peu de bruit pour manifester ta présence, elles ne s'attaqueront pas à toi. Retire donc tes chaussures, et fais comme moi !

— Si tu le dis…

— Ah ! tiens donc, tu me crois pour une fois ?

— Et si nous faisions une trêve, Merissa ? Pour l'instant, nous sommes tous les deux dans la même galère…

— Non c'est moi qui suis dans une véritable galère ! Mais tu as gagné, je laisse tomber. J'accepte de me livrer aux autorités de Baton Rouge…

— Je ne sais plus si c'est la meilleure solution…

Merissa s'allongea sur l'herbe et croisa les mains sous sa nuque, mais elle était trop nouée pour se détendre.

— Et si, pour une fois, tu répondais sincèrement à une question, Cagan ?

— Essaie toujours.

— Pourquoi est-ce que tu te disputais avec Jeff, la nuit où il est mort ?

Cagan fixa la surface de l'eau.

— Jeff avait l'intention de faire chanter Gaffner. Il a refusé de m'en dire plus, mais ça paraissait assez sérieux. J'ai essayé de le convaincre de ne pas commettre un acte aussi stupide que dangereux, et il s'est énervé…

Merissa poussa un gros soupir.

— Pourquoi tu ne me l'as pas dit plus tôt ?

— Parce que Jeff m'avait fait jurer le secret.

— Mais Jeff est mort, maintenant ! Il ne pouvait plus te reprocher de rompre ta promesse !

— Et à quoi ça t'aurait servi de connaître le motif de notre dispute ? A trouver une piste ? Même pas ! Jeff savait quelque chose ou détenait quelque chose de compromettant sur Gaffner, et Gaffner le savait. Et pas seulement Gaffner.

— Et Jeff aurait caché ce quelque chose dans une consigne de la gare routière de La Nouvelle-Orléans ?

— Exactement.

— Mais il ne serait jamais parti en vacances, s'il avait eu de gros ennuis !

— Notre séjour au lac Maurepas était déjà prévu. Il a décidé d'en profiter pour prendre ses distances et réfléchir.

— Tu crois qu'il avait découvert quelque chose de vraiment important ?

— Il en savait en tout cas assez pour se faire tuer…

— Mais pourquoi ne m'a-t-il rien dit ? Nous nous connaissons depuis des années ! Il savait qu'il pouvait me faire confiance !

— Il avait peut-être peur de te mettre en danger…, hasarda Cagan en jetant une brindille dans l'eau.

— J'en doute, puisqu'il m'a légué son secret en héritage !

— Mais en héritage seulement, précisa Cagan. Jeff ne pouvait pas savoir que sa découverte lui coûterait la mort. Il avait pris ses précautions en cachant la preuve des malversations de Gaffner dans une consigne de la gare routière dont il a confié la clé à son avocat. Mais, à mon avis, Ralph Goetz n'est au courant de rien, il a seulement obéi aux instructions de Jeff. Personne ne pouvait savoir que tu hériterais d'un secret aussi dangereux…

— En tout cas, les tueurs l'ont appris.

— Ils cherchent aussi à te faire porter le chapeau : tu connaissais bien la victime et le couteau portait tes empreintes. Idéal pour orienter la police sur un crime passionnel plutôt que sur une affaire plus grave. Mais les criminels devaient aussi te soupçonner d'en savoir plus que tu ne le prétendais. Comme tu connaissais bien Jeff, tu étais forcément sa complice.

— J'ai expliqué cent fois à la police pourquoi mes empreintes étaient sur le manche du couteau ! Jeff avait levé les filets de poisson, pour notre dîner. Quand il a eu terminé, je l'ai lavé et essuyé.

— Mais tu restais la coupable qui arrangeait tout le monde. La police, parce qu'elle bouclait une banale affaire de crime passionnel, et les tueurs, parce qu'ils pouvaient continuer leurs activités criminelles en toute impunité.

— A ton avis, pourquoi a-t-on fouillé ma maison de fond en comble ?

— Pour retrouver la preuve que Jeff se vantait de détenir, et qu'il t'a léguée. Nous devons aller à La Nouvelle-Orléans pour ouvrir la consigne avant tes ennemis.

Un frisson parcourut Merissa. Elle s'efforça de recouvrer son calme pendant que Cagan fouillait dans son sac à dos.

— Un peu d'eau avant de reprendre la route ?

Marais, bayous et flaques nauséabondes, *d'eau,* ils en étaient entourés à perte de vue ! L'humidité les faisait transpirer abondamment et collait leurs cheveux à leurs tempes, mais l'eau claire manquait… Merissa mourait de soif. Sa gorge et sa bouche étaient desséchées, pâteuses et douloureuses.

— Oui, mais juste une gorgée, murmura-t-elle en prenant la bouteille.

Elle la porta à sa bouche et laissa le précieux liquide couler entre ses lèvres, sur sa langue et enfin dans sa gorge sèche. A peine désaltérée mais déjà ragaillardie, elle s'arracha au plaisir de boire et tendit la bouteille à Cagan.

— A ton tour maintenant

— Non, plus tard, dit-il en refermant la bouteille sans la regarder.

— Ce n'est pas juste. Chacun son tour !

— Plus tard ! répéta-t-il en se levant. Je n'ai vraiment pas soif pour le moment.

Merissa observa son visage en sueur. Il mentait. Il avait soif comme elle, mais il économisait l'eau, au cas où ils seraient forcés de passer une seconde nuit dans le bayou.

Cagan restait décidément un mystère à ses yeux…, se dit-elle en dressant une nouvelle fois la liste de ses contradictions. Quelques jours plus tôt, il l'avait veillée toute une nuit, après qu'elle eut été assommée et blessée. Il l'avait suivie dans le bayou pour la ramener à Baton Rouge et la livrer à la police. Il lui avait même passé les menottes, puis il avait tout à coup changé d'avis pour s'allier avec elle... Et maintenant, il se privait d'eau pour elle.

— Tu es vraiment un drôle de type..., lui dit-elle au terme de ses réflexions.

— Je sais, on me l'a souvent dit.

Il l'aida à se relever.

— Maintenant, essayons de sortir de cette fournaise avant la nuit. J'ai réservé une bonne table pour 19 heures. Pas question que nous soyons en retard !

Merissa fit quelques pas.

— Attends ! la rappela Cagan impérieux.

Elle s'arrêta et fit demi-tour. Cagan observait le ciel immuablement bleu.

— Tu n'as pas entendu quelque chose ? reprit-il avec inquiétude.

Elle se mit à l'ombre d'un cyprès et prêta l'oreille.

— On dirait un moteur, dit-elle avec soulagement. Eh bien, il était temps ! Je savais qu'un pêcheur passerait tôt ou tard !

Mais le bruit venait du ciel et s'amplifiait. Cagan mit sa main au-dessus des yeux et observa.

— C'est un hélicoptère, expliqua-t-il en lui prenant la main pour l'entraîner dans les fourrés. Cache-toi et ne bouge plus !

Merissa résista, mais Cagan insista.

— Cache-toi vite, Merissa !

— Je t'ai dit que je voulais me rendre ! dit-elle furieuse en se débattant. Je préfère encore rentrer en hélicoptère que marcher pendant des heures dans ces bayous jusqu'à Baton

Rouge ! Dans un cas comme dans l'autre, je serai bouclée dans une cellule, de toute façon !

Elle parvint à se libérer et elle arracha une branche qu'elle agita. Mais Cagan s'interposa.

— Je t'ai dit de ne pas bouger ! s'énerva-t-il.

— Lâche-moi, tu me fais mal !

— Ça n'est pas la police, Merissa ! Ce sont les hommes d'hier soir ! Ceux qui ont cherché à te tuer ! lui souffla-t-il à l'oreille.

La peur envahit la jeune femme alors que le souvenir de la nuit passée lui revenait. Comme elle ne voulait surtout pas retomber entre les mains de ses agresseurs, elle se baissa et se tint coite. Puis elle attendit. L'hélicoptère se rapprochait toujours…

Priscilla Gaffner fit entrer James Bracer dans son salon.

— Asseyez-vous donc, sénateur, dit-elle en lui montrant son canapé rose pâle.

Bracer regardait tout autour de lui. Il était très impressionné, constata Priscilla, non sans une grande satisfaction. Comme tous les visiteurs qui découvraient son intérieur pour la première fois.

La pièce était immense, le sol recouvert d'une épaisse moquette café au lait. Au plafond, un lustre en cristal qui avait autrefois appartenu à une grande famille de l'aristocratie anglaise.

Ses amis affirmaient sans hésitation qu'elle avait bon goût. Ils se trompaient. En réalité, c'est son architecte d'intérieur qui avait du goût. Elle, elle avait simplement beaucoup d'argent. Du moins, elle en avait eu.

— Je ne peux pas rester longtemps, déclara le sénateur

Bracer en s'asseyant sur le canapé. J'ai une conférence de presse à 18 heures. J'envisage de devenir gouverneur.

— Les citoyens de Louisiane ne vont pas en croire leur chance ! ironisa Priscilla.

Elle prit place à côté de lui.

— Le sarcasme vous va plutôt mal, ma chère.

— Pas plus mal que la pauvreté ! rétorqua-t-elle.

— Mais vous n'êtes pas pauvre, Priscilla. Marshall avait des biens. Si vous saviez combien je suis désolé de sa mort…

— Epargnez-moi vos platitudes, James. Marshall n'était un exemple pour personne. C'était une crapule. Comme vous d'ailleurs. C'est pour cette raison qu'il s'est associé avec vous, mais il n'avait pas votre intelligence fourbe. Et justement j'aimerais que nous parlions affaires. Argent.

— Mes affaires avec Marshall étaient des plus banales. Il a mis ses intérêts de LPI en garantie pour emprunter des capitaux qu'il a injectés dans Mardi Gras Lights. C'est l'une de mes sociétés qui lui a consenti ce prêt. Un contrat solide en bonne et due forme. Votre avocat a dû vous le dire.

— Mais maintenant vous voulez saisir et vendre tous ses biens. Vous n'hésitez pas à dépouiller une pauvre veuve de tout ce qu'elle possède pour la mettre à la rue !

— Mais vous n'êtes pas à la rue, ma chère Priscilla, commenta James Bracer en regardant autour de lui d'un air entendu. Si vous avez vraiment des soucis financiers, vendez ce délicieux manoir et emménagez dans une maison plus modeste. Vous devriez en tirer une belle somme.

— Ce manoir est hypothéqué du sol au plafond. Mais vous le savez déjà, n'est-ce pas ? Marshall a dû vous en parler ?

— Non. Parce que je ne lui aurais jamais conseillé d'hypothéquer.

Bracer posa sa serviette sur ses genoux et tapota nerveusement dessus.

— Puisque vous avez peu de temps à me consacrer, je vais être directe, reprit Priscilla. J'ai besoin d'argent, James. De beaucoup d'argent. Marshall m'a trompée pendant des années sans que je lève le petit doigt. Il est temps que je rattrape le temps perdu et que je reçoive mon dû.

Le sénateur Bracer leva les yeux de sa serviette.

— Je suis désolé que vous ayez autant de problèmes, ma chère Priscilla, mais je dois vraiment y aller, maintenant. Appelez donc ma secrétaire pour prendre rendez-vous, la semaine prochaine. Peut-être parviendrons-nous à nous entendre sur un prêt à faible taux d'intérêt que vous fera l'une de mes sociétés ?

— Je ne veux pas un prêt, James, je veux davantage. Rubis sur l'ongle et sans remboursement. Sinon, je raconte vos activités de blanchiment d'argent à la police. Vous avez utilisé mon mari pour vos sales petites combines, et puis, quand il vous a gêné, vous vous en êtes débarrassé.

James Bracer devint pourpre, mais il contint sa colère au prix d'un gros effort.

— Eh oui, je suis au courant de tout, mon cher, reprit Priscilla avec mépris. Mon mari était tellement stupide qu'il n'a pas pu s'empêcher de me raconter vos manigances. J'étais la seule à laquelle il pouvait en parler, la seule à qui il faisait confiance, malgré tout. S'il était allé en prison, il aurait perdu LPI et Mardi Gras Lights, et j'aurais été ruinée, exactement comme maintenant.

— Vous avez sans doute mal compris les propos de Marshall, déclara Bracer. Nous n'avons jamais comploté ensemble, comme vous vous plaisez à le penser. Cessez de parler à tort et à travers. C'est cruel de mentir alors que votre mari est mort, et ça l'est encore plus de répandre de tels mensonges.

— Ce ne sont pas des mensonges et vous le savez bien.

— Bien sûr que si ! Ma réputation est irréprochable, et personne ne croira des accusations portées contre le sénateur Bracer. Vous oubliez que je suis une véritable légende en Louisiane.

— Les légendes sont fragiles, sénateur. Il suffit que la police mette le nez dans votre compte en banque… Mais n'ayez crainte, je ne ferai rien qui portera ombrage à vos ambitions politiques — du moins, tant que vous ne me négligerez pas.

Mais Bracer hocha la tête.

— Vous êtes pitoyable, le chagrin vous fait délirer, Priscilla. Même si ce que vous prétendez était vrai, personne ne vous croirait.

Il serra sa main tremblante et reprit :

— Surtout si je révèle où vous étiez l'année dernière, ma chère… Rappelez-vous, vous prétendiez être en vacances à l'étranger. Et si je révélais à tous nos amis que vous étiez soignée dans une petite clinique privée de l'Etat de New York pour dépression nerveuse ? A moins, si je ne m'abuse, que ce ne soit l'abus d'alcool et de tranquillisants qui vous ait obligée à faire une cure de désintoxication ?

Sur ces mots, il retira sa main de la sienne.

— Vous êtes pauvre, mais, surtout, vous êtes pathétique, Priscilla. Vos amis seront témoins de votre honte. Ils s'interrogeront sur votre santé mentale. Certains se demanderont même si vous n'avez pas tué votre mari dans un accès de démence…

Priscilla se leva et se dirigea vers le bar d'un pas raide. Elle aurait préféré ne pas boire un autre verre ce soir, mais tout allait de travers, et elle avait vraiment besoin d'un remontant.

— Quand je pense à tout ce que j'ai fait pour vous, aujourd'hui, et, en plus, au péril de ma réputation…, ajouta Bracer avec satisfaction.

— Qu'avez-vous fait pour moi ?

Le mépris durcissait sa voix et desséchait ses lèvres. Elle but une gorgée de whisky, savourant la brûlure de l'alcool dans sa bouche.

— Justice sera faite pour l'assassinat de votre mari.

Priscilla posa lourdement son verre sur le bar.

— Que voulez-vous dire ?

— Exactement ce que je viens de dire. Merissa Thomas a tué votre mari, elle va être arrêtée et jugée pour meurtre. Vous pourrez enfin faire votre deuil en paix…

Bracer se leva.

— Vous m'excusez, mais je dois y aller… Appelez-moi sans faute la semaine prochaine pour parler de ce prêt, chère amie.

Elle sourit à peine lorsqu'il passa devant elle sans la regarder.

— J'ai une soirée très chargée, dit-il avec un geste coquet. Vous savez ce que c'est, la vie politique, les mondanités…

Quand il fut sorti, Priscilla se laissa tomber sur une chaise. Les mains tremblantes, elle se versa un autre verre de whisky.

10

Merissa continuait de marcher bien qu'elle fût à bout de forces.

Elle était restée cachée dans les fourrés avec Cagan pendant que l'hélicoptère survolait la région. Puis ils avaient marché à couvert jusqu'à ce qu'ils l'entendent s'éloigner.

Elle marchait toujours devant. Comme elle connaissait bien les bayous, elle les éloigna de la zone des marais et les dirigea vers des terrains plus secs.

Ils marchèrent ainsi de longues heures, traversant des étendues infestées de serpents, de grenouilles, de tortues et d'insectes de toutes sortes.

Soudain, Merissa s'arrêta. Elle prit une large inspiration et tapa du pied sur le sol. C'était la première fois depuis ce matin qu'ils ne pataugeaient pas dans l'eau croupie et la vase.

— Nous sommes enfin au sec ! annonça-t-elle.

Puis elle se laissa tomber épuisée sur le sol. Des saules noirs et des copalmes d'Amérique les environnaient de toutes parts, leur dispensant une ombre bienfaisante.

Cagan s'assit à côté d'elle.

— Oui, enfin au sec..., répéta-t-il. Qui aurait cru que

ce serait aussi agréable ! Maintenant, je sais ce que Noé a ressenti, après les quarante jours de déluge !

— Ne prends surtout pas tes aises, nous faisons juste une pause, le prévint Merissa. J'espère que nous trouverons un abri... Sec ou non, je n'ai pas envie de passer la nuit dans un endroit pareil, surtout sans sac de couchage.

Cagan retira ses chaussures de randonnée, puis il les retourna pour les vider de toute l'eau qu'elles contenaient.

— Nous trouverons peut-être un bon hôtel au prochain virage ?

— Ou, plus modestement, une cabane de pêcheur sèche avec des provisions et de l'eau à profusion !

Merissa se déchaussa aussi et essora ses chaussettes.

— Si seulement j'avais un portable..., ajouta Cagan. Nous pourrions louer les services d'une limousine. Tu penses qu'une société de limousines dessert le bayou ?

— Tu devrais être ravi : on nous a déjà envoyé un hélicoptère ! Et nous nous sommes payé le luxe de décliner !

Elle se tut, rappelée à la réalité, et frissonna, en dépit de l'humidité chaude qui trempait ses vêtements et la faisait transpirer.

Cagan se rapprocha comme s'il avait perçu son changement d'humeur.

— J'aimerais examiner ta blessure, dit-il en relevant sa manche de chemise.

— Laisse donc mon bras. C'est vraiment le cadet de mes soucis, en ce moment !

Il ne l'écouta pas.

— La plaie est toujours rouge et enflée, mais je ne vois aucun signe d'infection. Tirer sur une femme désarmée, quelle bande de sauvages ! dit-il d'une voix que la colère rendait plus dure.

— Je n'arrête pas de penser à ce qui s'est passé hier soir. Comment ces tueurs ont-ils retrouvé ma trace ?

— Facile. Il suffit d'une petite enquête rapide, de quelques informateurs bien payés, et l'information arrive comme par enchantement. C'est comme ça qu'on apprend que tu connais bien le bassin de l'Atchafalaya, ce qui n'est pas banal. Et le bassin de l'Atchafalaya, c'est l'endroit idéal pour se cacher. C'est le premier endroit qui m'est venu à l'esprit, quand tu as disparu, après le meurtre de Gaffner.

Tout en parlant, Cagan sortit un tube de crème et une lingette antiseptiques. Il nettoya sa blessure et, de la pointe de la lingette, étendit une généreuse couche de crème.

— J'avais demandé au propriétaire de la marina de cacher ma voiture…, laissa tomber Merissa. Je lui ai même donné cinquante dollars en échange de son silence. Il a trahi ma confiance…

— Il avait bien caché ta voiture. Du moins, on ne la voyait pas quand je suis arrivé à la marina, mais l'argent délie toujours les langues…

— Tu l'as soudoyé ?

— Inutile. J'avais placé une balise GPS sous ton pare-chocs avant de partir de chez toi, hier matin. J'ai suivi ta trace facilement jusqu'à la marina. Mais je t'aurais de toute façon retrouvée. En arrivant, quand j'ai fait le plein, j'ai interrogé le pompiste. Je lui ai donné ton signalement et il t'a reconnue.

— Et une fois à la marina, tu as loué un bateau et tu as remonté la rivière.

— Exact. Le plus difficile, ç'a été de choisir le bon bayou.

— Bravo, tu ne t'es pas trompé.

— Parce que j'avais le plan de l'endroit où se trouve la maison de tes grands-parents. Avec l'informatique, tout le monde est fiché. Retrouver quelqu'un est facile, avec un peu de méthode et d'ingéniosité. Dommage que ce plan ne nous serve plus à rien, désormais. Je ne sais même pas où nous sommes en ce moment.

Cagan avait donc fouillé sa vie et il avait découvert que ses grands-parents avaient une maison dans le bayou..., songea Merissa mal à l'aise face à cette enquête digne d'un espion ou d'un agent secret. Qui était Cagan Hall, à la fin ? Et quels buts poursuivait-il ?

— Pourquoi est-ce que tu as fait des recherches sur moi ?

— Pour t'aider.

Il déboucha sa bouteille d'eau et la lui tendit.

— Non, plus tard, dit Merissa avec un geste de refus. D'ici à demain, on ne sait pas ce qui va se passer...

— Mais tu dois garder tes forces. Après tout, c'est toi qui nous guides. Allez, juste une gorgée.

Merissa se sentit soudain envahie de tendresse et de désir envers cet homme mystérieux et si surprenant.

— Bon, c'est d'accord, mais une seule gorgée alors ! dit-elle. Et à une seule condition : que tu boives aussi !

Il lui sourit et caressa sa joue, où une mèche de cheveux était collée par la sueur.

La jeune femme lui rendit son sourire et prit la bouteille qu'elle approcha de ses lèvres. Elle savoura l'eau qui coulait dans sa gorge. C'était trop bon. C'était impossible de s'arrêter de boire, d'autant que sa soif était loin d'être étanchée... Mais elle ne but qu'une gorgée et tendit la bouteille à Cagan.

Ensuite, elle s'allongea dans l'herbe et ferma les yeux. Au cours de ces derniers jours, si riches en événements, Cagan était devenu sa planche de salut... Il était toujours présent à ses côtés aux pires moments. Il soignait ses blessures, la réconfortait et risquait même sa vie pour la protéger.

Elle se sentait en sécurité avec lui, même si elle ne le comprenait pas toujours et qu'il représentait une énigme à ses yeux. Mais elle avait l'intime conviction qu'il ne lui mentait pas, même si ses agissements étaient le plus souvent pour elle incompréhensibles, et ses explications parfois tirées par les cheveux.

Au même instant, elle le sentit qui soulevait sa tête et glissait son sac à dos sous sa nuque. Elle ouvrit les yeux et croisa son regard sombre. Elle y lut les mêmes émotions que celles qui la tourmentaient et en fut frappée.

— Tu me crois maintenant, quand je te dis que je suis innocente ? lui demanda-t-elle tout à trac.

Elle avait eu peur de lui poser la question, mais elle voulait en avoir le cœur net une bonne fois pour toutes.

— Je te crois incapable de commettre un meurtre, murmura-t-il d'une voix rauque, le regard toujours rivé au sien.

Il se tut et l'embrassa.

Merissa cessa aussitôt de réfléchir et de s'interroger pour se concentrer seulement sur leur baiser. Rêve ou réalité, quelle importance… L'essentiel, désormais, c'étaient les lèvres brûlantes et avides de Cagan sur les siennes. Elle les savourait, les goûtait, et quand ça ne suffit plus, elle entrouvrit la bouche, impatiente d'approfondir ce baiser. Elle se donnait, mais prenait avec une passion égale.

Cagan l'attira contre lui, puis il pressa une main sur ses reins, possessif et exigeant, et sans cesser de la caresser.

Le désir de la jeune femme monta et fut vite aussi délicieux qu'insupportable. Elle brûlait dans son corps. A chaque nouvelle caresse, à chaque nouveau baiser, elle capitulait davantage.

Rien n'était plus paradoxal que cette étreinte en plein bayou sous ce soleil incandescent et mal voilé par les feuillages. A moins que, justement, les dangers qui les menaçaient, cette nature sauvage et belle, n'exaltent leurs émotions, n'attisent la passion qui grandissait, déferlait, supplantant l'épuisement. Merissa se sentait à l'unisson de Cagan et de cet environnement moite et brûlant.

Soudain à bout de souffle, Cagan détacha sa bouche de la sienne. Son désir n'avait cessé de croître depuis que Merissa était entrée dans sa vie…, constata-t-il, avant de couvrir son visage puis sa gorge de baisers. Il s'arracha à la douceur de leur étreinte, juste le temps de lui retirer son T-shirt.

Il contempla ses seins parfaits, fermes et aux pointes d'un rose délicat. Il les caressa, puis les taquina avec une douceur insistante.

— Tu es si belle…, murmura-t-il en posant les lèvres sur un mamelon érigé, puis sur l'autre, les embrassant et les excitant inlassablement.

Un gémissement ponctua son aveu. Dans un élan, Merissa pressa ses cuisses contre son bas-ventre.

— Merissa ! s'écria-t-il alors qu'il descendait la fermeture Eclair de son pantalon et posait les doigts sur sa chair en feu.

Son désir explosa quand ses mains continuèrent leur exploration sur son sexe. Merissa s'offrait et se cambrait, chaude et impatiente. La passion qu'il contenait en lui depuis si longtemps devint paroxystique.

— Je te désire tellement… Depuis le premier jour.

— Je sais…, balbutia-t-elle.

Elle se mordit la lèvre, puis reprit :

— Mais pas ici…

— Si ! Maintenant. Ici. Le bayou et les alligators… ça m'est égal. L'important, c'est que tu me désires aussi.

Il reprit ses lèvres, sauvagement, ravagé par un désir irrépressible.

— Dis-moi que tu me veux, Merissa, la pressa-t-il entre deux baisers. Dis-le-moi !

— Fais-moi l'amour, Cagan…

Ce murmure presque imperceptible eut l'effet d'un coup de tonnerre sur les sens de Cagan. Il avait rêvé de lui entendre prononcer ces mots depuis le début. Il avait rêvé de la tenir dans ses bras et de la caresser inlassablement comme il le faisait maintenant. Enfin, il avait rêvé de lui communiquer la passion qui le brûlait et de l'en faire vibrer jusqu'à ce qu'elle le supplie de l'apaiser. Son rêve devenait réalité, et cette réalité était bien plus belle que tous ses fantasmes…

Il retira son jean qui emprisonnait son désir. Merissa l'aida. Quand il s'en fut débarrassé, elle le caressa, partout, avant de poser les mains sur sa verge érigée. Cagan, à bout se mit à trembler.

Le souffle court, il écarta ses cuisses alors qu'elle se pressait de retirer son jean et son slip. Il voulait la toucher, la caresser partout pour la faire jouir.

Mais c'est lui qui s'abandonnait à ses caresses et au plaisir qui montait toujours.

— Cagan…, murmura-t-elle dans un gémissement.

Incapable de patienter plus longtemps, il la posséda. La jouissance explosa en lui comme mille feux de joie, et lui fit perdre contact avec la réalité.

Longtemps après, il resta immobile. Puis, quand il eut recouvré ses sens, il leva les yeux sur Merissa qui le serrait contre elle. Il sentit son souffle tiède et régulier sur son visage.

Alors un sentiment inconnu le pénétra, aussi étrange et mystérieux que ce bayou où il errait depuis déjà deux jours. Homme d'action, il avait appris, au fil des épreuves, à se méfier de ses émotions et de ses sentiments. Mais il était tout à coup assujetti à une force qu'il n'osait pas définir. C'était en tout cas la première fois de sa vie qu'il était aussi bien. Heureux. Apaisé de ses tourments.

— Merissa... ?

Elle ne répondit pas et ne bougea pas non plus. Elle s'était assoupie.

Emu, il l'attira à lui. Une vague de tendresse monta en lui et l'envahit. Puis il ferma les yeux et s'endormit.

Le soleil descendait sur l'horizon et les ombres des cyprès et des chênes s'allongeaient. Merissa accéléra, l'indolence de leurs ébats de l'après-midi le cédant soudain à l'urgence. Quand Cagan l'avait réveillée d'un baiser pour la presser de se remettre en route, tout à l'heure, elle avait marché d'un pas léger et allègre. Sa vie avait soudain changé. La passion et la confiance de Cagan l'avaient, elle en était convaincue, métamorphosée !

Pleine d'optimisme, Merissa avait alors eu la conviction qu'ils arriveraient bientôt vers une habitation où ils seraient accueillis et recueillis. Mais, au fil des heures, son exaltation retombait, les doutes l'envahissaient et l'assombrissaient aussi sûrement que le crépuscule.

Soudain, Cagan lui prit le bras et tendit le doigt vers l'horizon.

— Regarde là-bas !

A travers la pénombre, Merissa discerna une cabane noyée dans la brume. Elle la fixa, de peur qu'elle ne soit un mirage et ne disparaisse, si par hasard elle clignait des yeux.

— Ça n'est pas un hôtel quatre étoiles, mais c'est mieux que rien..., reprit Cagan. Tu penses que ses habitants nous offriront l'hospitalité ?

— S'ils croient l'histoire que nous avons concoctée...

— Deux citadins perdus dans le bayou qui ont commis l'imprudence d'abandonner leur bateau quand ils ont été bloqués par des jacinthes d'eau..., récita Cagan avec complaisance. Nous avons marché et nous nous sommes perdus...

— Pas très convaincant... J'ai une autre idée ! dit Merissa soudain prise d'inspiration.

Cagan haussa le sourcil.

— Ne le prends pas mal ! le rassura-t-elle. Mais nous serons mieux accueillis si je parle en cajun. Ces gens sont très fiers de leurs origines.

— Si tu le dis...

Cagan enjamba un arbre abattu et écarta une branche pour que Merissa passe. Leurs épaules se frôlèrent. Un bref frisson la parcourut.

Depuis qu'ils avaient fait l'amour, leurs rapports avaient changé. Désormais, ils n'étaient plus ennemis forcés de s'allier pour affronter le bayou, ils étaient amants et intimes.

Merissa hâta le pas, en proie à une appréhension croissante. La cabane était toute de guingois, sans carreaux aux fenêtres.

— Nous n'aurons pas besoin de raconter notre histoire, déclara Cagan. Cette bicoque est complètement délabrée, et évidemment inhabitée.

— Mais elle doit servir de remise aux pêcheurs et aux chasseurs du coin. Peut-être y trouverons-nous des provisions ? ajouta-t-elle sans trop y croire. Un lit bien sec... Quelques bouteilles d'eau ?

Elle monta les marches qui craquèrent, puis tressaillit et se figea en entendant des froufroutements dans toute la maison. Cagan la prit par la main et passa devant elle. Merissa respira profondément pour retrouver son calme. Pourquoi paniquer ? Ça n'était pas comme si elle ne connaissait pas le bayou !

Cagan frappa à la porte et attendit, pendant que Merissa regardait à l'intérieur par une étroite lucarne. Elle ne discerna que quelques chaises et une table dans un cadre grisâtre et poussiéreux.

— Il n'y a personne, dit-elle enfin. Ouvre et on verra.

Cagan obéit.

— Incroyable, la porte n'est même pas fermée à clé !

— C'est normal. A quoi bon fermer quand les fenêtres sont ouvertes aux quatre vents et la porte toute branlante ? De plus, les gens du bayou sont réputés pour leur généreuse hospitalité.

Cagan entra, Merissa derrière lui. Il alluma sa lampe de poche et balaya l'intérieur. Des insectes et diverses autres bestioles dérangées par la lumière s'éparpillèrent dans les coins les plus sombres. La cabane empestait le moisi et le poisson pourri. C'était si insupportable que Merissa se pinça le nez.

— Pouah !

— Maintenant, cherchons s'il y a à manger !

Cagan venait de repérer la lanterne à gaz qu'il alluma avec les allumettes sur la table. De nouvelles ombres surgirent aussitôt au-delà du cercle dispensé par sa faible lueur.

Un plancher de cyprès brut couvrait le sol. Sur une table, dans un coin, il y avait une pile de magazines de pêche et de chasse, un cendrier improvisé dans un morceau de cyprès creux et un couteau rouillé.

Merissa regardait aussi autour d'elle avec intérêt.

— Et voilà un lit confortable ! dit-elle en s'asseyant sur un lit bosselé avec un montant de métal.

Elle rabattit la couverture aux couleurs fanées et observa le matelas avec une moue de désapprobation.

— J'espère que tu n'exigeais pas une propreté absolue ? demanda-t-elle.

— S'il n'y a pas d'alligators ou de serpents cachés sous le lit, je serai comblé !

Merissa se pencha.

— Seulement des rames. Et une énorme araignée !

Cagan entra dans la seconde pièce, plus petite, suivi par la jeune femme. Ils y découvrirent un Camping-gaz et un évier. Mais quand Merissa tourna le robinet, une eau boueuse et malodorante s'en écoula. Elle avait tant espéré de l'eau potable…

— Heureusement que nous avons économisé notre eau, déclara Cagan. C'est du vrai jus de chaussette !

Il renifla, écœuré.

— Quant à l'odeur… Sans commentaire !

Anxieuse, Merissa passa le contenu des placards en revue et en sortit une boîte à sel, quelques conserves de sauce épicée, de bouillon de crabe et de soupe de légumes.

— Pas mal…, fit Cagan avec gourmandise.

Il continua de chercher et découvrit une poêle et une casserole.

— Nous avons maintenant une grave décision à prendre : soupe au dîner ou soupe au petit déjeuner ? déclara Merissa en posant les conserves sur la table.

Cagan l'enlaça.

— Allons, ça n'est pas si dramatique, dit-il en l'embrassant dans le cou. Au moins, nous avons un lit sec, de quoi faire deux repas, une bouteille d'eau entamée et…

Il lui fit faire demi-tour.

— … nous sommes ensemble.

— Tu as raison. Je ne devrais pas me plaindre… Je suis sans doute plus en sécurité dans cette masure qu'à Baton Rouge…

Cette remarque serra le cœur de Cagan. Il aurait voulu

lui promettre qu'elle était hors de danger, avec lui, mais ç'aurait été mentir.

Il la fit asseoir et prit place à côté d'elle.

— Je sais, c'est difficile.

— Le pis, c'est que je ne sais pas contre qui ni contre quoi je me bats. Je pensais bien connaître Jeff, mais, en définitive, je le connaissais mal. Qu'est-ce qu'il a bien pu faire pour…

Un bruit l'interrompit. Cagan dégaina aussitôt.

— Replie-toi dans l'autre pièce, lui dit-il à voix basse pendant qu'il entrouvrait la porte d'entrée.

Mais, dehors, tout était calme. Cagan s'avançait avec prudence quand il sentit quelque chose bouger à ses pieds. Il fit un bond en arrière et trébucha contre un carton. Quand il eut repris son équilibre, il baissa les yeux et découvrit l'intrus : un raton laveur emprisonné dans un filet.

— Merissa ? Viens que je fasse les présentations !

La jeune femme arriva en courant.

— Pauvre petite bête…, s'exclama-t-elle en s'agenouillant à côté de l'animal, tu as bien des ennuis, toi aussi…

Le raton laveur affolé roula sur le dos et s'agita, s'emprisonnant davantage dans les mailles.

Merissa le libéra en lui parlant doucement.

Cagan essaya de l'aider, mais il était malhabile et avait des ongles trop courts pour défaire les nœuds. Quand Merissa eut libéré le raton laveur, ce dernier fila et disparut dans un fourré.

— Même pas merci…, déclara Merissa en le suivant des yeux.

— Ce serait plutôt à nous de lui dire merci ! s'exclama soudain Cagan. Regarde plutôt !

Le carton sur lequel il avait trébuché contenait une énorme bouteille d'eau de vingt litres.

— La bouteille est encore scellée !

— Une eau toute propre, toute pure ! renchérit Merissa au comble de la joie.

Elle serra la bouteille dans ses bras.

— Ce soir, on va boire jusqu'à plus soif !

— Et ensuite tu me serreras dans tes bras comme tu serres cette bouteille !

— Oh, mais j'ai des projets bien plus intéressants pour toi ! dit-elle en rougissant.

Cagan la contempla, tout sourires. Il la trouvait belle et sensuelle, mais c'était surtout son innocence qui le touchait. Face à sa féminité et à sa vulnérabilité, il se sentait viril comme jamais.

Il porta la bouteille à l'intérieur.

— Attends un peu ! s'exclama-t-elle en inspectant le filet qui avait emprisonné le raton laveur. Regarde, une écrevisse ! C'est ce qui a attiré cette petite bête !

— Bon appât, oui…

— « Bon appât » ! Tu ne sais donc pas que les écrevisses, c'est délicieux !

— Ce truc tout desséché ? Berk, je te cède ma part sans regret.

— Mais je ne te parle pas de cette écrevisse-là ! Les écrevisses doivent être vivantes quand tu les ébouillantes. Celle-ci est morte depuis déjà quelques jours.

— C'est bien dommage.

— Dommage, oui…

— Alors pourquoi te réjouis-tu ?

— Parce que quelqu'un a pêché des écrevisses, ces derniers jours. Ce qui signifie qu'il y en a, et pas très loin d'ici ! Prends le filet et suis-moi !

Merissa descendit l'escalier et s'enfonça dans le sous-bois.

— Je préfère encore mes barres de céréales…, maugréa Cagan. Et tu ne crois pas que nous avons assez marché pour aujourd'hui ?

Merissa ne l'écoutait plus. Quand Cagan la rejoignit, elle contemplait une pirogue qui avait été retournée contre un fourré.

— Mais… comment as-tu fait pour la trouver ?

Il était sidéré.

— Un don naturel ! Comme ce don que tu as de toujours retrouver ma trace. J'étais certaine qu'il y avait une embarcation, non loin de cette cabane de pêcheurs. Les gens qui vivent dans le bayou ont souvent plusieurs pirogues ! Ce sont les seuls moyens de transport, ici.

— Avec deux pieds bien chaussés.

— Et grâce à cette pirogue, finie la marche forcée ! justement ! dit-elle sans l'écouter. On est sauvés !

— Encore faut-il trouver un bayou…, dit-il regardant autour d'eux. Tu as une idée ?

— Chut, écoute plutôt.

Cagan tendit l'oreille. Une chouette ululait à la cime d'un arbre. L'herbe bruissait et quelques grenouilles coassaient.

— Je n'entends rien…

— Chut ! Ecoute encore !

Merissa était immobile, gracile statue se découpant dans le crépuscule. Cagan la contemplait, le cœur battant, complètement envoûté.

— Tu as entendu ce *plouf* ? demanda-t-elle tout à coup.

Il secoua la tête, trop ému pour parler.

— Tu ne seras jamais un bon chasseur de bayou, lui assena-t-elle malicieusement en se mettant en marche.

Cagan la suivit sans mot dire.

Chasseur de bayou… Elle n'aurait pu choisir meilleur terme.

Il était venu dans la région pour traquer une jeune femme dont la tête était mise à prix. Il l'avait retrouvée, mais ses problèmes ne faisaient que commencer.

— Aide-moi à jeter le filet pour attraper les écrevisses. Ce sera notre menu de ce soir !

— Je meurs d'impatience ! mentit allègrement Cagan.

Ils pêchèrent les écrevisses, lançant inlassablement leur filet. Merissa plaçait ensuite le produit de leur pêche dans une immense feuille de jacinthe d'eau.

Cagan finit par se détendre, séduit par la beauté exotique des lieux et par le rire de Merissa. Il savait que la vie était toujours pleine d'imprévus, mais même son imagination n'aurait pu lui faire entrevoir son errance sur ces terres humides, ni, surtout, le plaisir qu'il y prendrait.

Chaque fois qu'ils levaient leur filet, Merissa s'émerveillait de leur pêche.

La pénombre et les nappes de brume donnaient à sa silhouette une beauté étrange. Cagan la dévisageait sans cesse, muet, sous le charme, en proie à un désir grandissant et des sentiments puissants. Pantelant, le souffle court, il accepta enfin la vérité.

Il aimait et il désirait Merissa comme il n'avait jamais désiré aucune autre femme avant elle… Mais il achèverait sa mission, même si ça lui en coûtait. Même si Merissa en faisait les frais.

— Une dernière fois, Cagan ! s'écria-t-elle. Après, ça suffira pour un dîner copieux !

Son rire s'éleva dans la touffeur crépusculaire.

Ils lancèrent leur filet pour la dernière fois et attrapèrent une douzaine d'écrevisses et quelques vairons. La jeune femme ne garda que les écrevisses et replia le filet autour de la feuille de jacinthe pour qu'elles ne s'échappent pas.

— De l'eau, de la nourriture et un lit bien sec. J'aimerais ne jamais quitter cet endroit…, dit-elle.

— Tu t'ennuierais ! Ton travail te manquerait.

— Quel travail ? Je suis au chômage.

Elle haussa les épaules et il la serra dans ses bras, incapable de supporter sa détresse, après l'avoir vue si belle et heureuse.

— Quel est le programme, après notre dîner ? demanda-t-elle.

— Quand il fera nuit noire, quand nous ne courrons plus le risque de nous faire repérer par l'hélicoptère, nous reprendrons la route. Nous remonterons le bayou jusqu'à la rivière Atchafalaya, où nous retrouverons nos voitures.

— Mais, de nuit, le bayou est très dangereux, Cagan. De plus, je ne connais pas cette partie de la région. Nous pourrions nous perdre…

— Nous devons pourtant prendre ce risque.

— Et si nous échouons ? Et si l'hélicoptère nous trouve ?

— Pas dans la nuit ! déclara Cagan.

Il saisit le filet avec les écrevisses d'une main et passa l'autre autour de la taille de Merissa.

— Et si nous allions manger ?

— Tu vas adorer ! promit-elle.

Assis devant la cabane, Cagan regardait la nuit envelopper le bayou. Une tortue à oreilles rouges passa lentement devant lui. Partout, les cris des oiseaux nocturnes s'élevaient. Un ragondin dépassa la tortue et disparut dans un trou creusé dans le tronc d'un saule.

Cagan regardait d'un œil distrait la riche faune et flore du bayou ; il ne cessait de penser à sa mission. Il travaillait sur cette affaire depuis déjà quatre mois, et, à ce jour, il n'avait qu'une certitude : Bracer était impliqué dans des activités de blanchiment d'argent sale. Avant le meurtre de Gaffner, il avait eu la conviction que ce dernier était le complice du sénateur, mais, à la lumière des derniers événements, il ne savait plus quoi penser.

Quoi qu'il en soit, des fonds illégaux destinés aux campagnes d'élection de Bracer ainsi que certains profits des établissements de jeu étaient blanchis.

Cet argent était ensuite placé dans les paradis fiscaux, comme les îles Caïmans, en attendant d'être investi. Du fumier, Bracer faisait pousser des roses…

Et si Jeff ne s'en était pas mêlé, il serait encore vivant. Cagan fondait désormais tous ses espoirs sur ce que Jeff avait caché dans la consigne de la gare routière de La Nouvelle-Orléans, et qui avait causé sa mort. Il devait ouvrir cette consigne avant Bracer.

Une agréable odeur d'épices lui chatouilla soudain les narines, et il regarda à l'intérieur de la cabane. Devant la bouteille de butane, Merissa remuait leurs écrevisses dans une casserole fumante d'eau bouillante. Comme toujours dès qu'il la regardait, une puissante émotion le saisit…

Leurs ébats de l'après-midi, loin de rassasier son désir, n'avaient fait que l'amplifier. Il avait aussi la conviction absolue que Merissa n'était pas la meurtrière de Jeff et de Gaffner. Mais était-elle impliquée dans cette affaire de blanchiment d'argent sale ? Et si oui, jusqu'où ?

Bien que sous le charme de la jeune femme, Cagan restait lucide. Il croyait à son innocence parce qu'il l'aimait et qu'il était prisonnier de l'envoûtement temporaire que le bayou exerçait sur lui, mais il savait que ses supérieurs ne seraient guère sensibles à des arguments aussi romantiques que sentimentaux.

Il devait agir vite pour établir la preuve de son innocence, avant que les meurtriers de Jeff et de Gaffner ne l'éliminent.

Cette pensée lui fut insupportable. Il prit son pistolet et le soupesa dans sa paume, le visage dur.

Il n'aimait pas en faire usage, mais s'il le fallait…

Il n'avait plus aucun scrupule.

11

Cagan saisit une écrevisse entre le pouce et l'index avec une visible répugnance.

— Et maintenant ? Qu'est-ce que je suis censé en faire ?

— Tu la décortiques. Comme moi. Regarde !

Merissa décortiqua la sienne rapidement, la mangea et suça la tête avec délectation.

— C'est un délice !

— Parce que tu manges aussi la tête !

— Mais non, on en suce seulement le jus !

Une goutte coulait sur ses lèvres, qu'elle lécha.

— J'aurais pu le faire à ta place, déclara Cagan qui ne l'avait pas quittée des yeux.

Il souriait, mais sa voix trahissait son agitation.

— Oh ! je sais bien. Mais on en aurait oublié nos écrevisses, et je suis affamée !

— Moi aussi, mais je ne suis pas convaincu que tes bestioles soient comestibles…

— Tu seras convaincu quand tu auras goûté ! déclara Merissa en décortiquant une seconde écrevisse avec dextérité. Ouvre plutôt la bouche, dit-elle en l'approchant ensuite de ses lèvres.

Ce faisant, Cagan effleura ses doigts. Un agréable frisson saisit aussitôt la jeune femme. Bien qu'elle soit affamée, elle eut soudain envie de succomber à son désir de faire l'amour avec lui et d'ajourner leur dîner.

— Ça n'est pas mauvais, finalement, constata Cagan avec une moue approbatrice. Très épicé, mais vraiment bon…

— Les écrevisses en soi sont assez fades. Ce sont le sel et les épices qui leur donnent toute leur saveur !

Cagan en prit une et la décortiqua maladroitement. Merissa en dévora une demi-douzaine avant de reprendre la conversation.

— Dommage que nous n'ayons rien pour les accompagner… A la maison, j'aurais préparé des pommes de terre nouvelles, du maïs, des oignons, de l'ail et des saucisses grillées…

Cagan décortiquait maintenant ses écrevisses de plus en plus vite. Il lui sourit.

— J'accepte une invitation à dîner chez toi quand tu veux ! Je commence à apprécier tes écrevisses. Elles sont meilleures que mes barres de céréales.

— Merci du compliment.

Cuisiner pour Cagan Hall pas seulement par nécessité, comme ce soir, mais par pur plaisir ? Mm, intéressant…, songea Merissa. Mais tant qu'elle n'aurait pas prouvé son innocence et retrouvé sa vie d'avant, aucun projet n'était envisageable…

Le silence tomba entre eux alors qu'ils continuaient de manger. Merissa décortiquait ses écrevisses et les avalait si vite qu'elle en sentait à peine le goût. Cagan était devenu presque aussi rapide qu'elle, bien que novice, et les carapaces s'amoncelaient sur son assiette.

Enfin rassasiée, Merissa but quelques gorgées d'eau avec lenteur et concentration, savourant sa limpidité et sa fraîcheur inégalables.

— Tu as fini de manger ? fit Cagan, mais il en reste encore !

— Je n'en peux plus ! Et je me sens... bien ! Béate ! ajouta-t-elle en se versant un second verre d'eau.

— Il faut « laisser les bons temps rouler », dit tout à coup Cagan en cajun.

— Prendre son temps pour bien profiter de la vie..., traduisit Merissa. Tu as appris des rudiments de cajun depuis que tu vis en Louisiane ? Bravo. Cela dit, je doute qu'un séjour dans le bayou soit l'idéal pour bien profiter de la vie...

— Tant que j'y suis avec toi..., répondit Cagan, le regard étincelant.

Merissa rougit de plaisir. Cet après-midi, elle avait aimé leurs ébats et la passion qui les avait unis. Jamais elle n'oublierait ces moments uniques, même si elle ne savait pas encore comment évolueraient leurs relations...

Quand les meurtriers de Jeff et de Gaffner auraient été arrêtés, tous deux auraient le temps de se découvrir l'un l'autre. Ils sauraient alors si leur passion était authentique.

En tout cas, son grand-père aurait apprécié Cagan, se dit tout à coup Merissa. Il aurait surtout admiré son esprit d'indépendance ! *Vis ta vie sans te soucier de ce que les autres pensent !* avait-il coutume de professer. Mais Merissa doutait que la fin justifie les moyens.

— Tu as déjà tué un homme ? demanda-t-elle en redoutant sa réponse.

— Ça m'est arrivé.

— Ça doit être difficile ?

— Je l'ai fait quand c'était nécessaire.

— Je continue de penser que tu en sais plus que tu ne le prétends sur les meurtres de Jeff et de Gaffner, reprit Melissa.

Il ne répondit pas. Elle le scrutait toujours. Ses prunelles étaient comme deux lacs sombres aux profondeurs insondables et mystérieuses. Etrangement, pourtant, elle n'avait pas peur de lui. Comment redouter un homme qui instillait en elle une telle passion ? Un amant qui l'avait aimée avec autant de tendresse ? Elle aurait voulu que l'éternité s'empare de l'instant où ils avaient fait l'amour et le fige à jamais.

— Je suis vraiment en danger de mort ? Réponds-moi franchement.

Il caressa sa nuque.

— Ma courageuse Merissa.

— Je suis courageuse par nécessité. Je suis lasse de me battre contre une situation que je ne comprends pas. Pourquoi Jeff a-t-il été tué ? Qu'avait-il découvert de si grave ? Dis-moi enfin !

Cagan hésita. Un bref silence tomba entre eux. Quand il répondit, sa voix était dure, presque lointaine.

— Jeff voulait faire chanter des criminels qui blanchissent de l'argent sale. Il voulait un million de dollars, en échange de son silence…

— C'est beaucoup d'argent ! s'exclama Merissa incrédule.

— Un argent qui appartient à James Bracer.

— Le sénateur ? s'exclama Merissa, sidérée. Voyons, c'est absurde, Cagan ! Le sénateur Bracer est une personnalité respectée ! C'est l'un des hommes politiques les plus en vue de l'Etat de Louisiane !

— Tu voulais que je t'explique la situation oui ou non ?

— Oui, mais tiens-t'en aux faits

— Gaffner et son casino sont aussi impliqués dans cette affaire de blanchiment, continua-t-il, conscient pourtant de trop parler.

— Quand les jeux d'argent ont été autorisés en Louisiane, Gaffner a emprunté pour acheter son casino, dit Merissa songeuse. Mais la rumeur prétend que Mardi Gras Lights est un gouffre financier, et que Gaffner était au bord de la faillite.

— La rumeur est fondée. Du moins, en partie. Quand Gaffner a été aux abois et qu'il a failli perdre son casino, il a emprunté en mettant LPI en garantie. Le principal actionnaire de la société de prêt auquel il a eu recours n'est autre que son bon ami, le sénateur Bracer. Ensuite, Gaffner toujours au bord de la faillite a été insolvable. Il a été obligé de s'associer à Bracer et de devenir son complice.

Merissa se leva et alla regarder la nuit par la porte grande ouverte.

— Mais comment est-ce que tu es au courant ? Tu n'es qu'un agent de la sécurité, un ancien flic qui a été remercié et qui a quitté New York pour Baton Rouge. Tu ne vas tout de même pas me faire croire que Bracer et Gaffner t'ont mis dans la confidence ?

— Non, bien sûr. Mais ils m'ont beaucoup menti. Je te jure que je te dis la vérité.

Il se leva, s'approcha d'elle et l'enlaça.

— Je ne peux pas encore tout te révéler, Merissa, mais je te jure que Bracer est tellement corrompu qu'il n'aurait aucun scrupule à commanditer un meurtre. Surtout si la victime le fait chanter. J'espère que la consigne de la gare routière nous donnera un indice sérieux.

— Mais pourquoi Bracer a eu besoin de Gaffner et de LPI ?

— C'est ce que j'aimerais découvrir.

Merissa secoua la tête.

— Meurtre, criminalité financière, corruption et chantage… dont sont coupables des hommes déjà riches et déjà puissants. C'est incompréhensible…

— Ne cherche pas à comprendre, déclara Cagan en taquinant

le lobe de son oreille. Dans quelques heures, nous devrons reprendre la route, et nous avons besoin de repos.

Il lui serra la main.

— Allons nous allonger, dit-il en la conduisant vers leur lit de fortune. Je te serrerai fort dans mes bras, et nous essaierons d'oublier toute cette folie pendant quelques heures.

Il s'allongea et l'attira à lui. Merissa se blottit dans ses bras et posa aussitôt ses lèvres sur les siennes. Mais le réconfort qu'il lui avait promis ne vint pas.

Trop de questions la tourmentaient.

Le clair de lune se reflétait sur l'eau et piquetait sa surface de points de lumière, comme si des milliers de lucioles s'y promenaient.

Cagan et Merissa montèrent dans la pirogue et ramèrent pour s'éloigner de la rive boueuse.

— En route ! dit-il. A la maison !

— J'espère qu'on ne va pas s'égarer… Dans le bayou, tout est possible. On peut très vite se retrouver dans une impasse. Nulle part.

— Vite… Un mot que j'aime. Mais pas au hasard. Si j'en crois ma boussole, nous nous dirigeons ouest-nord-ouest.

— Continuons dans cette direction. J'espère que ce bayou se jette dans la rivière Atchafalaya, et pas dans un autre bayou, déclara Merissa.

— Nous avons de la chance, cette nuit, la lune est pleine et le ciel dégagé.

Un silence tomba. Perdue dans ses pensées, Merissa ramait régulièrement en espérant que leurs pérégrinations touchaient vraiment à leur fin.

Un clapotement s'éleva soudain sur leur droite. Ils se

retournèrent en même temps et virent un alligator de près de deux mètres qui se glissait dans l'eau et s'approchait de leur pirogue. Sa gueule flottait à la surface.

— J'espère qu'il veut seulement nous tenir compagnie…

— Pas de panique. Je suis certaine que tu as affronté de pires dangers dans les rues de New York !

— Les truands ne me font pas peur, mais les crocodiles, si !

— Et que penses-tu du venin des serpents ? demanda-t-elle en lui montrant un mocassin d'eau d'une taille impressionnante qui nageait devant eux.

— Le pis ! Et dire que tu m'as fait entrer dans l'eau pour pêcher tes écrevisses ! Je devais avoir perdu la tête !

Le silence retomba. Les cyprès formaient une voûte de feuillage au-dessus de l'eau.

— C'est tout de même étrange que tu aies choisi de te réfugier dans le bayou…, reprit soudain Cagan. Il y a des endroits plus agréables que cette région sur notre bonne vieille terre.

Une brise se leva et joua dans les cheveux de Merissa. Sa fraîcheur colora ses joues. La jeune femme respira profondément. Des odeurs de terre et de fleurs lui parvinrent, éveillant des souvenirs heureux.

— Le bayou est associé à un passé que je chéris, lui expliqua-t-elle, avec chaleur. J'y ai appris la vie, et, plus important, qui je suis…

— Tu es la beauté sauvage de ce paradis…

— Laisse-moi rire ! Quand je revenais en ville, à l'automne, j'étais mal à l'aise avec mes camarades de classe. Ils me regardaient comme une bête curieuse !

— Ils avaient tort…

Il la dévisagea avec tendresse.

— Tu es exotique, sensuelle et intelligente…

Merissa se sentit rougir. Un mot ou une caresse de Cagan réussissait toujours à l'émouvoir.

— Tu es revenue à Baton Rouge parce que tu voulais te rapprocher de la région des bayous ? lui demanda-t-il sans cesser de ramer.

— Non… c'est une longue histoire.

— Vas-y, je t'écoute. Tu as toute la nuit pour me la raconter.

Mais Merissa hésitait. Cet épisode de son passé lui semblait maintenant si lointain.

Cagan attendant toujours, elle prit enfin la parole.

— J'étais fiancée mais nous avons rompu, commença-t-elle, cherchant à se rappeler la raison de la rupture de ses fiançailles. Peu après, j'ai revu Jeff, lors d'une convention à Dallas. Il m'a parlé de LPI avec enthousiasme. J'ai alors décidé d'écouter ses conseils et de me faire embaucher.

— Ton fiancé a dû avoir le cœur brisé…

— Il m'a vite oubliée ! La preuve, il s'est marié peu après notre séparation.

— Et toi ? Tu l'as oublié ?

Elle comprit que sa réponse était importante pour lui.

— Il y a une semaine, je t'aurais répondu que je n'en savais rien, mais je me rends maintenant compte qu'il n'y avait pas grand-chose entre nous. Nous étions bien ensemble, mais il n'y avait pas cette magie. Pas comme…

Elle s'interrompit.

— Pas comme cette magie qui nous unit…, acheva-t-il.

Ses paroles montèrent dans une nuit envoûtante et odorante, où flottait leur désir.

— J'ai toujours envie de te toucher, de t'embrasser et de te regarder, avoua-t-il après un silence. Toi aussi, d'ailleurs. Ce qui s'est passé cet après-midi n'était pas un accident…

Son ton était léger et sensuel, mais il était sérieux.

— Tu es toujours tellement sûr de toi, Cagan.

— Je sais quand j'ai raison.

— On est bloqués..., dit-elle soudain en inspectant les eaux sombres.

Cagan rama de toutes ses forces pour dégager l'embarcation.

— Bravo ! s'exclama Merissa. Tu pourrais te débrouiller dans le bayou tout seul, en fin de compte !

— Improbable. Parce que je ne suis pas près d'y revenir !

Ils continuèrent de remonter le cours de l'eau, toujours plus étroit et envahi par une végétation dense. L'eau était parfois totalement recouverte de jacinthes d'eau. Bientôt, ils eurent beau enfoncer leurs rames, ils ne purent plus passer.

— Nous allons devoir continuer à pied, dit enfin Cagan, tendu. Nouveau contretemps... On ne sera pas arrivés à la marina au lever du soleil...

— Et si on portait la pirogue en longeant la rive ? Avec un peu de chance, le bayou redeviendra navigable et nous la remettrons à l'eau.

— On peut toujours essayer.

Ils ramèrent jusqu'à la berge. Cagan descendit de la pirogue et s'enfonça dans la vase jusqu'aux chevilles.

— Donne-moi la main, Merissa, et surtout fais attention. Nous ne sommes pas au bout de nos peines.

Des heures plus tard, le soleil perça l'horizon et projeta ses premiers rayons sur un ciel sans nuages. Les ombres de la nuit, si menaçantes, cédèrent la place à un paysage verdoyant qui, en d'autres circonstances, aurait suscité toute leur admiration.

Merissa s'étira et contint un gémissement en sentant ses muscles tendus et courbaturés. Mais elle était trop contente pour se plaindre, car ils avaient enfin rejoint la rivière Atchafalaya et sa blessure ne s'était pas infectée.

— Retour au monde civilisé ! dit Cagan en montrant des détritus sur la rive.

Un sac en papier coiffait les branches d'un cyprès et des gobelets en carton flottaient à la surface de l'eau.

— Tu crois que nos voitures seront toujours là où nous les avons laissées ? demanda Merissa avant de boire une longue gorgée d'eau.

— La tienne peut-être, mais pas la mienne. En revanche, nous aurons peut-être droit à un comité d'accueil, déclara Cagan, à qui l'expérience avait appris à présager le pire.

— Tu penses que la police attend mon retour à la marina ?

— Non, les hommes de Bracer. Prêts à finir la mission qu'ils ont commencée, avant-hier soir.

— Mais alors, comment est-ce qu'on va sortir d'ici ?

Cagan tira un boîtier électronique de sa poche.

— La balise GPS est toujours sous le pare-chocs de ta voiture. Si ton ami de la marina l'a bien cachée, nous la retrouverons et nous quitterons les lieux sans nous faire repérer.

— Et si on nous voit ?

Cagan fit la grimace et croisa les doigts.

— Alors, ça ne sera pas facile.

— Tu parles d'un euphémisme… Typique d'un flic !

— Et toi, tu parles comme un avocat !

— Si seulement j'en étais un, je saurais me défendre !

Le boîtier émit un bip très faible.

— Ta voiture n'est loin ! Prête pour la fin du grand voyage ?

Ils ramèrent encore une bonne demi-heure en silence. Enfin, Cagan lui montra la rive ombragée par un saule dont le feuillage caressait la surface de l'eau.

— Idéal comme cachette !

Quelques minutes plus tard, leur pirogue était sous le saule, à l'abri des regards. Merissa fourra leur bouteille d'eau dans le sac à dos.

Cagan se mit en marche d'un pas vif, guidé par le bip, qui se rapprochait. Merissa lui emboîta le pas, mais son pied lui fit soudain mal et elle le secoua avec impatience pour soulager la douleur. Puis elle reprit la marche. Elle avait peur des tueurs de Bracer.

Mais son pied recommença à lui faire mal et elle se mit à boitiller, contrariée, se laissant distancer par Cagan. La douleur, d'agaçante, s'intensifia. Aurait-elle un caillou dans sa chaussure ? Une ampoule causée par l'humidité et les longues heures de marche ? Excédée, elle finit par s'adosser à un tronc d'arbre pour retirer sa chaussure.

Cagan avançait toujours et elle se dit qu'elle le rattraperait, mais il s'arrêta brusquement et se tourna vers elle. Les inquiétudes de Merissa s'envolèrent à la vue de son visage dur et tendu. Avec lui, elle serait toujours en sécurité. Personne ne lui ferait jamais de mal.

— Ça va ? lui demanda-t-il.

— Il y a quelque chose dans ma chaussure. Continue, je te rejoins.

Mais il rebroussa chemin, s'agenouilla auprès d'elle et vérifia le fond de sa chaussure.

— Je ne vois rien.

Il lui retira sa chaussette.

— Ah, voilà ! C'est un morceau de coquillage. Minuscule mais aussi coupant qu'un morceau de verre.

— Merci, dit-elle en se rechaussant à la hâte.

— Nous sommes tout près, maintenant. Tu vas m'attendre ici pendant que je pars en reconnaissance.

Il reprit son boîtier et en baissa le volume.

— Reste cachée derrière cet arbre. Ne fais pas de bruit et ne bouge sous aucun prétexte ! Si tout va bien, je reviendrai très vite.

Merissa resta immobile, le cœur battant. Au fil des minutes, son imagination s'emballait. Elle voyait déjà Cagan baignant dans une mare de sang, comme Jeff et Gaffner.

De plus en plus affolée, elle serra le tronc d'arbre entre ses bras, comme pour trouver un soutien. « Par pitié, pourvu qu'il ne lui arrive rien », priait-elle en silence.

Elle refoula ses larmes et s'exhorta au calme. Elle devait garder confiance !

Quand elle entendit des pas se rapprocher, elle retint son souffle et soupira de soulagement en apercevant Cagan.

— Tout va bien, la voie est libre, lui souffla-t-il en la prenant dans ses bras. Partons vite !

Merissa buvait tranquillement son café pendant que Cagan finissait de se doucher.

Tous deux avaient pris un petit déjeuner reconstituant sur la route, puis Cagan avait insisté pour qu'ils se rendent chez lui. Il lui avait expliqué que c'était plus sûr et que ça lui donnerait aussi le temps d'organiser leur expédition jusqu'à la gare routière de La Nouvelle-Orléans.

Une fois chez lui, Cagan s'était retiré dans sa chambre pour s'entretenir longtemps au téléphone. Merissa intriguée l'avait entendu parler d'une voix basse et très agitée. Mais il lui avait ensuite expliqué qu'il avait fait le point sur la situation. Il avait ainsi appris que la police voulait de nouveau l'interroger, mais que la justice n'avait pas encore lancé de mandat d'arrêt contre elle. Cela dit, son arrestation était imminente, ce qui ne leur laissait que très peu de temps pour découvrir ce que Jeff avait caché dans la consigne.

Merissa avait accueilli la nouvelle de son arrestation prochaine avec indifférence. Sa vie avait tant changé en peu jours que le danger faisait désormais partie de son quotidien. Aussi ne s'étonnait-elle plus de rien.

Elle avait été blessée par balle, ses bras étaient couverts d'égratignures et ses ongles étaient cassés. Elle avait passé deux jours dans le bassin de l'Atchafalaya, mais elle semblait revenir d'un trekking de deux semaines en Amazonie.

Après sa douche, Cagan regagna le salon. Il portait une chemise de coton verte et un jean propre qui lui allaient particulièrement bien. Le baroudeur au charme sauvage s'était transformé en un élégant citadin…

— J'aimerais prendre une douche, dit-elle lorsqu'il s'approcha d'elle, avec une bonne odeur de propre. Et j'ai aussi besoin de vêtements.

— J'ai laissé mon peignoir sur le lit et tu trouveras des serviettes et des gants de toilette dans la salle de bain. Le shampoing et le savon sont dans la douche.

— Je ne vais pas rester en peignoir !

— Je sais. Mais, pour l'instant, tu ne peux pas retourner chez toi et tu n'iras nulle part sans moi. Je vais sortir pendant que tu te douches. Je reviendrai avec des vêtements.

Il la prit dans ses bras.

— Ne réponds pas au téléphone pendant mon absence. Et n'ouvre à personne. Sous aucun prétexte. Compris ?

— Mais…

— Il n'y a pas de mais !

Il lui tendit une carte de visite.

— En cas d'urgence, appelle ce numéro. C'est celui de mon portable.

Elle plia soigneusement la carte.

— Ne réponds pas au téléphone ! lui rappela-t-il, et en cas d'urgence…

— Je t'appelle à ce numéro !

Il la serra contre lui et l'embrassa dans le cou.

— Je serai de retour avant que j'aie le temps de te manquer, plus tôt même, si tu appelles.

Après un dernier baiser, il partit. Restée seule, Merissa ferma la porte à clé, puis elle se dévêtit et entra dans la douche.

Elle tourna le robinet à fond et régla la température bien chaude. Puis elle se lava de la tête aux pieds avec délectation. Elle resta longtemps sous la douche, savourant la sensation de propreté. Quand l'eau devint plus fraîche, elle s'enveloppa dans une grande serviette et se rendit dans la chambre de Cagan.

Plus détendue qu'elle ne l'avait été depuis des jours, elle enfila le peignoir, ravie que le vêtement ait gardé l'odeur de Cagan. Elle parvint presque à oublier le cauchemar dans lequel elle évoluait.

Mais ça ne dura pas.

La sonnette de la porte d'entrée retentit tout à coup et lui perça le cœur d'une sourde angoisse. Elle s'approchait de la porte à pas de loup quand elle entendit le bruit d'une clé dans la serrure.

Complètement paniquée, elle regarda la poignée tourner et la porte s'ouvrir sur le sénateur James Bracer.

12

Merissa fixa le visiteur. Elle ne le connaissait pas personnellement, mais elle l'avait souvent vu à la télévision et dans les journaux. Elle serra les pans de son peignoir, en proie à la panique.

— Vous cherchez Cagan ? demanda-t-elle d'une voix blanche.

Le sénateur referma la porte et s'approcha.

— Non. C'est vous que je cherche, Merissa.

— Mais… comment saviez-vous que j'étais là ? reprit-elle, la gorge nouée.

— Parce que j'obtiens toujours ce que je veux. Surtout quand je paye.

— Vous avez payé quelqu'un pour me retrouver ?

Il la toisa. Elle frissonna, prise de nausée sous son regard concupiscent.

— Oui, Cagan Hall. A votre avis, pourquoi est-ce qu'il vous a suivie dans le bayou ? Certainement pas au nom de notre belle justice ! Mais par cupidité !

Sa pointe d'humour le fit rire. Mais son rire dur et sans joie fit peur à Merissa.

— Je l'ai payé quinze mille dollars pour qu'il vous retrouve et qu'il vous livre à moi. Il a tenu parole. Je commence vraiment à apprécier cet homme…

L'idée d'avoir été trahie serra le cœur de la jeune femme. Elle protesta cependant.

— Vous mentez !

Elle avait toujours su que Cagan lui cachait certaines choses, mais pas à ce point…

— Cagan ne va pas tarder ! poursuivit-elle, menaçante, et il vous fera ravaler vos mensonges.

Sa voix se brisa. Elle comprit que ses protestations étaient inutiles.

— Ne vous inquiétez pas pour Hall, reprit le sénateur qui se rapprochait. A votre place, je m'inquiéterais plutôt de ce qui va vous arriver.

— Vous voulez me tuer, comme vous avez tué Jeff et Gaffner ?

— Non, bien sûr. Je ne suis pas un ange, mais je ne suis pas non plus un tueur. Il y a des hommes comme Cagan qui font le sale travail pour une poignée de dollars.

Quinze mille dollars pour la retrouver et la livrer à ses ennemis…, se dit-elle. Quelques milliers de dollars pour assassiner Jeff et Gaffner… Les frissons d'horreur qu'elle ne cherchait plus à contenir la secouaient. Pourquoi ce cauchemar ne cessait-il pas ? Cagan l'avait-il vraiment trahie pour de l'argent ? C'était impensable ! Il avait été si tendre, si réconfortant, si…

— Où est l'argent, Merissa ? demanda Bracer d'une voix âpre.

— Je ne sais pas de quoi vous parlez.

Il la prit par le bras et le lui serra si fort qu'elle contint un cri de douleur.

— Ne faites pas l'innocente, vous étiez de mèche avec

Jeff ! Et si Jeff s'était mêlé de ses affaires, il serait encore vivant ! Où est cet argent ?

La confusion la troublait. De quel argent parlait Bracer ? Cet argent serait-il caché dans la consigne de la gare routière de La Nouvelle-Orléans ? Elle décida de gagner du temps et de le faire parler.

— Vous voulez donc que je vous révèle l'endroit où est caché l'argent ?

— Vous devenez enfin raisonnable ! Je vous écoute !

Il lui serrait toujours le bras. De son autre main, il lui caressa la joue, puis le cou, toujours doucereux mais dangereux.

— Parlez pendant qu'il est encore temps…, répéta-t-il.

Elle le jaugea. Sa vie dépendait maintenant de son talent à jouer un rôle que le destin venait de lui assigner.

— Non, vous ne me tuerez pas, monsieur le sénateur, parce que si vous me tuez, vous n'aurez jamais votre argent… Je vous propose un marché…

— Parce que vous vous imaginez que vous êtes en position de négocier, petite sotte !

Là-dessus, il laissa ses doigts glisser lentement sur son bras. Cette caresse, menaçante, la fit frissonner de dégoût. Elle retint son souffle, luttant pour conserver la maîtrise de sa voix.

— Alors tuez-moi, sénateur… Parce que je ne dirai pas un mot tant que nous n'aurons pas passé ce marché.

Elle bluffait avec une audace qui l'époustouflait. Elle était en train de négocier sa vie contre une chose dont elle ignorait absolument tout !

Elle n'avait qu'une clé de consigne en sa possession. Mais la lui donner, c'était signer son arrêt de mort.

— Allez-y, j'écoute, dit-il enfin.

— Vous aurez votre argent, mais à une condition seulement. Que les poursuites contre moi cessent.

— Je n'ai aucune influence sur la police.

— A d'autres, sénateur ! Vous avez une influence quasi illimitée dans le Sud, et nous savons tous les deux que je ne suis pas une criminelle. Vous allez donc me laver de tout soupçon, continua Merissa vaillamment.

Bracer fit quelques pas. Il regarda sous la chemise qu'elle avait abandonnée sur le canapé, puis, de la pointe du pied, il joua négligemment avec son jean. Lorsque son regard s'arrêta sur ses dessous, le cœur de Merissa se serra.

— C'est tout ? demanda-t-il en reportant enfin son regard sur elle.

— Non, je veux aussi cent mille dollars. Vous avez payé Cagan quinze mille dollars pour me retrouver et me livrer. Vous m'en donnerez cent mille en échange de votre argent et pour me laisser partir refaire ma vie ailleurs. Vous ne pouvez tout de même pas éliminer tous vos ennemis ou vos détracteurs. Même en Louisiane, où vous êtes tout-puissant, on finirait par se poser des questions et vous soupçonner de meurtre.

— Qu'est-ce qui me garantit que je serai débarrassé de vous, ensuite ?

— Vous avez ma parole. Cent mille dollars et je quitte la ville pour recommencer ma vie ailleurs.

— Pourquoi devrais-je vous croire ?

— Parce que je ne suis pas folle ! Gaffner et Jeff vous ont défié, et ils sont morts. Je ne veux pas être la troisième sur la liste. Ce que je veux, c'est ne plus avoir la police à mes trousses et être assez riche pour recommencer une nouvelle existence, loin d'ici.

— Vous êtes décidément aussi intelligente que belle.

Il caressa de nouveau son bras.

— Je suis certain que Cagan a pris plaisir à vous retrouver dans le bayou. Vous aussi, peut-être… C'est parce qu'il est votre amant, qu'il vous a convaincue de venir chez lui pour m'y attendre ?

Le ton salace de Bracer l'humilia, et elle se contint pour ne pas laisser libre cours à sa haine. Elle était en colère parce qu'il avait raison et parce qu'elle était tombée dans le piège que Cagan lui avait tendu… Parce qu'elle lui avait donné sa confiance. Son corps et son âme.

Pourtant, elle doutait que Bracer lui ait dit toute la vérité. Parce que Cagan l'aimait…, se dit Merissa qui ne supportait pas la pensée que ce dernier l'ait traquée à travers le bayou pour quelques milliers de dollars. Il ne pouvait pas l'avoir à ce point trompée…

Colis spécial, livré en mains propres.

Cagan lui avait bien spécifié de ne laisser entrer personne dans son appartement. Une précaution bien inutile puisqu'il avait donné ses clés à Bracer…

— Alors ? demanda le sénateur au même instant avec un mélange d'amusement et de lubricité. Amoureuse ?

— Je me fiche de Cagan, riposta-t-elle avec effort, nous n'avons pas besoin de lui. Maintenant, c'est entre vous et moi.

— Rendez-moi ce million de dollars, Merissa, et vous aurez votre argent.

— Ça n'est pas si facile. L'argent est à La Nouvelle-Orléans.

— Où ?

— Vous n'imaginez tout de même pas que je vais vous le dire ! Je vous le remettrai, mais en public pour vous contraindre à respecter votre partie du contrat sans que je risque ma peau.

— D'accord. Ce soir, je dois faire un discours à La

Nouvelle-Orléans, justement. Ensuite, j'organise une petite fête pour le maire chez mes amis Rasperson, sur St. Charles Avenue. Rendez-vous à 23 heures. Je préviendrai l'hôtesse de votre venue.

Il déchira un morceau du journal qui se trouvait sur la table basse, y griffonna quelques mots et le lui tendit.

— Voici l'adresse. Souvenez-vous, à 23 heures.

— J'y serai, dit-elle, troublée par cet imbroglio.

Elle venait de pactiser avec le diable pour rester en vie. Mais que se passerait-il, quand il comprendrait qu'elle l'avait berné ?

Au même instant, Bracer sourit, lui révélant une dentition parfaite. Un vrai sourire d'homme politique, étincelant et plein de promesse. Comme dans un rêve étrange, Merissa l'entendit prendre congé et lui répéter qu'elle avait intérêt à respecter leur contrat…

La bouche sèche, elle se contenta d'acquiescer.

Quand il eut refermé la porte derrière lui, la jeune femme flancha. Elle étouffait dans cet appartement où tout lui rappelait son amant. Ses bottes près de la porte, un roman policier aux pages cornées ouvert à la dernière page. Son odeur partout.

Le cœur serré, elle resta immobile, silencieuse, à l'écoute de sa souffrance. Elle voulait la retenir, bien l'identifier et s'en souvenir pour toujours, afin de ne plus jamais tomber dans le piège de l'amour…

Si seulement elle s'était fiée son instinct au lieu de céder à la passion qui avait embrasé son corps et son esprit…

Dès le début, elle avait pressenti que Cagan était dangereux, ambigu, un homme à la personnalité double.

Et son instinct ne lui avait pas menti.

Elle devait quitter l'appartement de Cagan avant son retour. Il l'avait trahie et elle ne voulait plus jamais le revoir.

La peur s'insinuait en elle comme un poison. Elle devait oublier cet homme…, se répétait-elle comme un mantra. Ne penser qu'à elle. Sauver sa peau. Dénoncer Bracer. Rapporter l'intégralité de leur conversation à la police et aux juges.

Bracer était prêt à tout pour récupérer son argent. Il avait même accepté les termes de son marché, bien qu'étant habitué à diriger et à manipuler. Quand elle lui aurait remis l'argent, le lendemain soir, il la supprimerait. Bracer ne pouvait courir le risque d'un éventuel chantage ou d'aveux à la police. Ce politicien dénué de scrupules n'avait pas hésité à supprimer Jeff, qui voulait le faire chanter, et Gaffner, un complice sans doute devenu gênant.

Les mains tremblantes, Merissa fouilla dans l'armoire de Cagan et sortit un caleçon et un T-shirt. Ils étaient trop grands pour elle, tant pis. Plus tard, elle trouverait des vêtements à sa taille.

Elle s'habilla à la hâte, puis enfila son jean. La lettre et la clé de la consigne étaient toujours dans sa poche antérieure.

Elle sortit ensuite de l'appartement et dévala l'escalier à toute vitesse, le cœur battant d'angoisse. Elle ne voulait plus fuir, mais elle ne pouvait demeurer plus longtemps dans l'appartement d'un homme qui l'avait trahie. Elle irait à La Nouvelle-Orléans ouvrir la consigne où Jeff avait caché l'argent de Bracer et Dieu sait quoi. Ensuite, elle remettrait tout à la police. Elle rapporterait sa conversation du matin avec le sénateur et plaiderait sa cause ardemment. On la croirait sûrement ! Du moins l'espérait-elle. De toute façon, elle n'avait pas d'autre solution…

Merissa sortait de l'immeuble quand elle aperçut Cagan. Il l'avait déjà repérée, car il courait dans sa direction, l'air furieux. Elle ne chercha pas à lui échapper. A quoi bon ?

Il courait plus vite qu'elle et la rattraperait en un rien de temps.

— Merissa ! Mais qu'est-ce que tu fais ? Je t'avais pourtant ordonné de rester chez moi ! s'énerva-t-il dès qu'il l'eut rejointe.

Il passa un bras autour de sa taille et l'attira à lui sans ménagement.

— Lâche-moi ! cria-t-elle.

Mais Cagan posa sa main sur sa bouche et resserra son emprise.

— Je ne comprends pas ce qui se passe, mais maintenant nous allons rentrer chez moi, dans le calme, et comme deux personnes civilisées, lui chuchota-t-il à l'oreille.

Elle tenta de se débattre, mais il la retint fermement.

— Inutile de me garder prisonnière. Bracer est venu. Tu peux aller encaisser le prix de ta trahison, Judas !

Cagan étouffa un juron.

— Bracer ? Il t'a menacée ? violentée ?

— Arrête ton cinéma, Cagan ! Je sais tout maintenant.

Il la poussa vers l'escalier.

— Non, Merissa, tu ne sais rien du tout !

Soudain, la porte d'un voisin s'ouvrit. Merissa se figea.

— Continue de marcher, lui ordonna-t-il à l'oreille en la serrant contre lui à l'étouffer. Et avec un grand sourire, s'il te plaît.

Quand ils eurent atteint l'étage de son appartement, Cagan ouvrit à la hâte et la poussa à l'intérieur.

— Maintenant, assieds-toi ! ordonna-t-il d'une voix contrainte qui trahissait son malaise.

— Sinon quoi ? le défia-t-elle, le cœur battant. Tu vas me tuer ? C'est ça ?

Cagan se tendit. Puis, soudain, il secoua la tête et passa la main dans les cheveux, l'air complètement perdu.

— Tu n'as pas à avoir peur de moi, Merissa. Seulement je me suis affolé quand je t'ai vue sortir de chez moi alors que tu es en danger de mort. Raconte-moi ce qui s'est passé.

— Demande à ton patron ! Tu sais bien, le sénateur Bracer, l'homme qui paie rubis sur l'ongle !

— Où est-il ?

— En route pour La Nouvelle-Orléans. Nous y avons rendez-vous ce soir, lui et moi. Et toi, tu m'as trahie. Je dois lui rendre son argent, tu sais, cet argent que tu me soupçonnais d'avoir volé ! Tu devrais être content ? Tu vas recevoir ton pactole, et Bracer le sien !

Il haussa les épaules.

— Ça n'est pas ce que tu penses, Merissa. Tu vas m'écouter attentivement. Assieds-toi.

— Je préfère rester debout. Et fais vite, s'il te plaît. Je n'en ai déjà que trop entendu.

— Bon sang, Merissa, il aurait pu te tuer ! s'exclama-t-il à bout de patience.

Sa voix avait fléchi sur la fin. Il lui déroba son regard.

— Je t'avais pourtant dit de ne laisser entrer personne !

— Mais je n'ai laissé entrer personne ! s'indigna Merissa. Seulement, Bracer avait déjà la clé de l'appartement. Mais tu le sais déjà, je me trompe ?

— Non ! je n'en savais rien ! Mais je ne suis pas surpris. Ce genre d'homme arrive toujours à ses fins. Il a dû convaincre ma propriétaire, trop heureuse de rendre service à notre futur gouverneur !

— Mais tu reconnais qu'il t'a offert quinze mille dollars pour ma capture ?

— Oui. Il vendrait son âme pour de l'argent ! Mais pour l'instant je me fiche de Bracer !

Il lui prit les mains et la regarda droit dans les yeux.

— Toi seule es importante.

Son aveu la toucha et sa colère tomba d'un coup. L'ex-policier arrogant cédait de nouveau la place à l'amant passionné du bayou. Mais elle refusa de se laisser attendrir.

— Je ne suis pas l'homme que je prétends être, reprit-il brusquement. Je ne suis pas Cagan Hall. En fait, Cagan Hall n'existe pas…

Merissa contint mal sa surprise.

— Tu mens ! s'écria-t-elle. Tu avais pourtant promis de me dire la vérité… Tes mensonges ne m'intéressent plus. Cagan Hall existe ! Il est même devant moi en ce moment !

— Cagan Hall est une invention… Je joue seulement son rôle.

— En effet, tu ne cesses de me jouer la comédie ! Jeff m'a dit que Gaffner avait enquêté sur toi, avant ton embauche à LPI. Tu as été suspendu de la police de New York parce que tu as joué les cow-boys. La NYPD nous a même fait parvenir une photo de toi !

— Je te répète que c'est une histoire montée de toutes pièces, Merissa. En réalité, je m'appelle Cagan Lawrence Samuels. Cagan Hall est une fausse identité.

— Par pitié, arrête de mentir !

Elle lui tourna le dos, mais il l'obligea à le regarder en face.

— Je te jure que je te dis la vérité.

Il attendit qu'elle lève les yeux sur lui pour continuer.

— Je suis agent FBI…

Merissa tressaillit. D'abord, elle le crut, parce que la petite voix de la raison le lui demandait, mais elle se braqua.

— Et moi, je suis un lutin du Père Noël, ironisa-t-elle. Ça suffit, Cagan. C'est fini !

Il traversa le salon avec agitation.

— Non, attends. Je vais te montrer mes papiers d'identité. Ils sont dans ma chambre !

Quand il fut sorti de la pièce, Merissa pensa que c'était l'occasion rêvée de prendre la fuite, mais elle était comme paralysée. Son instinct lui soufflait de l'écouter jusqu'au bout.

Il sortit de sa chambre et lui tendit sa carte du FBI.

— Regarde.

Les mains tremblantes, elle obéit.

— C'est un faux ! Tu peux en faire une n'importe où ! lui lança-t-elle avec un air de défi.

— Tu as raison. Je possède plusieurs faux papiers qui m'ont tous été fournis par le FBI. Cagan Hall est un personnage qui a été créé par le bureau de A à Z, avec cartes de crédit, numéro de Sécurité sociale, métier, existence… Nous avons produit un individu conforme au profil que Jeff cherchait pour devenir responsable de la sécurité de LPI. Il ne nous restait qu'à organiser un rendez-vous d'embauche.

Merissa se laissa tomber sur le canapé, sidérée par ces révélations, mais toujours méfiante.

— Et tu imagines que je vais te croire ? Tu aurais tellement bien joué ton rôle que Gaffner t'aurait engagé pour devenir le responsable de la sécurité de LPI ?

— Je suis un excellent acteur.

— Et aussi un excellent menteur…

— Mais, cette fois, je te jure que je te dis la vérité.

— Pourquoi me révéler la vérité seulement maintenant ?

Cagan s'assit à son côté et riva son regard au sien.

— Parce que la situation est très dangereuse, Merissa. Ta vie est en jeu…

Il lui serra la main. Elle eut la chair de poule et son cœur se serra. Elle avait envie de le croire, mais elle s'efforçait aussi de rester logique. Cagan ne l'avait pas encore convaincue.

— La situation est dangereuse depuis que Jeff a été tué,

lui rappela-t-elle. Et si j'accepte ta version des faits, tu n'as cessé de mentir, même quand…

Elle eut la gorge serrée et ne put continuer. Elle était incapable de mentionner l'après-midi où ils s'étaient aimés dans le bayou.

— Même quand nous avons fait l'amour…, acheva-t-il à sa place. J'aurais dû te dire la vérité à ce moment-là, j'ai été stupide. Mais je ne savais pas encore si je pouvais te faire confiance…

— Tu ne m'as jamais fait confiance ! s'exclama-t-elle, en rage maintenant. Et si ton histoire de FBI est vraie, je ne te connais pas du tout ! Parce que je ne connais que Cagan Hall, un homme qui n'existe pas !

— Si, tu me connais, Merissa. Peut-être mieux que personne. Parce que le vrai Cagan, c'est l'homme qui t'a suivie dans le bayou pour te protéger au péril de sa vie.

— Me protéger ou m'empêcher de fuir ? Et toucher les quinze mille dollars de Bracer ? balbutia Merissa, des larmes dans la voix.

Cagan la fixait, le regard sombre, les traits tendus et durs.

— Tu te trompes. Je suis Cagan Samuels, et Cagan Samuels n'a jamais été acheté par Bracer. Je te le jure. Crois-moi. Sinon, je ne pourrai pas te protéger. Bracer est dangereux et sans scrupule. Quand Jeff a prévenu le FBI de ses soupçons sur un éventuel réseau de blanchiment d'argent sale, nous avons enquêté et nous avons découvert que Bracer dirigeait toutes les opérations.

— Tu es donc ici parce que Jeff a prévenu le FBI ? demanda Merissa de nouveau déconcertée. Jeff connaissait ta véritable identité ?

— Non. Personne n'est au courant. C'était plus sûr pour Jeff et pour tout le monde. De plus, le FBI suspectait tous les employés de LPI. Bracer a monté un réseau, lié avec LPI, et nous voulions découvrir qui étaient ses complices et la façon dont le réseau fonctionnait. Il nous fallait également des preuves de la culpabilité de Bracer. Accuser une personnalité politique demande toujours beaucoup de doigté et de diplomatie.

Merissa enfouit sa tête entre ses mains, dépassée par la subite accélération des événements. Elle ne parvenait pas à assimiler les dernières révélations de Cagan. Elle ne savait pas encore si elle devait le croire.

— Nous soupçonnons Bracer de blanchir de l'argent. C'est aussi un meurtrier qui sait couvrir ses crimes. La consigne renferme son argent, mais pas seulement.

— Alors quoi ?

Cagan enlaça ses épaules tremblantes.

— La preuve qui nous permettrait de le démasquer et de le confondre. Fais-moi confiance. Accepte de collaborer avec le FBI, Merissa.

— Pourquoi devrais-je te faire confiance ?

— Parce que tu es en danger et que je veux assurer ta protection, de préférence avec ton accord.

Cagan l'attira à lui et lui releva le menton.

— Donne-moi la clé de la consigne. Je m'occupe de tout.

Elle fouilla son regard, subjuguée par cette force magnétique à laquelle elle avait toujours été si sensible. Jamais elle n'avait pu résister à Cagan, s'avoua-t-elle avec un soupir. Mais sa décision était prise.

— Je ne te donnerai pas cette clé, dit-elle enfin, parce que c'est moi qui irai ouvrir la consigne de la gare routière de La Nouvelle-Orléans.

— C'est dangereux !

— Je suis en danger depuis des jours et des jours, murmura-t-elle avec un frisson d'angoisse.

— Alors j'irai avec toi.

Cagan la serra dans ses bras de toutes ses forces. Mais son étreinte ne réussit pas apaiser ses peurs.

Seule dans son salon, Priscilla Gaffner contemplait une peinture vieille de vingt ans au-dessus de la cheminée, qui la représentait avec Marshall. A l'époque, son regard brillait d'un calme bonheur dans son visage encore très doux.

Elle avait oublié combien Marshall était séduisant, dans ses jeunes années. Ses beaux cheveux noirs ondulaient naturellement… Rien à voir avec la calvitie précoce qui avait fait de lui cet homme. Maintenant, Marshall était mort. Son destin avait été bouleversé le jour où Merissa Thomas avait franchi le seuil de son bureau pour l'abattre d'une balle dans la tête.

Priscilla n'arrivait pas à comprendre pourquoi la police n'avait toujours pas arrêté cette criminelle. Le personnel du casino l'avait vue entrer dans l'établissement. Elle avait demandé son chemin. Peu après, le corps sans vie de Marshall avait été découvert. La conclusion s'imposait d'elle-même…

Priscilla avait la certitude que James Bracer et Merissa Thomas étaient complices, sans toutefois savoir jusqu'à quel point. Elle les haïssait tous les deux avec une violence qui l'étonnait.

Mais elle ne les haïssait pas parce qu'ils étaient responsables de la mort de Marshall. En fait, elle l'avait perdu depuis de nombreuses années déjà. Marshall avait bien vécu, se faisant plaisir avec Mardi Gras Lights et des liaisons dont le rythme s'était d'ailleurs ralenti, avec le temps. Par manque de vigueur ou par prudence ? Priscilla n'aurait su le dire. De toute façon, ça lui était égal.

De son côté, elle aussi en avait bien profité. Shopping, voyages, déjeuners divers et variés, objets, mobilier de luxe, mais, hélas, toujours accablée d'un ennui mortel. A cette débauche de plaisirs manquait la luxure. Si, dans leur cercle, les hommes avaient le droit d'avoir leurs petites faiblesses, leurs femmes devaient se montrer d'une fidélité irréprochable. *Leur cercle*, se répéta-t-elle avec amertume. Un terme parfait. Tourner sans cesse en rond… Ne jamais aboutir nulle part.

En plus, dans une immense solitude. Parce que, maintenant, Priscilla était pauvre. Elle était de ces êtres qui considèrent que, sans argent, la vie ne vaut pas la peine d'être vécue. Riche, elle aurait été seule aussi, mais, au moins, elle aurait été libre. Les veuves fortunées étaient toujours accueillies les bras ouverts. Surtout une veuve riche encore jolie.

Elle s'approcha de son secrétaire en acajou, toujours agitée par des pensées désagréables. Elle ouvrit le tiroir et en tira le petit pistolet en argent que Marshall lui avait donné, quelques années plus tôt. Pour qu'elle se protège…, lui avait-il dit. Mais c'était un désir de vengeance qui la tourmentait plutôt, maintenant.

Se venger de Bracer. Et de Merissa Thomas.

Tous les deux avaient détruit sa vie, elle allait détruire la leur. Le pistolet serré dans sa main crispée, elle se rendit dans sa chambre. Ce soir, une fête était organisée à La Nouvelle-Orléans en l'honneur de James Bracer.

Priscilla n'y avait pas été invitée. Une femme en deuil ne sortait pas et n'assistait pas non plus à des réjouissances. Mais, ce soir, c'était différent. Tout le monde serait surpris de la voir, surtout Bracer. Et, avec un peu de chance, Merissa serait présente à cette grande soirée.

Tous les deux vivraient dans l'opulence, profitant de leur crime, alors qu'elle, elle n'aurait plus rien ?

Elle ne tolérerait pas pareille injustice !

Son cœur battit plus vite. D'impatience.

Elle glissa le pistolet dans son sac. Une double vengeance était la plus douce des perspectives.

13

Merissa était assise à côté de Cagan dans la Lexus toute neuve que le FBI lui avait fournie. Cagan avait jugé plus prudent de ne pas emprunter la Mazda de Merissa pour se rendre à La Nouvelle-Orléans. Jusqu'à l'heure du rendez-vous, Bracer et ses hommes laisseraient sans doute la jeune femme en paix, mais la police pouvait l'arrêter à tout moment.

Il alluma la radio et chercha une station qui diffusait de la musique.

— Quelque chose d'agréable à écouter, lui dit-il en posant sa main sur la sienne. Tu as besoin de calme, tu es passée par tant de moments éprouvants…

— J'ai frôlé la mort. Et le pire, c'est que je commence à m'y habituer !

Elle tourna les yeux vers lui et contempla son profil tendu.

Il lui serra de nouveau la main sans parler et elle frémit de joie et de peur. Elle était tombée amoureuse de Cagan, elle avait été mystifiée et ensorcelée par sa personnalité ambiguë… Elle ne pouvait lui résister, mais elle doutait encore de lui. Cagan Samuels était-il vraiment différent de Cagan Hall ?

— Depuis combien de temps est-ce que tu travailles

pour le FBI ? demanda-t-elle pour tenter de mieux le comprendre.

— Dix ans. Avec une interruption de deux ans.

— Pour quelles raisons ?

— Convenances personnelles, laissa-t-il tomber d'une voix tranchante.

Il scruta la route.

— Il y a des bouchons… Ça va nous retarder.

Merissa garda le silence, consciente qu'elle venait de toucher un sujet sensible. De plus, elle ne voyait aucune raison d'insister. Cagan Samuels, agent du FBI en mission, sortirait de sa vie aussi vite qu'il y était entré, alors autant ne pas connaître ses secrets.

Elle regarda par la vitre alors qu'ils roulaient en périphérie de La Nouvelle-Orléans. Cagan conduisait toujours en silence et elle s'abandonnait aux souvenirs de ces derniers jours. Surtout aux moments qu'elle avait passés avec lui au cœur du bayou.

Il éteignit la radio au moment où fut diffusé le flash d'information de 15 heures. Sans doute voulait-il lui épargner les dernières nouvelles concernant l'enquête sur les meurtres de Jeff et de Gaffner, ainsi que les spéculations sur sa disparition…

— Comment en es-tu venue à t'intéresser au design des prothèses ? lui demanda-t-il tout à coup.

Il voulait sans doute la détendre…, se dit Merissa. Mais il n'y arriverait pas. Elle était tendue comme une corde de violon…

— Mon grand-père a perdu une jambe lors d'un accident de chasse, répondit-elle. Je n'avais que huit ans, à l'époque, mais je m'en souviens encore bien.

— Ça a dû être terrible pour lui ?

— En fait, non, car mon grand-père était un optimistené ! Je me souviens, il m'avait montré sa prothèse avec ces mots : « Regarde, petite, cette jambe de bois, elle est bien mieux que la vraie. Avec, je ne souffrirai plus jamais de rhumatismes ! »

— Tu as donc décidé de concevoir des prothèses ?

— Oui et aussi parce que mon père répétait sans cesse que la meilleure façon d'être heureux, c'est d'aider son prochain…

— Si ton grand-père et ton père te voyaient, en ce moment, ils seraient fiers de toi, conclut Cagan en lui pressant la main.

Elle soupira. Parler de sa famille lui faisait finalement un bien fou et détendait ses nerfs en pelote.

— C'est encore loin ? demanda-t-elle soudain avec impatience.

— Une vingtaine de minutes tout au plus. Ensuite nous suivrons notre plan.

— Retirer l'argent de la consigne. Prendre un taxi jusqu'au Hilton où deux agents spéciaux nous attendront, récapitula Merissa.

— Ça, c'est facile. C'est la suite qui m'inquiète… ton rendez-vous avec Bracer.

— Mais j'ai bien retenu tes instructions. Ne pas montrer mes doutes ou ma peur. Avoir de l'aplomb. Ne jamais me laisser prendre de cours. Improviser.

— C'est plus facile à dire qu'à faire… surtout en situation de stress. Moi j'y suis habitué, mais pas toi, Merissa. Tu peux encore renoncer… Confier la dernière partie de cette mission au Bureau. Le FBI assurera ta protection à cent pour cent.

— Non, j'irai jusqu'au bout ! C'est à moi que Jeff a confié cette clé. Je suis déjà tellement impliquée… Et puis à quel moment notre plan pourrait déraper ?

— A n'importe quel moment ! Bracer a déjà commis deux meurtrs ; du moins, il les a commandités, tout ça pour…

— … un million de dollars…

— Pas seulement. Bracer n'aurait pas commis deux meurtres pour récupérer simplement un million de dollars. Certes, c'est un sacré butin et il aime l'argent, mais en devenant gouverneur de Louisiane, il deviendra encore plus riche.

— Jeff posséderait donc…

— … la preuve qu'il dirige un réseau de blanchiment d'argent sale.

— L'argent n'est donc pas une preuve ?

— L'argent n'a pas d'odeur, Merissa. Tu pourras toujours affirmer à la police que ce million de dollars lui appartient, ce sera toujours sa parole contre la tienne. Bracer est un véritable héros en Louisiane, et toi, tu es soupçonnée du meurtre de deux hommes.

— Et si je rapportais notre conversation de ce matin à la police ?

— Ça restera toujours ta parole contre la sienne.

— Si je comprends bien, si nous ne trouvons aucune preuve, non seulement Bracer empochera l'argent blanchi par ses soins, mais il ne sera jamais accusé ni de criminalité financière, ni de meurtre !

Elle suffoquait d'indignation.

— Et par-dessus le marché, il sera élu gouverneur de Louisiane !

— Exactement, confirma Cagan. Et ça ne sera pas le premier politicien corrompu… ni le dernier.

Il doubla une voiture.

— Mais je te jure que lui, il ne l'emportera pas au paradis ! reprit-il plus durement.

Merissa se demanda si c'était Cagan Hall qui parlait,

l'homme pour qui la fin justifiait les moyens, ou Cagan Samuels, l'agent du FBI, qui voulait faire respecter la loi.

— Pourquoi cette affaire te tient-elle tellement à cœur ?

— A cause de toi, Merissa, répondit-il d'une voix rauque, nouée par l'émotion. Si je n'ai pas la peau de Bracer, c'est lui qui aura la tienne. Il n'aura pas de repos tant qu'il ne se sera pas débarrassé de toi...

Un silence tomba. Un silence magnifié et sublimé par l'aveu que Cagan tenait à elle comme à sa vie. Merissa se sentit soulevée par des émotions inexprimables.

Cagan Hall ou Cagan Samuels... Malgré le rôle qu'il jouait, ses sentiments étaient authentiques...

Elle s'adossa confortablement à son siège et se perdit de nouveau dans ses pensées, pendant qu'ils roulaient dans les bouchons de La Nouvelle-Orléans.

Peu après, Cagan se gara dans un immense parking à moitié plein.

— Nous sommes arrivés à la gare routière du Greyhound et à la gare ferroviaire d'Amtrak.

Lorsque tous deux descendirent de voiture, Cagan lui saisit le bras.

— Ne te fais pas de souci, Merissa, tout ira bien. Surtout, reste toujours à côté de moi.

Une fois qu'ils furent entrés dans la gare routière, Cagan prit un chariot à bagages.

— Je ne sais pas si ce colis sera gros, mais je préfère garder les mains libres. Pour agir vite, au cas où.

Dégainer et tirer..., traduisit Merissa. Avec une légère appréhension, elle resta tout près de lui et remonta un couloir qui empestait la transpiration, la saleté et le tabac froid.

Soudain, une jolie fille en jean délavé et moulant les croisa. Elle portait une grande besace de toile dont elle serrait la bandoulière fermement. Elle dévisagea Cagan avec insistance. Merissa sentit aussitôt la peur l'envahir. Mais la jeune femme se contenta de lui adresser un sourire aguichant et continua sa route sans s'arrêter. Merissa poussa un soupir de soulagement.

Une fois qu'ils furent arrivés devant les consignes, elle prit la petite clé dans la poche de son jean.

Cagan repéra la consigne numéro cinquante-sept, la troisième à partir du bas, en même temps qu'elle. Il recula pour la laisser s'approcher.

— Ouvre, lui dit-il. Après, recule. C'est moi qui prendrai le colis.

Merissa tremblait tellement qu'elle s'y reprit à deux fois pour introduire la clé dans la serrure.

Enfin, la porte s'ouvrit. Comme Cagan le lui avait ordonné, elle recula et le laissa s'approcher.

Au même instant, un bruit de pas précipités s'éleva derrière eux. Elle fit volte-face et vit deux adolescents qui couraient à toute allure dans leur direction. Cagan referma promptement la porte de la consigne et s'adossa contre. Mais les adolescents ne leur accordèrent même pas un regard et les dépassèrent sans cesser de courir.

— Prends vite le colis et filons d'ici ! souffla Merissa gagnée par l'affolement.

Mais Cagan attendit que les deux garçons aient disparu. Puis, en sifflotant une vieille rengaine, il ouvrit la consigne et en retira deux cartons.

— Bingo ! s'exclama-t-il.

— Mais ce sont juste des cartons de LPI, Cagan. Fermés et adressés à Sancleotus Medical Supplies. C'est un magasin de fournitures médicales de Mexico. Ça n'est peut-être rien…

— Les gens ne tuent pas « pour rien ». En tout cas, pas Bracer !

Là-dessus, Cagan scruta soigneusement le couloir vide et aperçut un homme non loin de là qui les observait. Cagan lui adressa un petit signe et sourit.

— Je crois que nous avons maintenant tout le temps de visiter La Nouvelle-Orléans ! lui lança-t-il, complice.

L'homme s'approcha aussitôt.

— Avec ma femme, nous sommes arrivés en ville il y a quelques jours. Ma femme n'a pas arrêté de se plaindre de la chaleur, mais ça ne l'a pas empêchée de courir les magasins ! expliqua l'homme en plongeant la main dans la poche de sa veste.

Cagan se plaça tout naturellement devant Merissa, et porta la main à sa taille, geste calme, presque détendu. Mais Merissa savait qu'il était sur le qui-vive, prêt à dégainer et à tirer au cas où leur interlocuteur les menacerait.

— Ma femme achète des souvenirs pour le moment…

Cagan sourit, manifestement convaincu que l'homme était un touriste complètement inoffensif.

— Bon retour à la maison ! lui lança-t-il.

— A vous aussi !

Merissa poussa le chariot à bagages dans l'étroit couloir, Cagan à son côté. Son cœur battait toujours très fort et elle luttait contre l'envie de prendre ses jambes à son cou. Quelques minutes plus tard, ils arrivèrent à la voiture. C'est seulement quand ils reprirent la route qu'elle respira mieux.

Ils avaient rendez-vous avec deux agents du FBI, dans la suite 544 de l'hôtel Hilton qui se dressait au centre-ville de La Nouvelle-Orléans.

Maintenant, Merissa et les deux agents regardaient Cagan trancher la bande adhésive qui sécurisait le premier colis.

Tommy, le premier agent, releva les deux abattants. Luke, le second, allait le fouiller quand Cagan l'arrêta d'un geste.

— Désolé, mon vieux, mais à Merissa l'honneur ! Après tout, elle l'a bien mérité !

Il lui fit signe de s'approcher.

Merissa plongea les mains dans le carton et en sortit des poignées de chips de polystyrène qu'elle lâcha sur la table.

Les mains toujours tremblantes, elle en sortit ensuite une caissette qu'elle ouvrit. A l'intérieur, elle découvrit l'un des modèles de prothèse qu'elle avait conçus. Elle retira l'emballage en plastique et regarda sans comprendre.

Il y avait forcément une erreur... Jeff ne pouvait lui avoir envoyé la clé d'une consigne qui renfermait des colis avec des prothèses qu'elle manipulait tous les jours sans difficulté ? Cagan fut le premier à traduire la frustration générale par un juron. Il vida le carton, sans cacher sa colère et sa déception.

— On s'est bien fichu de nous ! fulmina Luke en fouillant dans le second carton. Ce sont encore des prothèses !

Il tapa du poing sur la table.

— Et pendant ce temps Bracer continue son trafic en toute impunité ! Il a commandité deux meurtres. Il possède un compte en banque qui déborde de millions acquis illégalement.

Cagan s'était déjà ressaisi. Il réfléchissait à toute vitesse.

— Je vous jure qu'il ne l'emportera pas au paradis ! J'ai une idée.

Il arracha une feuille à un bloc et y griffonna quelques mots.

— Luke, débrouille-toi pour me procurer un million de dollars. Par n'importe quel moyen ! Et en vitesse. Si jamais Bracer découvre que Jeff n'a jamais eu une seule preuve contre lui, nous allons revenir à la case départ.

— Pas facile de se procurer un million de dollars, même pour le FBI. Et pour quoi faire, franchement ? Tu ne peux tout de même pas inventer des preuves ?

— Fais ce que je te dis ! Merissa a rendez-vous avec Bracer, ce soir, à une fête qui se déroule dans Garden Districts, mais j'irai à sa place. Ce rendez-vous, c'est notre seule chance de le coincer !

— Tu es fou, Cagan ? Tu ne peux pas inventer des preuves ! Souviens-toi des avertissements de Hampton ! Plus d'initiatives !

— Qui est Hampton ? demanda Merissa.

— C'est le grand patron, répondit Tommy. Il a déjà averti Cagan de ne plus déraper. La dernière affaire dont Cagan s'est chargé a causé de gros remous dans la presse et en haut lieu.

— Mais nous ne pouvons pas laisser Bracer nous filer sous le nez ! s'exclama Cagan furieux.

— Tu es prévenu, Cagan… Encore une de tes fameuses initiatives, et tu es viré ! Et, pour cette affaire, nous respecterons la procédure, que ça te plaise ou non.

— Débrouille-toi plutôt pour me trouver un million de dollars, et moi je m'occupe de Hampton. J'aurais aussi besoin d'un micro et d'un magnétophone. Si nous ne risquions pas de nous faire repérer, je préférerais un de ces bons vieux magnétophones à bande…

— Tu veux aussi une seconde arme ?

— Une suffira.

Toujours déçue, Merissa les écoutait distraitement. Ils avaient fondé tant d'espoirs sur ce qu'ils découvriraient dans la consigne. Elle observa de nouveau les colis et les prothèses déballées.

— Tu peux oublier le million, reprit Luke. Essaie plutôt de jouer au plus fin avec Bracer pour qu'il avoue le blanchiment et les deux meurtres. Des aveux enregistrés, ce sera mieux que rien.

— D'accord avec Luke, renchérit Tommy. Et faisons vite, par pitié. Je ne supporte plus la chaleur humide de la Louisiane. Mes vêtements sont à tordre. Je n'ai jamais autant transpiré de ma vie !

— Alors au boulot, les gars ! conclut Cagan en les poussant vers la porte.

— A vos ordres, chef, déclara Luke avec détermination. Nous serons de retour dans quelques heures, avec tout ce dont tu as besoin, sauf ton million…

Puis il sourit largement.

— Mais je te jure qu'on aura Bracer !

Merissa les regarda partir, puis elle prit une prothèse et l'observa, toujours pensive. Joli travail…, se dit-elle. C'était l'une des premières qu'elle avait conçues, après son embauche à LPI l'année précédente. Cette prothèse était très demandée ; malgré tout, elle s'étonnait qu'un magasin de fournitures médicales de Mexico ait fait une commande si importante d'un coup.

Elle passa tout à coup le pouce sur l'arête, et fut étonnée de la sentir rugueuse.

— Cagan ? Viens voir ! Prends ton couteau.

— Que se passe-t-il ?

— Passe la lame de ton couteau dans cette fente. Il y a quelque chose de bizarre.

Cagan insinua la lame dans la fente et écarta les deux bords. La partie supérieure de la prothèse tomba. Il regarda ensuite à l'intérieur et en retira un rouleau de plastique qui renfermait des billets.

— C'est l'argent de Bracer ! s'exclama Merissa, saisie par un immense soulagement.

Cagan déroula les billets, puis il continua de démonter la prothèse, découvrant des liasses de plusieurs centaines de dollars.

De joie, il embrassa Merissa, puis il retira les billets dissimulés dans les autres prothèses. Bientôt, une pile de cylindres en plastique s'empilaient à côté d'une montagne de billets de cent dollars. Cagan en saisit une poignée et les jeta dans les airs, puis les regarda retomber comme des confettis.

— Je serai le roi de la fête, ce soir, annonça-t-il à Merissa en l'enlaçant. J'ai le million de dollars de Bracer et la preuve que cet argent était caché dans ces prothèses et en route pour ce magasin de fournitures médicales mexicain pour être blanchi !

— Je comprends pourquoi l'envoi était aussi important... Et je comprends aussi pourquoi Jeff fouillait dans les dossiers : il cherchait les bons d'expédition. Il avait dû comprendre que ce magasin de fournitures médicales au Mexique servait à blanchir de l'argent sale.

— Et il a intercepté ces deux colis, acheva Cagan. Bracer a découvert la substitution quand ces colis ne sont jamais arrivés à leur destinataire au Mexique. Jeff a été démasqué, il a voulu faire du chantage et il a été tué.

Merissa se laissa tomber sur le lit, puis elle croisa les doigts sur sa nuque et s'étira. Malgré l'avalanche d'explications, certains faits demeuraient obscurs.

— Mais qui a tué Jeff au lac ? Comment a-t-on découvert qu'il avait subtilisé les prothèses avec les dollars ?

— Je n'en sais rien, mais il a été découvert, et Bracer le

lui a fait payer de sa vie. Il a commandité son assassinat pour l'empêcher de parler et de l'accuser. Bracer savait que l'enquête remonterait jusqu'à lui et il ne voulait pas prendre le risque.

— Mais l'enquête sur Bracer avait déjà commencé. Grâce à Jeff, le FBI avait été prévenu et il t'avait envoyé sur place.

Cagan s'assit à son côté. Il passa la main dans ses cheveux en bataille, puis la posa sur la cuisse de Merissa. Sa chaleur la troubla.

— Quand Jeff a contacté le FBI, il n'avait que des soupçons. Puis il a eu la preuve qu'il ne se trompait pas et, soudain, il a fait marche arrière. Lors de notre dernière soirée au bord du lac, il a déclaré que les grands de ce monde pouvaient toujours faire ce qu'ils voulaient impunément. Qu'il avait lui aussi droit à une part du gâteau !

— Il fanfaronnait, il n'aurait jamais gardé de l'argent sale, Cagan. J'en ai la certitude. Jeff avait des défauts, mais il n'a jamais été un voleur…

— Possible. Quand nous avons discuté, ce soir-là, il m'a dit qu'il allait démissionner, parce que LPI n'allait pas tarder à être en faillite. Mais il n'a pas voulu me révéler quelles preuves il avait. Il m'a seulement confié qu'il avait de quoi faire tomber Gaffner et Bracer. Il a aussi parlé de toi. Il prétendait que tu détenais la clé de toute cette histoire. Si j'avais su qu'il s'agissait d'une véritable clé !

— Alors que tu en as immédiatement déduit que j'étais impliquée dans cette affaire !

Sa gorge se serra. Elle eut si mal qu'elle eut de la peine à respirer.

— Et l'aveu d'un homme en pleine confusion a fait pencher la balance en faveur de ma culpabilité, malgré mes assertions, malgré ce que tu savais de moi ?

Elle se leva, fit quelques pas et revint auprès de lui.

— Et comme tu étais prêt à tout pour retrouver la preuve de Jeff, tu m'as suivie dans le bayou. Tu as fait ton boulot, selon ta devise : « La fin justifie les moyens ». Tu as même fait mine de t'intéresser à moi. Tu m'as aussi fait l'amour…

La voix de Merissa tremblait, mais elle ne le remarquait pas. Elle fixait Cagan dont le visage était impénétrable.

— Tu te trompes, Merissa… je n'ai jamais joué avec tes sentiments.

Il lui serra les mains et elle sentit leur chaleur l'envahir. Elle tenta de reculer, mais il l'attira à lui.

— Je ne voulais pas tomber amoureux de toi…, reprit-il plus doucement.

Il se leva, souleva son menton et l'obligea à le regarder.

— Je ne le voulais pas…

Il approcha ses lèvres des siennes et elle sentit son souffle tiède les caresser. Puis il passa sa main dans ses cheveux, caressa sa nuque et prit son visage en coupe.

— Je m'étais juré de ne plus jamais tomber amoureux, mais je n'ai pas eu la force de te résister…, murmura-t-il.

Il effleura ses lèvres, puis les entrouvrit et les embrassa si impérieusement qu'elle en eut le souffle coupé. Elle lui rendit son baiser, car elle le désirait. Mais même si son désir s'apparentait à une souffrance qui exigeait l'apaisement, Merissa trouva la force de le repousser. Il y avait trop de choses qu'elle ne savait pas sur lui et qu'elle ne comprenait pas.

— Pourquoi est-ce que tu avais peur de tomber amoureux de moi ?

Il l'observa en silence.

Alors Merissa fut envahie par un doute horrible. Elle frissonna, angoissée par la question qu'elle devait maintenant lui poser.

— Il y a une autre femme dans ta vie ?

— Plus maintenant.

Il la serra dans ses bras.

— Voici quelques années, je pensais être amoureux, mais je me suis mortellement trompé. Mortellement, oui, c'est le mot…, ajouta-t-il avec amertume.

— Que s'est-il passé, Cagan ? Raconte.

— Plus tard.

— Tu me dois la vérité maintenant ! Il y a eu trop de secrets entre nous.

Cagan laissa tomber ses bras.

— D'accord. Assieds-toi. Cette histoire n'est pas très longue, et elle est plutôt triste…

Il secoua la tête. Une lueur de regret passa dans son regard et assombrit son visage.

— Surtout la fin. Et tout a été ma faute.

14

— Il y a cinq ans, je travaillais sur une grosse affaire à Kansas City, commença-t-il.

Merissa se tendit. Cagan parlait d'une voix froide et désincarnée, comme s'il racontait l'histoire d'un autre. Mais son visage amer et douloureux démentait son apparente indifférence.

— C'était une affaire de chantage et de crimes en série. Je t'épargnerai les détails sordides... Ce que tu as à savoir, c'est ma faiblesse et les terribles erreurs que j'ai commises.

Cagan se leva et fit quelques pas. Il semblait ne plus tenir en place.

— Le suspect numéro un était une jeune femme, continua-t-il du même ton monocorde. Une vraie beauté. Avec une chevelure noire qui lui parvenait jusqu'aux reins. Elle se déplaçait avec une grâce féline. Il suffisait qu'elle entre dans un café ou un restaurant pour que tous les hommes se taisent et la regardent.

Il secoua la tête, serra les poings et les relâcha.

— Elle a jeté son dévolu sur moi.

Sentant sa souffrance, Merissa regretta d'avoir exigé la vérité. Elle avait mal pour lui, et elle présageait le pire.

— Tu n'as pas besoin de continuer, Cagan... Après tout, c'est du passé.

— Je pensais que c'était du passé jusqu'à ce que je fasse ta connaissance. Parce que, après le meurtre de Jeff, j'ai cru revivre la même situation avec toi...

— Alors continue.

— Tout prouvait que... que cette créature était coupable, mais j'étais trop amoureux pour croire à sa culpabilité. Elle jouait les innocentes avec un talent incroyable, et je suis tombé dans son piège.

Cagan se posta devant la fenêtre et regarda sans le voir le crépuscule.

Merissa s'approcha de lui.

— Tu t'es trompé, Cagan. Ça arrive à tout le monde.

— Mais tout le monde ne paie pas le prix que j'ai payé... Je l'aimais ; du moins, j'étais amoureux de la femme que je pensais qu'elle était. Je lui faisais une confiance absolue au point que je lui ai dévoilé le but de ma mission. J'étais convaincu de bien agir, de transgresser la loi du silence pour protéger un innocent.

Cagan secoua la tête, le visage toujours tendu.

— Ce soir-là, nous avions rendez-vous dans un motel qu'elle avait choisi et qui se trouvait à la périphérie de la ville. Pendant que nous faisions l'amour, ses complices ont enlevé et tué mon informateur. Mais ça ne leur a pas suffi...

Sa voix durcit.

— Ils ont aussi tué ma coéquipière, Beth. C'est moi qui ai retrouvé son corps... lacéré et...

Il se tut.

Merissa s'était immobilisée, glacée par ces révélations, mais elle gardait le silence. Cagan souffrait déjà bien assez sans qu'elle en rajoute en exprimant sa répulsion et son horreur.

— C'était la première mission de Beth…, poursuivit Cagan d'une voix plus basse. C'était aussi le soir de ses vingt-trois ans. Je me souviens, son gâteau d'anniversaire était encore sur la table…

Merissa ferma ses yeux. Des larmes s'en échappèrent. Cagan les essuya doucement, puis il l'enlaça. Elle posa la tête sur son épaule, certaine qu'ils s'apportaient un réconfort mutuel.

— C'est moi qui aurais dû mourir, parce que c'est moi qui avais commis une faute professionnelle impardonnable… Les remords ont empoisonné mon existence et j'ai quitté le FBI. Il m'a fallu deux ans pour remonter la pente, mais je n'ai jamais oublié et je n'oublierai sans doute jamais.

Un frisson secoua Merissa. Cagan la serra plus fort contre lui.

— Si j'avais su…, souffla-t-elle.

Il caressa sa bouche de l'index.

— Même si tu avais su, tu n'aurais rien pu faire. Tu m'as attirée dès le premier jour… J'ai eu peur de cette attirance, et quand tu as été suspectée du meurtre de Jeff, j'ai pensé revivre la même situation… C'était hallucinant… J'ai essayé de résister, mais tu m'étais indispensable et je ne cessais de penser à toi. J'avais toujours envie de te toucher, de te protéger, et pourtant je savais que je ne pourrais pas te faire confiance tant que je n'aurais pas fait la lumière sur cette affaire.

— Alors, au lieu de me dire que tu étais un agent du FBI et de m'assurer de ton soutien, tu m'as laissée fuir ?

— Mais je t'ai suivie. J'avais peur pour ta vie.

— On a pourtant failli me tuer dans le bayou… J'ai failli mourir.

— Si je t'avais perdue, je m'en serais voulu toute ma vie.

Sa voix n'était qu'un murmure rauque.

Il ferma les yeux, prit une profonde inspiration et la regarda.

— Surtout, je n'y aurais pas survécu.

Merissa tremblait de la tête aux pieds, bouleversée par la peur qui perçait sous sa tendresse.

— Désormais, tu sais qui je suis…, acheva-t-il. Cagan Samuels, un homme qui a commis des erreurs qui ont coûté la vie à des innocents. Un homme qui a désappris la confiance et refoule ses émotions, de peur qu'elles ne le trahissent et ne le perdent.

— Je suis soulagée que tu m'aies tout raconté, balbutia Merissa. Parce que je comprends mieux…

Cagan l'attira à lui, le regard brûlant.

— Et maintenant que tu sais tout, Merissa, qu'est-ce que tu ressens pour moi ?

— Je ne sais pas…, murmura-t-elle, le souffle court. Tout est chamboulé… Il y a l'homme que tu étais, et celui que tu es maintenant.

— Mais mes sentiments sont les mêmes…

Cagan effleura ses lèvres. Un soupir. Une promesse. Il caressa ses cheveux et l'embrassa jusqu'à ce qu'ils soient tous deux à bout de souffle.

— Je tiens à toi Merissa. Plus que je ne saurais l'exprimer… Je sais aussi que tu tiens à moi, mais j'aimerais te l'entendre dire…, ajouta-t-il plus bas, son souffle toujours brûlant sur sa peau.

Sa bouche glissa sur son menton et dans son cou, puis sur sa gorge. Le désir aiguillonnait Merissa. Jamais elle n'avait connu cette avidité et cette sensualité. Et quand Cagan la caressa, elle eut l'impression d'exploser. Cette fois, elle capitulait… Au fond, elle avait toujours été sienne, sans doute depuis le premier regard…

A moins que tout n'ait commencé dans le bayou, quand il la traquait dans les marais infestés de serpents et d'alligators ? A moins que ça ne soit quand il avait porté sa bouteille d'eau à ses lèvres desséchées ?

Cagan continuait de l'embrasser. Sa langue se faisait délicieusement insinuante. Merissa l'enlaça et se colla contre lui. La passion coulait dans ses veines et ne demandait qu'à couler toujours.

Cagan détacha sa bouche de la sienne, embrassa le bout de son nez, puis la regarda droit dans les yeux. De l'index, il caressa la ligne de ses sourcils, descendit sur sa joue...

— Je ne me lasse pas de te toucher... J'aime le goût de ta peau.

Il la souleva dans ses bras et la déposa sur le lit. Merissa se blottit tout contre lui et oublia ses inhibitions. Elle lui faisait totalement confiance. Il la désirait, elle le désirait. C'était le plus important.

Les lèvres de Cagan glissèrent le long de sa gorge et effleurèrent l'échancrure de son chemisier qu'il déboutonna. Il le lui retira et caressa son soutien-gorge.

— Laisse-moi te dévêtir, souffla-t-il. Lentement, pour que j'aie aussi tout le temps de t'admirer... La première fois que je t'ai fait l'amour, j'étais pressé, frénétique. Maintenant, je veux savourer cet instant... Je veux découvrir ce qui t'excite et je veux te donner du plaisir autant que tu m'en donnes.

Hypnotisée par l'amour qui étincelait dans ses prunelles sombres, Merissa resta immobile pendant qu'il la dévêtait et se dévêtait à son tour. La bouche de Cagan explora ensuite son corps, laissant des traces brûlantes partout où elle passait, exacerbant le moindre centimètre carré de sa peau.

Enfin, quand le désir devint si intense qu'elle crut mourir, il la posséda. Hors d'haleine, elle jouit, et son plaisir déferla par vagues dans son corps.

Une bonne heure passa avant qu'elle recouvre ses esprits, avant qu'elle ne quitte ce lit qu'ils avaient partagé avec autant de bonheur. Quoi qu'il arrive, jamais elle n'oublierait cet après-midi si sensuel dans une chambre du Hilton de La Nouvelle-Orléans…

Merissa repoussa la salade de crevettes qu'elle avait à peine entamée.

— Tu n'as presque rien mangé…, constata Cagan soucieux.

— Je n'ai pas faim.

Elle s'adossa à sa chaise et regarda par la fenêtre de leur chambre d'hôtel.

— Pourquoi ?

— Je ne cesse de penser au rendez-vous avec Bracer… Tu veux y aller à ma place, mais je ne le sens pas…

Cagan termina sa salade et but une gorgée de thé glacé.

— Pourquoi ?

— Tu crois que Bracer va accepter de traiter avec toi ?

— Bien sûr. Du moment que j'ai le million de dollars qu'il voulait faire blanchir au Mexique !

Il regrettait que leur pur bonheur de l'après-midi fût altéré par le retour à une réalité aussi pressante et dangereuse.

— Au fait, comment ça fonctionne, le blanchiment d'argent ? demanda Merissa en tournant les glaçons dans son thé. L'argent quitte les Etats-Unis pour y revenir ?

— Le blanchiment d'argent consiste à dissimuler l'origine crapuleuse de capitaux en les réinjectant discrètement dans le circuit économique légal. Pour Bracer, il s'agit sans doute de pots-de-vin.

— Bracer envoie cet argent liquide, par l'intermédiaire de LPI, au magasin de fournitures médicales mexicain qui le lui renvoie, soi-disant pour le paiement de prothèses très officiellement facturées ?

— C'est plus compliqué. Il y a quelque temps, Gaffner était étranglé par les dettes, le remboursement de son prêt à Bracer notamment.

— Si je comprends bien, le magasin de fournitures médicales mexicain effectuait donc des virements ou faisait des chèques à Gaffner pour payer les prothèses, et Gaffner virait cet argent à Bracer, sous prétexte de rembourser son prêt.

— Tu brûles ! Mais Gaffner a de nouveau frôlé la faillite. Et il a été obligé de s'associer aux magouilles de Bracer.

— Je ne te suis plus…

— Gaffner insolvable, Bracer lui a proposé un marché impossible à refuser. Donnant-donnant. Il effaçait l'ardoise de Gaffner si ce dernier l'aidait à blanchir de l'argent sale. Gaffner remboursait Bracer avec de l'argent qui appartenait déjà à ce dernier. Tout le monde y trouvait son compte. Gaffner restait à flot et Bracer avait une couverture idéale et impossible à découvrir pour son petit trafic.

— LPI vend donc des prothèses, mais blanchit aussi de l'argent sale grâce à ces mêmes prothèses.

— C'est exact. J'ajoute que ce genre de commerce est une couverture idéale : c'est de l'humanitaire, du service médical pour des maisons de fournitures d'hôpitaux et de médecins, partout dans le monde. Même si le service des douanes ouvrait les colis, qui oserait penser que ces prothèses servent à cacher de l'argent sale ?

— Mais Jeff a découvert le pot aux roses, déclara Merissa. Comment ? Les colis étaient fermés quand nous les avons trouvés ?

— Il n'y a qu'une explication…

— Tu penses qu'il aurait assisté à la mise en colis ?

— Exactement ! Ensuite, il a subtilisé ces deux colis et les a remplacés. Il prévoyait sans doute de confier sa prise au FBI, mais, une fois qu'il les a eus entre les mains, il s'est ravisé. Il voulait mettre à profit notre séjour au lac Maurepas pour prendre une décision.

— Mais il a été surpris, ou découvert… Ce qui lui a coûté la vie…, acheva-t-elle avec tristesse.

Cagan lui serra la main.

— C'est bientôt fini, Merissa. Bracer paiera. Il sera démasqué.

— J'espère qu'il le sera dès ce soir…

— Je l'espère aussi…

— J'aimerais que ce soit une certitude…

Merissa fronça les sourcils et mordilla nerveusement sa lèvre inférieure.

— Il ne traitera jamais avec toi, Cagan…, dit-elle soudain.

Il croisa ses prunelles grises, déterminées.

— Il m'a offert beaucoup d'argent pour te retrouver, rétorqua-t-il. Pour lui, Cagan Hall est un homme corrompu.

— Il t'a payé seulement pour retrouver une femme accusée de meurtre. Il ne t'a jamais dit un mot sur le reste… Bracer ne fera jamais entièrement confiance à un ex-flic. Il a trop à perdre.

— Possible. Mais nous devons tout de même courir le risque.

Merissa lâcha sa main et se leva, tendue.

— Merissa ?

— C'est à moi qu'il a demandé de venir à la fête de ce soir. C'est donc à moi d'y aller !

Elle le regarda droit dans les yeux.

— Si c'est toi qui y vas, nous éveillerons ses soupçons.

Tu es censé être mon ennemi. Souviens-toi : tu as accepté de l'argent pour me livrer à lui !

— Mais tout ça devient trop dangereux pour toi ! protesta Cagan.

— Ma vie est une succession de moments dangereux ces derniers temps ! Et puis je te jure que je n'ai pas peur ! Tu seras là pour me protéger avec Tommy et Luke. Et si je réussis, nous aurons assez de preuves pour l'arrêter.

— C'est non, Merissa ! déclara Cagan sous pression. Tu n'iras pas au rendez-vous de ce soir !

Il avait élevé la voix, mais elle ne se laisserait pas intimider.

Elle allait protester quand on frappa. Cagan ouvrit la porte sur Tommy et Luke.

— Vous vous disputiez ? demanda Tommy à Cagan.

— Cagan est un peu énervé parce que j'ai décidé de me rendre au rendez-vous ce soir, comme prévu, expliqua Merissa. C'est moi qui arracherai des aveux à Bracer.

Tommy et Luke tournèrent sur Cagan des yeux interrogateurs.

— C'est vrai ?

— Aussi vrai que si des gelées nocturnes étaient prévues dans le bayou ! ironisa Cagan.

— Je remets l'argent comme convenu, l'interrompit Merissa. Bracer me donne ma part du butin. J'évoque son réseau de blanchiment d'argent sale. Il reconnaît les faits. Pourquoi les nierait-il ? Il a déjà tout reconnu ce matin. Comme je porterai un micro, notre conversation sera enregistrée.

— Pas question, s'exclama Cagan.

La situation lui échappait, et il allait vite la reprendre en main, mais déjà Luke approuvait avec conviction.

— Elle a raison, Cagan.

— Non ! Vous êtes tous complètement cinglés ! fulmina Cagan. Merissa ne sortira pas de cet hôtel !

— Pourquoi puisqu'elle se porte volontaire ? Et tu sais bien, au fond, qu'elle a plus de chances que toi de recueillir la confession de Bracer. C'est dommage qu'elle n'ait pas porté de micro, ce matin. Nous aurions déjà des preuves accablantes…

— Ce soir, nous les aurons, ces preuves ! affirma Merissa.

Cagan continuait de maugréer. Certes, Bracer avait tout avoué à Merissa, mais il savait aussi que Merissa serait en danger une fois qu'elle lui aurait transmis l'argent. Il ne pourrait que chercher à l'éliminer, parce qu'elle en savait trop.

Merissa était consciente des risques qu'elle prenait, mais elle insistait, et Tommy et Luke se rangeaient à ses côtés. Ils étaient confiants. Selon eux, rien ne pouvait arriver, ce soir, avec trois agents du FBI présents sur les lieux.

Au contraire ! Tout pouvait arriver ! se disait Cagan.

Merissa mit fin à la discussion.

— J'irai à cette fête, point ! Maintenant, il me faut une toilette. Je vais acheter une robe dans le centre commercial du Hilton. Je n'aurai même pas à quitter l'hôtel. Qui m'aime me suive ! déclara-t-elle, prête à sortir.

Sa décision était irrévocable…

Et Cagan reconnut à contrecœur qu'elle était indiscutablement leur meilleur atout.

Cagan regardait Merissa se maquiller avant de partir à la soirée. Il avait peur pour elle.

Il posa les mains sur ses épaules, puis regarda leur reflet dans le miroir.

Son rouge à lèvres était du même rouge carmin que sa robe. Son échancrure était des plus prometteuses. Sa robe chatoyante enserrait sa taille mince et ondulait autour de ses hanches, mettant en valeur ses jambes fines.

— Tous les hommes vont tomber à tes pieds, ce soir…

Merissa semblait calme, mais sa nuque et ses épaules raides trahissaient son anxiété.

— Je veux seulement que James Bracer avoue ses crimes…

Elle vérifiait le fermoir de son collier quand Cagan emprisonna ses mains dans les siennes.

— Le collier est bien fermé, Merissa.

Il caressa sa nuque et effleura le pendentif en forme de cœur pour s'assurer que le micro était bien en place.

Tommy avait passé une bonne heure à le fixer et à bien le dissimuler. Technicien chevronné, il avait fait un travail remarquable.

— Tommy et Luke seront dehors, mais toi, où seras-tu ?

— Aux cuisines. En livraison avec une camionnette. Dès que tu seras avec Bracer, je livrerai des mises en bouche et des pâtisseries. Je serai dans la place. Tout est déjà arrangé.

— J'ai l'impression de jouer dans un film d'espionnage…

Cagan l'embrassa tendrement sur la joue.

— Sois prudente, Merissa. Tu dois respecter notre plan à la lettre. Ne quitte les lieux sous aucun prétexte. Hurle, crie, débats-toi, si Bracer veut t'entraîner ailleurs, et essaie surtout de toujours rester entourée ! Si tu quittes la maison avec lui, nous ne pourrons plus assurer ta protection.

— Je n'irai nulle part.

Elle se blottit contre lui. Il la serra dans ses bras et déposa quelques baisers sur sa chevelure blonde.

— Tu sais, il n'est pas encore trop tard pour changer d'avis.

— C'est déjà trop tard pour Jeff et Gaffner. Et la prochaine sur la liste, c'est moi.

Elle s'arracha à son étreinte et consulta l'heure.

Cagan la lâcha à contrecœur. Déjà 22 h 30… Tout était prêt. Il devait la laisser partir.

— Tommy et Luke suivront ton taxi dans une Ford verte. Ils entendront tout ce que tu diras dès le moment où tu entreras chez les Rasperson. Dès que tu seras en contact avec Bracer, Tommy et Luke se rapprocheront.

Cagan l'attira à lui pour lui donner un dernier baiser.

— Tu réussiras à venger Jeff, Merissa, murmura-t-il.

Merissa entra dans le manoir Rasperson.

Les invités, tous d'une suprême élégance, parlaient haut et fort. Les verres tintaient, le champagne coulait à flots et un petit orchestre créait une ambiance à la fois chic et feutrée.

— Oh ! mon Dieu ! s'exclama soudain une voix masculine. Je craignais que les mères invitées ce soir n'aient laissé leurs filles à la maison. J'ai la preuve que non !

Un homme d'une trentaine d'années, un sourire charmeur aux lèvres et doté de cette assurance que confère la richesse, s'approchait d'elle. Il lui tendit la main. Merissa changea sa mallette de main pour lui tendre la sienne.

— Raymond Rasperson.

— Merissa Thomas.

Il la contempla avec une admiration non déguisée et plongea un regard audacieux dans le sien.

En d'autres circonstances, Merissa lui aurait adressé

son regard le plus glacial, mais, ce soir, elle lui sourit aimablement.

— Mère ne m'avait jamais dit qu'elle avait une amie aussi jolie, déclara Raymond Rasperson d'un ton enjôleur. Si je l'avais su, j'aurais campé sur le seuil de sa porte jour et nuit.

— Je dois vous avouer que je n'ai jamais rencontré votre mère. En réalité, je suis une amie du sénateur Bracer.

— Alors je pardonne à Mère.

Un serveur s'approcha avec un plateau garni de flûtes remplies de champagne.

Raymond en prit une et la lui tendit.

— Personnellement, je préfère le whisky *on the rocks*, mais vous, vous devez aimer le champagne, symbole de séduction et de mystère…

— Vous savez, les apparences sont souvent trompeuses, murmura Merissa énigmatique.

— Vous alliez décidément la grâce à l'intelligence.

Merissa fouilla discrètement la salle de réception du regard, à la recherche d'un visage familier. Ne voyant personne de sa connaissance parmi les invités, elle sourit de nouveau à Raymond Rasperson. Jusqu'à ce qu'elle repère Bracer, Raymond l'occuperait et l'empêcherait de se replier dans un coin. Merissa pensa ensuite à Tommy et à Luke, qui ne perdaient pas une miette de leur conversation, et qui devaient trouver la galanterie du jeune homme plutôt divertissante.

— Pourquoi venir à une fête avec une mallette ? Vous n'envisagez tout de même pas de travailler ce soir ?

— Et pourtant si. Je dois confier ces documents au sénateur Bracer.

— Laissez-moi plutôt vous en débarrasser. Elle est affreuse !

— Non ! Je préfère la garder avec moi.

Merissa s'éloignait déjà, mais Raymond la prit par le coude et la guida dans la direction opposée. Un autre serveur apparut devant eux, avec un plateau garni d'amuse-bouches, de véritables œuvres d'art, songea Merissa. Raymond se servit, déclarant avec une mine gourmande qu'il ne pouvait y résister. Puis il porta le met aux lèvres de Merissa. Amusée, elle se prêta à son jeu et dégusta le petit toast. Elle trouvait son compagnon plutôt correct et agréable. Quant à l'amuse-bouche, une tartinade d'huître fumée et de mousse de crabe, c'était un véritable délice.

— Votre mère est une parfaite hôtesse, déclara-t-elle.

— Elle a consacré sa vie à perfectionner cet art… De plus, Mère aime miser sur les hommes politiques susceptibles de parvenir aux plus hautes fonctions de l'Etat.

Merissa scrutait le salon et ne releva pas le commentaire.

— Avez-vous vu le sénateur ? J'aimerais qu'il sache que je suis arrivée.

— Ne vous faites donc pas de souci. Je suis certain que vous allez le croiser sous peu. Comme tous les hommes politiques, il passe son temps à serrer des mains.

Là-dessus, Raymond la conduisit sur la terrasse.

Le ciel étoilé de La Nouvelle-Orléans, d'ordinaire invisible à cause des lumières de la ville et de la pollution, resplendissait au-dessus de la propriété Rasperson. Le petit orchestre était installé dans un coin et les danseurs évoluaient dans ce cadre de rêve.

— Voulez-vous m'accorder cette danse ? demanda-t-il en lui prenant sa flûte de champagne des mains pour la confier à un serveur. Je brûle d'impatience de vous étreindre, mais vous allez devoir laisser votre précieuse mallette…

— Je crains que ça ne soit impossible. Je dois travailler. Ensuite, je danserai.

Il la jaugea, ses mains déjà sur sa taille.

— Vous êtes décidément bien sérieuse…

L'orchestre entama un morceau de jazz. Raymond se trémoussa, puis il essaya de l'entraîner. Il lui prit sa mallette d'autorité et la posa sur la terrasse dallée.

— Détendez-vous un peu, voyons ! lui dit-il. Je vous jure que nous ne quitterons pas votre mallette des yeux !

Mais Merissa la reprit très vite.

Elle scruta les visages des danseurs et des autres invités. Une femme seule, vêtue de noire et adossée contre un mur, attira soudain son attention. Des ombres jouaient sur son visage. Bien qu'elle soit à moitié dissimulée par l'obscurité, Merissa la reconnut.

C'était Priscilla Gaffner.

La veuve de Marshall Gaffner assistait à une fête organisée en l'honneur de l'homme qui avait commandité le meurtre de son mari, se dit Merissa horrifiée. Ce que Priscilla devait ignorer… En revanche, elle n'ignorait pas que Bracer avait racheté LPI et Mardi Gras Lights. Elle avait perdu son mari et toutes ses sources de revenus d'un coup. Elle ne pouvait considérer Bracer comme un ami !

— Vous m'ignorez, belle dame, lui dit tout à coup Raymond d'un ton mélancolique. Vous ne devriez pas tourmenter un homme à ce point…

— Excusez-moi… Je regardais cette femme en noir. N'est-ce pas Priscilla Gaffner ?

Elle avait surtout prononcé ces mots à l'intention de Tommy et de Luke. Raymond se détourna et regarda dans la direction de la veuve de Marshall Gaffner.

— Je n'en sais rien… Je l'ai accueillie à son arrivée, mais je ne me souviens pas de son nom.

Merissa allait répondre quand Rick Porter surgit soudain devant elle.

— Bonsoir, Merissa.

— Tiens, bonsoir, Rick. Que faites-vous ici ?

— Ne saviez-vous pas que j'étais le plus loyal supporter de Bracer ? lui confia-t-il avec un sourire plein de morgue.

Rick était donc aussi complice de Bracer, pensa aussitôt Merissa qui n'en fut pas surprise. A vrai dire, plus rien ne la surprenait…

— Je suis désolé d'interrompre cette danse, déclara ensuite Rick à Raymond, mais le sénateur Bracer aimerait s'entretenir avec Merissa. Je vous la ramène dès que leur conversation sera terminée. Du moins, si tel est le désir de notre belle amie…

— Je vous attends avec la plus vive impatience, déclara Raymond en baisant la main de la jeune femme. Mais faites vite, de grâce !

Il sourit à Rick.

— Mademoiselle et moi venons à peine de faire connaissance…

Rick prit la mallette de cuir d'autorité et il passa sa main autour de la taille de Merissa.

— J'imagine que tu as apporté ce que Bracer t'a demandé, murmura-t-il à son oreille, l'effleurant de son souffle tiède.

L'odeur douceâtre de son après-rasage était suffocante et étrangement familière, se dit-elle prise d'une soudaine nausée.

— Par ici, Merissa, reprit Rick en l'entraînant dans le jardin.

— Où est-ce que tu me conduis ? demanda-t-elle, le souffle court et le cœur battant.

— Auprès de Bracer. Il t'attend. Et monsieur le sénateur n'aime pas qu'on le fasse attendre.

Il hâta le pas, l'entraînant toujours. Désormais, l'obscurité les enveloppait. La musique et les lumières s'estompaient…

Se souvenant des avertissements de Cagan, Merissa s'immobilisa.

— Je ne te suivrai pas plus loin ! Si jamais tu essaies de me forcer, je hurle ! Je suis certaine qu'on m'entendra, dit-elle fermement, en dépit de la peur qui l'envahissait.

— J'en doute, ma chère Merissa.

Elle n'eut pas le temps de riposter qu'il posait un tampon de chloroforme sur son visage. L'odeur était écœurante et insupportable. Merissa tenta de se débattre, mais Rick passa son bras autour de son cou. Au même instant elle sentit son collier glisser et tomber.

Cagan !

Mais son cri ne franchit pas ses lèvres, il ne retentit que dans son esprit déjà troublé par les vapeurs du chloroforme.

Puis elle s'évanouit.

15

Quand elle reprit connaissance, on lui avait lié les mains dans le dos et on la conduisait vers une voiture. La corde sciait ses poignets et la nausée lui serrait le ventre. Elle essaya de déglutir, mais son bâillon la fit suffoquer.

— Beau travail, Rick. Maintenant, filons !

Merissa reconnut la voix de Lana.

Lana Glass… qui se prétendait son amie. Elle aussi était impliquée !

— On t'a vu partir avec elle ? reprit Lana à l'adresse de Rick.

— Oui, le fils Rasperson, mais je lui ai dit que Merissa devait s'entretenir avec le sénateur Bracer.

Rick posa la mallette sur la banquette arrière. Puis il tint la portière ouverte pendant que Lana montait à côté de Merissa.

— Je vais te tenir compagnie, ma chère, déclara-t-elle en lui souriant comme si toutes deux entreprenaient un voyage d'agrément. Pour te surveiller et aussi pour m'assurer que tu ne vas pas chercher à nous échapper…

Quand Rick démarra, Merissa fut projetée contre le dossier de son siège. Pendant ce temps, Lana posait la mallette sur ses genoux.

— Un million de dollars rien que pour moi…, dit-elle.

— Pas tout à fait, ma puce.

— Pour toi et pour moi, bien sûr, Rick. Après tout, c'est toi qui as découvert que Jeff avait subtilisé nos colis.

— Facile. Il était le seul encore au bureau, ce soir-là !

Lana essaya d'ouvrir la mallette.

— Que se passe-t-il ? Je n'arrive pas à l'ouvrir.

— Il y a une combinaison, précisa Rick.

— Tu n'as pas ouvert cette mallette pour vérifier ? Tu n'es donc pas certain qu'elle contienne l'argent que Jeff nous a volé ? demanda Lana d'une voix tremblante.

— Nous le saurons bientôt, la rassura Rick. Nous l'ouvrirons au moment voulu ; ensuite, nous nous occuperons de Merissa. Dommage que nous ne lui ayons pas réglé son compte, le jour où nous avons survolé le bayou en hélicoptère. Ou la nuit où nous l'avons retrouvée. C'est à cause de ce maudit serpent !

— Tu as eu peur pour rien. De toute façon, c'est mieux comme ça. Nous allons la supprimer rapidement et proprement. Juste comme j'aime.

— Lana, ma belle, j'aime ta façon de penser. Tu es armée ?

— Quelle question !

— Prépare ton revolver, au cas où notre amie aurait soudain envie de nous fausser compagnie…

Merissa prit conscience de l'horreur de sa situation quand elle sentit Lana presser le canon du revolver contre ses côtes. Elle venait de comprendre que c'était Rick qui l'avait agressée, l'autre soir dans le bayou, et qui avait tenté de la tuer. Elle comprenait pourquoi l'odeur de son après-rasage l'avait autant écœurée. Et Lana, sa complice, l'avait accompagnée.

La voiture fit tout à coup une embardée sur la droite,

projetant Lana sur Merissa. Le canon du revolver pressa plus durement encore ses côtes. Merissa se redressa, soulagée que Lana, surprise par le choc, n'ait pas d'instinct appuyé sur la détente.

Puis elle essaya de réfléchir. Pas pour comprendre les motifs de Lana et de Rick, mais pour se sortir de là. Et le plus vite possible, avant qu'ils n'aient atteint leur destination. La dernière pour elle…

Elle essaya de dégager ses mains, mais elle ne réussit qu'à davantage entailler ses poignets. Quand elle sentit un filet de sang tiède couler sur ses doigts, elle eut un haut-le-cœur.

— Lana ? Retire-lui son bâillon, ordonna Rick en prenant un virage. Tant que nous roulerons en ville, je ne tiens pas à ce que les automobilistes voient une femme bâillonnée dans la voiture, et alertent la police. La menace de ton arme suffira.

Lana obéit et Merissa put enfin déglutir. Sa gorge la brûlait et un goût amer persistait dans sa bouche. Elle toussa, puis tourna les yeux vers la vitre de la portière pour repérer les lieux. Ils sortaient de la ville.

Au même instant, une voiture de police les doubla. Comment signaler aux policiers qu'elle avait été enlevée et qu'elle était en danger de mort ? La voiture les dépassa sans que ses occupants lui accordent un regard. Merissa contint des larmes de rage.

Cagan lui avait intimé l'ordre de ne quitter la maison sous aucun prétexte, parce que sa protection serait plus difficile à assurer, mais elle avait suivi Rick dans les jardins plongés dans la nuit. Ce dernier l'avait piégée et neutralisée. Pis, elle avait perdu son micro. Cagan ne pourrait donc jamais retrouver sa trace.

Rick roulait maintenant vers la rivière Mississippi… Les

espoirs pour la jeune femme d'être secourue s'amenuisaient de minute en minute.

Cagan…, pria-t-elle en silence.

Cagan Samuels… Toujours présent quand elle avait eu besoin de lui. A un moment donné, elle ne supportait pas qu'il rôde toujours autour d'elle, mais maintenant, elle aurait tout donné pour qu'il surgisse et la sauve des griffes de ses ravisseurs. Elle entrevit son visage dans son esprit enfiévré et encore brouillé par les vapeurs du chloroforme. Elle tremblait d'impuissance et de peur. Puis elle ferma les yeux et repensa à ses étreintes et à ses baisers.

Il y avait encore tant de choses qu'elle aurait voulu partager avec lui, mais il était bien trop tard à présent.

Le pis : elle n'avait même pas eu le temps de lui dire qu'elle l'aimait…

Cagan roulait en camionnette à tombeau ouvert. Le gyrophare d'urgence qu'il avait posé sur le toit du véhicule jetait des lueurs bleues fluorescentes dans la nuit. Il s'agonisait de reproches. Tout était sa faute. Jamais il n'aurait dû laisser Merissa aller seule à cette fête.

Il traversa le pont à toute vitesse. Par chance, la circulation était fluide, à cette heure de la nuit, et les rares voitures qui le croisaient se déportaient sur le côté pour lui laisser le passage.

Luke et Tommy devaient le suivre, mais sans gyrophare, ils roulaient aussi moins vite. Grâce à la radio, Cagan était en contact avec ses deux coéquipiers.

L'angoisse et la détermination le galvanisaient.

Bon sang, Rick et probablement Lana ! Il se doutait que la jeune femme était impliquée dans les opérations de blanchiment d'argent sale, mais il en avait maintenant la certitude. Grâce aux empreintes qu'elle avait laissées sur sa tasse, le jour où ils avaient pris un café ensemble, et qu'il avait adroitement subtilisée, il avait découvert qu'elle avait un casier judiciaire. Diverses arnaques à Houston. Chèques volés. Escroqueries en tout genre.

C'était aussi une meurtrière.

Il étouffa un juron. Lana était impliquée dans le meurtre de Jeff ou de Gaffner. Et maintenant elle détenait Merissa en otage.

Cagan savait que Rick Porter roulait dans une Chevrolet à deux portes, dont l'aile gauche était froissée. Il avait même le numéro de la plaque d'immatriculation.

Il eut soudain un élan de reconnaissance envers Priscilla Gaffner dont l'aide inattendue avait été providentielle.

Il appuya de nouveau sur son accélérateur alors qu'il prenait la direction de Belle Chasse. Il était pressé de retrouver Merissa avant que Rick n'atteigne Plaquemines Parish, une région de marais, où l'on pouvait facilement se cacher et disparaître.

Cagan passa sous un tunnel, longea des commerces fermés et un bar enfumé. Devant lui une voiture tourna sur sa gauche. Saisi par un pressentiment, Cagan la suivit. Il ne pouvait compter que sur son instinct dans cette course folle. La vie de Merissa en dépendait.

— Ça y est, on est arrivé, annonça Rick aussi calmement que s'il présentait le dernier bulletin météo.

Les mains toujours ligotées, Merissa frissonna. Rick coupa le moteur et descendit de voiture.

— Sors avec la mallette, dit-il ensuite à Lana.

Lana obéit et posa la mallette sur le toit du véhicule. Merissa resta quant à elle immobile. Mais Rick la prit rudement par le bras et la força à descendre de voiture. Elle contint un cri de douleur et de peur.

Ils étaient dans un sentier boueux, au milieu de nulle part. Pas de maison, ni de voiture…

— Quelle est la combinaison de la serrure, Merissa ? demanda Lana d'une voix basse et désagréable.

— Débrouille-toi sans moi ! Demande donc à ton petit ami !

Rick braqua son pistolet sur la nuque de la jeune femme.

— La combinaison. Tout de suite !

— Zéro, quatre, neuf, six, murmura Merissa qui ne voulait pas se priver des dernières minutes qui lui restaient à vivre.

Rick baissa son arme et Lana composa la combinaison. Puis, tremblant d'impatience, elle l'ouvrit et saisit les liasses de billets à pleines mains. Un soupir d'allégresse lui échappa.

— Et voilà… Tout est là. De l'argent ! Assez pour fuir ailleurs et recommencer une nouvelle vie.

Rick la serra dans ses bras, mais sans quitter Merissa des yeux. Un seul faux mouvement et il la tuerait…, se dit-elle, obnubilée par cette pensée.

— Demain, nous serons en Amérique du Sud, sous les cocotiers…, murmura Lana en se blottissant dans les bras de son amant.

— Mais vous resterez toujours des assassins !

Les mots avaient jailli de la bouche de Merissa. Elle allait mourir bientôt, elle n'avait plus aucune raison de rester silencieuse.

— Un million de dollars ne vous fera jamais oublier

que vous êtes des assassins ! Votre conscience vous tourmentera !

— Tu parles ! Bracer vit très bien sans scrupule ! jeta Rick avec mépris. C'est le privilège des riches ! Il a le pouvoir et l'argent. Il écrase ses ennemis et élimine ses détracteurs ! Le puissant sénateur a tout planifié, sauf cette fin de soirée… C'est Lana qui a eu l'idée de le doubler.

— Mais c'est la faute de Bracer si l'aventure se termine sans lui ! ajouta Lana, le visage dur.

— Pourquoi ? demanda Merissa pour gagner du temps.

— Il a compris qu'il était allé trop loin et qu'il mettait en péril sa carrière politique, alors il a décidé de faire marche arrière. Après ce million de dollars, il ne voulait plus blanchir d'argent. Il avait décidé de se ranger. Et, en plus, de rester désormais fidèle à madame son épouse !

Un rire aigre lui échappa.

— Que dois-je déduire de cette subtile insinuation ? lança Rick soudain pris de colère.

— Ah ! je comprends tout maintenant, reprit précipitamment Merissa. Bracer t'a humiliée, Lana ? Tu étais sa maîtresse et il a décidé de se ranger pour devenir gouverneur. De se débarrasser de toutes ses vieilles casseroles. Et tu en es une, ma pauvre fille !

— J'ai été la chance de sa vie ! Il va crever d'ennui parmi ces politiciens ! Il me suppliera à genoux de revenir !

— Mais tu avais affirmé que tu avais rompu avec lui, il y a deux mois ! cria Rick furieux. Tu m'as menti ! Et, te connaissant, ça n'est certainement pas ton seul mensonge !

Rick secouait Lana. Elle le frappa et il la gifla à toute volée.

Merissa prit une grande inspiration. Ni l'un ni l'autre ne lui prêtaient attention. C'était donc le moment ou jamais.

Alors elle se mit à courir, s'enfonçant dans l'épaisse forêt sans regarder derrière elle.

Cagan dépassa un quartier résidentiel, puis se retrouva dans le noir complet. Il n'y avait plus ni lampadaires, ni voitures, ni même un néon pour éclairer la nuit.

Il avait communiqué sa position par radio à Tommy et Luke, quelques minutes plus tôt. Tous deux étaient restés à proximité de Belle Chasse, aux aguets.

Cagan se retrouva dans un cul-de-sac et, furieux, donna un violent coup de poing sur son volant.

Il fit demi-tour et revint sur Belle Chasse. Il ralentissait à un croisement, quand il repéra un sentier sur la droite.

Il mit ses phares en veilleuse pour s'y engager, puis les éteignit par prudence. Peu après, il descendit de voiture et dirigea sa lampe de poche vers le sol. La terre étant sèche, il fut incapable de dire si une voiture venait de le précéder.

L'obscurité l'entourait de toutes parts et ce sentier semblait ne mener nulle part. La raison lui intimait de rebrousser chemin, mais son instinct le poussait à continuer.

Un sentier écarté… le lieu idéal pour commettre un meurtre…

Alors Cagan reprit la route, toutes vitres baissées, écoutant et scrutant la nuit, y cherchant un signe. Il roula ainsi un bon kilomètre au cours duquel la panique ne cessa de grandir en lui.

Soudain, il distingua un mince pinceau de lumière à travers les arbres. Quelqu'un fouillait les bois. Qui ? Il ralentit et transmit de nouveau sa position à ses coéquipiers. Puis il laissa la voiture et marcha.

Il suivit le faisceau de lumière, son arme à la main. Tout

à coup, un coup de feu s'éleva, rompant le lourd silence nocturne.

Fou d'angoisse, il se mit à courir.

— Merissa ! appelait Lana.

Merissa restait silencieuse, le cœur battant. Lana fouillait les bois sans cesser de l'appeler.

— Reviens, Merissa ! Je ne te ferai aucun mal ! Je n'en ai jamais fait à personne ! Tu es en sécurité. Et moi aussi ! Rick ne peut plus rien contre nous. Je l'ai tué ! Comme il a tué Jeff et Gaffner ! Comme il voulait te tuer.

Merissa ne se laissa pas abuser. Lana voulait aussi sa peau. Elle se cacha derrière un arbre. Soudain, un bruit s'éleva derrière elle et elle se retourna, le cœur sur le point d'exploser.

Cagan.

— Chut, c'est moi.

Elle tomba dans ses bras, tremblant si fort qu'elle fut sur le point de défaillir. Il la serra tout contre lui.

— Merissa ! appelait toujours Lana.

Sa voix était douce, mais elle faisait froid dans le dos.

— C'est Lana…, murmura Merissa toujours blottie dans les bras de Cagan. Rick et elle m'ont kidnappée. Et elle a tué Rick…

— Réponds-lui, Merissa. Dis-lui où tu es pour qu'elle se rapproche.

— Mais elle est armée !

— Je le suis aussi. Vas-y !

— Je suis là, Lana ! fit Merissa d'une voix tremblante.

— Je viens te chercher, Merissa, mais n'aie pas peur de moi. Je veux juste que nous revenions en ville ensemble.

— Continue de parler, mais ne bouge surtout pas, souffla Cagan.

Il se cacha derrière un arbre. Malgré la peur, Merissa continua de guider Lana qui s'approchait. Elle n'était plus qu'à quelques mètres.

— Je suis la seule en qui tu peux avoir confiance, Merissa. Cagan est comme les autres. Il voulait cet argent pour lui.

— Je le veux toujours. Alors donne-le-moi. Et tout de suite, lui dit Cagan en sortant de sa cachette.

16

Cagan saisit le bras de la jeune femme et l'immobilisa pour la forcer à lâcher son arme.

— Je veux ce million de dollars ! lui dit-il en lui passant les menottes. Jusqu'au dernier billet. C'est la preuve dont j'ai besoin pour vous mettre hors d'état de nuire, Bracer et toi.

— Mais cet argent est à moi ! Bracer me le doit ! Avec tout ce que j'ai fait pour lui... Et puis, il est déjà riche à millions ! Alors un de plus ou de moins ! Gardons ces dollars pour nous, Cagan, et quittons le pays. Un jet privé nous attend pour nous conduire en Amérique du Sud. Tout est déjà prêt. Le pilote m'obéira au doigt et à l'œil.

— Comme Rick. Pauvre Rick... Trop confiant. Tu avais prévu de le supprimer, après lui avoir fait faire le sale boulot. Tu avais besoin de son aide pour mettre la main sur l'argent et sur Merissa. Après, tu l'éliminais... Fatalement...

— Et alors ? Ça n'a plus aucune importance et tu ne peux rien prouver...

Une voix s'éleva soudain, basse et tremblante.

— Je parlerai...

Merissa se retourna et vit Rick sortir des fourrés, en titubant. Il tenait l'arme que Lana venait de lâcher.

— Je témoignerai…, murmura Rick avant de s'écrouler.

Au même instant, Tommy et Luke surgirent à côté d'eux.

Tommy s'agenouilla pour vérifier l'état de Rick.

— Si tu veux témoigner, mon vieux, tu as intérêt à tenir bon…

Luke saisit le bras de Lana.

— Et toi, tu finiras tes jours dans une cellule où tu auras tout loisir de rêver à la vie que tu aurais pu avoir, si Cagan avait accepté ton offre.

— Vous nous espionniez depuis combien de temps, tous les deux ? intervint Cagan.

— Assez longtemps. Mais nous ne nous faisions pas de souci. Il n'y avait aucune chance pour que tu files avec la belle Lana, plaisanta Tommy.

Il souriait largement.

— On sait que ton cœur est déjà pris. Pourquoi ne raccompagnes-tu pas ta dame à la maison, pendant que nous nous occupons de ces deux-là ?

— Marché conclu, déclara Cagan en serrant Merissa contre lui.

Il lui sourit.

— Tu veux bien que je te raccompagne à la maison ?

— J'ai cru que tu ne me le demanderais jamais !

— Merissa ? Réveille toi !

Elle ouvrit les yeux sous les baisers de Cagan.

— Voici ton café. Le petit déjeuner sera bientôt prêt…

Il posa une tasse fumante sur la table de nuit.

— Quelle heure est-il ?

— 10 h 10.

— Déjà ! Je dois me lever ! dit-elle en se redressant aussitôt.

— Pas question ! s'exclama Cagan en la forçant à se recoucher. Je cuisine depuis une bonne heure pour avoir le plaisir de te servir ton petit déjeuner au lit. Et puis tu mérites bien de paresser. Hier soir, tu t'es endormie à peine couchée.

— J'étais fatiguée.

— Complètement épuisée, oui ! Après une semaine de cavale, c'est normal. Et quand l'aventure tire à sa fin, ce sont les nerfs qui lâchent !

Il l'embrassa tendrement.

La chaleur de son baiser se répandit dans tout son corps et Merissa regretta qu'il reparte déjà dans la cuisine. Puis elle baissa les yeux sur le T-shirt trop grand qu'il lui avait prêté. Elle se souvenait vaguement l'avoir enfilé avant de se mettre au lit.

Après, c'était le trou noir.

Elle se leva pour aller à la salle de bains. Elle grimaça en croisant son reflet dans le miroir. Ses cheveux étaient emmêlés et ses yeux, encore gonflés par le sommeil. Elle s'aspergea le visage d'eau froide, mais elle n'osa pas demander à Cagan une brosse à dents. Tant pis, un peu de dentifrice sur la pointe de l'index suffirait.

Cagan l'attendait dans la chambre. Il souriait. Soupirant de bonheur, elle s'approcha de lui. Il posa son plateau sur le lit.

— Bacon, œufs, croissants, jus de fruits frais et framboises.

— Je suis très impressionnée !

— J'espère bien !

Il fit bouffer les oreillers et les empila.

— Je le fais seulement parce que c'est une occasion spéciale. Et parce que tu es aussi quelqu'un de très spécial…

Elle se remit au lit.

— Tu viens me rejoindre ?

— J'aimerais bien…

Il s'assit à l'autre bout du lit, puis il prit une framboise et la glissa entre les lèvres de la jeune femme. Le désir monta aussitôt en elle. Ç'aurait été agréable de se blottir tout contre lui, et de se perdre dans le plaisir sensuel de cette matinée, mais, avant, elle avait de nombreuses questions à lui poser.

— Tu as des nouvelles de Rick ?

Elle s'en voulait de jouer les trouble-fête, mais elle avait besoin de savoir.

— Il va s'en tirer ?

— D'après les médecins, il est hors de danger. Il a déjà avoué le meurtre de Jeff et sa complicité dans le blanchiment d'argent. Son témoignage, les aveux que Lana a faits, cette nuit, et le million de dollars dissimulé dans les prothèses devraient suffire à faire arrêter Bracer.

— C'est Rick qui a tué Jeff. Mais Gaffner ?

— C'est Lana qui lui a réglé son compte. Sur les ordres de Bracer. Quand les mauvais colis sont arrivés au Mexique, Rick a tout de suite soupçonné Jeff d'avoir opéré la substitution. Il s'est rendu au lac Maurepas, le dernier soir de notre séjour, et il a rôdé autour de notre campement. Pendant que j'étais dans ta tente, il s'est emparé du couteau et a suivi Jeff qui était allé faire un tour.

— Et Jeff qui ne soupçonnait rien n'a pas eu le temps de réagir…

— Selon Rick, Jeff a reconnu qu'il avait caché le magot. Quand Rick lui a demandé où, Jeff a voulu fuir. Rick l'a rattrapé dans les bois, où tu l'as trouvé. Il a appelé à l'aide, et Rick l'a tué.

— Pourtant, les empreintes de Rick n'étaient pas sur le couteau…

— Il portait des gants, preuve qu'il avait prémédité son crime. De plus, ce couteau était une arme idéale, silencieuse. Pas comme un pistolet.

— Tes présomptions étaient donc fondées…

— Oui, il ne me manquait que les preuves…

— Mais pourquoi tuer Gaffner ? Après tout, c'était leur complice.

— Selon Rick, Gaffner a pris peur après le meurtre de Jeff. De crainte qu'il ne craque, Bracer a décidé de le supprimer. Lana s'en est chargé.

— Comment l'ont-ils convaincu de me téléphoner pour me faire venir à son bureau, le matin de son meurtre ?

— Tout avait été minutieusement programmé. Lana m'a retenu au café, puis elle a appelé Gaffner du même café et elle lui a dit que tu savais où était caché l'argent. Elle lui a demandé de rester à son bureau, parce que tu étais déjà en route. Pour avoir la certitude que tu viendrais, elle a demandé à Rod Lopen de te téléphoner pour te dire qu'il serait présent à l'entrevue.

— Lopen savait tout ?

— Oui. C'était aussi un complice de Bracer, grassement payé, de plus. Il a obéi aux ordres. Evidemment, il nie en bloc.

— Lana a donc tué Gaffner ?

— En utilisant un double des clés du bureau de Gaffner que Bracer lui avait remis. En revanche, nous ne savons pas pourquoi Gaffner a écrit mon nom sur un morceau de papier. Voulait-il que je sois prévenu tout de suite ? A ce point, j'étais peut-être le seul à qui il faisait encore confiance ?

— Et tandis que j'étais dans le bureau de Gaffner, Rick fouillait ma maison. Il cherchait des indices pour retrouver la trace de l'argent… C'est lui qui a dû m'assommer, la nuit précédente.

— En effet. Tu es entrée dans le garage au moment où il fouillait les cartons de Jeff. Paniqué, il t'a frappée.

— Ah, ces cartons… Je n'en voulais pas, mais Jeff a insisté pour les mettre dans mon garage. J'ai cédé, car il n'avait pas de place chez lui et il semblait tellement y tenir.

— Ces cartons contenaient des dossiers de LPI. Jeff n'avait plus accès aux bordereaux des expéditions, quand il a changé de poste.

— C'est pour cette raison que Gaffner a donné le poste de Jeff à Rick… Pour l'évincer…

L'intrigue était dénouée.

— Quand Rick est tombé amoureux de Lana, il est tout de suite devenu le complice de cette intrigante, poursuivit Cagan. Lana était l'un des pions principaux de cette affaire. Elle était aussi la maîtresse de Bracer et travaillait avec lui sur sa campagne.

— Tout en amadouant et manipulant Gaffner…

Merissa planta sa fourchette dans ses œufs.

— Mais il y a une chose que je ne comprends toujours pas. Comment as-tu pu me suivre, hier soir, alors que j'avais perdu mon micro ?

— C'est la surprise de la soirée ! Priscilla Gaffner était présente à la fête. Elle a vu Rick t'entraîner dans les jardins. Elle l'a suivi jusqu'à la voiture. Quand je suis arrivé, elle m'a tout raconté et m'a même décrit sa voiture. Ça n'était que justice en fin de compte… Bracer a commandité le meurtre de son mari et, après, il l'a ruinée.

— J'ai la tête embrouillée par toutes ces révélations. Mais je suis contente que tout soit terminé.

— Non, tout n'est pas fini, Merissa… Du moins je l'espère.

Il retira le plateau du lit et se rapprocha d'elle. Il riva son regard au sien et elle se sentit galvanisée par sa passion qui ne lui laissait pas de repos.

La sonnerie du téléphone perça soudain le silence. Cagan, contrarié, décrocha. La conversation fut brève, mais Merissa comprit que leur petit déjeuner en tête à tête était fini.

— C'est le grand patron de la police de Baton Rouge, annonça Cagan. Il demande une entrevue avec les trois agents du FBI qui ont travaillé sur cette affaire. Je dois y aller.

— Je comprends. Vas-y.

Il l'embrassa.

— Mais je n'ai pas du tout envie de partir.

Elle se pelotonna entre les draps, le regardant s'éloigner. Elle avait encore tant à lui dire, elle voulait qu'il parle de lui, d'elle et d'eux, mais elle n'était pas pressée.

Un seul aveu ne pouvait attendre.

— Cagan ?

Il se détourna.

— Je t'aime, Cagan Hall Samuels. Je voulais que tu le saches.

Il revint à son chevet et la serra dans ses bras. Leurs lèvres se joignirent et elle comprit qu'il n'avait jamais douté de son amour.

— Je t'aime aussi, et je te le prouverai chaque jour…

Il l'embrassa plus passionnément.

Elle trembla de délice.

Chaque jour. Pour toujours.

Jamais le feu de leur passion ne s'éteindrait…

Le 1er octobre

Black Rose n°28

Mystères en Louisiane - Suzanne McMinn

Bryn Louvel est sous le choc. Car si Cole Dempsey, de retour à la plantation Bellefleur après quinze ans d'absence, reste celui qu'elle a follement aimé, il est avant tout, à ses yeux, le fils de l'homme qui a assassiné sa sœur quinze ans plus tôt. Aussi, quand il lui demande de l'aider à reprendre l'enquête afin de laver le déshonneur des Dempsey, Bryn ne sait-elle que faire...

Troublante ressemblance - Laurey Bright

Lorsque le hasard la met en présence de Daniel Richmond, Charisse comprend que sa vie est sur le point de basculer. Car non seulement Daniel la prend pour une autre femme, mais aussi, et surtout, il est sans le savoir le père de Kristy, la petite fille de quatre ans qu'elle élève seule...

Black Rose n°29

Les amants maudits - Amanda Stevens

En apprenant qu'Ashton Corbett, son amour de jeunesse, n'est pas mort, comme tous le croyaient, Emma est folle de joie. Pourtant, quand elle le revoit, elle se heurte à un homme froid et distant, très différent de l'Ashton d'autrefois. A moins qu'il ne s'agisse d'un imposteur venu réclamer sa part du fabuleux héritage des Corbett...

Au cœur du danger - Lauren Nichols

Forcée de se réfugier dans sa ville natale afin d'échapper à un dangereux criminel qui a juré sa perte, Abbie Winslow y retrouve avec émotion Jack Rogan. Jack qui, adolescent, passait pour le mauvais garçon de la ville. Jack, qui est aujourd'hui le seul à pouvoir la protéger...

Black Rose n°30

L'île des secrets - Nora Roberts

Pour oublier le stress de sa vie new-yorkaise, Morgan James vient passer quelques semaines sur une île grecque paradisiaque, dans la luxueuse villa de sa meilleure amie. Alors qu'elle prend un bain de minuit, elle est agressée par un inconnu. Le lendemain soir, au cours d'une soirée donnée en son honneur, elle rencontre le milliardaire Nicholas Gregoras en qui elle reconnaît son agresseur de la nuit précédente...

— Le 1er septembre —

Un été à Willow Lake - Susan Wiggs • N°298

Pour oublier une douloureuse déception sentimentale, Olivia accepte la proposition de sa grand-mère : passer l'été à Willow Lake pour remettre en état le camp de vacances appartenant à ses grands-parents, où, enfant, elle a passé tous ses étés. Or le jour où se présente l'entrepreneur devant l'aider dans cette tâche, elle reconnaît avec stupéfaction Connor Davis, le garçon qu'elle a secrètement aimé durant son adolescence...

Poison - Alex Kava • N°299

C'est impossible. Et pourtant, tout le confirme. Sabrina Galloway, brillante scientifique qui travaille dans une usine experte en énergies renouvelables, vient de découvrir que celle-ci rejette des déchets toxiques dans la rivière toute proche. Consciente des conséquences mortelles de ce qui semble être un sabotage, elle décide d'en parler à ses supérieurs. Mais l'un vient de disparaître dans d'étranges circonstances, tandis que l'autre reste sourd à ses alertes...

Noirs soupçons - Brenda Novak • N°300

Lorsqu'Allie McCormick revient à Stillwater, la petite ville de son enfance, elle est fermement décidée, en tant qu'officier de police, à faire toute la lumière sur la mystérieuse disparition du Reverend Barker. Car depuis vingt ans toute la ville, en proie aux rumeurs les plus sombres, accuse de meurtre Clay Montgomery, son fils adoptif. Celui-ci, taciturne et solitaire, semble porter un lourd secret... Intriguée, mais aussi séduite par cet homme au charme mystérieux, Allie va devoir garder tout son sang-froid pour découvrir s'il est ou non l'assassin qu'elle est venue démasquer.

La poupée brisée - Amanda Stevens • N°301

Depuis la mystérieuse disparition de sa fille Ruby, il y a sept ans, Claire est inconsolable. Mais un jour, c'est le choc : dans une vitrine de la Nouvelle-Orléans, elle découvre une poupée de collection qui reproduit à la perfection les traits de sa fille... Mais la poupée est enlevée à son tour, comme Ruby, sept ans plus tôt. Volée par un homme de l'ombre, que la beauté de la petite fille avait autrefois fasciné – et dont l'obsession n'a jamais pris fin...

Retour à Belle Pointe - Karen Young • N°302

Épouse du célèbre champion Buck Whitaker, Anne a apparemment tout pour être heureuse. Mais sa vie ne la satisfait pas : elle veut un enfant, lui non. Et, quand elle fait une fausse couche, le couple entre en crise. Anne part pour Tallulah, Mississippi, où l'accueillent son père et sa belle-mère. Elle décide alors d'étudier le passé de la petite ville, où la famille de Buck possède depuis des générations la grande plantation de Belle Pointe, célèbre dans toute la région. Elle ne se doute pas, ce faisant, qu'elle va découvrir des secrets enfouis depuis bien longtemps...

L'héritière de Rosewood - Brenda Joyce • N°303

Amérique, Irlande et Angleterre, 1812 – À la mort de ses parents, Virginia Hugues apprend que son oncle, établi à Londres, compte vendre Rosewood, la plantation de tabac familiale située en Virginie. Bouleversée, la jeune fille se révolte. Certes, la propriété, incendiée pendant la guerre de Sécession, n'est plus qu'une ruine, mais elle reste la maison de son enfance, le berceau de ses souvenirs... Aussitôt, elle embarque pour l'Angleterre avec l'espoir de convaincre son oncle de renoncer à son projet. Mais elle est enlevée par un pirate irlandais...

Mortelle impasse - Helen R. Myers • N°177 *(réédition)*

Lorsqu'elle découvre une empreinte de main rouge sang tracée sur un panneau « Impasse », non loin de chez elle, Brette Barry veut d'abord croire à une farce macabre liée à Halloween. Mais l'inquiétude s'empare d'elle lorsque son fils lui révèle que Hank, son meilleur ami, a disparu la veille. L'adolescent au caractère révolté a-t-il une fois de plus décidé de fuguer... ou l'empreinte sanglante était-elle la sienne ?

Titres non disponibles au Québec.

ABONNEMENT...ABONNEMENT...ABONNEMENT...

Oui, je désire profiter de votre offre exceptionnelle. J'ai bien noté que je recevrai d'abord gratuitement un colis de 2 romans* ainsi que 2 cadeaux. Ensuite, je recevrai un colis payant de romans inédits régulièrement.

Je choisis la collection que je souhaite recevoir :

(❑ cochez la case de votre choix)

❑ **AZUR** : Z7ZF56
❑ **BLANCHE** : B7ZF53
❑ **LES HISTORIQUES** : H7ZF53
❑ **AUDACE** : U7ZF52
❑ **HORIZON** : O7ZF54
❑ **BEST-SELLERS** : E7ZF53
❑ **MIRA** : M7ZF52
❑ **JADE** : J7ZF52
❑ **PRELUD'** : A7ZF54
❑ **PASSIONS** : R7ZF53
❑ **BLACK ROSE** : I7ZF53

*sauf pour les collections Jade et Mira = 1 livre gratuit.

Renvoyez ce bon à : Service Lectrices HARLEQUIN
BP 20008 - 59718 LILLE CEDEX 9.

N° d'abonnée Harlequin (si vous en avez un) ⎵⎵⎵⎵⎵⎵⎵⎵⎵

Mme ❑ Mlle ❑ NOM ____________________

Prénom ____________________

Adresse ____________________

Code Postal ⎵⎵⎵⎵⎵ Ville ____________________

Le Service Lectrices est à votre écoute au 01.45.82.44.26
du lundi au jeudi de 9h à 17h et le vendredi de 9h à 15h.

Conformément à la loi Informatique et Libertés du 6 janvier 1978, vous disposez d'un droit d'accès et de rectification aux données personnelles vous concernant. Vos réponses sont indispensables pour mieux vous servir. Par notre intermédiaire, vous pouvez être amené à recevoir des propositions d'autres entreprises. Si vous ne le souhaitez pas, il vous suffit de nous écrire en nous indiquant vos nom, prénom, adresse et si possible votre référence client. Vous recevrez votre commande environ 20 jours après réception de ce bon. Date limite : 31 décembre 2007.

Offre réservée à la France métropolitaine, soumise à acceptation et limitée à 2 collections par foyer.

Composé et édité par les
éditions Harlequin
Achevé d'imprimer en août 2007

par

LIBERDÚPLEX

Dépôt légal : septembre 2007
N° d'éditeur : 13031

Imprimé en Espagne